講談社文庫

# 翡翠の城

## 建築探偵桜井京介の事件簿

篠田真由美



講談社

翡翠の城――目次

# 翡翠《ひすい》の城

——建築探偵桜井京介の事件簿

# 登場人物表（一九九五年六月現在）

巨椋《おぐら》幹助《みきすけ》（故人）—オグラ・ホテル創業者
カテリーナ（故人）—幹助の妻
巨椋真理亜《まりあ》（95）—幹助の娘
巨椋正二《しょうじ》（故人）—真理亜の夫
巨椋百合亜《ゆりあ》（故人）—真理亜の娘
巨椋雅彦《まさひこ》（73）——百合亜の夫
現オグラ・ホテル会長
巨椋月彦《つきひこ》（37）——百合亜の息子
現オグラ・ホテル社長
巨椋巴江《ともえ》（35）——月彦の妻
巨椋星弥《せいや》（37）——月彦の双子の妹
埴原《はにはら》久仁彦《くにひこ》（76）—雅彦の兄　現オグラ・
ホテル専務取締役
埴原たか（71）——久仁彦の妹
埴原秋継《あきつぐ》（47）——久仁彦の息子
現オグラ・ホテル常務取締役
埴原さやか（16）—秋継の娘　高校一年
弥陀《みだ》皓一《こういち》（28）——巨椋家の姻戚　現営業部次長
英《はなぶさ》　千秋《ちあき》（25）——巨椋家の姻戚　現営業部主任
桜井《さくらい》京介《きょうすけ》（26）——W大学文学部修士課程
蒼《あお》（16）——京介のアシスタント
栗山《くりやま》深春《みはる》（26）——W大学文学部学生
神代《かみしろ》宗《そう》（50）——W大学文学部教授
工藤《くどう》迅《じん》（29）——群馬県警刑事

≪巨椋家系図≫

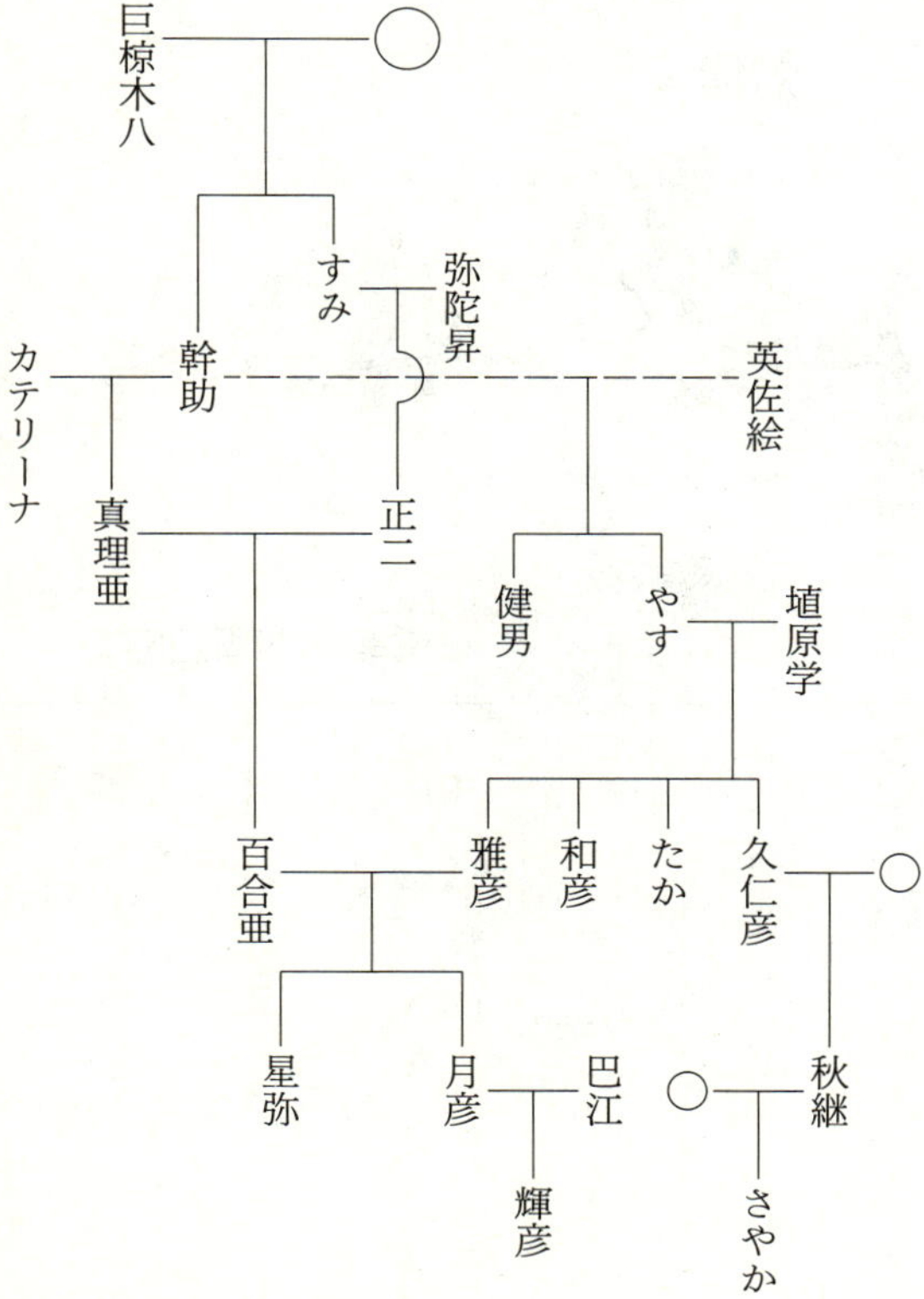

巨椋木八
すみ
弥陀昇
カテリーナ
幹助
英佐絵
真理亜
正二
健男
やす
埴原学
百合亜
雅彦
和彦
たか
久仁彦
星弥
月彦
巴江
秋継
輝彦
さやか

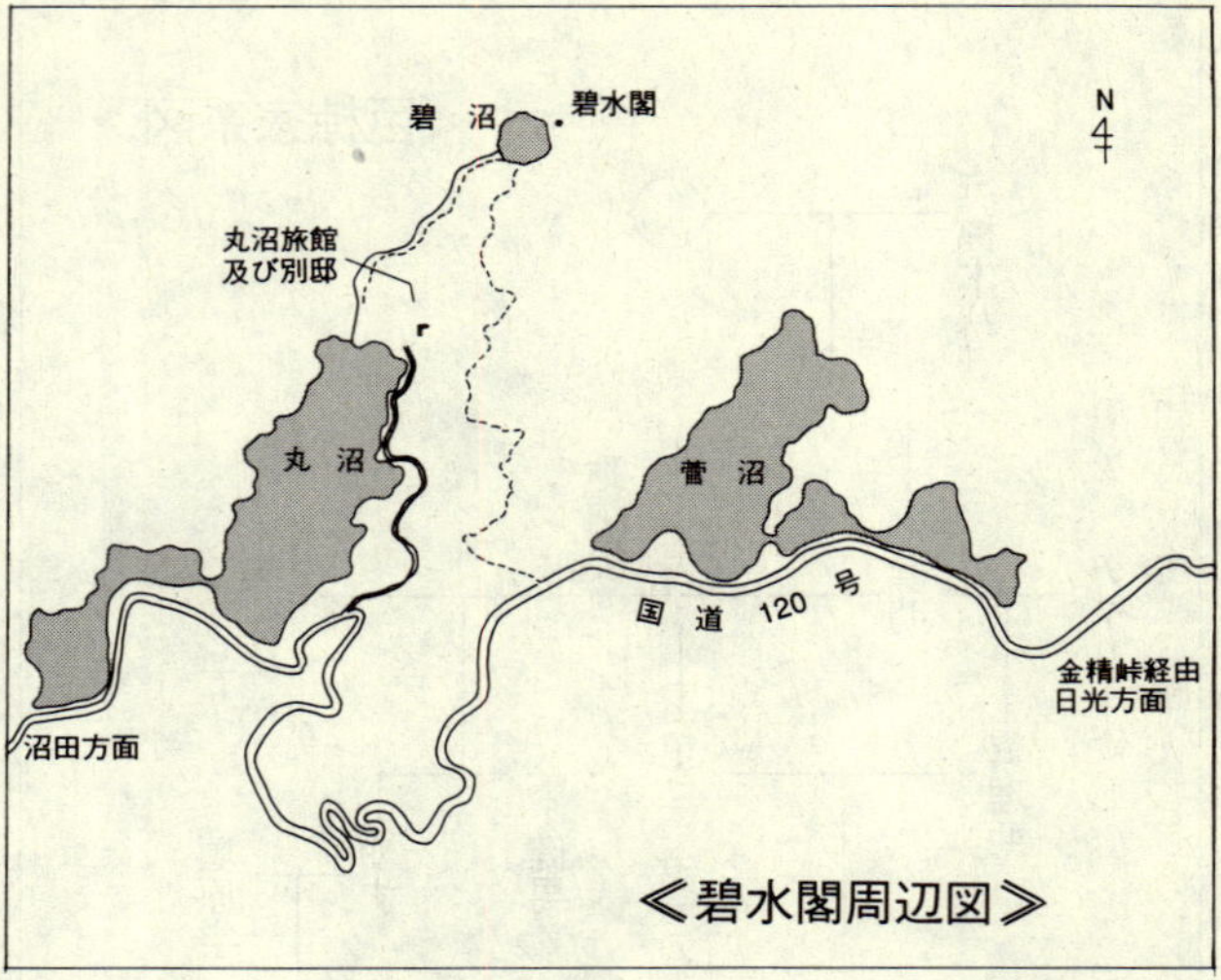


≪碧水閣周辺図≫

# プロローグ——紅蓮の部屋

記憶の中で世界は、どこまでもあかい。

赤。

そして金。

山の端にかかった落日の投げる、部屋いっぱい、目眩《まばゆ》いばかりの朱赤の光。

突然倒された屏風《びょうぶ》の表に、張り詰められた金箔の黄金。

夕陽の耀《かがよ》いが、波のようにゆらめくその表に、散ったあざやかな血の色、濡れ濡れとした紅——

あたしはそのとき途方に暮れていた。少し腹を立ててもいたし、大声で泣きたいようでもあった。ずいぶん長いこと、ひとりで放り出されていたようだったからだ。

もしかすると昼寝をして、目覚めたときには誰もいなかったのかもしれない。たぶんそうだ。ふすまを閉めた座敷の中には、近づく夕暮れを思わせる薄紫の影が漂い出していた。

近くになんの気配もなければ、怯えてもっと早くから泣いていただろう。しかしそう遠くはないところで、確かに人の声が聞こえている。それも聞き覚えのある声が。

あたしは立ち上がった。夏掛けの端に足をつまずかせたりしながら、そっとふすまを引いて、恐ろしく広く感じられるだれもいない座敷をそろそろと横切っていった。どこからともなく聞こえてくる、話し声だけを頼りにして。

やがてわかった。その声はどうやら階段の上から聞こえてくる。あたしがひとりで上ることを禁じられている、三階の高楼。それは母の部屋だ。入れてもらったことは、これまで一、二度しかない。

あたしは階段の下に立って、塔のいただきのように感じられる暗く高い階上を見上げた。木の階段は急なだけでなく、一段一段がとても大きかった。あたしの脚の長さと同じほど。つまりそのときのあたしは、それほど小さかったのだ。

胸がどきどきするのを押さえて、じっと耳を澄ました。話し声は聞こえる。なにを話しているのかはわからない。ただときどきその中に怒ったり泣いたりしているような、大きくて高い声が混じっている。

いくら待ってみても、誰も顔を出してくれる様子はない。あたしはなにかに引きずられるようにして、その階段を上り出した。梯子《はしご》を上がるように両手を上の段について、ひとつひとつ足を持ち上げながら。いけないといわれたことではあったが、叱られるとは少しも思わなかった。そのときまであたしは一度も、大人に怒られたことがなかった。

上りきるまでにどれくらいの時間がかかったろう。小さな踊り場の左手にふすまがある。それはほんの少しだけ、開いていた。勢いよく閉めた引き戸が、柱に当たってはねかえったとでもいったふうに。

あたしは階段に立ったまま背伸びして、両手を敷居《しきい》にかけそのすきまに顔を当てた。けれど階段の暗さに慣れたはずの目にも、部屋の中はほとんどなにも見えなかった。すぐ前になにかが立ちふさがっているのだ。あたしは思い出す。母の部屋に戸口のふすまを隠すように置かれていた、屛風のことを。

しかしいまそれは、強風にあおられるように揺れていた。いや、ほとんど踊っていた。それはまるで屛風の向こうで、巨大な獣があばれてでもいるようだった。恐くなって少し顔を退いた。そのとき、それは音立てて倒れた。

あたしは突然まぶしい朱赤の光の中にいた。

碧沼《みどりぬま》を越えて対岸の山の端にかかった夕陽が、大きく開かれた高楼の窓いっぱいに射し入っているのだった。

光は床の上にもあった。それまで立っていた屛風が倒れ、その金無地の表にぎらぎらと陽が照り映えていた。

そしてその上には、真っ赤な血がしぶいていた。まだ生々しく濡れた血が、紅萩の花びらでも散らしたように。

あたしは覚えている。窓を背に、まるで活人画のように凍りついた三人の人影。中央に立ちはだかった男をはさんで、床に崩れた左右のふたり。立った男の右手に、握られているのは刀。

(殺される……)

思った。しかし動けなかった。

(殺される。マンマ、パーパ……)

そのとき立っていた男が、いきなりあたしに向かって恐ろしい声で怒鳴ったのだ。

「出ていけ！——」

と。

それきりなにもわからなくなった。たぶんあたしは逃げようとして足をもつれさせ、階段から落ちたのだと思う。

あたしはそのとき、二歳を少し過ぎたばかりだった。それでも到底忘れることはできない。あれから何十年と経ったいまでも、あの瞬間の恐ろしさばかりは目の中に焼きつけたように残っている。

反りのある刀の刃が血に染まっていた。夕陽を浴びてぎらぎらとひかっていた。そしてあたしを見つめた顔の、大きく見開かれた目、裂けるほどあいた口。人というよりは獣のような凄じい表情だけは、どう望んでも記憶から拭い去ることができない。

あたしは覚えている。

どうしようもなく覚えている。

その恐ろしい顔の向こうに、いつもは磨いた翡翠のような、澄んだ緑の湖面がまるで血を流したように、真っ赤に染まっていたことさえ覚えている。

あたしの理性はむしろその男を弁護し、許したいとさえ思うのに、記憶に刻まれた恐怖が意志を裏切るのだ。

説明しよう。

そのとき高楼にいた三人とは、あたしの母と父と、母の恋人である。血に染まった日本刀を手に獣のような顔であたしに叫んだのは、母が裏切った夫、つまりあたしの父である。あたしは父が妻の心を奪った男を殺害する、その現場を目撃してしまったのだ。

父の罪は公にされることはなかったが、当然ながら母は父を許そうとはしなかった。許そうとしないまま、やがて自ら命を絶った。その日と同じような、夕陽の光の中で。

あたしもまた――

最後まで父と和解することはできなかった。恐怖の記憶があまりに強烈にすぎて。

そしていまも、まだ。父が逝ってからさえすでに人の一生分ほどの月日が過ぎたというのに、あたしは父を許すことも忘れることもできぬまま生きている。あまりに長すぎる生を。父の残した、この奇怪な館の中で。

父は母を死んでなお、許さなかったのだろうか。だからこそ母の恋人が建て母が住んだ館を、これほどに歪め尽くさずにはおれなかったのだろうか。そしてついにはその呪いとともに、妻の後を追ったのだろうか。彼もまた同じ、あの三階の高楼で。

父の呪いはあたしにさえ及び、あたしは死ななかった代わりにあたしの娘が死んだ。答えはそれ以外にないように思われる。

思われるのだけれど、しかし——

疑問の中に宙吊りされたまま、あたしは生き続けている。もしかしたらこの命の尽きる前に、あたしを癒《いや》してくれる者が訪れてくれるかもしれないという、なんの根拠もない希望だけに支えられて。

# 神代教授の帰還

## 1

「──なめた口きくねェ。十年早ェや、このすっとこどっこい！」

東京都新宿区にある私立W大学の、研究室棟のとある一室。

四月半ばの水曜日、時刻は十一時を少し回ったところだ。

そのドアを蒼《あお》が開けたとき、正確にはほんの五センチばかり開きかけたとき、いきなり耳に飛びこんできたのはこんなことばだった。

初めての人間だったら思わず足を止めて、自分の開けようとしていた扉の表示を確かめるかもしれない。ここが大学教授の研究室だと思ったのは、とんだ勘違いだったかもしれないと。しかし蒼もその後ろに立っていた栗山《くりやま》深春《はる》も、そんなことはしなかった。前もって予想していたのと、大して違わなかったからだ。

深春の太い腕が蒼の頭越しに鉄扉を押し開け、本棚で目隠しされた部屋に向かって声を放つ。

「教授、声がでかいっすよ。研究棟のワンフロアに響き渡ってますぜ」

「——おう、入《へ》ェれ」

応答があるより前に、ふたりは中に入ってドアを閉めている。入ったといってもまだそのままでは、声の主の顔を見ることはできない。三重の壁のように立ちふさがる書架《しょか》の間を、大男の深春などは蟹《かに》の横歩きで通り抜けると、いかにも手狭な床の上にまだ荷造りしたままの本やなにかの山ができていて、憮然とした様子でそこにかがみこんでいるのが桜井京介《さくらいきょうすけ》。文学部大学院修士課程四年、二十六歳。

例によって灰色になった白衣、いつにもましてぼさぼさの髪で顔を半ば隠したところは、間違って昼に化けて出てしまった幽霊といった格好だ。そして窓に背中をもたせて呑気《のんき》たらしく足を組んでいるのが、

「——なんでェ、深春。一年経っても相変わらずむさっ苦しい面ァしやがって、いつまで大学生なんぞやってやがるつもりだ?」

この部屋の主、W大学文学部教授神代宗《かみしろそう》だった。

ところで彼のことば遣いから、教授の風貌を早手回しに推測はしないでいただきたい。別

に藍染めの印半纏《しるしばんてん》をはおってもいないし、豆絞りの手拭いで鉢巻きもしてはいない。

それどころかなにも知らない女子の新入生は、神代教授が足早にキャンパスを横切っていくところにでも出くわせば、十中八、九、立ち止まって見とれてしまう。身長は百七十そこそこだが脚の長い均整の取れた体を渋めの三つ揃いに包み、ゆるく波打つ長めの髪、顎《あご》の細い繊細な顔立ちはとても御歳五十歳には見えない。遠目に眺めている限り彼は、無邪気な女子大生が『大学教授』ということばを聞いて漠然と思い浮べるタイプの、理想像そのものに思えるらしいのだ。

男子学生が圧倒的に多いW大でも、文学部だけは昔から女子が半分以上を占めている。かくして神代教授が一般教養科目の美術を受け持った年は、一年の女子学生で教室が押すな押すなの騒ぎになる。もっとも彼自身はそんな現象をどう考えているにせよ、彼女らに個人的関心を示すことはない。ともあれ伝統的に奇人変人には事欠かぬW大教授陣の中でも、現役最強と当人以外の誰もが認めるのが神代宗教授なのだった。

「いきなり大声でまくしたてないで下さいよ。来年は卒業しますって」

深春はふてくされた顔でぼりぼり顎鬚《あごひげ》を掻《か》いた。歳は京介と同じで入学年度も同時だが、こちらは留年と休学を繰り返してはアジアやアフリカ、中南米といったあたりをうろつき回る癖があるので、未だに学部を終えていない。

「それにしてもものっけから御挨拶だなあ。ちっとはお上品になってお戻り遊ばすかと思えば」

「てやんでェ。上品になるような国かよ、あれが」

深春のせりふに教授は、まぎれもない神代調で答える。

「だってナポリやローマの下町じゃない、ヴェネツィアでしょう？」

「南だろうと北だろうとイタリアはイタリアさ。阿呆なツーリストからごっそり巻上げる手口も、年々小汚くなる一方よ」

なにせ東京は門前仲町《もんぜんなかちょう》、三代続いた煎餅屋《せんべいや》の生まれだ。そのくせどこからそんなものが出てきたのか専門は後期ルネッサンスのヴェネツィア派で、昨年度は一年研究のため向こうに滞在していた。もっとも彼によればイタリア語と東京の下町ことばは、巻き舌という点で大いに似ているという。

ところが、

「おかえりなさい、神代先生。お元気そうですね！」

蒼が深春の後ろから顔を出したとたん、教授のことばと表情はがらりと変わる。

「おお、蒼。いたのか。そんなとこでなにしてる。こっちへおいで」

椅子から立ち上がり、呼び寄せた蒼の頭に手を置いて、

「一年見ないとずいぶん大きくなるな。身長、いくつになった？」

「四月で百六十二センチになりました」

「そうか。十六歳ならまだまだ伸びるな。おっかないお兄さんたちになめられんように、しっかり大きくなれよ」

「俺たちに対してとは、随分顔つきもことばも違いますねえ、教授」

嫌みったらしくいった深春に、教授は蒼の頭を抱えたままべっと舌を出してみせた。

「あったりめえだ。てめえらみたいな可愛げもない面なんざ、いまさら拝みたくもねえ。学者やる気もねえんだったら、いつまでも大学なんぞでごろっちゃらしてんじゃねえよ」

「へえへえ、そんじゃ怠け者の留年学生は退散いたします」

逃げ出しかけた深春だが、背中を向けかけたところで襟首《えりくび》を摑まれた。

「せっかく来たんだ、働いてけ。力仕事はおまえの領分だろうが。このグズにまかせておいたら、いつ片付くんだかわかりゃあしねえ」

「——教授」

それまで黙っていた桜井京介が、ぼそりと口を開いた。彼の足元には包装をほどいた本が山と積まれているが、確かにあまりはかどっているようには見えない。

「僕も四限にゼミがあるんですが」

「抜かせ、昼行燈《ひるあんどん》」

教授は京介の抗議を一言の下に蹴り捨てた。

「いまどき修論に手もつけずに、四年も修士にいる馬鹿がどこにいるよ」

「指導教授が留守でしたから」

「笑わせるねえ。もとっからなに教わるつもりもありゃしねえくせに。怠け者の節句働きでもあるめえに、さんざっぱら遊んどいていまさら忙しいふりが通るかって」

「ぼくはなにしましょうか、先生」

「おお、いい子だ。おまえにもちゃんと仕事があるぞ。ここに座ってスライドを、こっちのファイルに入れていってくれるかな。順番を狂わせないように気をつけてな」

「はあい。わあ、きれいだ！　先生、これはどこですか？」

「ああそれはカステロ・スフォルツェスコって、ミラノにある昔の宮殿だな。ルネッサンス時代の――」

「あ、知ってる。レオナルドがいたところだ」

「おまえはほんとに素直な上に賢いな。今度イタリアに行くときは、一緒に行こうな」

深春と京介は視線を合わせてそっとため息をつく。これこそ一年経っても少しも変わらない。ふたりを平然とこきつかう教授は、蒼にだけは平然と甘いのだった。

## 2

その晩京介と深春と蒼は、文京区西片《にしかた》の神代教授の家にいる。教授がイタリアから持ち帰った資料をざっと整理するだけで、結局夜までかかってしまったのだ。それでも船便で送った分はまだ着いていないと聞かされて、当面研究棟方面に足を向けるのはよそうと深春は決心する。家までついてきたのは断じて手伝いの続きではなく、一日の労働をせめて夕飯のかたちで支払ってもらうためだ。

神代教授は独身だ。バツイチで子供がいるという噂もあるが、確かではない。下町生まれのはずの彼が山の手に家を持っているのも、親戚に養子に行ったからだとか、逆玉で婿に入ったがその妻と死別したとか、これまた噂はあるが確かなところはたぶんだれも知らない。もっとも神代教授の見てくれと話ことばの落差はとかく人の想像力を刺激するものらしく、彼にまつわる噂というか伝説は、なかなかその程度のものでは終わらないのだ。

イタリアにすばらしい美女の愛人がいるという話もある。一説によれば彼女は高貴な家系の末裔《まつえい》で、大富豪で、所蔵する美術品を見せてもらいにいった教授に一目惚れし、結婚してくれるように迫ったが断られて、それならば愛人でもいいといったとかいわないとか。この話にはさらに、教授がイタリアに行くといつもローマのフィウミチーノ空港に、彼女からさしまわされたゴールドとアイボリーのロールスロイスが待ち受けているという真《まこと》しやかなディテールまでついている。当然ながら、真偽のほどはまったくわからない。

教授の家は取り立てて珍しい建物というわけではまったくない。昭和初期に建てられた平屋の和風住宅だ。玄関の右手に薄水色のモルタルで外壁を塗って張り出し窓をつけた八畳ほどの洋間があって、いまは教授の書斎になっている。彼はここにひとりで住んでいるのだ。

留守の間の管理を頼んだという通いの家政婦が、よほどこまめに掃除や風通しをしていたらしく、からからと軽い音を立てて引き戸を開け、こぢんまりした玄関の三和土《たたき》に立っても、家の匂いに黴《かび》臭さは少しもなかった。歳月に磨かれた廊下が、まっすぐに奥へ向かっている。右手が南で庭に面した座敷が続き、左手にはトイレや風呂、台所が並んでいる。明治以前の伝統的な日本家屋とは違って、部屋部屋の独立性を重視した中廊下式といわれる間取りだ。

「今晩は。お邪魔しまーす」

そういった蒼の背中を、

「なにいってんだよ、おまえは」

深春の肘が荒っぽくつつく。

「神代さんは後ろだぜ。さっさと上がって電気つけろよ」

「ぼくはこの家に挨拶したの」

むっとしていい返したが、履き古したモカシンを脱ぎ捨てた深春は両手に食料品の袋を抱えたまま、おかまいなしに廊下を歩き出す。

「蒼、電気！　俺は手ェふさがってんだから」

もともとそんなデリカシィなど彼に要求しても無駄なのだろうが、蒼は心の中でそっと、

（ごめんね、うるさくって）

あやまりながら後に続く。

初めて見たそのときから蒼は、なんて気持ちのいい家だろうと思った。豪邸というようなものではないが、古くに建てられた家は現代の住宅と較べて空間がゆったりしている。部屋数には入らない廊下や縁側が、いまのマンションなどを見慣れた目にはとても贅沢な広さを感じさせてくれるのだ。

そして規模のわりに住人が少なくなってしまった家というのは、どうかすると廃屋めいていたり埃臭《ほこり》かったりするものだが、ここにはそんな感じはなかった。少し淋しそうではあったが、暖かくてやさしくて懐かしい匂いがした。着物に白い割烹着《かっぽうぎ》を着たおかあさん、ソフト帽をかぶったおとうさん、そして廊下を駆け回る赤い頬の子供たち。どこかで見たようなセピア色の家族写真。幸せな家。壁の汚れや柱の傷のひとつひとつに、幸せな家族の記憶をとどめている家、そんな気がしたのだ。

懐かしいといっても例えば蒼の生まれた家がここと似ているとか、そういうことは少しもなかったのだが。蒼の生まれた家はちょうどここことは、裏返しのような家だった気がするのだが。

さて、その夜——

教授と深春の合作によるディナーもきれいさっぱり、パスタの一本にいたるまで四人の胃袋に収まっていた。ついでに蒼と京介の共同作業による皿洗いも終了し、後は心置きないコーヒー・タイムだ。ガラス障子を引いた座敷に大きな座卓を中にして、それぞれ思い思いの格好でくつろいでいる。

ガラスの外はかなり広い庭で、ろくに手入れもしてはいないようだが欅《けやき》、金木犀《きんもくせい》、椿《つばき》、泰山木《たいさんぼく》と樹の種類だけは多い。桜の古木も一本あって、春には縁側に座ったまま花見ができるのだが、今年の花はもう散ってしまったろう。

深春は床柱にもたれ、蒼は片手を枕に寝っころがり、教授はどこにそんなものがあったのかお殿様みたいに脇息《きょうそく》にもたれて、京介だけが背筋を伸ばし持ってきたコピーの束をめくっている。二杯目のエスプレッソを味わいながら、その横顔にさりげなく教授が口を開いた。

「京介。俺のいない間に、いろいろおもしろいことがあったようだな」

「おもしろいこと、ですか？」

「建築のフィールドワークってわけだろう？　修論のネタになりそうなのは、見つからなかったてェのかい」

相変わらずの長前髪に隠れた京介の視線が飛んできて、蒼はあわててぶるぶるっと顔を振る。去年京介が大学の中庭に貼り出した『ご所有の《西洋館》の鑑定承ります』のビラや、それから始まった一件のことなど、蒼は教授にもらした覚えはない。

「なにをおっしゃりたいんです、教授」

「なんだと思う？」

腹に一物という顔でにやりと笑う神代教授。

「当ててみろよ」

京介は頭をそらすように一振りして視線を返す。左右に割れた前髪の下から現われたのは、平然という文字を顔にしたようなポーカーフェイスだ。彼の口調や態度と同様、その顔にも愛嬌とか可愛げとかいう種類のものは微塵《みじん》も存在しない。

だがその素顔を見れば美容師やスタイリストでなくとも、この若者にもう少しましな服を着せてましな髪型をさせたいと思わずにはいられないだろう。あきれたことに京介は美形なのだ。ハンサムとか端正《たんせい》とかいったことばでは、到底追い付かないくらいの。鼻筋とか唇のかたちとかまぶたの線とか、細部をいちいちたどる以前に、はっと声を呑まずにはいられないほどの、圧倒的な印象の美貌。

しかし京介は人前に顔を晒《さら》すのを好まない。というよりもはっきりと嫌悪している。いつだったか彼は蒼にもらしたものだった。じろじろ見つめられると、蝿にたかられているような気がするんだと。

(だからたぶん、京介のこういう無愛想な顔も、一種の防御手段ってことなんだろうけど……)

なにせそれほどのとびきりな美形が無表情に、目にだけは刺すような冷やかな侮蔑《ぶべつ》の色を浮かべて、じっとこちらを凝視しているのだ。例えば彼に片思いしている女性がこんな顔を向けられたら、その場で自殺したくなっても当然だろう。

「ええいくそ、止めた止めた!」

口をひん曲げて教授は視線を外す。

「てめえみてえな根性悪と、睨めっこなんざしても始まりゃしねえ。そら、種明かしだ」

胸ポケットから出されてぽんと座卓の上に放られた奉書封筒が、勢いのままころがって差出人の名を上にする。蒼はそれを見てあれ、と声を上げた。その名前に記憶があったのだ。

「どうして先生のところに、杉原静音《すぎはらしずね》さんから手紙が来るの?」

去年の五月、蒼が貼ったビラを見て研究室にやってきた文学部の一年生遊馬理緒《あすまりお》。そこからの繋がりでやがて会うこととなった、理緒の母方の伯母が杉原静音だ。横浜の方で杉原学園という、小学校から短大まである女子校を経営していた。

「なあに、古い知り合いさ。平たくいやあ杉原の死んだ兄貴ってのが俺の先輩でな。彼女は随分おまえに感謝しているぜ、京介。いくらことばを尽くしても足りない、遊馬家再生の大恩人だそうだ。読んでやろうか?」

「遠慮しますよ」

京介は梅干を口に含んだような顔で横を向く。どうしてそうなのか大形に感謝されたり有難がられたりというのは、彼にとってあまり嬉しいことではないらしい。それにしてもかなり分厚い手紙だ。どうやら杉原静音は、伊豆熱川の遊馬家別荘を巡る経緯をかなり詳細にわたって書いてきたものと見えた。

「まあそういうな。彼女はおまえの力を見込んで、頼みたいことがあるそうだ」

「やっぱり西洋館の鑑定ですか？」

と尋ねたのは蒼。

「まあそうだな。それもなかなか変わった建物のようなんだ」

「当面フィールドワークはやりません」

京介は首を振った。

「教授のおっしゃる通り、修論の準備にかかっていますので」

「ふーん。テーマは決まってるのか？」

「ええ」

「まあ、それならいいさ」

教授はやけにあっさりと引いた。といっても彼がそのままあきらめるはずがない。と思っていたら案の定、こっちにお鉢が回ってきた。

「どうだ、蒼。どんな話だか聞きたくないか？」

京介が渋い顔したってかまうものか。勢いこんでうなずくのに教授はにっこりして、

「よしよし、じゃ話してあげよう。杉原家が戦前には旅館を経営していたことは知っているだろう？　いまはその方面からは手を引いてしまったが、それでも人脈は残っている。その関係で杉原さんから話が来たらしいんだが、相手は日光にある古いホテルなんだ。オグラ・ホテルという明治からある古いリゾート・ホテルを経営している」

「オグラって、小さな倉って書く小倉ですか？」

「いや、ちょっと珍しい姓だ。巨人の巨に椋《むく》の木の椋と書いて巨椋《おぐら》と読む、その巨椋家の所有している建築なんだな」

「じゃ、それもいまホテルに使っている建物なんですか？」

「そうではないが、やはり明治時代に建てられたものらしい。かなり山奥の小さな沼のほとりに建てた別邸で、いまも一家の老人が住んでいる。ところがその老人がそろそろ危ないというので、この際移築するなりなんなりしてホテルに使おうということらしいんだ」

「でもそのお年寄りって、まだ亡くなったわけじゃないんでしょう？」

蒼は驚いて聞き返す。

「ああ、もちろんまだだ」

「そんなの、ちょっとひどくないですか。なにかするっていっても、せめてその人が生きて

る内くらいそのままにしておいてあげればいいのに」

教授は真面目な顔でうなずいた。

「杉原さんもそういっている。オグラ・ホテルというのは創業者の巨椋一族でがっちり固めていままで続いてきたんだが、それがここに来て内紛みたいなもんまで持ち上がっているらしいんだな。相続とかそういう問題もあるんだろう。だから彼女のために、なんとか力になってあげてくれないかとね」

「お婆さんなんだ」

「創業者の娘で、現社長の祖母に当たる九十五歳の女性だそうだ」

「凄い……」

弱冠十六歳の蒼にしてみれば、九十五という年齢を聞いただけでため息がもれてしまう。森の中で見上げるほど大きい古木を前にしたような気分、とでもいおうか。そんな歳まで生きてきた人を、最後に冷たい目に遭せるなんてひどい。

「京介――」

彼はコピー束から顔を上げたが、口はへの字に曲ってますます不機嫌そうだ。

「そういう用ならもっと権威と肩書きのある人を担ぎ出すんですね。僕みたいな院生じゃ、資本家のふところを弛《ゆる》めるには大した役に立ちませんよ」

「遊馬社長相手には、腹芸やってみせたそうじゃねえか」

「同じことを繰り返すのは御免です」

京介のことばはまったく取りつく島もない。

「ね、先生。その建物の、写真かなんかないんですか？」

「いまんところ、あるのはこれだけさ」

教授は指先を封筒の中に入れると、一枚のコピーを引き出して見せた。古い絵葉書を複写したらしく、お世辞にも鮮明な映像とはいえない。山を背に水面を前にして建つ建物、お寺のように大きな屋根があるということだけはどうにかわかる。

「この感じ、なんか見たことがあるみたい……」

蒼はつぶやいた。

確かに見たことはある。だが鮮明には重ならない。どことなく感じが違う。でも、この左右に広がった屋根の感じは――

「――どれ」

床柱に寄り掛かったまま眠っているのかと思った深春が、むっくり体を起こすと、座卓越しに手を伸ばしてそのコピーを取った。

「へえ。こいつはまるで平等院《びょうどういん》ですね」

「平等院って、京都のお寺だっけ」

「正確には平等院鳳凰堂《ほうおうどう》、かな。鳥が羽根を広げた格好だっていって、ほら、これさ」

深春がポケットから出したのは、なにかと思えば十円玉だった。その裏面にレリーフされた二センチ足らずの建物の立面図は、だが絵葉書のそれとはあまり似ているようには見えない。

「壁と屋根のバランスが違うんだ。このコピーの建物の方が、ずっと壁が高い。だから屋根は和風でも、お寺には見えないんだ」

深春にいわれて蒼はもう一度、不鮮明な映像に目を凝らした。

「そういえば、ここに並んでる柱はギリシャっぽいよね」

「壁は西洋、屋根は和風の折衷建築ってわけか」

「ほんとに変なの——」

ところが今度蒼の手からコピーを取り上げたのは、無関心を決めこんでいたはずの京介だった。前髪をぐいと掻き上げて近眼の眼鏡を外すと、食い入るような目でその写真を見つめている。白衣のポケットをごそごそやっていると思えば、小さなルーペまで取り出した。ずいぶん長いことそうしてためつすがめつしていた視線を上げると、

「教授、この建築はなんです」

尋ねる口調がやけに真剣だ。どうやら彼はとても興味を引かれているらしいのだ。だが神代教授の方は、京介がそんな顔になるのをとっくに読んでいたらしい。ふっと口元が皮肉な微笑になる。

「名前は碧水閣《へきすいかく》、碧の水の楼閣の閣だな。所在地は群馬県利根郡片品村《とねぐんかたしなむら》、碧沼《みどりぬま》という小さな湖のほとりに建っている。日光から行くと金精峠を越えて群馬に入ってすぐという場所だ。雪が多くて冬は近くがスキー場になる——」

「設計者はだれなんです？」

「オグラ・ホテルの創業者巨椋幹助《みきすけ》。ただし専門家が手を貸したという可能性が高い」

「建築年は」

「そこまでは杉原さんの手紙にも書いてないな。明治の後期としか。——どうだ、俄然興味が湧いただろうが」

教授の顔をじっと睨み付けていた京介は、ふいに腹立たしげな顔になって、両手で摑んでいた絵葉書のコピーを離す。さっきまで彼が読んでいた資料の束の上に、それがひらりと落ちて重なった。

「僕の修論ノート、いつ覗いたんです」

「いつって研究室の机の上に半日放り出してあったろうが。だがどうだい、俺の山勘もまんざら捨てたもんじゃねえだろう。結構な偶然を杉原さんに感謝するんだな」

「ですがまったくの初耳ですよ。下田菊太郎《しもだきくたろう》が日光で仕事をしたなんてことは」

「初耳だからおもしろいんだろうよ。証明できれば大した発見になるぜ。第一『建築界之黒羊』を修論に扱うなんて、いかにもへそ曲りのおまえらしいやね」

京介の前に便箋をぽんと放ると、組んだ両手の指の上に顎を載せて神代教授は低い笑い声をたてた。

## 3

「なに、その下田菊太郎って。建築家？」

深春の腕を引っ張って蒼が聞くと、彼も腕を組んで顎をひねっている。

「うーん。建築家だよなあ、確か。俺もどっかで名前だけは聞いた気がするけど、思い出せないや。よっぽどマイナーな人なわけですか」

「マイナーというよりは、悲運の建築家といった方がよさそうだな」

蒼と深春の問いに答えたのは教授だ。京介は眉間に縦皺を刻んで、杉原静音の手紙に目を走らせている。

「悲運の建築家って？」

「なんでも学生時代から教授の辰野金吾《たつのきんご》に睨まれて、卒論の指導もしてもらえないまま帝大を中退、アメリカで修業して日本に帰って、だが明治の日本建築界は辰野とその弟子の天下だ。どこまでも仕事はうまくいかず、最後は野垂れ死んだような話じゃなかったか？」

「そんな人がいたの――」

「名前だけなら藤森照信《ふじもりてるのぶ》の『日本の近代建築』にもちゃんと出ている」

手紙から顔も上げないまま京介がいった。

「覚えてない」

もっとも受験勉強のように読んだわけではないから、内容を逐一覚えているはずもない。

「この手紙には、下田の名前が出ているわけではありませんね」

読み終えた京介が教授を見る。

「出ちゃあいないさ。だがおまえだって、この写真を見たときはひらめいただろうが」

京介はまた難しい顔になって、不鮮明な古絵葉書のコピーにじっと目を凝らしている。蒼はもう我慢できなかった。

「ねえ、先生。ちっともわからないよ。どうしてこの、碧水閣だっけ、の写真を見ると下田菊太郎の名前が浮かんでくるの？」

「下田は、帝国ホテルを設計したのは自分だと主張している」

京介が答えた。

「帝国ホテルって、あの日比谷公園前に建ってる？」

「その建て代える前の建物だ」

「だからいまは明治村に、玄関だけ保存されてるやつのことでしょ？」

深春が口を開けてなにかいいかけたが、それより先に蒼は大声を上げてしまった。

「うそだあ、そんなの。あれって有名なフランク・ロイド・ライトが設計したんでしょ？　関東大震災にも壊れなかったんで、だれかがアメリカに帰ってたライト宛に祝電打ったんだって、ぼくだってそれくらい知ってるよ！」

「確かにそれが一般に知られているところの話ではあるんだ」

淡々とした口調で京介がことばを続ける。

「しかし下田菊太郎は、不遇な晩年に書き記した著書の中で主張している。当時上海で仕事をしていた彼の元に、帝国ホテル支配人林愛作《はやしあいさく》から設計依頼があった。彼はそのために上海を引き払って家族ともども帰国し、書き上げた図面を直接ホテル側に手渡したが、なぜか説明もないまま自分は馘首《かくしゅ》され、図面も紛失したと称されて返還されなかった」

「ああ。その話なら、俺もどっかで聞いた気がする」

と深春。蒼はそのとき京介が、――よほど酔っていたらしいな、とつぶやくのを聞いたが、深春は気がつかない。

「だけど証拠はあるのか？　下田の書いた図面とか、ホテル側の設計依頼の書類とか」

「ない。しかし彼の主張はそこには止まらない。下田は、自分の図面が返されなかったのはそれがライトによって引き写されたからだといっているんだ。帝国ホテルの低層で内部に中庭を囲むかたちのプランは、明らかに自分の設計そのものだと」

「じゃ、盗作だっていうの？」

蒼はますますあっけに取られる。ライトといえばあまり建築に興味のない人でも、どこかで耳にしたことがあるくらい有名な建築家だ。外観に大谷石を多用し、水平線を強調したスタイルはライト式と呼ばれ、その新鮮さで当時多くの建築家に影響を与えたといわれる。遠藤新《えんどうあらた》のように生涯にわたって、ライト式のみを使い続けた者もいるくらいだ。

そのライトの、日本における代表作である帝国ホテルが盗作？　とても信じられるものではない。深春も同じ思いらしい。

「山師じゃないのか？　だって彼自身の主張以外、なんの裏付けもない話なわけだろ？」

「下田にはアメリカ時代に、シカゴのホテル設計に携わった経験がある。帰国してからも横浜グランドホテルの建築顧問をして改築プランを立案したり、神戸にはひとつホテルを建てもした。一方アメリカでのライトの実績はあくまで住宅建築をメインにしていて、大規模なホテルをデザインした経験はなかった」

「状況証拠としても弱いな」

「それとこれも彼の著書にあることだが、帝国ホテルは下田の盗作であるという主張に対して、相当額の金銭による賠償に応じたそうだ。つまりまったくの無根拠な要求であったとは考えにくい」

「どうかな。相手は客商売だ、無用なトラブルを避けるために金で解決したとも考えられる。正規の裁判を起こしたわけじゃないんだろ？　だったら——」

さらにいいつのろうとする深春を、京介は片手を上げて止める。

「下田は、ライトの帝国ホテルは自分の平面プランを使っているといっている。だが意匠の点は違う。彼は主に外国人が宿泊するホテルには、西欧の建築様式をそのまま引き写したような建物よりも、日本的なモチーフを用いる方がふさわしいと考えていたらしい。下田は帝国ホテルに、平等院鳳凰堂の屋根を載せるつもりでいたそうだ」

「――なる。それでか……」

一拍置いて深春がつぶやく。

「もし碧水閣が下田菊太郎の仕事だとしたら、彼の帝国ホテルに関する主張もずっと信憑性が高くなってくる。そしてそれだけでなく――」

「あ、ぼくやっと思い出しちゃった！」

蒼は思わずぽんと手を叩いている。いきなり頭の中に、記憶に埋もれていた本の一ページが浮上してきたのだ。

さっきも話に出た『日本の近代建築』の中の小さな引用図版だ。左右対称のクラシック・スタイルな大建築の上に、帽子のようにちょこんと載せられた入母屋造りの屋根。碧水閣ともプロポーションがまったく違うので、いままで思い出せなかった。でもいま記憶によみがえったイラストを思うと、その屋根もやっぱり鳳凰堂によく似ている。

「あれ確か、国会議事堂の計画の話だったよね」

「ああ。下田菊太郎は一度決定した議事堂のデザインに異議を唱えて、帝国議会に自分の案を訴えた。古典式の壁体に御所風の屋根を載せて、『帝冠併合式』というものを提唱したんだ」

「御所風？　鳳凰堂じゃなかったの？」

「正確には違う」

京介が軽く顎を反らす。

「だが中央に入母屋の大屋根を載せて、長く張った左右にやはりシンメトリーに屋根を重ねているわけだから、全体のデザインとしては似ているといっていいと思う。鳳凰堂のかたちも平安の寝殿造りから来ているらしいし」

「だけど帝冠様式って、ファシズムの建築なんていわれたんじゃなかったっけか」

深春が尋ねるのに、今度は神代教授が口を挟んだ。

「その代表作が九段の軍人会館だったな、二・二六のとき戒厳司令部になったやつだ」

京介がうなずいた。

「そう。そして現在認められている近代日本建築史の中で、唯一下田の名が出てくる場面が帝冠様式の提唱者ということなんだ。彼のアメリカでの業績とか、時代にさきがけて鉄筋コンクリート工法を提唱したこととかは、ほぼ完全に無視されている。ただいわゆる帝冠様式の流行は昭和に入ってからのことで、大正九年に下田が帝冠併合式というデザインを提唱したことを、そのままファシズムと結びつけるのは強引すぎると思う」

「でも、結びつけられてきた？」

「『建築界之黒羊』だからね」

「それ、さっきも先生がいってたよね。なに？　仇名なの？」

「黒い羊、ブラック・シープ。ひねくれ者とかはぐれ者とかいったほどの意味だろうな。それも他人がつけたのじゃなく、自分で名乗っていたらしい」

「名乗っただけじゃないぜ」

また口を挟んだ教授は妙に嬉しそうだ。

「彼が不遇な晩年に残した著書の表紙に、ちゃんと印刷されているそうだよ。『建築界之黒羊　下田菊太郎』とね」

「本の表紙に？」

蒼はあきれた。それって、いくら不運な人だったにしても——

「当人の性格にも、かなり問題あったんじゃないかなあ……」

「なっ、誰かさんと似てるだろう」

「詳しいですね、教授」

自分の専門でもないことをなんでそれほど知っているんだと、むしろそっちにあきれている深春に、教授はワルガキのような顔でへっへと笑ってみせた。

「習わぬ経を読むのは、門前の小僧だけじゃないってことさ」

「あ、でも……」

蒼はつぶやいた。

「帝国議会案は大正九年。帝国ホテルの計画は」

「明治四十四年だ」

「で碧水閣がそれより昔なら、下田って人はずっと鳳凰堂の屋根を洋風の壁の上に載せることを考えてたわけで——」

「ファシズムなんて完全に無辜の汚名ってことになるよな」

「彼の『帝冠併合式』の発想の、原点が見つかるかもしれないってわけだ」

蒼と深春のことばを教授が締めた。

「凄いじゃない、京介。修論どころか学会発表ものだよ、それって」

「証明されればな」

「だって、洋風の壁の上に鳳凰堂の屋根載せるなんて変なこと、そういろんな人が考えつくわけないじゃん！」

「よしッ！」

いきなり教授が立ち上がった。

「こうなれば行こう、日光へ。桜井京介の論文のために！」

「ちょっと待って下さい、教授が行かれるっていうんですか？」

珍しく京介があわてたような声を出す。

「権威と肩書きといったのはどこのどいつだよ。これでも俺ァW大のプロフェソールだぜ。杉原さんの手前だってあらあ。オグラ・ホテルのやつらだって、門前払いは喰わせられめェ」

「それはそうですが、わざわざ――」

「いまさらなにぬかす。こんなおもしれえ話、おまえひとりにまかせておけるか。深春、蒼、おまえらも行くだろう？　日光はいいぞ、酒はうまい、飯もうまい、景色はいい、温泉もある」

「わーい！」

「いいですなあ！」

ふたりはぱちぱちと手を叩き、京介ひとりがため息をついていた。こうなってはもはや抵抗するだけ無駄だと知っていたので。

「どうしてそういう話になるんです……」

# 足も火照るに眠る外じん

## 1

神代邸で日光調査旅行の計画が一気に盛り上がったのは四月だったが、実行は二月も先になってしまった。理由はいろいろある。標高千五百メートルを越す山中にある碧水閣を雪のある季節に訪れるのは楽ではないし、調査にも適さないだろうというのが第一。京介は杉原静音やオグラ・ホテル側とも連絡を取っていたらしいが、特にホテルからはゴールデンウィーク以降まで待った方がいいといわれたらしい。

雪が消えても国道から碧水閣への私道は舗装《ほそう》されていないというので、足は例によって深春の知り合いからランドクルーザーを借りることになった。そちらのスケジュールと四人の都合を合せると、結局出発は六月二十三日金曜日の朝ということになったのだった。

都合といっても、新学期が始まったからといっていまさら学校に行く気もしない蒼には、考慮しなければならない予定もない。深春もアルバイトのローテーションを変えるだけのことだ。一番苦労したのが教授で、一年も日本を留守にしていれば雑用もたまっている、つきあいもある、講義もある、道が混むから週末は嫌だという京介を嚇《おど》したりすかしたり、金曜から日曜という日程をようやく承知させた格好だった。

すでに梅雨が始まっていて、連日シトシトと表現するよりはずっと勢いのある雨が降り続いている。その日も朝から雨もよいだったが土日には陽が出るという天気予報に期待して出発した。東北自動車道をまっすぐ北へ。車は多いが順調に流れている。

運転席には深春。助手席は神代教授。後ろは蒼と京介だが、朝の九時という時間では当然ながら彼は寝ている。腕を胸の前で組んで、背中はシートにつけて、頭もほぼまっすぐ。そんな姿勢のままぐっすりと眠りこんでいる。

高速道路の風景は、眺めておもしろいようなものではない。といって本は読めないし、ゲーム機を持ちこむ気もしない。しかし蒼の退屈を見越したように、教授が前から声をかけてくれた。

「どうだ、蒼。日光に着くまでの間に、近代日本ホテルの歴史でも講義してやろうか」

「へえ。大したもんですねえ、教授。いつの間にそんな畑違いの知識を蓄えこんだんです？」

深春の胴間声《どうまごえ》に教授は軽く肩をすくめて見せる。

「なあに、昨日読んだ本の受け売りさ。なんかの足しになるかと思って読み出したんだがな、どうしてこれがなかなかおもしれェのさ。下田菊太郎と帝国ホテルの一件も、ちゃんと載ってたよ」

「え、それじゃ碧水閣のことも？」

蒼は思わず首を伸ばして、教授の顔を覗きこむ。

「いや、それはさすがに載ってなかった」

やれやれだ。誰かがとっくに調べてしまったことだとしたら、わざわざ出かけていく甲斐がない。

「ま、それはともかくだ。明治以降日本にも外国人がたくさんやってくるようになって、横浜には彼らを泊めるためのホテルが多くできるようになった。しかし最初の頃、そのホテルを経営していたのもほとんど外国人だったそうだ。

やがてする内にただ旅行者のためのホテルではなく、日本に住みついた外国人が夏の暑さを逃れて避暑ということをするようになると、そのためのホテル、つまりリゾート・ホテルが必要とされるようになる。明治初期に建てられたリゾート・ホテルで、現在も続いているのが神奈川県箱根《はこね》の富士屋《ふじや》ホテル、その後が栃木県日光の金谷《かなや》ホテルとオグラ・ホテルってェわけだ」

「ほう、そんなに古いんですか。オグラ・ホテルってえのは」

ハンドルを握ったままちょっと顔を向ける深春に、

「杉原さんの手紙では明治二十六年、金谷ホテルの本格開業に遅れること三ヵ月とあったな」

「ぼく前にガイドブックで、金谷ホテルの写真見たことがあるよ」

視覚的な記憶力は人一倍の蒼だ。興味を持って眺めたものなら、名前は忘れても映像だけはくっきりと頭の中によみがえってくる。

「外見の写真は確かお寺みたいな入母屋の屋根でね、ダイニングルームはいちおう洋風なのに、立ってる柱の柱頭が牡丹《ぼたん》の鉢植えみたいに彫刻されてるの。色まで塗ってあって。あんなの他で見たことないよ」

「それじゃまるで東照宮《とうしょうぐう》だなあ」

「そう思ったから印象に残ってるんだ。でもオグラ・ホテルって、ガイドブックに載ってたかどうかも覚えてないや」

講義を邪魔されたことがいささか不本意らしく、教授はコホンと空咳をしてみせる。

「しかしオグラ・ホテルが由緒正しい明治創業のリゾート・ホテルであることは間違いない。そして非常に興味深いことに、このホテルは日本最初の日本人経営によるホテルと深い関わりをもっているんだ。その名も築地ホテル館」

講釈師の張り扇よろしくぱんぱんと膝を叩いた教授は、いっそう声を高くする。

「太平の眠りを覚ます上喜撰（蒸気船）たった四杯で夜も眠れず——一八五三年ペリー来航によってついに三百年の鎖国の夢は破れ、屈辱の不平等条約によって江戸開港、居留地築地に外国人の宿泊施設として計画されたのがこの築地ホテル館。

ああしかし三年の工期をかけてホテルが完成したわずか一月後には大政奉還、年号も明治と変わり、そのまたわずか五年後、東京下町一帯を襲った大火によってこの日本最初の築地ホテル館はもろくも焼け落ちてしまったのでありました」

一息ついた教授は、

「ま、それでだな——」

と、いきなり普通のしゃべりかたに戻って、

「この築地ホテル館の設計施工を請け負ったといわれるのが、現代の建設会社清水建設のルーツであるところの横浜の二代目清水喜助《しみずきすけ》という棟梁《とうりょう》なわけだが、オグラ・ホテルの創業者巨椋幹助の父親、巨椋木八《きはち》という男は元々京生まれの宮大工で、当時はこの清水喜助のもとで働いていたというんだ。つまり木八が築地ホテル館の建設現場にいたことはまず間違いなく、アメリカ人の技師ブリジェンスが海の上げ潮を利用してあざやかに土地の水平決めをやってみせ、日本人一同目を丸くしたなんて逸話のところにもいたに違いないんだな。

その当時はまだ生まれてもいなかったが、幹助も長じてからは父について大工の修業をしていた。大工からホテル経営へというのもずいぶん思いきった転身ではあるが、父親の木八

が築地ホテル館を間近に見て、その印象や魅力といったものを息子に語り伝えていたとすれば、幹助が家業を離れて敢えてホテル経営に賭けたのもわかろうというものじゃないか」

「ねえ、そうしたら先生。オグラ・ホテルはその焼けちゃった築地ホテル館と似ていたのかしら。建物の格好とか、そういうものがさ？」

「さあ、それはどうかなあ。残された写真や錦絵で見ると築地ホテル館は、壁がいまも伊豆で見られるようなナマコ壁、つまり黒い平瓦を斜めに張り巡らして白い漆喰を盛り上げてその縁を覆う壁で、海側にはヴェランダを巡らして、中央に風見のついた塔を建てた擬洋風としかいいようのないものだったらしい。それが跡形もなく焼失したのは幹助がほんの子供のときだし、意匠が似ているということはないのじゃないかな。木八から幹助に伝えられただろうというのは、そういう外形のことじゃないんだ」

「だったら？」

「つまり、日本の文化がこれまで知らなかったホテルという存在、その特異な魅力だな。同時に建築に携わるものとして一般人以上に鮮烈に感じられただろう、西洋建築の衝撃。そういうものだ。

　ろくな暖房設備もない、安楽な椅子もない、雨風から身を守ってくれる強固な壁も、プライバシーを約束してくれる鍵のかかるドアもない。外国人たちがそういって恐れた日本家屋の対極にある存在としての、西洋建築、ホテル。

自分たちがあたりまえだと思っていたものが、もしかしたらあたりまえではないのかもしれないという認識こそが伝えられたものではないか。とまあこう思うわけだ」

一度ことばを切った教授は、また歌うように声を張り上げた。

「ストーブを備う館に酒くみて足も火照るに眠る外じん——てな狂歌があったそうだ。足も火照る、それこそ火鉢しか知らなかった日本人が、初めて経験したことだったわけだな」

「ははあ。ホテルと火照るをかけてるわけだ」

「西洋建築の衝撃っていうのはわかったけど——」

蒼は首をかしげた。

「ホテルという存在の特異な魅力って、具体的にはどのへんを差してるんですか、先生?」

「そう。ホテルというものは日本においては、そもそも外国人が宿泊するものとして作られた。築地ホテル館はもちろん、富士屋ホテルやオグラ・ホテルもすべてそうだった。そうした存在であることを明示するために、初期のホテルは例外なく西洋建築で建てられる。そしてハードウェアとしての建築の内部では、ベッドと椅子が置かれ、洋式のバスタブが置かれ、食事もサービスもできる限り洋式に、つまり外国生活のソフトウェアで満たされる。総体としてどういうことが起こっているかといえば、ホテルはひとつひとつが日本にできた小さな外国だったわけだ。

ところが少し時代が下ってくると、ホテルの建築に別の傾向が現われてくる。日本趣味を取り入れるものが増えてくるんだ。蒼が覚えていた日光金谷ホテルの外観がそうだし、箱根の富士屋ホテルにしてもそうだ。外国人観光客は明らかに、そうしたデザインを喜んだんだな。つまり日本人から見れば国内にできた異国であるホテルが、訪れる外国人ツーリストにしてみれば異国である日本の玄関だったわけだ。こんなホテルの特性を、私が読んだ本の著者は『境界領域』ということばで表現していた」

「境界領域？――」

なんだかＳＦの用語みたいだ。でも先生のいうことはなんとなくわかる、と蒼は思う。

「ふたつの異なる世界の間に浮かんだ『空中楼閣』としてのホテル。そのホテルに、来訪する外国人により強く訴えかける意匠として日本の伝統建築を纏《まと》わせようとした下田菊太郎の帝国ホテル案は、長くアメリカで働いた彼自身の感覚に根差した選択だったのだろう、と著者はいってるな」

「でもそれは結局、受け入れられなかった」

「そうだ」

「それも辰野金吾の妨害で？」

「どうかな。外国人観光客の意を迎えるために積極的に和風を採用した富士屋ホテルなんかとは違って、帝国ホテルみたいな一国を代表するホテルはやはり本格的な西欧建築でなくてはならない、という固定観念が経営者側にあったのじゃないかな」

「鹿鳴館みたい」

「あまり変わらないのじゃないか。西欧に対する強い憧憬と劣等感。和洋折衷を偽物視してひたすら嫌悪する精神。だがそれが反対に跳ね返ると、突然偏狭な国粋主義が顔を出したりする」

「確かに近代建築の中の和風と洋風の折衷ってのは、考えれば考えるほど複雑怪奇ですよねえ」

深春が片手をハンドルから離して、頭をがしがしと掻いた。

「時代時代にいろんなかたちで姿を現わして、それが似ているようでみんな違うんでしょ？　俺みたいな門外漢にゃさっぱりですよ」

明治の初めの頃の擬洋風。それは封建時代の制約を脱した民衆の、新時代に対する憧れと活力の表現だったといわれる。

ドイツ人エンデが設計した和風というより中国風みたいな反りの強い屋根の官庁案。日本の伝統を生かそうという設計者の好意は、日本人からは『和三洋七の奇図』と嘲笑を浴びた。

完全に洋風の壁体に和風の屋根だけ載せた帝冠様式。昭和の軍部が力を強めていく時代に、それが流行したことは否定できない。だが同じ時代の作品であっても壁の部分にも和風を加味した上野の国立博物館みたいのは、帝冠式ではなくて進化主義だという説もある。木造の和風建築が、コンクリートの耐火建築に進化したという意味だ。

（ああ、ややっこしい……）


「宇都宮だ。降りまっせ」

深春が車を左車線に入れる。

「こっからは日光宇都宮道路でいいんですな？」

「そうだな。ほんとは一一九号の杉並木を通った方が趣があっていいんだが、あんまり遅くならない内に碧沼に着くとしたら、ここは急いだ方がいいだろう。日光でオグラ・ホテルにも寄らなけりゃならねえし」

「だれと会うんです」

「我々が碧水閣を見に行くということは杉原さんから話が通ってるはずなんだ。だからちょっとした挨拶というだけのことさ。まさかわざわざ社長も出てきやしめえよ」

「腹ごしらえくらいしていきたいんですがね」

「うるせえな。中禅寺湖あたりまで我慢してろ」

そんな話をしている間にも、車は宇都宮市内を抜けて一路西へ向かっていた。

## 2

ＪＲと東武、ふたつの日光駅の脇を抜けてまっすぐに東照宮のある高台に向かう道が、日光市のメインストリートだ。有名な観光地らしいけばけばしさは不思議なほど淡く、古い町屋の木造建物が多く目につく。伝統のありそうな酒屋、和菓子屋、漬け物屋、旅館、骨董屋など。中でもいかにも日光らしいと思われるのが日光湯波《ゆば》の専門店と、古めかしいペンキ塗りで『ＳＯＵＶＥＮＩＲ』の看板を掲げた土産物屋だった。

「河を渡って突き当たりを右だ。上り坂を進んで右手の橋を越えて後は道なり」

地図も見ずに教授が道順を指示する。すでに観光シーズンが始まり、市内の道はかなり混み合っている。

「先生。日光はよく来るんですか？」

「知り合いがいてな」

「オグラ・ホテルに泊まられたことは？」

「ねえよ。俺はいつも金谷さ」

「ああ、あれですか——」

いきなり口を開いたのは、まだ寝ているとばかり思われていた桜井京介だった。

「確かにあれなら僕も、泊まるなら金谷がいい」

「えッ、どこどこ？」

あわてて首を伸ばす蒼に、シートの間からフロント・グラスの方を指さす。探すものがわからずに目をさまよわせていた蒼は、やっとそれに気づいて声を上げた。

「あの、高いとこに建ってるやたら派手なやつ？」

いつの間にか雨も止み、低い雲の割れ目から鈍色《にびいろ》の陽射しが洩れている。河を挟んだ対岸の斜面、東照宮の境内を横から眺める絶好のロケーションにそれは建っていた。杉の深い緑に喰い入る金とガラスの外壁。そして屋上に並んだ『ＯＧＵＲＡ　ＨＯＴＥＬ』の文字。

（——うそだッ……）

蒼は口の中でつぶやいている。

（これでどこが金谷ホテルと並ぶクラシック・ホテルなんだよ——）

広い駐車場に乗り入れたランクルから車外に出てみても、目がちくちくしてくるような人工的な印象は強まるばかりだ。かたちは縦横高さがほぼ同じな正立方体。別にウォーターフロントに建っているような超高層ビルというわけでもないのだが、周囲が豊かな杉の木立で包まれているために、なおさらそう感じられるのかもしれない。生き物の体に突き刺さった異物とでもいおうか。

ひろびろとしたエントランスを入りもせず、なんとなく浮かない顔でその壁を見上げていた一行だが、正面の自動ドアが大きく開いたと思うと、その内部から目を射るほどあざやかなエメラルド・グリーンのスーツ姿が登場した。

「失礼ですが、東京からおいでのW大の先生方でいらっしゃいますか?」

短くカットした黒髪、押し出しのいい豊かなプロポーション。共色のパンプスはローヒールなのに、目の位置は教授とほぼ同じだ。

「ようこそいらっしゃいました。私、当ホテルの営業部に所属いたします英《はなぶさ》千秋《ちあき》と申します。皆様のお世話をいたしますように会長からいいつかっておりますので、どうぞよろしくお願いいたします」

にこやかな微笑を浮かべながら名刺を出し、教授から蒼にいたるまで慇懃な挨拶を繰り返す。その名刺には、『株式会社オグラ・ホテル　営業部主任　英千秋』の文字。歳こそ若く、口調はものやわらかではあっても、きびきびしてかなり有能な女性という雰囲気を全身から発散しているタイプだ。

「申し訳ございませんがただいま会長始め所用で外出しておりますので、お昼食をさしあげてお部屋の方にご案内するようにと申しつかっておりますが、それでよろしゅうございましょうか」

「いや、英さん。我々はちょっとこちらに御挨拶だけさせていただいて、すぐそのまま碧水閣の方へ行く予定でいたのですが」

教授がいうと彼女はちょっと首をかしげてみせたが、顔に浮かぶ微笑は変わらない。

「ええ。それはきっと皆様をあちらへご案内する予定の者が、急用で遅れているからだと存じます。ですからそれは明朝ということで、今夜は当ホテルにご滞在いただき、夜に会長たちとお会いいただくということでご承知願えませんでしょうか」

「特にご案内いただかなくとも所在地の方はわかっていますから、さしつかえなければ我々だけで一向にかまわないのですが」

「さ、それは私ではわかりかねます。ですが碧水閣へは私道を通るようになっておりまして、なにぶんにも年寄りの住居でございますから、無用の者が入りこんだりしないように門に鍵をかけていたのではないかと存じます。ですから皆様だけで行かれましても、おそらく」

そこまでいって英は、おわかりでしょう？　とでもいいたげに軽く肩をすくめながら両手を広げてみせる。外国人の身振りの真似みたいだが、上背のある彼女にはそれが様になっていないこともない。

「しかし今日我々が伺うことは、前もってご承諾いただいていたわけなのですがねえ」

「急にご予定を変えていただくことは本当に申し訳ないと存じますけれど、私といたしましては皆様に当ホテルの滞在を楽しんでいただけるようベストを尽くさせていただきます」

「なるほど。——では、ここはおことばに従うより手がなさそうですね」

軽く苦笑して教授が答える。当然ながら英がこれまで話しかけていたのは、一貫して神代教授にだ。まさかこのいかにもインテリっぽい紳士がただのおまけで、その後ろに立っている二本足のむく犬みたいのが調査の主体だとはわかるはずもない。

「オグラ・ホテルは日光のみならず、日本でも有数のクオリティを誇るホテルだと自負しております。きっとご満足いただけると信じておりますわ」

それでもいくらかほっとしたように、英千秋はもう一度にっこりと笑ってみせた。

「少なくとも俺たちに対する、接待費用を惜しむ気はないらしいな」

「後で請求書が来るんじゃなければね」

客室に案内されて四人だけになったとき、真っ先に深春と蒼がかわしたせりふだった。

四人はまずレセプションの前を抜けて、エレベーターに乗せられた。三階分が大きく吹抜けになったロビーの中央部にはモダンにアレンジされた石庭が作られ、それを取り巻くようにソファが配置されている。案内されたのは最上階の八階にある和食レストランだった。大きな展望窓の開いた八畳ほどの和室で、日光塗りの座卓に次々と料理が並べられる。日光名物の湯波《ゆば》を主体に、姫鱒《ひめます》の塩焼きや舞茸《まいたけ》の天ぷらを加えたボリュームたっぷりの懐石料理だった。

そしてあてがわれた客室が七階にある『当ホテル最高のエグゼクティブ・スィート』とやら。エントランスに、バーカウンターのあるリビング・ルームに、総革張りのソファとＡＶを置いた応接間に、ツインのベッドルームがふたつ。バス・トイレはそれぞれの寝室に付属していて、窓の外には広いテラスまでついている。

インテリアは素材こそ本革、真鍮《しんちゅう》、大理石やオニックスと豪華だが、決してけばけばしくはない。あちこちに置かれた壺には薔薇《ばら》があふれるほど飾られ、ロビーに残していった荷物も手際よく運びこまれている。テーブルの上には当然のようにシャンパンを冷やした銀のバケツと、ビスケットとチョコレートを山盛りにした皿。

「なにかご入用なものはございますか？」

室内を一通り案内した英が、にこやかに尋ねる。その微笑はいささかかんぐってみれば、どうだ、まいったかといっているように見えないこともない。

「この建物はいつごろ建てられたのですか？」

いきなりそう尋ねたのは、それまでほとんど口をきかなかった京介だった。愛想のいい彼女の顔に、一瞬、『なにかしら、このぼさぼさ頭の男は』といいたげな表情が走ったが、すぐに元の職業的な微笑に戻って、

「こちらは一九九三年五月に完成いたしました」

「それまでもオグラ・ホテルは、この場所で営業してこられたのですね」

「はい。オグラ・ホテルは明治二十六年にこの地で開業いたしました。その後幾度かの増改築を経てまいりましたが、創業百年を期にあえて老朽化した旧館を取り壊しまして、いま見ていただいておりますような新しいオグラ・ホテルに生まれ変わったのでございます」

口調がどこかバスガイドの名所案内めいているのは、しょっちゅう聞かれる質問だからだろう。

「オグラ・ホテルの歴史に関する資料を展示したような場所はないのですか？」

「それは、ございますが……」

いままでのなめらかな答えを、ふと淀ませるように口ごもった英は、

「申し訳ございませんが、少しお待ち願えますか。上に尋ねてまいりますので」

急にそそくさと出ていってしまった。その背中を見送ってから、深春がつぶやいたのだった。費用を惜しむつもりはないらしい、と。

「もしかしたらさ、なにかまずいことが起こったのかもしれないね」

「まずいことってなんだよ」

「ほんとは碧水閣を見せたくないわけがあってさ、文句いわせないようにこうやって歓迎しちゃって」

「たっぷり喰わせて酔わせて、夜になったら天井が落ちてくるとか？」

「——アホ」

洗面所から出てきた教授がひとことで切り捨てた。顔を洗って髪に櫛を入れていたらしい。

「俺ァちっと出かけてくっからな」

「どこへです？」

「せっかくここまで来たんだ、知り合いに顔出してくる。どうせ夜までは足留めだろう？」

「そういや雨は上がったみたいですな。じゃあ俺、東照宮でも見てくるかな」

愛用のニコンを片手に深春も立ち上がる。

「行くか、蒼？」

「いいよ。お寺や神社に興味ないもん」

やたら食べでのある昼食のおかげか、いまごろになって眠くなってきた。寝ころがると全身をすっぽり包んでくれるような、ソファの弾力がなんとも快い。眠るつもりはなかったのにいつか薄墨色の世界にすべりこんで、教授と深春がいつ出ていったのかもわからなかった。

微かなチャイム……そしてドアを開く音。話し声。

「私、営業部の弥陀《みだ》と申します。資料室をごらんになりたいというお話でしたので、ご案内に伺ったのですが」

「はい、よろしくお願いいたします」

「他の方は？──」

「いや。彼らはちょっと外出いたしました」

「すると──」

蒼はソファから立ち上がって、そっとリビング越しにドアの方を窺った。京介と話しているのは大柄なダークスーツの男。真ん中分けした髪をぺったりなでつけて、歳は若そうなのに妙に陰気な印象だ。

「資料の方を拝見したいのは僕ですので」

「するとあなたが桜井さん、ですか」

「はい」

「──資料室はまだ未整理でございまして、一般のお客様には公開していないのですが、ご案内いたします。どうぞ」

このままでは置いていかれてしまう。蒼はみっともなくならない程度にあわてて飛び出した。そのまま勢いよく頭を下げる。

「すみません、ぼくも行きます。桜井先生の助手なもので、よろしく！」

## 3

資料室に当てられているのは地下二階の、事務室の奥という場所だった。未整理というふうにも見えなかったが、特に魅力的な展示品があるわけでもない。幾度か建て代えたり改築されたりしてきた古いホテルの写真を、引き伸ばしてパネルにしたもの。有名人の宿泊客がホテルの前で撮った記念写真のパネル。ガラスケースの中に並んでいるのはホテル名のロゴを入れた昔の洋食器やメニューといったもの。わざわざ見たいと思う人の方が少ないだろう。資料室が公開されたとしても、どれくらいの客がこんなわかりにくい片隅にまで来るかは疑わしい。

「こちらが創業百年と新館落成を記念して作られたものです」

弥陀が資料室の一角に置かれたテーブルに、分厚い黒表紙の本を置く。金で押された文字は『オグラ・ホテル百年史』。

「よろしければお持ち下さい」

「ありがとうございます」

機械的な口調で礼をいったが、京介はまだその前に腰を下ろそうとはしない。

「こちらには碧水閣に関する資料はないのですか」

「資料、とおっしゃいますと？」

「設計図とか工事計画書、業者とやりとりした手紙類や支払いの記録——」

「それはここには、ないのではないかと思います」

「ここにはということは、どこかほかに？」

「いえ、申し訳ございません。私にはわかりかねます」

この男が妙に陰気に感じられるのは、しゃべるときもほとんど顔の筋肉を動かそうとしないからだ。それにしても彼の口調には、どことなく曖昧なものがあるように蒼には思われる。そういうことを尋ねられるのを、あまり喜んでいないというか。しかし京介はてんでおかまいなし、壁に背をつけて置かれているスチール棚を覗きこみ、

「ここに並んでいるのはレジスターブックですね」

「はい。創業以来お泊まりになられたお客様が、サインなさった宿帳です。こちらに一冊開いてございます」

弥陀が指さしたのは明治時代のメニューの脇に、開かれて展示されたものだった。日付、名前、住所、国籍。USA、UK、FRANCE……なぜか日本人客も名前はローマ字で書いている。

「他のものも見せていただけませんか」

「は……」

弥陀はためらうように視線を伏せたが、

「お待ち下さい、鍵を持ってまいります。ですが何分にも大切なものでございますので、お取り扱いにはくれぐれも」

「ありがとうございます。万全の注意を払いますので」

陰気な口調で付け加える男に、京介は深々と頭を下げてみせた。

もしかしたらずっとそばで監視でもされるのではないかと思ったのだが、幸いそういうことはなかった。レジスターブックを並べた棚の鍵を開けると、

「終わられたら事務室の方にお声をおかけ下さい」

とだけいって出ていく。京介はテーブルの上に積み上げたそれを、年代順にめくりはじめた。

「下田菊太郎の名前を探してるの？　ぼくも手伝おうか？」

「いい。かなり紙がもろくなってる。破いたりしたらまずい」

「碧水閣の資料がなんにもないってほんとなのかな。あの人のしゃべりかた、どっか変じゃなかった？」

「——そうかな」

「そうだよ。なんか隠してることがあるみたいだった。ねえ、京介」

「——ん」

「こういうときミステリの名探偵だったら、彼がなにを隠してるのかなんてパパパッと推理しちゃったりするもんじゃない？」

「まかせるよ」

「推理は助手の仕事じゃないもん。だからぼくもなにか手伝いたいってば」

「——蒼」

「はーいッ！」

「本気で手伝いたいの？」

「もちろん！」

「だったら口は閉じて、しばらくどこか行ってなさい」

「ケチー」

「あ・お」

これ以上邪魔をするとマジで怒られそうだった。辞書みたいに分厚い『百年史』はどう見ても面白そうではないし、くれるならここで読む必要もない。蒼はもう一度資料室内を見て回ることにした。

ガラスケースの中には、特に興味を引かれるようなものはなにもない。壁の写真は？　建築のおおまかなかたちくらいしか見えない、不鮮明な映像ばかりだ。

『明治二十六年　オグラ・ホテル開業　木造二階建て』回りにぐるりとヴェランダを巡らして白いペンキを塗ったように見える、わりとチープな感じの洋館だ。

『明治二十七年　中禅寺湖畔にオグラ・コテージ・イン開業　夏期のみ営業』これも白塗りの、洋館というよりバンガロー風。杉林の斜面に何棟か分かれて建っている。

『明治三十二年　オグラ・ホテル新館開業　煉瓦造二階建て』これは最初のものよりずっと立派な、イタリアのパラッツォみたいな建物に見える。正面の列柱の前に、黒い紋付き袴《はかま》の男と白い洋服の男が並んで立っている。洋服の男の方が頭ひとつ高く、髪も白っぽい。白人らしい。左手に製図用具のコンパスを持っているところを見ると、建築家だろうか。ふたりは学生みたいに肩を組んで大きく口を開き、いかにも嬉しそうに笑っている。

『大正十三年　大改築』ホテルの前で従業員がそろった記念写真だ。おかげで背景の建物の方はよく見えない。中央に椅子を置いて若い夫婦が座っているようなのは、社長夫妻ということだろうか。男は頬の削げた痩せ型、女は着物に丸髷で眼鏡をかけている。

だんだん飽きてきた蒼は足を速めて歩く。確か箱根の富士屋ホテルなどでは、明治二十四年に建てた本館をいまもまだ使っていたはずだ。しかしオグラ・ホテルでは、百年続いているとはいっても建物の方はどんどん変えてしまっているらしい。おととしにできたいまの八階建ての前にあったのも、戦後になってから建てられたホテルだったのだ。

（もともと古い建築を大切にしようって考え方がない人たちなのかな……）

だとしたら碧水閣も、よくいままで壊されずに残ったというべきなのだろう。きっと大事だとも思わないから、資料も写真もどこにあるかわからないのだ。それにしては、古いレジスターブックを大事がるのは矛盾のような気がするが、有名人のサインとかがあるのかもしれない。

角の壁に入ってきたのとは別のドアがあった。ためしにノブを回してみたら開く。物入れなどでないのは覗けばすぐわかった。部屋の長さとおなじだけの、短い廊下がある。方向から考えると、事務室との間にあることになるだろうか。

電気はついていた。頭を突き出してきょろきょろした蒼は、

（あ……）

廊下の向こう端に人影のようなものを見た。いや、人影に見えたのは絵だった。等身大の人物を描いた大きな額縁入りの油絵が、小さな壁をいっぱいにしてかかっている。蒼は足音を殺して廊下に足を踏み出した。勝手にこんなところに入りこんで、後ろめたい気持ちはあるがとても我慢できない。

描かれている人物は三人。椅子にかけた女。その右脇に立っている男。反対側に立っている少女。女は黒褐色の髪を結い上げ、ハイネックの薔薇色のドレスを来た白人女性。美しいがやせてとがった顔をして、茶色の目は暗い。男は黒い紋付きに袴。緊張に強ばったような表情だ。少女は武骨《ぶこつ》な眼鏡をかけて白いワンピースを着ている。その眼鏡と無理に引きつめたような髪型が、可愛らしさを台無しにしている。

うまい絵とはいえない。人物ひとりひとりはとてもていねいに描いてあるのだが、ポーズがどれもぎこちない。その上構図が変なのか、三人がひとつの空間にいるように見えないのだ。別々に描いたものを、切り貼りでもしたように見えてしまう。

しかし男には見覚えがあった。壁にパネルにして飾ってあった中の『明治三十二年』の写真。新しく建ったホテルを背景に白人の建築家らしい男と肩を組んで立っていたのが、間違いなくこの男だ。

蒼は古びた金塗りの額の下縁に目を落とした。そこに小さな札が釘で止められている。書かれている文字は——

『巨椋幹助　妻カテリーナ　娘真理亜《まりあ》』

（オグラ・ホテルを作った人の奥さんって、外国人だったんだ……）

「その絵を信じちゃあいけないよ、坊や」

いきなり背中から声をかけられて、蒼は心臓が口から飛び出しそうになった。あんまり驚いたので、最初なにをいわれたのかもよくわからなかった。振り向いたそこに立っていたのは、ダブルのスーツを着た中年の男だ。怒っているようには見えない。ただ変に疲れているように見えた。

「そこに描かれているものを、信じちゃあいけない。それは嘘なんだ。その三人は生きているとき、そんなふうに仲むつまじくよりそい合うことなどなかったんだよ」

# 蛇姫伝説

## 1

男はポケットに両手を入れてゆっくりとこちらに近づいてくる。肩幅も広ければ胸も厚いがっちりとした体格で、白いもののほとんど見えない髪を乱れもなくオールバックになでつけている。仕立てのいいスーツ、銀縁の眼鏡、高い鼻の下の小さな口髭。やや神経質そうではあるものの、大企業の社長か重役にふさわしい服装だし、顔つきでもある。

(でも、どっか変だ。このおじさん……)

目の下に浮いたどす黒い隈《くま》、重く垂れたまぶた。やはりとても疲れて見える。疲れきって魂が空っぽになって、自分がどこにいてだれに向かってなにをしゃべっているのかも、よくわからなくなっている。そんな感じ。なにかされそうだというのではないけれど、あんまりそばに寄ってもらいたくない。

男は蒼の斜め後ろに足を止めた。そのままじっと生気に乏《とぼ》しい目を、絵に当てている。見つめているというよりは、ただそちらに目が向いている。

「あの、この絵の男の人ってオグラ・ホテルを作った人ですよね」

「——ああ、そうだ」

蒼の質問に少し間を置いて答えが返る。

「でも、ずいぶん前に死んでいるんですよね」

「——ああ。巨椋幹助が死んだのは大正十三年だ」

頭の中で大急ぎで換算する。大正元年は一九一二年だから、十三年は一九二四年。いまから七十年前のことだ。一方この男の年齢は、多く見積もっても五十をそうは越えていない。

「それじゃあなたは彼と会ったことがないはずです。どうして会ったことのない人たちなのに、そんなことがいえるんですか？」

男の顔がゆっくりと動いて、初めて蒼を見た。レンズの中の目が、全身をたどるように動く。あまり気持ちのいい視線ではない。男はそうして蒼を見つめたまま、口だけで薄く笑った。

「どうしてだって？　私は知っているからさ、いろいろなことをね。たぶん巨椋家のだれよりも詳しく。君たちはそういうことを聞きたいだろうと思ったんだが、違うかい？」

聞きたくないかといわれれば、それは聞きたいと答えるけれど。

「確かに巨椋幹助もその妻も私が物心ついたときにはとっくに鬼籍《きせき》に入っていたが、これは」

ふいにポケットから出した右手を、男は突き刺すような勢いで絵に向けた。黒縁の眼鏡を悪戯《いたずら》描きのようにかけた少女の、西洋人形めいた顔に向かって。

「この女はまだ生きている」

創業者巨椋幹助の娘、真理亜。蒼はようやく気がついた。

「じゃこの人がいまも碧水閣に住んでいる、九十五歳のおばあさん？……」

「そう。マリア・ヴィルジーニア・ディ・コティニョーラ・オグラ、日本名は巨椋真理亜、だ」

「奥さんが外国人だなんて、知りませんでした」

名前からするとイタリア人かもしれない。明治時代の国際結婚だ。いまより遥かに様々な困難が、そこにはあったのに違いない。だがそうまでして結婚して子供もちゃんと生まれて仕事も順調に続いて、その夫婦が実は不仲だったなんてことがあるのだろうか。いったいなにを根拠にして、この男はそんなことをいうのだろう。

カチンとライターを使う音がした。いつの間にかかたわらの壁にだらしなくもたれた男は、細い葉巻を口にくわえていた。深く吸いこんだ煙を長々と吐き出すと、また目をこちらに向ける。

「いいかね、坊や。私はなにも彼らが普通の意味で不仲だったとか、そういうことをいっているのじゃない。だったら別れればいいだけのことなのだから。ただ私がいいたいのは、彼らが幸せであったはずがないということなんだ。なぜといって人間は、人間以外のものとは絶対に幸せになどなれはしないのだからね」

「なんですって?……」

蒼はあっけにとられて、まじまじとその顔を見つめ返した。男の口元には相変わらず薄気味悪い微笑が張りついていたが、冗談をいっているようには見えない。

「この人が、人間じゃなかったっていうんですか?」

絵の中の女性は確かに、あまり幸福そうな顔はしていなかった。唇はきっとばかりに引き結ばれ、目は前方を睨み付けるようにしている。夫の手が肩に触れてるのにも、気づいていないかのようだ。だがそれはどこから見ても、若さを少しずつ失う年頃にかかってはいてもまだ充分に美しい、ひとりの白人女性以外のものではなかった。

「坊や。君はカンボジアのアンコールの都を知っているかい?」

男はいきなり話を変えた。それがいったいなんの関係があるのか。そろそろ相手の正気を疑いたくなっていた蒼だったが、しかたなく答える。

「アンコール・ワットっていうお寺があるところですよね。写真では見たことがありますけど」

それがなにか？　と問い返す間を与えず、男は続ける。

「そう。あの都を作った王朝には起源神話がある。シヴァ神の気紛《きまぐ》れで領国を失ったインド、アーリヤ・デッカの若き王カンブ・スワヤンヴァが、放浪の果てにカンボジアの地にたどりつき、蛇の王ナーガラージャの娘ナーギーと恋に落ちた。スワヤンヴァは蛇姫を妻に迎え、その富と力を借りてクメール王朝を立て、アンコールの都を建てた。

蛇姫は王宮アンコール・トムの中央、ピメアナカの黄金の塔に住んだ。王は人間だから老いては次々と代が替わる。しかし半神である蛇姫は老いることも死ぬこともない。永遠に王の第一妃であり続ける。王が蛇姫を愛して妻として遇する限りその力でアンコールの都は栄えたが、ある王が彼女を裏切ったとき守護の力は失せた。彼は病に倒れ、疫病は見る見る都市に猖獗《しょうけつ》を極めた。隣国は突如戦を始め、都は敵軍の蹂躙《じゅうりん》するところとなった。財宝は掠《りゃく》奪《だつ》され、民は散り、ついに名さえ忘れられたアンコールの都はジャングルに呑みこまれて消えていった——という伝説さ」

「じゃ、この外国人の奥さんが人間じゃなくてそのナーギーだったっていうんですか？」

蒼はあんまりばかばかしくて、なんだか腹が立ってきた。

「だってカテリーナさんはとっくに亡くなられたんでしょう？　こじつけにもなんにもなってやしないじゃありませんか！」

「彼女はね。だがその娘がちゃんと残っている。そして死にもせぬまま延々と、山の中の黄金の城から巨椋一族を支配し続けている。どうしてあれが人間なものか。巨椋は異類に愛され憎まれ呪われた血筋なんだ。いまに君にもわかるさ、あの醜くも美しい碧水閣を一目でも見ればね」

「それじゃあなたも碧水閣は、取り壊した方がいいと思っているんですか？」

「取り壊すだって？　——とんでもない！」

男はわざとらしく驚いてみせる。

「そんなことはあり得ないよ。いくら我々が騒ごうとも、あの蛇姫がそんな冒瀆《ぼうとく》を許すはずがないんだ。もしも強いてやろうとすれば、巨椋の一族は破滅する。そういうことだよ」

そのまますくめた肩を小刻みに揺らして笑っている男を、蒼はうんざりして眺めた。

(完全にいかれてるや、このおっさん)

それでも年長者に対する礼儀は、常日頃京介からきっちり仕込まれていてそう簡単に忘れられない。

「失礼します」

きちんと頭を下げてドアへ向かおうとした蒼を、

「お待ち、坊や。行くんならこれだけはちゃんと見ておいで」

猫の子でも呼ぶように指先で招いて、絵の中の一点をさし示す。そういわれるとつい好奇心に負けて、そこまで戻ってしまう。

「この胸のブローチ、見えるだろう?」

カテリーナの着ているシンプルなドレスの、それは唯一の装飾だった。黄色っぽい色で描かれているのは金だからか。紋章の盾型をして中にレリーフがある。確かに注意を向ければ、ちゃんとわかるほどの大きさだ。そしてその意匠は明らかに、

「ね、どう思う?」

「龍か、蛇みたいですね……」

頭を向かって左に向け、長い体をくねらせたものだ。どこかで見たような気のする紋章でもあるが。

「カテリーナはそれを娘に与えた。彼女が胸に飾っているのを、私は幾度も見たことがある。ナーギーのしるしさ。そうは思わないか」

「でも——」

「それじゃもうひとつ教えてあげよう。いま君たちが見ているレジスターブックの入った棚ね、一番奥に同じような表紙で古いアルバムが入っているはずだ。あれをよく調べてごらん。いろいろなことがわかると思うよ」

「あの、あなたはどなたですか?」

蒼は思い切って聞いた。しかし彼は肩をすくめていう。

「私の名? そんなものはどうでもいい」

青ざめた顔に浮かんだ薄笑い。気味が悪かった。蒼は黙ったままもう一度頭を下げて、回れ右をした。今度は引き止められなかった。

資料室に戻ると京介は、さっきから少しも変わらない姿勢で慎重にレジスターブックをめくり続けている。

「成果は?」

「ない」

誠に明快な回答。それでも返事があったのはよしとすべき、というくらいには蒼も京介という人間を認識している。こっちの成果を報告するのは、彼の手が止まってからにした方がいい。

「暇ならこの山、棚に戻してくれ」

「了解」

色のすっかり褪せて、元は小豆《あずき》色をしていたのが灰色に近いくらいになっているが、これは後で貼り直したのだろう、年号と通し番号のラベルが背中についている。左から右へ、それがきちんと古い順に並んでいたのだ。

「この残ってるやつは?」

「戦後は取り敢えず見ないでいいから」

確かにそっちのは表紙がずっと新しい。それでも創業以来百年、ほぼ同じかたちの宿帳を使い続けているのだから伝統って凄いと蒼はわけもなく感心してしまう。

(でも、さっきのおっさんがいってたアルバムってどこにあるのかな――)

別に隠してあるというのでもないのかもしれない。並んでいるレジスターブックの一番最後は一九九三年四月で、そのとなりに表紙の色は同じだが背中のラベルがない一冊が立っている。開いてみると厚手の紙に三角コーナーで写真を止めるタイプのアルバムだった。

一番最初のページにそれは貼られていた。あきらかにさっき見た油絵の元となった写真だ。ただしそれは椅子に座った夫人とかたわらに立った紋付きの幹助のふたりだけで、娘の姿はない。真理亜は次のページにひとりで写ったものがあって、画家は二枚の写真から家族図を構成したようなのだ。構図が変にぎこちなかったのも、そのためかもしれない。

しかし相違はそれだけではなかった。まず幹助の左手は、絵のように夫人の肩に載せられてはいなかった。夫人の顔は絵よりも遥かに固く、全身は硬直していた。そして膝の上に重ねられていたはずの彼女の手は一振りの拵《こしら》えも美しい日本刀――脇差らしい――を横たえて、その柄《つか》にしっかりと指をからませていた。

## 2

晩餐《ばんさん》は七時、ホテルから車で五分ほどのところにある巨椋邸でだという。しかしいざ出かけるまでが大騒ぎだった。誰が頼んだわけでもないのに人数分のタキシード一式が運びこまれ、四人は否応なくそれを着せられるはめになったのだ。

「いくらサイズは合せさせていただきましたなんていわれてもさ、俺やだなあ、こんなん着るの。結婚式みてえ」

「お気にせずにいつもの服装でっていうのがさ、ほんとの親切だよねえ」

「いつまでぶつくさいってんだ、てめえら。さっさとしねえと置いてくぞ」

　ベッドルームから教授の叱咤《しった》が飛んでくる。

「深春、髭そるのが嫌だってえなら、せめてシャワーくらい浴びろ。京介、おまえもその汚ねえ前髪、どうにかしたらどうだ！」

「いまから床屋でも行きますか」

「なーに気取ってやがるんだ、阿呆。調査すんのは誰なんだよ。ここまで来て相手の機嫌損ねて追い返されたいのか？」

「それは──」

「おえらがたとの外交交渉は引き受けてやる。てめえは余計な口きかねえで、おとなしく飯喰ってりゃいい。ったってそんな頭じゃあ、門前払いされるのが関の山だ。ムースがあるからいっそリーゼントにでもしちまえ」

金曜の夜だ。さすがに着いたときとは違い、泊まり客の姿がロビーにも多い。このホテルは専用のエレベーターで地下の大浴場に行くとき以外、浴衣丹前で歩き回ることはお断りになっている。いわゆる温泉旅館のくつろぎを求めてきた客にはやっかいな注文だが、それをよしとするツーリストもいまは多いのだろう。軽い飲み物を楽しんだりしゃれた土産物屋で買物したりする客たちで、広いロビーはすっかり賑わっていた。

車を待ってソファに座っていると、そこら中から視線の飛んでくるのがわかる。確かに変てこで好奇心をそそる眺めだろう。タキシードにエナメル靴の男が四人。ひとりは蒼のような子供。ひとりは顎鬚濃くて太め、肉体労働者タイプの深春。ひとりは見るからにインテリ、一番隙なく礼装が似合う神代教授。そしてもうひとりが京介だ。

痩せぎすの体はタキシードのボリュームでほどほどカバーされ、もともと足は長いし肩幅はあるし全体のかっこうは悪くない。ただいかんせん髪が長すぎる。前髪はぎりぎり、眼鏡が半分出るくらいに横に流したが、ここしばらくカットしていないから後ろも襟を隠すくらい伸びてしまっている。よく見れば鼻筋や唇や顎の線のきれいなことに誰もが驚くだろうが、一見すれば貸衣裳をつけた浮浪者といえないこともない。

（いったいぼくたちなんに見えるのかな……）

それぞれひとりなら手品師、ボードビリアン、司会者、花嫁に逃げられた花婿といったものに見えるかもしれないが、これだけめちゃくちゃなタイプが四人並んでいるとなると――

「どうも、大変お待たせいたしました」

英千秋が頭を下げている。彼女も着替えていて、肩から胸をレエスにした黒のワンピースにゴールドのイアリングという服装だ。手袋までつけている。彼女も晩餐に出席するのだろうか。

四人が車寄せについていた黒のロールスロイスに乗りこむと、それが動き出すより早く後ろから一台の乗用車が追い抜いていった。助手席にはさっき車の外で頭を下げていた英が座り、ハンドルを握っているのは例の陰気な弥陀だった。

巨椋邸は来たときの道をもう少し先に進んで、ホテルとは逆に左へ折れて入った道の突き当たりにあった。周囲は人家もなくほとんど杉の林らしい。百年来ここに住んでいるはずの巨椋家なのだから、邸宅くらい古いたたずまいを残しているのではないかという予想は完璧に外れた。ホテルと同時に建て替えたのではないだろうか。高さこそ二階建てで、陸屋根とテラスの平行線を強調したところなどライト風にも見えるが、メタリックな印象はホテルとそっくりだ。ガラス窓を広く取っているので明るい室内に人の動くのが遠目にもはっきりと見えるところは、ちょっと水族館の水槽のようにも思われた。

車から降ろされてみると、扉の開かれた玄関前に英と弥陀の姿はない。その代わりに、

「ようこそいらっしゃいました」

取り澄ました女の声が四人を迎える。

その声の主を視野に収めた途端蒼の頭をよぎったのは、

(眼鏡をかけた、だるまさん――)

身長は百五十くらいしかなさそうだ。髪は頭のかたちがそのまま出るようなカットで、着ているのがまた小太りの体の線に密着した黒いワンピースだから、ころころまるまるしたシルエットはほんとうに張り子のだるまにしか見えない。そしてフレームにきらきらするガラス玉をはめたはでな眼鏡。そんなものを実際にかけている人を、蒼は初めて見た。

「まあ皆さん、タキシードがよくお映りになりますこと。あらご心配なく、お履き物はどうぞそのままで。ええ、せっかく礼装していただいてスリッパなんてあんまりですものねえ。さあさ、ご案内いたしますわ」

ぼってりした二重顎の上のローズピンクの唇が活発に伸び縮みを繰り返し、愛想のいい笑い混じりの声を連射してくる。だが注意して見るとやたらよくひかるフレームの奥の目は、笑うというよりはこちらをしきりに観察しているようだ。

「先生、神代先生でいらっしゃいますわよね。先生は横浜の杉原様と、お親しくていらっしゃいますとか? 私の実家も実は横浜の方で、戦前からホテルの方を、と申しましても、もちろんグランドなんかじゃあございません。古いだけでお恥かしいほど小さなホテルなんでございますけれどね、はい、経営しておりますんですのよ。なにかお入用の節には、どうぞお申し付け下さいましな。

あら私、自分の名前も申し上げませんで、あの、オグラ・ホテル社長巨椋月彦《つきひこ》の妻の巴江《ともえ》でございます。どうぞお見知りおきを」

廊下の途中で急に立ち止まっておじぎなんか始められては、すぐそばにいる教授はともかく後についていく方はどうしていいのかわからない。と、いきなり背後から声があった。

「いやね、叔母様。そんなところで御挨拶なんて。お祖父様たちが待っておいでよ」

「あら、さやかさん。そんなこといったって私だってね……」

「——失礼」

誰にいうともない声とともに、蒼の目の前を絹糸のようなまっすぐの黒髪がさらさらと音をたてながらよぎった。甘やかなフローラル系の香水の香が、少し遅れて鼻先をかすめていく。廊下に立ち止まっていた四人と巴江夫人の脇をすり抜けて、彼女はくるりとこちらに振り返る。

歳は蒼と同じくらいかもしれない。だが十五、六の年頃の少女というのは、身なり次第でほんの子供にも見えれば成熟した女性のようにもなれるものだ。眉にかかるほど長く下ろした前髪、ウエストを絞ったあざやかな紅色の総レエスのワンピースは丈が膝の見えるほど。ひとつ間違えばそれは彼女を、幼女のように見せてしまったろう。だがつややかな黒髪の中に浮かんだ白い小さな顔は、押し絵の人形のように繊細で、完成されていて、化粧などしていなくともすでに大人のそれに近かった。

「どうぞ皆様。巨椋家の者が御挨拶いたしたいとお待ちしておりますわ」

彼女の声に答えるように、廊下の突き当たりにあるドアが開いた。

# 3

予想外なほど重厚な調度で整えられた居間だった。白塗りの天井には皮を剝いだだけの太木の梁《はり》が渡され、正面には黒い鋳鉄《ちゆうてつ》の柵をつけた堂々たる大きさの暖炉が切られて、積み上げられた薪を赤い炎が舐めていた。家具は木の枠に革を鉄鋲で張ったもの。床には絨毯《じゆうたん》の代わりに毛足の長い毛皮を敷き、天井近くの壁には剝製にした鹿の頭が並んで、南仏の田舎家を思わせる荒々しいインテリアだ。だがその暖炉や周囲の椅子にかけている人々はいずれもタキシード姿で、部屋の装飾にあまり似合っているとはいえない。蒼がそう思ったとき、視線が一斉にこちらを向いた。


蒼は大急ぎで、事前に仕入れた断片的な記憶を呼び戻す。現在の社長は巨椋幹助の曾孫にあたる月彦。その父親雅彦《まさひこ》は二年前息子に社長の座を譲って会長となった。暖炉の左の安楽椅子で足を組んだ男のところに、案内者の役を奪われた巴江夫人が寄っていく。

あれが社長だろうか。歳は確か三十七歳、それにしては老けて見える。髪が妙に薄いのと小太りなせいかもしれない。片手にウィスキーらしいグラスを握って、二重顎の上にむっとした唇を結んだまま、彼はじろじろとこちらを見つめている。

しかし紅色のドレスの美少女が、

「お祖父様、お客様方をご案内してまいりましたわ」

そういって微笑んだのは暖炉の右手に向かってだった。椅子からゆったりと腰を上げたその老人を見たとき、蒼はてっきりそれが会長に違いないと思った。ゆるく波打つ見事な銀髪、銀色の口髭のある日焼けした顔に歓迎の笑みを浮かべた彼は、いかにも資産家の当主にふさわしい貫禄を具えていると映ったからだ。

「これは遠いところを、よくおいでになられましたな。オグラ・ホテルでの滞在を楽しんでいただけるとよいのですが」

低いがよく通る声とともに、大きな手が神代教授に向かって差し出される。

「思いがけぬご歓迎をいただき恐縮です。私はW大学教授神代宗と申します」

その手を握り返しながら教授がいう。

「こちらはドライバーとアシスタント、栗山と蒼です。栗山はW大の学生です。そしてこれは桜井。杉原静音さんからお知らせがあったかと思いますが」

「ほお……」

深春と蒼には軽くうなずいて見せたその老人は、少し後ろに立っていた京介にぴたりと視線を据えた。

「そう。杉原さんからは手紙をいただいていますよ。するとあなたが桜井京介さん——」

京介はなにもいわず、手を差し出そうとも動こうともしない。ムースで上げていたはずの髪も眼鏡の方にずり下がり、表情は蒼のところからも少しも窺えなかった。

そして老人はその京介の顔を静かに、だがじっと見据えている。明らかな緊張と、強い興味をこめて。

「失礼ですが、あなたは？」

その視線を断ち切ろうとするかのように、教授がそばから口を挟んだ。はっと見返った銀色の眉が大きく動く。蒼にはそのときの彼の表情が、軽い驚きの顔に見えた。『名前をいわなければ、自分がだれかわからぬ人間がいるのか』、と。

「ああ、これは名乗りが遅れまして失礼を。私はオグラ・ホテルの専務取締役を務めております埴原《はにはら》久仁彦《くにひこ》と申します。こちらが会長の巨椋雅彦、そして社長の巨椋月彦です」

彼は悠揚とした仕草で、自分の背後と左手を示す。専務の後ろにいた巨椋雅彦は軽く会釈してみせた。その顔立ちといい服装や雰囲気といい、久仁彦自身ととてもよく似ている。だが貫禄の点で明らかに一段下に見えることも確かだった。

だが暖炉の反対側の椅子から、社長の巨椋月彦は立とうともしない。そばに立った巴江夫人があわててその肩を揺するようにしていたが、彼はよそを向いて専務のことばを露骨に無視している。まるですねた子供のようだ、と蒼は思った。

「ついでのことですからご紹介を済ませておきますかな。月彦の隣にいるのが妻の巴江です。輝彦という息子がいるが、まだ七歳なのでここにはいません。こちらが常務の埴原秋継《あきつぐ》と娘のさやか」

蒼はあっけに取られた。美少女のそばに立っているのは、忘れるわけもない、さっき資料室の隣の廊下で、わけのわからないことばをさんざん聞かせたあのおかしなおっさんなのだ。もっともいまはすべて忘れたように取り澄ましている。相変わらず疲れた力のない顔つきだが、蒼を見てもなんの表情も浮かびはしない。ポーカー・ファイスの達人なのか、それとも心がどこかに行ってしまっていて、ただ名前を呼ばれたから機械的に会釈を繰り返しているだけなのだろうか。

「そしてすでにお見知りかと思うが、営業部次長の弥陀皓一《こういち》と主任の英千秋。これも巨椋の姻戚で繋がる者です」

紹介のきりがついたところでやっと椅子を勧められ、注文に応じて食前酒のグラスが配られた。深春は水割り、教授はシェリー、特に指定しなかった蒼と京介は自家製だという梅酒。

「大変申し訳ないのですが、一度伺っただけではとてもご関係が呑みこめませんね。埴原さんと会長は、ご兄弟のようにお見受けしたのですが？」

教授のことばに埴原専務はゆったりとうなずいた。

「お気になさるには及びません。外の方にはまったくもって、わかりにくいに違いありませんからな。ホテル創業者巨椋幹助は夫人との間に、ひとりの娘しか儲《もう》けませんでした。娘は長じて弥陀正二《しょうじ》を婿に取りましたが、彼は幹助の姉すみの息子ですのでつまりは従兄に当たります。

そのふたりにも娘ひとりしか生まれず、彼女が埴原雅彦を婿に入れて双子ができました。そのひとりが月彦です。私は雅彦の兄で、私の息子が秋継、そして英は私たちの母やすの実家です。ははは、こう申し上げてみてもわかりにくいことにはかわりませんな。だれかに系図でも描かせましょうかな」

「私が描きましょうか、お祖父様。亡くなった方や、さっき省略なさった方もちゃんとふくめて？」

退いていた居間の一角から、あざやかな色のレエスが花びらのようにひるがえる。

「――さやか、口を慎みなさい」

埴原秋継が声をひそめて娘をたしなめるが、彼女は父の小言になど頓着する様子もない。

「あらどうして、お父様。お祖父様はなにも気にしてなんかおられないわ」

「おまえにはかなわんな――」

彼の顔には、仕方ないとでもいった軽い苦笑が浮かんでいるだけだ。美しい孫娘には甘い祖父ということなのだろう。

「さあ、夜も更けた。皆さんも今日は、遠くから来られてお疲れでしょう。ささやかな晩餐をともにしていただくとしましょう」

そのことばを合図に、玄関から入ってきたときとは別の両開きの扉がさっと開かれた。いくらか足が不自由らしい埴原久仁彦の脇に弟の雅彦が付き添う。その後に秋継と娘のさやか。自然と列ができる。

「さあ、お客様がお先に」

久仁彦が腕を大きく動かして教授らをさし招いた。と、その鼻先をつっきるようにして、巨椋月彦が開いた扉の中に入っていく。

「あなた――」

巴江夫人がとがめるような声をかけたが、当然聞こえているはずの声を無視しているのだ。だらしのない歩き方の後ろ姿からすると、だいぶん酔っているのかもしれない。

「月彦、お客様がたに失礼だろう」

初めて巨椋雅彦が口を開いた。声もまた久仁彦とよく似てはいたが、数等力なく年寄りじみて響くのが不思議だった。

月彦の足が止まる。頭の上から注ぐ照明が、テーブルにそろえた銀器の列を輝かせている。その表をなめるようにして、彼はこちらを見返った。小太りの顔に汗の粒を浮かべ、半ば嘲るように口を開いた。

「お客様に失礼だって？　父さん、あんたもあの娘を見習って、もう少し正直になっちゃどうです。あんたが気にしてるのは客なんかじゃない」

顔つきや態度の小児性にはふさわしい、かん高い声で彼はいい返す。

「月彦──」

「いまの場面を見ていたら、そこのお客さんもすっかりわかったことでしょうよ。オグラの社長は社長じゃなく、会長も会長じゃない。あんたがびくびく気にしているのは、いつになってもそのお隣にいるあんたの兄さんひとりなんだ！」

「月彦ッ！」

しかし塙原久仁彦は、彼にはなにひとつ答えようとしなかった。表情に怒りや苛立ちさえ浮かべはしなかった。ただ彼は静かに体を巡らせて、神代教授をうながしただけだった。

「さあどうぞ、先生。お席は私の隣に用意させました。お口に合うとよろしいのですがな」

# 星弥

## 1

食堂は居間のインテリアと揃えた田舎風の、広く豪壮なしつらえだった。高い天井は三角に折り上がって屋根の木組みをそのまま見せ、中世の修道院あたりで使っていそうな武骨な鉄のシャンデリアに蠟燭型の電気が点されている。もちろん家は鉄筋なのだから、天井の木組みは装飾だ。その下にはひかるほどに白いクロスに包まれた広いダイニングテーブル。外観のモダンな箱の中に、敢えてこんな古風な部屋の作られているのがおもしろい。

「オグラ・ホテルをごらんいただいてもある程度はご理解いただけたと思いますが、私どもは伝統とは守ること、変えないことだとは考えておりません。むしろ時代に即して変えていくことで、保てる質の高さをこそ伝統と呼びたいと考えています。今夜の料理にもそうしたポリシーが生かされていると、考えていただければなによりのことです」

開会の辞とでもいった埴原久仁彦のことばだった。社長も会長も差し置いて、彼がすべてを指図し取りしきる。それが巨椋家では当然のことらしい。月彦もあれ以上騒ぎ立てるつもりはないらしく、いまはむっつり黙りこんだまま自分の席に着いている。そんな夫にちらちら横目を走らせながら、巴江夫人はこっそりため息をつく顔だし、巨椋雅彦は兄のことばにいちいちうなずいているだけだ。埴原秋継は放心したように表情を変えず、英千秋と弥陀晧一は緊張のおももちを隠さない。なんと楽しい晩餐ではないかと、始まる前からもう蒼はうんざりしてきている。

と、斜め向かいにいるさやかと目が合ってしまった。彼女は蒼の気持ちを見透かしたように、すばやいウインクを送ってよこす。その表情からして月彦が自分の不満をおおっぴらに口にするのも、久仁彦がそれを平然と黙殺するのも、毎度のことらしいとは想像がついた。

料理は確かにとても美味だった。伝統を売り物にしたクラシック・ホテルにありがちな、手堅く作られてはいるがどこか古臭いフランス料理とは一段も二段も違っている。味も全体に軽めで、バターやクリームの量を押さえたヌーベル・キュイジーヌ風だ。そして日光の名産である湯波や姫鱒が随所に生かされて、ここでしか食べられない料理という演出も充分にされている。

ろくな会話もない食卓の気まずさもものかは、深春に劣らない食欲を発揮していた教授が、心底感嘆したらしい声を上げた。

「これは驚いた。湯波の刺身や煮物は幾度も食べたことはありますが、こんなかたちで料理されたものは初めてですよ」

生湯波に魚のムースを盛りつけてバターソースをかけ、軽く焼き目をつけた一品だった。とても口当たりがよくてやわらかで、濃厚でありながらあっさりした味に整えられている。

もっとも深春は小さな声で、

「爺むせえ料理。歯がなくても喰えるぜえ」

なんてつぶやいていたし、蒼も半分くらいはそれに賛成な気分ではあった。

「お気に召していただいて幸いですな」

埴原久仁彦が愛想よく答える。

「先生、次にはひとつこのワインを試してみられませんかな。中禅寺湖畔に店を出している昔からの酒屋が作ったものでして、なかなかに国産物とは思えない味を出していますよ」

「ほう、日光でワインが作られていたとは知りませんでしたね」

「いや醸造元は山梨で、葡萄もそこで取れたものを使っておるのですが、酒屋の主人が味を決めて生産させて、瓶詰めしたものを男体山中の貯蔵庫で三年間熟成させるそうです」

久仁彦の背後に控えている初老の給仕が、新しいグラスを並べて注ぐ。色はかなり深いルビー色だ。慣れたしぐさでグラスの足を持った教授は、軽く香をかぎ、口にふくむ。その目がおや、というように見張られた。

「これは確かに山梨のワインとは思えない味ですね。フルボディで、力が強くて」

「やはり味のわかる方というのは嬉しいものですな」

久仁彦は鷹揚《おうよう》に笑ってみせる。

「ただ如何せん香立ちが薄い。これればかりはどうしても、国産葡萄の限界ですかな」

ボトルに貼られたラベルには『洛山紅《らくせんこう》』という文字が印刷されている。なんだか日本酒みたいな名前だな、と蒼は思う。

「なんだろ、この名前」

蒼の小声の問いに、深春は肩をすくめる。

「俺に聞くなよ」

「洛山というのは男体山のことだ。観音の浄土だという補陀落山《ふだらくせん》からの転訛《てんか》だろうね」

京介がぼそりとつぶやく。それを久仁彦は耳聡《みみざと》く聞きつけていた。

「これはお詳しい。桜井さん、日光についてもだいぶん勉強されておられるようですな」

京介はそちらを見ようともしない。だが久仁彦は彼を会話に引きこむ機会を、ずっと待ち受けていたようだった。

「実をいいますと杉原さんからあなたのことを伺って以来、ずっとお会いするのを楽しみにしておったのですよ」

テーブルにはメインの牛ヒレ肉のマデラソースが運ばれていたが、それには目もやらず久仁彦は京介の方へ体を乗り出す。

「食後のコーヒーまで待とうかと思っておったのですが、お声を聞いて我慢しきれなくなりました。あなたは私どもの創業者が建てた廃屋に、なんですかたいそうご興味をお持ちになっておられるという。素性正しい工芸品でであれば時が経って骨董と化すほどに値もつくことでしょうが、あれはどうみても素人が作った紛いものです。それももう少し便利のよい場所にあれば使いようもあるものを、人里離れた山の中なのだから出かけるだけで一仕事だ。かりにも建築の研究をされているという方が、なんでまたそんなものに関心を持たれるのか。私にもさっぱりわかりかねましてな」

京介は、それになんと答えるか少し考えるふうだった。視線は眼鏡と前髪の中に隠したまま、静かに口を開く。

「僕は確かに近代建築の研究をしていますが、見た目に美しいからとか、資産的価値があるからとかいうことで対象を選ぶわけではありません。まだ自分の目で見たわけではないのでなんともいえませんが、碧水閣には研究者としての僕の興味をそそってくれることがいくつかあります」

一度ことばを切ったのは、下田菊太郎のことを話そうかどうしようか迷ったからかもしれない。だが素人相手に帝冠様式のことなどいい出しても、混乱させるだけだと判断したのだろう。

「――それに少なくとも、廃屋だとは聞いていません。碧水閣にはいまも巨椋幹助の娘であり、月彦さんの祖母に当たられる真理亜さんが住んでおられるのではありませんか？」

久仁彦よりはやく、月彦が口を開いた。

「その通り、廃屋なんかであるものか。もちろんまだ人も住めるし、修理すれば充分使える建物だ。遠いといっても国道から私道に入って五分というところだし、その私道さえ整備すれば不自由などなにもない。高級ホテルとして再利用することも、充分に可能なんだ」

「それは机上の空論だ、月彦」

巨椋雅彦が息子のことばをさえぎる。

「道路の整備費、老朽化した建物の再生費とホテルに転用するための建設費、それだけの資金を投入して採算の取れる見込みがどこにある」

しかし月彦は父親を鼻でせせら笑った。

「受け売りはけっこうだよ、父さん。たまには自分の考えでものをいってみたらどうだい。専務はね、桜井さん。あと何年もしないでお迎えが来るだろう年寄りの死ぬのも待てない、そんな無駄な維持費など使いたくないというのですよ。年間一千万とかかるはずもない金を惜しんで、祖母様がまだ生きているというのにその建物をぶっこわしたくてたまらんのですよ。

そんなに金が惜しいのかって？　いやいや、そうじゃありません。この人は真理亜祖母様が恐いんです。嫌いなんです。憎いんです。彼女が生きている限り、オグラ・ホテルの実権をひとりで握ることができないから。それでもう何十年も前から祖母様を憎んで憎んで、妹をスパイのつもりで送りこんだのがすっかりあちらに洗脳されてしまう始末だし、それでも相手は二十年も年上だ、いまにくたばるとそれだけを楽しみにしていたのに、いくら待っても死んでくれない。

この調子じゃ自分が先にいけなくなるかもしれない。そう思って毎日、いてもたってもいられないんですよ。だから彼女がいよいよ具合悪くなったというと親切ごかしに入院を勧める一方で、維持費のこととか急にいい出して、そのくせおかしいじゃありませんか。価値のある建物なら解体して日光市内に運ぶなんていうんです。いったいそのためにどれだけ費用がかかると思います？　見積もりを立てさせるって業者を送りこもうとして門前払いを喰わされる。かと思えばなんとかしてあなた方を碧水閣にやるまいとする。支離滅裂ですね。そう思いませんか、え？」

半分ろれつの怪しくなった口でまくしたてると、月彦はげらげら笑い出す。そばから巴江が、あなた、あなたと袖を引くのにも気がつかない。それでも、

「——止さないか、みっともない」

押し殺した声で久仁彦がつぶやくと、ふっと笑い止んだ。唇はゆがんだままだが、声は止まっている。さっきまで酔いに赤らんでいた顔が、急に青ざめていく。

「どうも失礼いたしました。大変にお見苦しいところをお目にかけまして」

久仁彦はわざわざ椅子から立って、教授たちの方へ誰にともなく頭を下げる。しかし桜井京介は、それにはなんの反応も示さずに淡々とした口調で質問を返した。

「あなたは碧水閣の解体を考えておられるのですか」

「どんなものでも創業者の記念という意味はありますからな、住人が亡くなられた後に虚しく朽ち果てるにまかせるよりは、一部なりと移せればと考えたことはあります」

「住人、つまり巨椋真理亜さんですね」

「そうです」

「お加減が悪いのですか」

「そのことをご報告するのが遅れたことは、幾重にもお詫びしなくてはなりますまいな」

謝罪とは到底取れない尊大な口調で、久仁彦はことばを継ぐ。

「昨冬に真理亜刀自《とじ》の体調が悪化したときから、碧水閣の処遇についての取り沙汰が我々の中でされてきたのは事実です。いかに高齢とはいえ存命中の者の没後を想定して計画を云々するとは、非情なことかもしれません。横浜の杉原さんがどちらかといえば義憤に駆られるようにして桜井さんたちへ調査の話を持っていかれたことも、私は承知しております。しかしだからといってそれを邪魔しようというような考えは、これまでもいまも私は断じて持ってはおりません」

私はというところに明らかなアクセントを置いて、久仁彦は語る。

「しかし実は今日の早朝になって、急に真理亜刀自が倒れて病院に運ばれたという知らせがまいりました。それで止むを得ず、今日はこちらに泊まっていただくように手配させていただいた次第です」

「倒れた――」

異口同音のつぶやきが聞こえた。食卓についている誰もの顔に、はっきりと驚きの表情が浮かんでいる。その知らせはここまで埴原久仁彦のみが、把握していたものだったらしい。

「それはどうも、知らぬとはいえ大変なときに伺ってしまいました」

神代教授が表情を改める。

「しかし、それでは我々は出直すしかなさそうですね。倒れられたとなっては、そうすぐに退院というわけにもいきますまいし。もちろんお留守中でも建物だけを見せていただけるというのでしたら、それでかまわないのですが」

「ですが実のところ、我々は真理亜刀自がどのような状態で入院したのか、どこの病院に運ばれているのか、それもわからないのです。そんなわけでなおさらお知らせが遅れてしまったような次第で」

ずっと自信に満ちたしゃべりかたしかしてこなかった埴原久仁彦の、ことばに妙に煮えきらぬ調子が混じってきている。まだなにか隠しているのかもしれない。

それにしても、そんな馬鹿な話ってあるかしらと蒼は思ってしまう。山の中に暮している九十五歳のお婆さんが、自分ひとりで病院に入るわけもない。救急車を呼んだとしても身元がわかっているなら、病院からちゃんと知らせが来るだろう。

「誰かご家族が付き添っておられるのですか」

教授が問うのにますます口ごもるように、

「星弥《せいや》がついているはずなのですが、さっぱり連絡をよこさぬもので……」

そのときだった。居間に通ずる両開きのドアが、さっとばかりに開かれた。現われた長方形の空間を額縁にして、ひとりのほっそりとした女性がそこに立っていた。

「皆様、大変遅くなりました」

抑揚豊かなアルトの声が静まり返った室内に流れる。その顔を一目見た途端蒼は、名乗られる前から彼女の名がわかった。曾祖母から伝えられたラテンの血が、中高な面ざしにはっきりと現われていた。

## 2

社長の月彦と双子ということは、彼女も三十七歳になるはずだ。しかし歳より老けて見える兄とは違って、彼女は十年は若く見えた。細くてきゃしゃな体つきのためかもしれない。

星弥は大股に、だがすべらかな足取りで食堂に入ってくる。蒼は自分でもそれと気づかぬまま、彼女の顔をぼおっと目で追っていた。

(なんてきれいな人だろう……)

星弥は黒髪を頭の後ろでまとめて、小さなシノアにしていた。ゆったりした仕立ての白いブラウスにハイウエストの黒いスラックス、細い腰回りにはぴったりついて、脚ではゆるいシルエットだ。そんな黒と白のひとつも華やかなところのない服装をしていながら、彼女は精巧なカットをほどこしたクリスタル・グラスにも似た鮮烈な輝きを内に宿していた。

顔形の美しさという点でいえば、万人の認める絶世の美女というわけではない。目鼻立ちなら例えば埴原さやかの方が、ずっと整っているし女性的でもある。星弥の濃い眉、彫りこんだような目、高い鼻とかっちりした顔の輪郭は、大抵の人にはきつすぎる印象を与えるだろう。

にもかかわらず彼女には、並んで立ったどんな完璧な美女さえ作り物の人形か平板な絵のように見せてしまうだけの、強靭なオーラめいたものが備っていた。このいまも、彼女が現われるまでは埴原専務が君臨していたはずの空間は、もはや紛れもなく星弥が支配するものであることを、居合せた誰もがはっきりと感じているはずだった。

「——ここにいらして、星弥姉様。あたしの隣のお席に!」

さやかがいとも無邪気に不自然な沈黙を破った。

「お食事は召し上がる？　あんまり代わり映えのしないお料理だけど。それともワインになさる？」

「ありがとう、さやか。お腹は空いてないの。コーヒーだけもらうわ」

「お姉様にエスプレッソをドッピオで。マッキャートにしてね！」

さやかは給仕に声をかけると、これでよかったでしょ、といいたげに星弥を見返る。

「星弥──」

ようやく巨椋雅彦が、娘に向かって口を開いた。たまりかねたといいたげな声だった。

「いったいどういうつもりだね、おまえは。いままでなんの連絡も入れないで──」

「どういうつもりでもありませんわ。お祖母様が倒れられたので病院に運ぶということは、今朝の内に埴原専務にお伝えしたはずです。いままで病院につきそっていたんです。一応病状が安定したので、ご報告がてらこうしてまいりました。遅くなったことくらいはご勘弁下さいな」

「当面入院ということになるのか？」

「ええ」

「病状はどうなのだね」

「いますぐどうということはないそうです。意識もはっきりしていますし、体もちゃんと動きますわ」

ふっと口元に皮肉な笑いを浮かべ、

「皆さんには残念かもしれませんけれどね」

「星弥！」

雅彦が引き攣ったような声を上げたが、星弥はもう笑いは消している。

「見舞にいかねばならないな」

独り言めいた口調で、それまで黙っていた久仁彦がつぶやいた。しかし星弥は軽くかぶりを振る。

「御無用ですわ」

「そういうわけにはいかん」

「お祖母様が専務に会いたがるとは思えませんけれど？」

いわれて反論できないところを見ると、その通りなのだろう。

「入院先はどこなのだね」

「そんなこと聞いてどうなさるんです。お見舞はお断りしましたのに」

「おまえはどういうつもりなんだ、入院先も教えないというつもりか？」

「必要ないと思いますから、申し上げません」

「馬鹿な。それではおまえが真理亜刀自を、隠してしまったようなものではないか！」

椅子から立ち上がった雅彦が声を荒らげるが、星弥の眉はぴくりともしない。

「お祖母様はいままで誰よりも私を信頼してくれました。ですから私もお祖母様の信頼に可能な限り答えるつもりでいます。私がついている限り、お祖母様には指一本触らせません。そしてお祖母様の碧水閣にも」

父雅彦も伯父久仁彦も、彼女がこれほど強い態度に出るとは予想していなかったに違いない。すぐには二の句も継げられぬまま、落ち着き払ってコーヒーを口にする星弥の顔を見つめるばかりだ。

「どうか聞いてもらえないか、星弥。誤解の種は確かに私が撒《ま》いたのかもしれないが、私はなにも真理亜刀自の意志を踏みにじっても、碧水閣をどうこうしようなどと思ったことはない」

日頃の平静で威厳ある口調に戻って久仁彦が話しかけたが、星弥は答えない。視線を合せようともしない。

「確かにこれまで対立はあったし、これからもあるかもしれないが、我々は巨椋というひとつの木から伸びた枝だ。それを敵かなにかのように考えることだけは、止めてもらいたいのだ」

星弥の顔が上がった。刻んだようにくっきりとした目が、正面から久仁彦を見つめた。

「約束なさいます？　お祖母様がお亡くなりになるまでは、碧水閣にどんなかたちでも手を触れることはなさらない。移築も改造も取り壊しも、と」

「私は――」

唐突に、それまで黙り続けていた秋継が口を開いた。驚きの視線が彼に集まるが、彼自身は自分の手を見つめたままひどい早口でまくしたてる。

「私は碧水閣はいまのまま保たれるべきだと思う。改造も移築も冒瀆だ。なぜなら碧水閣こそが我が巨椋の魂なのだから。巨椋家は碧水閣を守るためにこそ存在するのだから。それは幹助が遺書の中ではっきりと述べている――」

さやかは父の横顔を不安げに見つめる。専務と会長は露骨に不快な表情だ。月彦は口元を嘲りの笑いにゆがめ、巴江は気まずそうに身じろぎし、末席の英や弥陀らも顔を強ばらせて落ち着かなげだ。星弥はしかしなにも聞こえていないように、目を壁の方へ逸らしている。

「そしてあれは、碧水閣は紛れもなくひとつの芸術なのだから。ひとりの男の憑かれた心が生み出した、得難い――」

「もういい！」

ついに専務は息子のことばを、苛立たしげにさえぎった。

「だれもおまえの意見など聞いてはおらん。とにかく星弥、そのことについては私が約束しよう」

「ここにいる皆さん全員が証人ですわね」

星弥は唇の端を上げて笑いのかたちにした。

「でしたら伯父様。あまり騒ぎ立てたりなさらずに、お祖母様を静かに療養させてあげて下さいな。お世話の方は私とたかさんで引き受けますから」

「そういえばたかはどうしたのだ、星弥。病院に付き添っているのか？」

雅彦の問いに、

「いいえ、たかさんはここへ来る前に碧水閣まで送ってきました。お祖母様が欲しいといわれたものを、まとめに帰られたんです。明日また行って病院まで乗せていきますわ」

「――たかさんといわれるのは、真理亜さんのお世話をしてこられた方ですか？」

唐突に口を挟んだのは京介だった。しかし星弥に驚きの色はない。胸のポケットから細い紙巻きを抜き取って口にくわえる。

「ええ、埴原たかという伯父様たちの妹にあたられる、こちらももう七十一になられますけどね」

ライターを出そうとする前に、隣のさやかが父親のを取って火を差し出した。点ける方も点けられる方も慣れている仕草だ。一息深く吸いこんで、溜めた煙をゆっくりと吐き出しながら、

「で、あなたが桜井さんでいらっしゃるのね。杉原さんからちょうだいした手紙は、私も読ませていただきましたわ。それで」

と一度ことばを切って、

「明日は碧水閣までいっしょにいらっしゃる？」

「おさしつかえなければ、ぜひお願いしたいと思います」

「あちらは夕方前に出ますから、あまり長くいていただくわけにはいきませんよ。だから調査といっても」

「今回は一応拝見させていただくだけで」

「じゃあ、そういたしましょう。明朝ホテルの方にお迎えに上がります。時間は、そう、九時半に」

歯切れよい口調でいうと、三口ばかり吸ったたばこを灰皿に押しつけて立ち上がる。

「ではお先に失礼します、伯父様、皆様がた」

足早にドアへ向かう後ろ姿を、蒼はまた目で追っていた。戸を開けかけて、一瞬自分を見る視線に気づいたとでもいうように彼女が振り返る。目をそらすほどの隙もない。蒼は星弥と目を合わせてしまった。

星弥の目が、驚いたように軽く見張られる。しかし次の瞬間、彼女は小さく微笑んだ。ほんの一秒。そしてドアが閉まった。

深春が蒼の耳元にささやく。

「かくのたまいてヒロインは退場。後に残るは雑魚《ざこ》ばかり」

# 3

たらふく食べてワインまで結構飲んだはずなのに、その夜の蒼の眠りは落ち着かなかった。ベッドは最高、空調はジャスト、花瓶に盛られた薔薇の香が漂ってはいるが、うるさいほどではなく、気に触る雑音が聞こえるわけでもない。それなのに快い眠気はやってこず、うとうとしたと思うとすぐまた目が開いてしまう。

変に気がたかぶっているのだ。頭の芯が火のついたように熱っぽい。あちこちで見聞きした様々の映像が、カラースライドを山に重ねたり崩したりするように、現われてはダブり、ゆがみ、フェイドアウトしてはまた明るむ。まるでこの集積の中から、一刻も早く意味を見出せとせっつくように。

顔が浮かぶ。平たくて四角い、いかにも生《き》まじめな男の顔。まるで生まれてから一度も笑ったことがないような、その顔がしかし笑み崩れているのも蒼はちゃんと見ている。壁に飾られた写真パネルの中、完成したホテルの新館の前で洋服の男と並んだ彼は、いかにも嬉しそうに口を開けて笑っている。

どちらもそれは巨椋幹助という、明治大正に生きて死んだ男の顔だ。だが妻の隣に立った彼の顔に、笑みはない。ただなにかに耐えているような、硬いおももちがあるばかりだ。

そして椅子に座った彼の妻にも、笑みはかけらもない。きつい顔だ。その顔には肖像画家がしたように膝に重ねられた両手よりも、写真のように刀を握った手の方がはるかに似つかわしい。白人の女性と日本刀という組合わせの奇妙さよりも、戦士のようにけわしい顔と武器のふさわしさの方が遥かに勝ってしまうのだ。

いったい彼女の人生には、なにが起こったのだろう。どんな巡り合わせで日本に来、日本に骨を埋めることとなったのだろう。

(知りたい？――)

そう蒼に向かって問いかけたのは、絵の中では母のかたわらに立っていた少女だ。どうせ修整するのならそれもどうにかしてやればよかったろうに、彼女は写真のまま武骨すぎる眼鏡と、不格好に引きつめた髪型で描かれていた。

いまも少女はその姿のまま、蒼の前に立っている。夢だ、と蒼は思う。昼間見た絵や写真の記憶が、そのまま投射されているだけだ。

(あなた、あたしたちのことを知りたい？――)

ああ、知りたいよ。蒼は答える。これがただの夢に過ぎないとしても、潜在意識は覚めているときには思いつかない答えを与えてくれるかもしれない。

(でもどうして？　どうして知りたいの、もうとっくの昔に死んでしまった人のことなんか？)

聞き返されて蒼はとまどう。考える。ああ、そうか。それは昔といっても現在にまるで無縁な昔じゃあなくて、そのままいまに繋がっているからだ。たとえば星弥さんには、明らかに写真で見たカテリーナの面影が見える……

(星弥が好きなの？)

笑い声。夢だというのに顔がかっと熱くなる。

(いいのよ、あの子はいい子だわ。あたしたちの血を伝えてくれているのは、いまはあの子だけだわ)

おぼろな夢の中で、はっと蒼は気づく。そうだ、この少女は幹助とカテリーナの娘、真理亜。いま九十五歳でどこかの病院に入院している老女、その人なのだ。

(そうよ、いまごろ気がついたの？)

少女は笑う。無邪気な笑い声の中に、どこか冷やかな悪意めいたものが混じっている。

(でもね、あなたがわからなかったのも無理はないわ。だってあたしは永遠の女ですもの、時間なんかに縛られず巨椋の血の中に生き続けるんですもの。ほら、あれを見て)

少女の手が伸びていた。その鋭く伸ばした人差し指の先に両親を写した写真があった。正しくはその中の一点、母の胸に止められた盾型をした金のブローチ。龍か蛇のような意匠を浮き彫りにした。

(あたしは蛇姫なんかじゃない。体は人と変わらず老いて朽ちていく。でも蛇が皮を脱ぎ捨

て再生するように、幾代でも肉体を脱ぎ替えて生き続けるんだわ）

なんのために？　蒼は思わず尋ねていた。なんのためにそんなふうにして、生き続けるの？　なにが欲しくって？

ふっと沈黙が落ちた。さっきまで鮮明に見えていたはずの少女の姿は、いまはぼんやりとしたシルエットでしかない。やがて小暗い闇の彼方から、しわがれかすれたつぶやきが聞こえてきた。

（その理由を、あたしも知りたいの……）

真理亜さん？――

（巨椋の家はなにに呪われているのかしら。それは父様の憎しみのためなのかしら。母様を殺したのもあの人なのかしら。そしてあたしが百合亜《ゆりあ》を死なせてしまったのも？――）

ふいに蒼は夢の中で、背中に水を浴びせられたように感ずる。百合亜って誰だろう。真理亜さんが死なせたって？　ぼくはそんなこと知らない。知らないことが、夢に出てくるわけがない。ただの、夢ならば――

闇の中をふうっと、黒いものが近づいてくる。それはもうさっきまでの、絵に描かれた少女のようには見えない。かたちのはっきりしない、だがどことなく人のように見えるもの。大きく前のめりに背中の曲った老婆のような、その手が蒼の顔に向かって差し伸ばされ、（きっと見つけてね、そして解き放ってね、あたしを、あたしたちを……）

「わあッ——」

蒼はベッドに飛び起きている。目が開いてからようやく、たったいま自分が変な声を上げてしまったのが意識された。それもずいぶん大きな声だったかもしれない。あわてて隣のベッドを見ると、そこは空っぽだ。代わりに閉めたドアの下から、明かりのもれているのが見えた。枕元の時計は午前一時二十分。考えてみればこんな時間に、京介がベッドにいるはずはない。

立ってドアを開くと彼がいた。シャワーを浴びたのだろう。備え付けの白いバスローブを着て、ソファ脇のスタンドだけを点けている。こちらを向いた顎の線が、光に照らされて暗がりにほのかに浮かんでいる。ドアの開く音で振り向いたようではなかった。

ぼくの声が聞こえたんだ、と蒼は思う。

「そこ、行っていい？」

「——ああ」

京介は『オグラ・ホテル百年史』を読んでいたらしかった。テーブルの上には口を開けたシャンパンのボトルと、グラスが置かれている。蒼は京介の隣に腰を落とした。眠っていていきなり変な声を出したのはわかっているはずなのに、どうした？　ともうなされたのか？　とも聞いてはくれない。だが蒼がシャンパンを指さして、

「それ、ぼくも欲しいな」

というと、咎《とが》めもしないで飲みかけのグラスを押してよこした。眠る前の変な熱っぽさは引いていたが、体が不快に汗ばんでいる。冷たいシャンパンは喉に快くしみた。本のページに目を落としたまま、それでも京介がちゃんと蒼に注意を向けているのは感じられる。

「あのね。いま、変な夢見たんだ。もしかしたら、夢じゃなかったかもしれない」

彼はゆっくりと視線を上げた。

「話してごらん」

「さっき、資料室にいたときにね——」

巨椋幹助と家族の肖像画の前で埴原秋継（無論そのときは名前は知らなかったが）と会って、おかしな話を聞かされたことからを、蒼は一息にしゃべった。何度も話そうと思ったのだがあれ以来そばに他人がいたり身支度に急き立てられたりで、いままでずっと口にしそびれていたのだった。

蒼が話している間中京介はいつものように、なんの意見もさしはさまずに耳を傾けていた。だが夢から覚めたところまでをしゃべって、

「もしかしたらさ、あれがただの夢じゃなくて、真理亜さんの生き霊みたいなものだった、なんてことがあるかな」

というと彼は首を振って、

あっさりと断言した。ムースを洗い落としたらしい。まだ濡れている前髪を指で掻き上げながら、

「材料は全部、蒼が今日体験したことだ。呪われた家とか永遠の女とかは、秋継のことばとホラー小説かなにかからの連想だろう。最近アン・ライスの『魔女の刻』でも読んだんじゃないか？」

読んだかといわれれば確かに読んだのだが、そんなふうにいわれてしまうと、やっぱりおもしろくはない。病に倒れた老婆が病院のベッドの中で、助けを求めて呻吟《しんぎん》している。その思いが凝って蒼の夢に現われる。とてもリアリティのある気がしてしまうのだが。

「でもそれじゃ百合亜って名前はどっから来たの？　そんな名前ぼくこれまで、見たことも聞いたこともないよ」

もしかして巨椋家かその周辺にそういう名の人が実在したとしたら、生き霊説もあながち無理な話じゃないと蒼はいいたかった。夢が昼間の体験の反映に過ぎないのなら、自分にとって未知の知識が出現するはずはないのだから。

「ユリアって、どういう字を書く？」

「花の百合に亜細亜の亜」

「夢で初めて聞いた名前が、なんで字までわかったんだ？」

蒼は詰まった。なぜか少女の声でそれを聞いた途端、そのまま頭に文字が浮かんだのだ。

「でも……」

「ちゃんと見たんだよ、その名前もね。百合亜というのは真理亜さんと弥陀正二の娘で、月彦社長と星弥さんの母親だ。ふたりを生んですぐに亡くなったらしい」

京介は膝に載せた分厚い『百年史』のページを、ぱらぱらとめくってみせる。開いて指したところに、数行。『昭和二十二年、埴原雅彦氏が巨椋百合亜嬢と結婚入籍された。翌年健康を害していた正二が社長を退き、巨椋雅彦新社長の下、オグラ・ホテルの戦後経営が始まったのである――』

しかし蒼は首を振った。

「違うよ。ぼくこの本全然読んでいないもの。表紙だって開けていない」

「これは読んでいなくとも、別のものは読んだだろう？」

「別のもの？」

京介は座っているソファの隅から、色褪せた本のようなものをちょっと持ち上げてみせる。

「ああッ、それ、ぼくが見てたアルバム――」

埴原秋継にほのめかされて、棚の隅から見つけた古いアルバムだ。初めのページに肖像画のモデルに使ったらしい二枚の写真を見つけて、後はざっとめくって見ただけだった。

気にはなっていたが、まさか勝手に持ち出すわけにもいかない。京介の手が空いたら話そうと思っていたところに英から内線電話がかかり、急かされるようにして資料室を出ねばならなかった。しかたなく元通りレジスターブックの、最後のところに立ててきたはずだったのだが。

「京介、いつの間にがめてきたのッ？」

「人聞きが悪いな。ちょっと借りてきただけさ」

「知らないよ、大騒ぎになったりしても」

「まあ、そのときはそのときだ」

けろりとした口調でいう。そんなずうずうしいことが平気でできるくらいの強心臓なくせに、人前に素顔を晒《さら》すのが耐えられないくらい嫌だなんて、ひどい矛盾だと改めて思う。

「この中に百合亜の名前もちゃんと見える。ぱらぱらめくっただけでも、潜在意識には記憶されていたというわけだ」

「ほんと――」

「ああ。なかなか便利な頭だな。昼間の内にたっぷりデータをぶちこんでおけば、夢が推論を呈示してくれるらしい」

笑っている。なにいってるんだか、まったく。

「見せてよ」

アルバムに手を伸ばしたがさえぎられた。

「今夜は止めた方がいい」

「ずるいや。どうしてッ?」

「データを入れすぎると、また眠れなくなる」

「そんなの……」

レンズの向こうから見つめる双の瞳が、青みを帯びて冴えざえとした光を放っている。京介がその気になりさえすれば、一睨みで蒼を黙らせるくらい造作もない。

「わあったよ、寝ればいいんでしょお——」

それでもちょっとふてくされた顔で立ち上がった。すぐそうやって子供扱いして、京介ったらほんとに意地悪だ。腹立ち紛《まぎ》れに力いっぱい歩いても、分厚い絨毯では音もたちやしない。その背中に声が追いかけてきた。

「蒼、挨拶は?」

「お休みなさいッ。京介こそあんまり夜更かしして、明日起きられなかったら置いてっちゃうからね」

「僕は慣れてる。——お休み」

# 天女の呪い

## 1

翌朝九時、四人は顔をそろえて一階のラウンジで朝食を取っていた。そろえてといっても例によって、よくもこれだけてんでんばらばらというような食事風景だ。京介は椅子の上にぐったり伸びたまま、それでもどうにか二杯目のコーヒーをすすっている。手にした小さなエスプレッソのカップが、いまにも指からすべり落ちそうだ。髪は洗ったままのばさばさで、その中で眠っていたとしても誰も気がつきようがない。

イタリア式が習慣になっているらしい神代教授も朝食は少なめ、クロワッサンひとつに蜂蜜を添えて、あとはたっぷり泡の立ったカプチーノというところだ。

ちゃんと腹が減った蒼は、トースト、オレンジジュース、プレーンオムレツに紅茶。プロの作るオムレツはさすがに味だけでなくかたちも美しいと感嘆する。

それを遥かに上回っているのが深春で、シリアルとフルーツもついたイギリス式のフルブレックファーストの、トーストをお代わりした上にサラダと姫鱒のフライを別注文している。ウェイターが呆れて目をまん丸にしていた。

「いやあ、昨日の夕飯はメインのところで雲行きがおかしくなって、なに喰ったかわかんなくなっちまいましたからねえ」

そんなことといって彼は京介が残したヒレステーキの半分も、横からさらって食べてしまったのだ。

「まさか勘定向こう持ちだからって、喰いだめしてるんじゃねえだろうな」

「しませんよ、そんなさもしいこと」

わかるもんかと蒼は思う。

ところがそんな話をしていたところに、雲行きをおかしくした当人のひとりがいきなり現われるのだからあせってしまう。星弥との約束の時間にはまだ間があったが、やってきたのは彼女ではない、社長の巨椋月彦の方だ。

「――やあこれは先生方、どうもどうも」

翻訳不可能な日本語を口にしながら、失礼ともいわずに隣のテーブルから空いた椅子を引き寄せて腰を落とす。双子といっても男女なのだから二卵性双生児、普通の兄妹と同じことなのだろうが、彼と星弥とは兄妹にしてもおよそ似ていない。

星弥は歳より遥かに若々しいのに、月彦は赤みがかった薄い髪といい、脂の浮いた丸顔といい、おじさんとしかいいようのない印象だ。昨夜のタキシードと違って今日は若草色のポロシャツにゴルフズボンというラフなスタイルだが、その腹が明らかにポコンと突き出ているのだからよけい老けて見えてしまう。寄ってきたウェイターに、

「ビールだ」

横柄な口調で命ずると朝っぱらから脂っぽく汗ばんだ顔を、両手でずるりとなで上げる。その手をどこで拭くつもりだろうかと、蒼は見ているだけでげんなりした。

「いかがです、オグラ・ホテルの泊まり心地は。お楽しみいただけましたか？」

「大変すばらしい部屋に泊めていただきましたよ。我が家にいる以上にリラックスして眠れました」

内心どう思っているにせよそんなことはおくびにも出さず、穏やかな微笑とともに神代教授が答える。この瞬間彼の地金がアレだなどといっても、誰も信じはしないだろう。ところが月彦は大きく肩をすくめて、

「七階のエグゼクティブ・スィートですか。いかにも田舎重役が喜びそうな趣味のインテリアだったでしょう。あれがいまの経営陣の趣味なんですよ。ツーリストがなにを求めているかということをちっとも理解していないんだ」

大声でまくしたてながら、運ばれてきたビールのグラスを摑んでがぶりと飲み下す。

「しかし硬直した伝統に固執するつもりはない、という専務のおことばはなかなかの卓見だと思いましたがね」

「口だけは達者な年寄りですからねえ」

「ですが日光でここまでモダンなホテルというのも、かなり思いきった選択じゃありませんか。浴衣姿でロビーを歩かせないというのも」

「そうでしょう！――」

月彦はいきなり、回りの客が振り返るような大声を上げた。

「それを提案したのは私なんですよ。やれ客が逃げるの苦情が来るの絶対無理だのと、渋る年寄りどもを説得しましてね、ともかくしばらくはそれでやってみようと」

「それはすばらしい。専務たちも社長のアイディアを認められたわけですね」

「さあ、それはどうですか。あの爺いどもがそれくらい素直なら、まだしも救われるのですがね」

教授の無責任な賞賛に、それでも月彦は満更でもない笑い顔だ。

「しかしどうして先生、人間権力に固執すればこそ腐敗も堕落も始まるわけですよ。昨夜の様子をごらんになればおわかりでしょう？　ああして老いた権力者がいつまでもふんぞり返って、ほんとうの改革も伝統もあるものですか。ホテル経営をビジネスではなく、自分の権威を示すためのピラミッド建設のように考えているのですからねえ」

「――碧水閣の件ですが」

やっと話のとぎれた隙間に、ぼそり、とつぶやくように京介が口を開く。

「社長は改築整備して新しいホテルとして使われる案、埴原専務は記念物として部分移築する案。こう考えておいてよいのでしょうか」

いきなり話題を変えられて、巨椋月彦はとまどったらしかった。小さな目をぱちぱちさせていたが、それでも気を取り直したように、

「そうですね。ただ昨夜もいったと思いましたが、専務の部分移築案はどこまで本気の話か疑わしいと思いますよ。あれは取り壊しにもっともらしい口実をつけるためだけだ、と私は睨んでいますね」

子供じみた悪意を隠そうともせずに答える。

「と、おっしゃいますと？」

「私はねえ、もともとあの建物に心魅かれていたのですよ。実際に見たのはほんの子供の頃のことですがね。それはなんとも風変わりなしろものでねえ、まるでお伽話に出てくる魔法の城みたいに見えたもんです。祖母さんが嫌がるんで、その後はちっとも行かせちゃあもらえなかったんですが。

しかし専務はね、うちの親父もそうですが、真理亜祖母さんが恐いし碧水閣が嫌いだ。なにせあの祖母さんがホテルの株の半分を握っている、そのおかげでいつも頭の上を押さえら

れているようで、何十年それなんだから業腹《ごうはら》でならない。だがうちの爺どもが一刻も早く碧水閣を消してしまいたいと思うのは、祖母さんが憎いからというためだけじゃなくて、なんていうか、生理的に嫌いなんですね」

「生理的に、ですか」

「ええ。だから祖母さんが亡くなってくれたら、碧水閣も自然にほっておくのではなく、さっさと解体して跡形なくしてしまいたいのですよ。当然調査など御免蒙《ごめんこうむ》るといいたいところだ。うっかり貴重なものだとでもいわれてしまえば、壊すものも壊せなくなる。昨日も廃屋だの紛い物だの、このごに及んでまでなんだかしきりといってたじゃありませんか。ずっとそういうつもりでいたはずなので、この春ごろ婆さんの具合が悪いらしいと聞いたとたん、さあ解体だってうっかり人にも聞こえるようにいっちまったわけですね。

　ところが間の悪いことにその早手回しな取り壊しの計画が横浜の杉原さんの耳に入って、あの方がたいそうお怒りになった。杉原家といえば戦前からの古いおつきあいで、しかも戦後の苦しい時期には資金的な面で助けていただいたこともあります。だから桜井さん、あなたたちのことも無下《むげ》にはできないし、あんまり外聞の悪い取り壊しということばは引っ込めて、急に移築だなんてことを言い出したんです。本気なものですか。お体裁ですよ、お体裁。私の改築案を聞くたびに金が金がというくせに、おかしいでしょう。資金面でいやあその方がよっぽどかかるじゃありませんか」

「常務の埴原秋継さんは、保存すべきだといっておられましたが」

「ああ。なんですかねえ、昨日のあれは。普段は父親に逆らったこともない男ですよ。どうせひとこと叱りつけられれば、それっきりなにもいわなくなるでしょう」

問題にもしていないという口振りだった。

「すると、全面対決ということになりますね。見通しの方はいかがです？」

京介がすらりと核心を突いた。

「負けませんよ、私は。これでも社長ですからね」

椅子の中で月彦は胸を張ってみせる。

「オグラ・ホテルに新しい時代をもたらすためにも、必ず勝ってみせます。そしてつまらん過去に囚われることなく巨椋家の遺産である碧水閣を守り通し、現代にふさわしいエクセレントなリゾート・ホテルとして再生させてみせます。桜井さん、あなたの調査研究は私がご援助いたしますから、大船に乗った気で安心なさって下さい」

ジョーダン、と蒼は内心思う。船は船でもタヌキの泥舟がいいところだ。体形もどことなく似ているし。一緒についてくるとでもいわれたら、どうしようかと思っていたが、幸い巨椋月彦は椅子を立ってくれた。

胸を張るというより腹を突き出した格好で歩いていくその後ろ姿を見送って、やれやれとため息が出る。社長が空威張りの豆ダヌキで、常務がオカルト紛いのことを口走る不気味中年で、やっぱり巨椋家ってちょっと変なのじゃないだろうか。

「お騒がせいたしましたわね」

いきなりやわらかな声がした。いつ来たのだろう、月彦が立ち去った椅子の脇に星弥が立っている。兄がいなくなるのを、どこかで待っていたのかもしれない。今朝の彼女は髪を黒のリボンでひとつに束ね、白いサマーセーターの上に黒のカーディガンをはおっている。相変わらず無彩色の装いの上に、薄く口紅を引いただけのかがやかな美貌が蒼の目にはまぶしいほどだ。

「よろしければまいりましょうか。皆さんの車は前に回してあるはずですから」

「巨椋さんはご自分の車で？」

「ええ。——あ、どうぞ、先生。同じ姓の者ばかりで紛らわしいですわ。ご遠慮なく名前でお呼び下さいな」

「そうさせていただきましょう。では、星弥さん」

「はい？」

「私の方も先生などと不粋なことはおっしゃらず、どうぞ神代とお呼び下さい」

吹き出しかけたのを蒼はあやうくうつむいて止める。深春も息を詰めて笑いをこらえている。イタリアで美女の相手をするときは、こうもあろうかという教授のすまし顔だった。

車寄せに二台のワゴンが並んで止まっている。一台は見慣れたボロのランクル。もう一台はダークグリーンのチェロキー。しかしあざやかな赤いブラウスがその車体にもたれていた。スリムのブラックジーンズにショートブーツ。勢いよく顔を上げた途端黒髪が風になびく。埴原さやかだ。

「星弥姉様、あたしやっぱりこっちのランクルに乗せてもらうわ。だってこんなごっついの、すごおく珍しいもの！」

「勝手いっては駄目よ、さやか。ちゃんとお許しいただいてからでなくては」

「あなたもご一緒に？」

尋ねた教授に美少女は、顔を傾けてにっこり笑ってみせる。

「決してお邪魔はしませんから、どうぞよろしくお願いしまーす！」

## 2

結局教授が星弥のチェロキーの助手席に座り、ランクルは前にドライバーの深春、隣に京介、後ろに蒼とさやかということになった。蒼としては薄汚いいつものランクルよりはチェロキーに乗ってみたかったのだが、それを敢えていい出すのもかえって気恥かしくて結局さやかの隣に座ってしまう。テレビのアイドルなぞまとめて色褪せるくらいの美少女、とはいっても星弥と較べれば普通の女の子だ。京介のような度外れた美形を見慣れた蒼には、特に意識するほどのことはない。

　車を出す直前に、蒼が見るところ『ちょっと変な巨椋家』の内に数えられるような一幕があった。英と弥陀が見送りに出てきたのだが、さやかがそこにいたことがいかにも驚きであったらしい。

「お嬢様もご一緒に？」

　弥陀が小さな目を丸く見張る。

「専務はご存知でいらっしゃいますか？」

「なんでお祖父様に断らなくちゃいけないの。星弥姉様はいいっておっしゃったわ」

　さやかは不機嫌な顔でそっぽを向いた。

「ですが専務はご一家の方が、あちらに行かれることをあまりお喜びになられません」

「――それとも、どなたかの御用で？」

　脇から口を挟んだ英にも鋭い視線を浴びせ、

「誰の用でも命令でもないわ、英さん。行きたかったらさっさとご注進に行きなさいよ。そしてお小言なら帰ってからいくらでもちょうだいするわ、弥陀さん。でもね、おふたりとも。いつまでも八方美人ではすまないことよ。誰に本気で味方するつもりなのか、そろそろ決めておいた方がいいのじゃなくって？」

弥陀と英が強ばらせた顔を見合せる。そのタイミングを計っていたようにチェロキーがスタートし、深春も後を追った。蒼が振り返るとふたりは、まだ棒を呑んだようにその場に立ち尽くしていた。

「ねえ、いまのなに？」

「聞きたい？」

蒼が尋ねるとさやかは、ふっと唇の端で笑ってみせる。なにか底意ありげな笑い方だ。

「さっきも月彦さんがロビー中に届くような声でしゃべっていたでしょう？　昨日から見ていて大体のところは、見当がついたのじゃないかしら」

「従来経営を握ってきた埴原専務巨椋会長の旧勢力と、月彦社長の新勢力の対決。その間でどちらに付くか、決めかねている部下たち。君のいいたいのはつまりそういうことかい？」

ハンドルを握った深春が、バックミラーでこちらを見ながら聞き返す。

「まあそうね。それで、どちらが強いと思う？」

「それは——」

いまさらいうまでもないだろう。月彦も決して馬鹿ではないかもしれないが、あの専務に対抗するにはあまりに未熟だし、やることが変に幼児的だ。さっきにしてもいうことが特におかしいわけではないが、ホテルの社長が客のいるロビーで大声で専務の悪口をいうなんて、どう考えても非常識としか思われない。

「ええ、そう。月彦さんは全然実力不足なの。アイディアは優れたものを持っていても、どうかすると平気で非常識なことを始める。子供っぽくて、感情的で、専務たちに対する反発だけで動くところがある。経営の全権を握らせるなんてとんでもない。みんなそう思っているわ。社長をさしおいて埴原のお祖父様が経営を掌握しているのが不自然だとはいっても、会長は社長の時代から専務に頼りっぱなしだったんだし、ともかくも今日まではそれでうまくいってきた。社長の思うようにさせたら二年で潰しかねない。あたしもそう思うわ、悪いけど」

「でも、月彦さんはまだ四十前でしょ？　あと何年かすれば専務も会長も引退する歳になるんだし、そうあせる必要はないいんじゃない？」

蒼が尋ね、しかしさやかは首を振った。

「普通に考えればそうよね。でも巨椋家ってどこか普通じゃないの。いまどきこんな同族ばかりで固めた企業なんてそうないのじゃない？　家族で始めた会社だって時が経って規模が大きくなれば、創業者の手から離れていく方があたりまえだわ。なのにオグラ・ホテルの役付きの人って、姓が違っててもさかのぼればすぐ血族か姻族になってしまうんですものね。それというのも巨椋幹助って人が、いやに血の繋《つな》がりと巨椋の事業を保つことにこだわったからだとは聞くけれど——でもそれくらいのことは、あなたたち初めから知っているのでしょう？」

「え、どうして？」

蒼は驚いてさやかの顔を見返した。

「知らないよ、そんなこと全然」

予備知識として仕入れてあったのは社長会長たちの名前と年齢、せいぜいがそれくらいだ。明治建築の調査をするのに、現在の所有者の内情まではまさか調べはしない。

だがさやかの見開かれた目にとまどいの色が広がる。彼女は答えを探すように視線をさまよわせ、その目は前シートから覗いた京介の頭に止まった。

「でも、杉原さんが……」

「杉原さんが、なに？」

しかしさやかはそれきり黙ってしまう。車はすでにいろは坂に入り、中禅寺湖に向かうきつい上り坂を大きく蛇行しながら上っていく。深春の荒っぽい運転では、後ろのシートだと曲るたびに体が反対側に放り出されるようだ。まさか昨日会ったばかりの女の子の膝に、ころがりこむわけにもいかない。ドアの取っ手を摑んだり足をつっぱったりしている蒼に、いきなりまたさやかが口を開いた。思いつめたような口調だった。

「ねえ、だったら聞いて。月彦さんが心配しているのは、専務が元気なうちに社長の座を追われるのじゃないかってことなの。そして自分の後にあたしのパパが座るのじゃないかって。でも困ったことに、それは満更ありえない話でもないのよ」

さやかの父親といえば埴原秋継。しかし彼のかなり危ない言動を知っている蒼は、彼が月彦よりましだとは到底思えない。

「埴原秋継氏は専務の息子さんだったよな」

太い腕でハンドルを右へ左へ回しながら、深春が確認する。

「しかし埴原家っていうのは婿に入った雅彦氏の実家で、巨椋家とは血の繋がりはないわけだ。一応直系の跡取りである月彦氏を廃してその秋継氏が社長になったら、古風ないいまわしでいったらお家乗っ取りみたいな状況になっちまうなあ。創業者の血統にこだわるっていうなら、それはないんじゃないか？」

「ええ。——表向きはね」

さやかは蒼と同い年とは思えないおとなびた口調でうなずく。

「でも、昨日あたしいったでしょう？　お祖父様の説明した巨椋の系図には省略があったの。お祖父様の代の埴原家は四人兄妹で、上から順に久仁彦、戦争で亡くなった和彦《かずひこ》、雅彦の男三人とたかという妹がいたのね。その母親で埴原に嫁に来た人が英やすというのだけれど、そのまたお母さんは英佐絵《さえ》といってね、巨椋幹助のお妾さんだったの」

「お妾さん——」

「もちろん奥さんが生きていた頃からよ。子供もふたり生まれてひとりがやすさん、もうひとりが健男《たけお》といって英千秋の確か曾祖父だわ」

次々と持ち出される人名とその関係は、聞いているだけでは到底呑みこめない。それでも蒼が聞いていられたのは、あの肖像画で巨椋幹助、妻カテリーナ、娘真理亜という三人の顔を記憶に刻みつけていたからだ。顔だけでも知っているならば、まったく未知の人ではない。

そこにあった幹助の顔は、どちらかといえば生まじめで朴訥《ぼくとつ》な印象だった。外に妻とは別の人を持って、子供まで作る男には見えなかった。だとすればそれは蒼の思いこみで、明治時代の男にとっては妾を持つなど大したことではなかったのだろうか。

だが女性の立場からしたらどうだろう。まして故国を遠く離れ、身内もいないだろう異国に暮した人にとっては。あの白人女性のけわしい顔と、肖像画からは除かれていたが手に握った日本刀の背後には、決して大したことではないなどといっては済まされない、葛藤が秘められていたのではないか。

「すると埴原家の人たちにも、巨椋幹助の血統は伝わっていることになる――」

つぶやいた深春にさやかはうなずいた。

「そうなの。誰も大っぴらに口にはしないできた、とはいっても秘密というほどのことでもないし、親戚程度なら知ってはいるの。それが、新築したホテルの経営方針を巡って対立がひどくなってきて、あたしも詳しいことはよく知らないのだけれど、きっとあの月彦さんが例によって暴言を吐くかなにかしたんでしょう。お祖父様がひどく腹を立てて、おまえ以外にも社長になる人間がいないわけじゃないんだ、埴原にも創業者の血は伝わっていることを忘れたわけではないだろうな、って——」

「創業者の血、ねえ。どうもやけに古風な響きに聞こえるんだなあ。なんだか現代の話とは思えない。どっかの古い王朝の話みたいなんだ。どっちが血が濃いかなんていって、それでお世継ぎが決まるみたいな」

半ば独り言めいた口調で深春がいう。それは蒼も完全に同感だった。

「お祖父様が月彦さんの頭を冷やそうとしてそれをいったのだったら、完全に逆効果だったわ。いつ社長を辞めさせられるだろうって、不安になるほどやることがめちゃくちゃになってくるの。昨日みたいに、わざとよその人がいるところでお祖父様に喰ってかかってみたり、あたりに誰がいようとかまわずに大声で悪口をいい回ったり、まるで子供よ。

そしてパパまで。どうしちゃったのかしら、いったい。社長になりたいなんてそれまで一度もいったことなかったのに、あんな、あんなこと。みんな、勝手に——」

さやかの声がとぎれた。見ると彼女は深く伏せた顔を両手で覆ってしまっている。どうやら泣いているようだ。

車はいつかいろは坂を上りきって、中禅寺湖畔の道を走り出している。雨は降っていないが、どんよりと灰色の雲に覆われた空だ。湖も薄墨色に淀んで見える。さやかは深くうつむいたまま、顔を覆って動かない。声を出しもしない。

「あの、さやかさん？　……」

蒼がちょっとおっかなびっくり声をかけると、ようやく少女は肩を動かした。

「変、よね。やっぱり——」

声がくぐもっている。

「変よね、あたしたちって、すごうく……」

まさかそういわれたからって、うん、変だと思うとはいえない。まして君のお父さんが一番変だなんてことは。

まいったな。でもそれって、いきなり泣き出すほどのことなんだろうか。蒼にはよくわからない。

(だからめんどくさいんだ、女の子って——)

いきなり前の席の京介から蒼の膝に、無言のままたたんだハンカチが飛んできた。珍しいことにきれいでちゃんとアイロンまでかかっている。蒼はそれをさやかの手に、そっと握らせた。

「あり、がと」

それから彼女が鼻をぐすぐすいわせながら、もう一度話し出すまでおよそ五分。道はそろそろ湖岸を離れ出す。

「——あたしね、小さいときは自分が巨椋の家と血が繋がってるってことが、とても誇らしかったの。だってこのあたりじゃ巨椋家といえば知らない人もいないし、名家といってもいいし、うちにとってもいわばお殿様みたいなものだもの。パパもあたしにはそういったわ。でもママは違った。あたしが学校で喧嘩してそれをいったって聞いたとき、すごく怒られたのを覚えてる。パパがいないときに、それは恐い顔してママはあたしにいったわ。お妾さんから繋がる血なんて、どっちにしても誇るようなものじゃない。それだけでなく巨椋家みたいに短期間で豊かになった家には、人の業が山ほど積み重なっているんだって。

そのときはママのいってること、よくわからなかった。人の業、なんていわれても、ちっともぴんと来ないもの。でも二年前にママが病気で死んだころから、やっと少しずつあたしにもわかるようになってきたの。巨椋家ってどこか普通の家と違ってる。血族結婚を繰り返すと変な人が生まれるっていうけど、でもそれほど血が濃いわけでもないのよ。なのに月彦さんはおかしいし、パパだってときどき変。弥陀さんも英さんもみんなどこか変だわ。それがきっとママがいった、人の業ってことなのよ。

ねえあなた、そう思わない？　正直にいってよ、思うでしょッ！」

語尾がヒステリックに上ずっている。なまじ美少女なだけに、血の気の引いた白い顔、赤く泣き腫らした目が恐い。蒼はなんとか落ち着いてもらいたいと、ただもうそれだけで返事する。

「でも星弥さんは、普通でしょ？」

瞬間さやかの体が、びくりと跳ねるように震えた。彼女は青ざめ強ばった顔で蒼を見、しかしまたすぐハンカチの中に隠してしまう。

「——ええ、星弥姉様はあたしも好き」

かすれた声を絞るように、さやかはつぶやいた。

「でもあの人だって巨椋ですもの、歳を取ったらわからないわ」

「歳取ったら？」

「真理亜さん。あの人もやっぱり、変なの」

「でも、九十五歳のお婆さんでしょ——」

それが少しばかり言動がおかしくても、異常だというのは気の毒だと蒼は思う。しかしさやかは違うの、と首を振る。

「真理亜さんと最後に会ったのは、もう三年くらい前よ。でも九十過ぎとは思えないくらいしゃっきりして背筋がぴんとして、ことばもきれいな若々しい人だったわ。そのときあたしイタリアにペンフレンドがいて、真理亜さんのそばで手紙を書いていたの。イタリア語の単語とか教えてもらいながら」

「真理亜さんてイタリア語ができるの？」

蒼が尋ねるとさやかは、驚いたように赤くなった目を上げた。

「ええ、だってあの方はハーフですもの」

「そうか。カテリーナさんてやっぱり、イタリア人だったんだ……」

「ねえ、聞いてよ！」

さやかは手を伸ばすと、怒ったように蒼の膝を摑んで揺さぶる。

「それまでなんでもなかったのよ。なのに真理亜さん、急におかしくなってしまったの。あたしの書いていた封筒を見つめて。髪が逆立っているの。色のついた眼鏡の中の目が大きく引き剝かれて、唇がイヤ、イヤって動くのに声は出ないの。恐くてそのまま逃げてきちゃったわ。あんな人間の顔って、それまで見たことがなかった――」

蒼の驚きの顔が、なにか馬鹿にしているようにでも見えたのかもしれない。さやかは両手を握りしめて叫んだ。

「わからないでしょ。わかりっこないわよね。自分の体にそんなわけのわからない血が流れてるなんて、それがどんなにか恐ろしい、でも自分ではどうしようもないことかなんて。あたしだって、あたしだって、いつあんなふうになるかわからないんだわ！」

「ま、ま、ちょっと落ち着こうよ。さやかちゃん、ね」

ハンドルを握ったまま、深春が声をかける。

「確かに埴原家には巨椋幹助の血が流れてるかもしれないけど、カテリーナとは血縁でもなんでもないわけだ。だから真理亜さんがどうかしてるとしても、それが両親のどちらから来てるか、可能性は半々なわけで」

「あなた馬鹿ね、そんなことくらい考えてないと思うの？」

さやかは叫んだ。

「おかしいのはカテリーナじゃない、幹助よ。彼はカテリーナを裏切った上に自殺させて、その後の碧水閣に住んで建物をいじりまわして、それから自分も自殺したの。そして星弥姉様たちを生んだ百合亜さんて人も、やっぱり碧水閣で自殺したのよ。真理亜さんだってずっとあんな建物に住んでいるから、だんだんおかしくなっていったんだわ」

蒼は思わず息をつめている。

(百合亜――)

昨日の夢の中で聞いた名前。真理亜の娘だという彼女は、自殺した？　――

「あんな建物って、いったいどんな？」

ずっと黙っていた京介が、ぼそりと聞いた。しかしさやかはかぶりを振って叫んだ。

「どんななんて、口で説明なんてできない。でも見れば誰だってわかる、普通の人は絶対あんなことしやしないわ。あんな悪趣味な、気持ちの悪い。早く壊してしまえばいい。それだけはお祖父様に賛成よ。幹助は奥さんを憎んでいたのよ。自分の子孫を呪っていたのよ。だからあんな建物を作って残していったんだわ。あれが巨椋の家の呪いなんだわ！」

# 3

叫ぶだけ叫んでしまうと、さやかもいくらか落ち着いたらしかった。少し照れ臭そうな笑みさえもらして、目が赤いと姉様になにかと思われちゃう、などという。

「まさか男三人で、美少女をいびったなんて疑われないだろうなあ」

深春が脳天気な声を出して後は笑いになった。

しかしこうなると車窓に広がる戦場ケ原の風景を楽しむ余裕もなく、蒼は考えこんでしまう。一気に注入された新しい情報を、整理しておかなくてはどうにもならない。だがそれはなんととりとめもない情報であることか。

カテリーナ、幹助、そして彼からは孫にあたる百合亜。この三人が碧水閣で自殺した。事実とすれば確かに異常な数字だといえる。さやかはそれを碧水閣を建てた幹助の意志だと考え、そのゆがんだ意志に巨椋の血に流れる異常性を感じて恐怖している。だが理性的に考えて、人間を自殺に追いこむ建築様式などというものがあるとはとても思われない。伊豆の黎明《れいめい》荘にそんな疑いのかけられたこともあったが、それも幻想でしかなかった。ましてこれは幹助ではなく、下田菊太郎の作品のはずではないか。つまり京介の目論見が適中してこれが下田の設計だということになれば、さやかの恐れのある程度は解消できるわけだ。

もちろん下田の設計した建物に幹助が手を加えて、自殺というより例えば殺人装置のようなものを取り付けたということでもあったら、また話は違ってきてしまうわけだが、

（いくらなんでもそんな小栗虫太郎かディクスン・カーみたいなこと、ほんとにあるわけないしな……）

蒼は京介の意見が聞きたくてならなかったが、彼は眠っているわけでもないだろうが例によってだんまりを決めこんでいる。とすれば、あといましかできないことは、

「あの、さやかさん。ちょっと聞いていいかなあ。嫌なら答えなくていいけど」

窓の外に見るともない視線を投げている彼女に、蒼は遠慮がちな声をかけた。

「なに？　いってみて」

お嬢様はけっこう高飛車だ。

「その三人が碧水閣で自殺したときって、正確にはいつごろでどういう状況だったか、知ってる？」

額にかかる前髪の下から、むっとしたような視線が飛んできた。否定のことばを叩きつけようとして、それでも思い直したように口を開く。

「詳しいことは知らない、星弥姉様ならみんな知ってると思うわ。私が聞いたのは三人とも同じ部屋で死んだってこと。前のふたりは刀で、百合亜さんは首を吊って」

湯元に車を止めて休憩した。湖底から湧く温泉のためにいつもうっすら靄《もや》をただよわせる湯ノ湖のほとりの、こぢんまりと静かな町。といっても白樺の木立の中に大小の旅館、ホテルが建つほかには、ゲームセンターやバーどころかめぼしい喫茶店ひとつない。いっそ淋しいくらい清潔なたたずまいだ。

電話をかけにいくという星弥とさやかを遠くに眺めながら、深春が尋ねる。

「どうです、教授。美女とふたりのドライブは」

「そらあ快適さ。熊の隣とは大違いよ」

いかにも予想された返事だったが、

「彼女は三年前までイタリアに住んでいたそうだ。それもヴェネツィアに近い町でな、いろいろ共通の話題があって、おかげで退屈しなかった」

「あの人、仕事はなにしてるの？」

「K大で近世イタリア史の研究をしていてしばらくしてからパドヴァに留学、イタリア人の教授と大恋愛して結婚したが、それが二年で破れて帰国して、いまは翻訳をしたりしているらしい」

「さすがイタリア仕込みだなあ。またずいぶん詳細に聞き出しましたねえ」

「人をジゴロみてえにいうんじゃねえよ」

深春の腹をこぶしでどついて、続ける。

「別に甘言《かんげん》を弄《ろう》してしゃべらせたわけじゃねえぞ。全部あちら様から、さばさばと話してくれたんさ。いまさら小娘みてえに、こだわることでもねえってんだろ。そっちこそ飛び切りの美少女ひとり乗っけて、どんな話題が出たんだ。ん？」

ん？ といわれても一口で話せるようなことではない。取り敢えず当たり障りのないことを深春がいう。

「いろいろですよ。社長と専務の内紛のこととか」

「あの歳の娘まで心配するようじゃ、相当に深刻ってえわけだな」

「深刻ですねえ」

「おい、京介。ここらで一肌脱いだらどうだ。へたすりゃあ内紛のあおりで、碧水閣も取り壊されちまうぜ」

「——馬鹿いわないで下さい」

「ねえ。先生は巨椋幹助の奥さんがイタリア人だってこと知ってました？」

「ああ、さっき聞いたよ。星弥さんがイタリア史をやるようになったのも、元はといえば自分の血筋に対する興味からだったそうだ」

「へええ。すると彼女は『ルーツ』を探しにイタリアへ行ったってことですかね」

深春も興味を引かれたように口を挟む。

「それはそうだろう。そもそも明治時代にうら若いイタリア人女性がなんで極東の島国までやってきて、しかもその男と結婚して子供を生むことになったのか。謎といえばそれも大きな謎ではあるだろうな」

「それでなにかわかったんですか」

「無理だったそうだよ、さすがにな」

羽衣《はごろも》伝説。ふっとそんな連想が蒼の心に浮かんだ。天から舞い降りてきた天女が羽衣を猟師に奪われて妻となり、地上で子供を生んで暮す。しかし仕舞われていた羽衣を見つけた天女は、夫と子供を置いて天へ帰ってしまう。

(でもカテリーナは帰れなかった。代わりに自殺した。そして彼女を裏切った幹助もその後に自殺した。天女に呪いをかけられたみたいに……)

『おかしいのはカテリーナじゃない、幹助よ』

さやかの恐怖に引き攣れた声が耳によみがえる。清らかな天女を汚したがために、巨椋家は呪われたとでもいうのだろうか。その呪いはいまも幹助の血にひそんで、現代まで伝わっているというのだろうか。

(嫌だな、マジでこんなこと考えるなんて。ぼくまで頭が変になってきたみたいだ――)

「おい蒼、なあにひとりで考えこんでるんだよ」

深春にどやされてはっと我に返ったとき、

「む?……」

教授がつぶやいた。

「どうしたんだ、あのふたり。喧嘩でもしたのかな」

京介も車にもたれたまま、同じ方向を凝視している。電話をかけにいったホテルの前でさやかと星弥が立ち止まり、確かにいい争っているようなのだ。もっとも怒って両手を振り回したり頭を振ったりしているのはもっぱらさやかで、星弥はそれをなだめようとしているらしいのだが。

四人が遠目に眺める内にどういう話になったのかさやかは憤然とホテルに引き返し、星弥がひとり革手袋をはめ直しながらこちらに戻ってくる。

「どうなさいました」

教授の問いに星弥は、仕方なさそうな笑みを浮かべて両手を広げた。

「あの子はここから帰るようにいったんです。すっかり怒らせてしまいましたけど」

それはしかしさやかでなくとも怒るに決まっている。ここまでいいといって連れてきて、いきなり帰れでは。

「父親が大事にしすぎるもので、十六にもなって本当に子供なんです。今朝もいきなりああしてやってきて、駄目だといったらそれこそお客様のいらっしゃるホテルの前でも、癇癪《かんしゃく》を起こして泣きわめきかねませんわ。皆さんと少しおしゃべりでもすれば、それで気が済むかと思ったものですから」

星弥のことばはどこか言い訳がましい。

「それに碧水閣まで乗せていってしまったら、病院へも連れていかないわけにはいきませんでしょう。そうしたら家に戻ったとき、父や伯父がどこの病院だと問《と》い質《ただ》すに決まっています。あの子は絶対にしゃべらないといいますけど」

あの子のことだからわからない、といいたげなことばの切り方だった。

「真理亜さんの入院先を、そこまで秘密にする必要があるのですか？」

教授の質問には蒼も同感だ。いくら折り合いの悪い身内でも、九十五歳の高齢ではいつ病状が急変するか知れたものではない。それを居所さえ知らさないというのは、どう考えても不自然に過ぎる。だが星弥は口元に疲れたような笑みを浮かべて、頭を振った。

「あるんです、よその方にはさぞかし異様に聞こえることでしょうけれど。祖母の入院先があの人たちに知れたら、私は心配で枕元から一歩も動けなくなりますわ」

「まさかあの人たちが、お祖母さんになにかするというんですか？」

「私の妄想であればどんなにいいかと思います。自分の父と伯父を疑うなんて、本当に嫌な気分ですもの」

「それほど憎んでいる、と」

もう一度星弥は頭を振る。

「憎むというよりは恐れているんです、祖母を。まるで魔女のように」

もうそれほどはかかりませんという星弥のことばで、四人は車に戻った。チェロキーにはふたたび教授が乗り、三人になったランクルがその後を追って湯元の北にそびえる県境の山へと入っていく。山襞《やまひだ》がのしかかるように車窓に迫ってくる。有料のトンネルができる前は、さぞかし大変な山越えだったろう。金精峠を越えれば群馬県だ。

星弥のことばに毒気を抜かれたように、深春の舌も動かない。それにしても巨椋家にからみついているのはいったいなんなのだろう。

呪い——狂気——憎悪——恐怖——

そのわけは？　起源は？　解く方法は？・

データが少ないというよりは、むしろ多すぎるのかもしれない。ただしどう並べれば良いのかは皆目見当がつかない。

「ねえ、京介。起きてるんでしょ？」

シート越しに手を伸ばして髪の端を引っ張ると、顔がわずかにこちらを向いた。

「そろそろなにかコメントしてよ。ぼく頭がこんがらかってきちゃった」

蒼のことばに深春もハンドルから片手を上げる。

「賛成。俺も脳味噌パンクだ」

「間違えないで欲しいな。僕は建築の調査に来たんで、巨椋家の内情を探りにきたつもりはないんだ。財産争いの生臭いもめごとなんて、近寄るのも絶対に御免だね」

ホテルを出て以来初めてのまとまった発言は、例によってむっつりと不機嫌な否定形だ。まだ午前中だから仕方ないか。

「でもさ、先生もいった通りその内情次第で碧水閣の運命も決まっちゃうんだよ。星弥さんがいうみたいに専務たちが真理亜さんを嫌ってるなら、さっさと取り壊されちゃうかもしれないんだし」

京介はいまいましげな呻き声を上げた。

「だからどうしろっていうんだ。僕になにができる。修論ひとつ書き上げられない、たかだか二十六歳の院生に」

「そういう逃げ口上は、いまさら通用しないんじゃないか？」

と、深春。

「わかってる。まったく杉原さんはどんな手紙を書いてくれたんだか」

「あのおばさん専務たちに、おまえのことをなにやら吹聴したんだな。凄い名探偵だとかなんとか」

「京介、もしかしたらしっかり誤解されてるんじゃない？　建築の調査なんてのは表向きでさ、杉原さんの意を受けてオグラ・ホテルの内紛の実情を調べにきた腕利きの私立探偵だ、なんて」

「それはありえないだろう。たとえ杉原さんが巨椋家にとっては恩人的な存在であっても、株主でもない以上経営のことにまで口を挟《はさ》む権利はないし、専務たちがそれを恐れねばならない必要もない」

「でも……」

「問題はやはり現在じゃない、過去だ。碧水閣なんだ。それだけは確かだと思う」

「よくわからないよ、京介」

「それじゃ、こういいなおそうか。内紛の結果碧水閣の運命が決まるのではない、碧水閣はむしろすべての原因なんだ、そこに秘められているものが解き明かされれば、巨椋家の内紛も解決されるだろうとね」

「しかしおまえ、碧水閣を研究の対象にする気はあるんだろう？　それじゃどうしたって生臭いもめごとン中に、どっぷり手をつっこまないわけにはいかんじゃないか」

「――ああ」

深春のことばに京介は、憂鬱そうな声で応じた。

「碧水閣をこの目で見て、下田となんの関わりもなさそうだし興味を引く点もなかったら、僕はそこで手を退くつもりだ。こうなると自分でもどっちを望めばいいか、よくわからないな」

「でもね、京介がただの建築研究者じゃない、探偵みたいなことをする人間だと思っていたとして、あの人たちはどういうつもりでいるのかな。たとえば埴原さやかは、結局なにがいいたくてあんな話をしたんだろう。解いて欲しい謎でもあるのかな」

蒼の貼った一枚のビラを見て、研究室にやってきた遊馬理緒のように。

「それとも、逆かな」

京介がつぶやいた。

「逆って？」

「探偵にとって、依頼人の逆は犯人、さ」

「犯罪もないのにか？」

深春が笑う。でも蒼は笑えなかった。巨椋家に、犯罪がなかったとはいいきれないのではないか。少なくともこれから向かう碧水閣では、過去に三人の死者が出ている。自殺ということにはなっているが、それが本当の自殺だったかどうかはわからない。そして、あの夢。

（――母様を殺したのもあの人なのかしら。そしてあたしが百合亜を死なせてしまったのも？――）

あれがただの夢だったとしても、蒼はなぜそんな夢を見たのだろう――

# 飛べない鳥

## 1

県境の一キロ足らずのトンネルを抜けると、道はカーブを繰り返しながら緩《ゆる》い下りにかかる。右手にはキャンプ場の看板。左では頭上に押しかぶさるように山腹が迫り、かなりの急斜面にスキーリフトが幾筋も這っている。

「——あ、湖！」

右の窓から外を見ていた蒼が声を上げる。道路に沿って葉を広げた木々の向こうに、かなり広い湖面の横たわっているのが見えた。

「あれが目的地か？」

「違う、あれは菅沼。その次に丸沼っていう温泉旅館の建ってる湖があるけど、碧水閣のある碧沼はもっと奥、つまり北になるんだ。もうじき私道の入り口があると思うよ」

これくらいならわざわざ地図を出すこともない。出発前に二万五千分の一地形図と、ドライブ・マップをひとわたり当たってある。深春は方向音痴ではないが、あまり安心もできない。というのはこの男、道がわからなくなると車を止めて考えるのではなく、わかるところに出るまで闇雲にぶっ飛ばす癖があるのだ。うっかりまかせきりにしておくと、とんでもないところへ連れていかれることがある。

蒼のことばが聞こえたように、先導のチェロキーが右にウィンカーを点滅させ始めた。対向車線を渡って星弥が車を止めたのは、二台入ればいっぱいになってしまうほど狭い路肩の空き地だ。針葉樹が黒く視界を閉ざしたそこに林の中に半ば埋まった鉄柵の門があって、太い鎖がからみついていた。

「なかなか厳重ですね」

深春のことばに彼女は振り返って苦笑した。

「大げさに見えます？　でもこれくらいしておかないと、最近は山菜取りや釣の人の車が勝手に入りこんできてしまうんですよ」

星弥は持参の鍵で鎖を繋ぐ南京錠を開け、二台の車を中に入れるとまた戻って錠をかける。

「この先道が細いですから、気をつけて下さいね。脱輪しても引き上げられませんから」

いうだけいってさっさと車内に戻る星弥の背に、

「おッ、俺様のドライビング・テクをなめてくれちゃったな」

深春は肩をいからせてつぶやいたが、確かに道はひどく狭かった。国道から一度大きく下がった後は左下がりの山の斜面を、等高線に沿って巻いていく。左右と頭の上には杉《すぎ》や檜《ひのき》がびっしりと生い茂ってまったく見通しが利かない。ほとんどトンネルの中を這い進む感じだ。このところ続いた雨のせいか枯葉や下草に覆われた未舗装の道は、ふわふわと蒲団の上でも走っているようにやわらかく頼りなく、路肩はことのほか弛んでいる。そのくせいきなり真ん中に、大きな石が突き出ていたりする。

「蒼、左見ててくれ」

「京介がいるじゃない」

「この馬鹿にまかせておいたら、先に谷底まで落っこちてらあ——いてッ！」

車体が弾んだ拍子に舌を嚙んだらしい。目は開けて、口は閉じているのが正解だ。左の下り斜面のさらに向こう、木の間から水面らしいものがひかっているのが見える。たぶんあれが丸沼だ。そちらへ下る道は、入ってきた私道の入り口よりもうしばらく沼田方面へ走らないとないはずだ。つまりこの道は丸沼を囲む山の中腹を、北へ向かっているのだ。

どこまで行くのだろうと心細くなってきたとき、前を行くチェロキーが消えた。斜面の鼻を大きく右に曲ったのだ。車体を揺すりながらランクルが必死にその後を追う。

一瞬ざっと山が鳴った。

なんの加減か突然の風が森を横殴りにし、ちぎれた枝葉をフロント・グラスに叩きつけたのだ。車全体が大きくかしいだ気がして蒼は息を詰めたが——

道を曲りきった途端、樹鳴りの風ははたりと止んだ。行く手に明るい窓のようなものが浮かんでいる。頭上を圧するほどに茂っていた針葉樹の森はそこで終わり、雲の消えた青空が目にまぶしいほどに広がっているのだ。

そして、いま車は緑の窪地を見下ろしていた。檜やシラビソの深緑の斜面に四方を包まれた、小さな皿のような土地だ。その底にあざやかな翡翠《ひすい》色をした水が見えた。

あたりの静寂を乱すことを恐れるように、ランクルはゆっくりと坂道を下っている。ひどく静かだった。国道を往き来する車やバイクの騒音はもちろんのこと、鳥の鳴き声ひとつ耳には聞こえない。そしてなにも動かない。

地形図で確認した限りこの碧沼は直径二百メートルのほぼ真円形をした、隣接する菅沼や丸沼と較べても遥かに小さな湖沼というより池だったはずだ。しかしそんな大きさの比較など、なんの意味もないのだと蒼は思った。

水というよりは本物の磨き上げた貴石のように、そこにはさざ波のひとつも見えはしない。水面近くまで迫った暗い色の木々と、山並と、明るい空がそのまま映し出されている。空に浮かんだ白雲の影さえ貼りつけられたように動かず、金色の陽射しを葉末に溜めてそよぐともない周囲の森。時間が止まっているかのような、それは別世界の光景だった。

蒼はいっぱいに開いた窓から上半身を突き出した。碧水閣はどこにあるのだろう。助手席から顔を覗かせた京介が、前髪を払った左手をそのまま前へ伸ばす。その指先をたどった蒼の目に、

(あッ!……)

それはふいに、それこそ隠し身の魔法が解けるように飛びこんできた。翡翠色の水に面して建つ左右に長い瓦屋根。中央に抜き出た三階部分には入母屋の大屋根を重ね、左右の翼端には五重塔の頂のような寄棟の屋根が乗っている。その下には二階建てのパラッツォ。円柱を連ねたロッジアが全面を覆い、中央部には階段が張り出している。パッラーディオ様式を思わせる堂々たる洋館だった、ただ屋根を除けば。

初めわからなかったのは、屋根の瓦がビロードのような苔の幕で覆われていたからだ。苔は水の色を映したような深くあざやかな翡翠色をして、黒瓦の半ば以上を塗りこめていた。いや、屋根だけでなく二階の柱や手すりにさえ、苔のとばりは垂れかかっていた。そのために碧水閣は保護色に包まれでもしたように、背後の森に溶けこんでいたのだった。

「こいつはすごいなあ!」

深春が無邪気な歓声を上げる。

「あの屋根の格好、ほんとに鳳凰堂そっくりじゃないか!」

「うん、似てるね——」

でも違う、と蒼は思う。

天から舞い降りてきた鳳凰の姿だと、宇治の平等院について書かれた本にはあった。確かにあの建物の中堂部分を鳳凰の頭と胴に、左右に張った回廊を翼に、後ろに延びた廊を尾に見立てることは自然だ。軽く反り上がった屋根のかたちも鳥の翼を思わせ、いまにもまたそれをはばたかせて宙に舞い上がるかと見える。

（だけど碧水閣は、ちっとも飛びそうには見えない。それはでもあの屋根を包んだ、緑の苔のせいじゃない。屋根のかたち自体がなんだか重そうで、軒はうなだれてるみたいで、まるでそのまま地面に沈んでいきそうだもの……）

オリジナルの鳳凰堂と思い較べればこそ、それがはっきりと感じられる。蒼は思った。鳥だとすればこれは、飛べない鳥なんだ、と。


ランクルが碧水閣の前に着いたときにはもう、星弥と神代教授は車から出ていた。黒い丈の長いワンピースを着た老女が、その前に立ってことばを交わしている。あれが真理亜の世話を見ていたという専務兄弟の妹、埴原たからしい。量の減った白髪を頭の後ろで小さな団子にまとめて、色の濃いサングラスをかけているのは目が悪いのだろうか。両手をステッキの握りに置いて、少し腰も曲っているようだ。

「たかさん、こちらが杉原さんのお手紙にあったW大の桜井京介さんと、お友達よ」

（えっ！——）

振り向かれた顔を見て蒼は一瞬、出しそうになった声をあわててこらえた。老女はその小さな顔にやけに白く白粉を塗りたくって、その上赤すぎるほど赤い口紅で唇をいろどっているのだ。生身の人間というよりは、まるでカーニヴァルの仮面かピエロの仮装だ。その上にサングラスなのだから、異様な面貌としかいいようがない。

もっとも、驚いたのはお互い様だったかもしれない。彼女は星弥が示した京介をまじまじと見つめて、しばらくはなにもいわずに立ち尽くしていたからだ。だが星弥が、

「——たかさん？」

もう一度うながすように声をかけると、やっと気を取り直したらしかった。

「はいはい、どうも遥々《はるばる》とよくお越し下さいました。埴原たかでございます」

その声も奇怪な顔にはいっそふさわしいかもしれない。まるで少女のようなかん高い作り声で、しんなりと頭を下げる。もう一度上がった顔には真っ赤な唇に愛想笑いが浮かんで、正直な話ぞっとしない眺めだ。

「たかさん、病院に持っていく荷物はできていて？　桜井さんたちに建物を見ていただいている間に、積みこんでしまいたいのだけれど」

「はいはい、できておりますですよ。でもまあ遠いところを来ていただいて、皆様お腹もお空きでございましょう？　先にお昼にいたしましょうよ」

「お昼ですって？」

星弥は当惑したように眉を寄せた。

「でも、たかさん——」

「だって星弥様、もう十一時も過ぎましたですよ。いいえ、なんにも御馳走はございません。けれど今朝がた丸沼温泉で虹鱒の味噌漬けを作ってもらいましたから、あとはお蕎麦《そば》も茹でますのでね、はいはいどうぞ皆さん、中にお入り下さいませ。古いばかりの建物でございますけれど」

いいたいだけのことをいってしまうと、杖を動かしながら中へ入っていく。星弥はなぜかその後ろ姿をむっとした顔で見送っていたが、

「よろしいのですか？」

教授に尋ねられると、わずかに笑って首を振ってみせた。

「あの人がそういうのだから、仕方ありませんわね。まだ時間もあることですし、どうぞお入り下さいな」

「しかしあのご婦人は、おひとりで歩いて丸沼まで行かれたのでしょうか」

まさか七十過ぎの老女が、あの道を運転はしないだろう。しかし私道だけでも優に二キロはあった。一度国道へ戻ってとなると、相当な道のりになるはずだ。

「いいえ、そうではないんですの」

星弥は軽くいい淀んだが、老女の去った方へちらりと目をやると、沼の対岸を指差してみせる。

「向こう岸に碧沼から丸沼へ水を落としている水路があって、その脇の道を下ると一キロばかりで丸沼の方へ降りられるんです。車は通れない道ですけれど、オフロードバイクなら平気ですわ。ですからいつも食料品の類は、あちらの宿から運んでもらっていたんです」

「なるほど。それでご老人ふたりでも生活に不自由はなかったわけですね」

「でもいくら不自由でもあの人たちは、生きている限りここを動きはしないと思いますわ。ええ、きっと」

「いったい真理亜さんは、なぜそれほど碧水閣にこだわり続けるのでしょうね」

教授の問いに星弥の口元からふっと笑みが消えた。見開かれた目に強い光が宿り、唇が動きかかった。しかしなにを思ったのか彼女はそれを曖昧な微笑に変えてしまうと、

「私も、それを知りたいと思いますわ」

はぐらかすような口調で答えた。

## 2

その午後。炭火で香ばしく焼いた味噌漬けの虹鱒と、湧き水で冷やした蕎麦という簡素だ

が美味しい昼食をふるまわれた後、W大の四人は老女の案内で碧水閣の内部を見て回った。それは蒼が京介と知り合って以来あちこちで遭遇した様々な建築の中でも、おそらくはもっとも奇怪な、風変わりで説明困難な存在に違いなかった。

やや遠目に眺める限りこの建物は、屋根を除いてはルネッサンス末期のパッラーディオ風宮殿に近い外観を持っている。二層に重ねられたロッジアは一階ではトスカナ式、二階ではコリント式の溝彫りのない円柱で支えられ、ただ左右の端の湖に向かって突き出た部屋の部分だけがロッジアがない。

しかし近寄ってよく見ると、奇妙な細部がいろいろと目についてくる。例えば二階の柱には彩色したらしい痕跡が見えるし、ロッジアの手すり上にはどう見ても仏像のような彫像が並んでいる。コリント式の柱頭も本来ならアカンサスの葉がデザインされているはずだが、それが牡丹や蓮《はす》の花に替えられているようだ。

一階だけを見る限りそのインテリアもまた、パッラーディオ風の宮殿ないしは別荘というイメージを大きくは外れない。中央の階段を上って中に入るとそこは四本の堂々たる円柱が立つ広間で、奥には裏庭へ開いた窓がある。また上階へ通ずる螺旋《らせん》階段を入れた小部屋や、左右に走る廊下の入り口など、建物全体の動線がそこに集中している。

ロッジア沿いの部屋はもともとサロンや舞踏室といった用途を考えられていたのだろうが、いまは完全に荒れ果てたまま放置されていた。

椅子やテーブルといった家具はそれでも覆い布に包まれていたが、その布も何十年放置されているのか日焼けて黄色く変わり、カーテンや床のカーペットはすっかり灰色に褪色している。それでも天井に下がったままのシャンデリアの残骸や、暖炉回りに彫られた渦巻き模様のレリーフなどが往時の華やかさを辛うじて偲ばせてくれた。

カーテンを引くとロッジアの列柱越しに、碧沼の水面が近々と眺められる。それだけは往時とも変わらないものだろう。

「ほんとにきれいな景色ですね」

蒼のことばに老女も嬉しげにうなずいた。

「この眺めがお気に召して、カテリーナ様はここに館を建てられることにしたそうでございますよ。あの碧沼をocchio verde《オッキオ・ヴェルデ》、緑の眼と呼ばれて――」

ところが、これだけの規模の建物にしてはいやに狭い感じのする螺旋階段を上り、二階の暗い廊下の照明が点けられた途端、蒼はあっと声を上げてしまった。

廊下の壁が彩色したレリーフで埋められているのだ。粘土か漆喰のようなものを盛り上げて浮き彫り状の凹凸を作り、その上に絵の具で彩色したらしい。伊豆の松崎に記念館のある有名な長八の鏝絵《こてえ》を、あれよりうんとへたくそに、泥臭く素人っぽくしたようなもの、とでもいえばいいだろうか。

へたなのは手際だけではなかった。左右の壁にドアのある部分だけを除いて、天井近くから床に接するところまで延々と続く大画面なのに、これを作った人間はそれをひとつの構図で統一することは考えなかったらしい。写楽《しゃらく》の役者絵や師宣《もろのぶ》の美人画がある、王朝の絵巻物から取ったような十二単衣《ひとえ》の女性がいる、仏像の顔がある。と思えば不器用に枠を取って『富嶽三十六景』や『東海道五十三次』の風景画が並んでいる。東照宮のような狛犬《こまいぬ》や牡丹や三猿がいる。空いた隙間には雲のつもりか、渦巻き状のものがもつれ合っている。ひとつひとつがいかにも稚拙にかたどられ、その上に赤や青といった原色の絵の具を塗りたてられている。美しいなどとは到底いえない。どう見ても異様すぎる眺めだった。

「いかがでございますか。なかなか見事なものでございましょう？」

啞然としてなんともことばのない蒼たちに、老婆はあの薄気味の悪い作り声でいう。

「けれどまだ驚かれるのは早ようございます。こちらのお部屋の方を、どうぞごらんになられて下さいまし。あ、靴はどうか入り口でお脱ぎ下さいましね」

廊下の一番端で、湖側に面した部屋の扉を彼女は開いた。一階とは違って窓は鎧戸《よろいど》もカーテンも、完全に閉めきられているらしい。明かりが点される。そこに現われたのは、黄金色と五色の原色に彩られた部屋だった。

床は畳。しかし部屋の構造や天井高は完全に洋室で、壁の一方には暖炉もある。天井からはシャンデリアも下がっている。暖炉の上の鏡を縁取る枠はコリント柱で、ただそれは黒漆で塗られていた。

そして天井も、壁も、すべてが照明を反映する金色に塗りこめられ、そこに桃山時代のふすま絵を思わせるあざやかな日本画が描かれている。四方の壁すべてが満開の枝垂《しだ》れ桜だ。廊下のレリーフとは違ってこの壁画は、少なくとも専門家の手によっているのだろう。あまりにも派手で俗悪な感じがないではないが、美しいと思う人間も多いに違いない。

『桜の間』の隣室は濃紫《こむらさき》の花が水辺に咲き乱れる『菖蒲の間』、さらに楓《かえで》の枝間に鹿が遊ぶ『紅葉の間』、老松に雪を置いた『松の間』と続く。どれもがまばゆいほどの金色に日本画の壁画を描いた和洋折衷の洋間だ。長らく開いてはいなかったらしく空気は重く淀んでかすかに黴《かび》の匂いがしたが、壁画の保存状態は良い。

「なるほど、四季の揃いというわけですか」

つぶやいた教授に、

「はいはい、さようでございます。見事なものでございましょう？」

老女は澄ました顔で答える。

「さあ、でもこちらはもっと見事でございますよ。どうぞよっくごらん下さいまし」

そうして開かれたのはこれまでとは違い、作りからして完全な日本間だった。ドアの内側に杉板の引き戸があり、中は格天井《ごうてんじょう》に床の間つき。窓は細割の障子で隠されている。だがその障子の桟《さん》や、床の間の違い棚の部分が総て黒漆で塗られ、恐ろしく細かな螺鈿《らでん》細工で覆われているのだ。欄間《らんま》にも、天井の格間にも螺鈿のパネルがはめられている。

光が当たると漆にはめこまれた貝のかけらが玉虫色にひかって、まるで無数の蝶が鱗粉《りんぷん》を撒きながらはばたいているようだ。

（きれいなことはきれいだけど……）

ここまで隙間なく装飾されてしまうとなんだか息苦しい。これが手筥《てばこ》や香合《こうごう》のような小物ならば、なんて手のこんだ見事な細工だろうと感嘆もできるだろうが、同じ密度で部屋全体を飾られてしまっては、どこにも目を休めるところがないのだ。

あの鍍絵まがいの廊下、桃山の金屛風のような部屋、そしてここ。いったい碧水閣のインテリアは、どういう美意識で作られているのか、そもそも美意識なんてものがあったのか。

ふと見ると京介はしげしげと、床の間の床柱を眺めている。気がついて見ればそれも不思議なしろものだ。床柱といえば色目や生地の変わった銘木を磨いて立てるのが普通だが、これはなんと大人の一抱えもありそうな太い丸太に全面彫刻がほどこされ、色あざやかに彩色されている。あまり上手でも洗練されてもいないところから見て、廊下のレリーフを作ったのと同じ手かもしれない。

「あ、天女だ……」

蒼はつぶやいた。柱の前面のやや上の方に、渦巻く雲に包まれて浮かんでいるのは確かに羽衣をまとった天女のようだ。下の方には緑の山と、建物の群れ。なんだか不思議だ。さっきここへ来るときに、天女の伝説を思い浮べたばかりなのに。

けれど。

背後からきびしい声が飛んできて、蒼はあわてて体を引いた。触るつもりはなかったんだ
「お触りになられませんように」

「ここはそろそろよろしゅうございますか？」

ことばは質問形だが、内実はもう出てくれという意味に他ならない。これで二階の部屋の
やっと半分弱を見ただけだったが、またいきなりいう。

「ではここまで、とさせていただいてよろしゅうございますか？」

これこそ質問形にしているだけだ。

「向こう半分は見せてもらえないんですか」

不満な顔を隠そうともせずに深春が聞き返す。ここまでも急き立《た》て《せ》られてろくに写真を撮
る暇もなかっただけに、あっさり引き下がる気にもなれなかったのだろう。

「申し訳ございませんが、あちらは真理亜様が日頃お使いの部屋でございますから」

「じゃ、三階はどうなんです？　あの入母屋の下の部屋には、ぜひ入ってみたいですね」

白粉に塗りたくられた下で、顔がさっと赤らんだようだった。

「高楼の部屋は——私どももずっと入ってはおりません！」

上ずった声でそれだけ告げると、彼女はさっさと階段を降りていく。

「お疲れでございましょう。お茶をさしあげましょうね」

一階に戻ると急にまた愛想のいい口振りになったが、この老婆の本心はどこにあるのかまったくわからない、と蒼は思う。足早に隣に並んだ京介の呼びかけにも、

「——埴原さん」

「はいはい、なんでございましょう」

返事だけはいやに調子がいいのだが。

「この碧水閣の設計図といったものは保管されているのですか？」

「はい、ございますよ。真理亜様がちゃんと保存しておられます。初めのものも、後からのものも」

「初めと後から、といわれますと？」

すると彼女は廊下の途中で足を止め、曲っていた腰を伸ばすようにして京介の顔を見上げた。色眼鏡のせいで目の表情はわからなかったが、そんなことも知らないできたのか、といいたげだった。

「ですからねえ、この建物は最初カテリーナ様がお住居になさるために、フェ——なんていいましたかねえ、イタリア人が建てたんですよ。カテリーナ様と一緒に来た人で、従兄だったという、オグラ・ホテルを建てたのもその人ですよ」

「アントニオ・フェレッティ、ですか。その名なら『オグラ・ホテル百年史』で見ましたが」

「ああ、きっとさようでございましょう。私は横文字の名前というのは、さっぱり覚えられないんでございますが」

老女はせわしく頭をうなずかせる。

「しかしあの本には、彼が碧水閣を建てたなどとはまったく書いてありませんでしたが」

「それはそうでございましょうとも。あの本を作った人たち、いまは巨椋を自分のもののような顔で動かしている私の兄たちなどは、碧水閣のことなんぞこれっぽかしも記録にとどめたくはなかったはずでございますからねえ」

口紅で彩った赤い唇が嘲るような笑みを浮かべる。

「よろしゅうございますか？　カテリーナ様は碧水閣をたいそう愛されて、これが建てられてからはほとんどよそへ行かれることなくお暮しでした。真理亜様がお生まれになったのもここでしたが、お育ちになられたのは人手の多い日光の本邸でした。

そのお従兄のイタリア人が、なんですか、急にいなくなってしまわれて、国に帰られたのでしょうが、それからだそうでございますよ、大旦那様がいろいろに手を加えて、いま見られるような碧水閣をお作りになられたのは」

「大旦那様というのは、巨椋幹助氏のことですか」

「もちろんさようでございますよ。はい」

「屋根を瓦屋根にしたのも、彼がなさったことなのですか？」

「あれは一番最初になさったということでございましたねえ。そりゃもうご熱心というかご執心というか。カテリーナ様が亡くなられてからもお手を休ませることはなく、四季の間や螺鈿の間の細工は職人や絵師を入れたそうでございますが、あのお廊下の細工はご自身でなさったそうで、それ以外にも、最後にはホテルのお仕事も婿の正二様にすっかり譲ってしまわれて、それこそ職人のように鏝を片手に毎日毎日働かれたのだとか。

　あら、それはもちろんまだ私の生まれていないころのことですよ。私は真理亜様から聞いただけなんですからね。といいましても真理亜様ご自身、その頃はずっと東京にお住まいだったそうでございますよ」

「東京で、働いてでもおられた？」

「いいえそんなあなた、大正の頃ですもの。カフェの女給にでもなるならともかく、良い家の娘が働くところなんてありやしません。ただカテリーナ様の亡くなられた後しばらく東京の病院に入院しておられて、そのまま東京の学校へ、日本女子大学へまで進まれて、関東大震災がなければそのまま戻らなかったかもしれないなんて、いっておられましたね」

「すると真理亜さん自身は、あまり巨椋家を継ぐことには熱心でなかったのでしょうか」

「そうかもしれませんわね。なんでも大旦那様ご自身が、あのひどい地獄のようになった東京へ必死で真理亜様を探しに見えられて、帰らないわけにはいかなかったと。妾腹《しょうふく》の子はあっても、やはりカテリーナ様のお子は愛しかったのかもしれませんねえ」

「しかし埴原さん、その幹助さんって人は自殺したんでしょう、この碧水閣で」

深春が口を挟んだ。いきなり追い立てを喰ったさっきの腹立たしさがまだ残る口調だった。

「それから彼の奥さんと真理亜さんの娘も。いったいなんだって、そんなことになったんですかね——」

深春の声は中途で立ち消えた。杖が老女の手を離れ、床に落ちて鋭い音を立てる。しかし彼女はその場にまっすぐ立ったまま、深春を睨み付けている。色付きの眼鏡に覆われていても、その視線の激しさははっきりと感じられた。

「あなた様もよくまあご存知でいらっしゃいますね。おおかた埴原の家の者が、そんな話でもいたしましたか。碧水閣は呪われた化け物屋敷だとでも？

ええ、確かにうそではございません。カテリーナ様も大旦那様もそして百合亜様も、ここで自殺なさいました。なぜですって、どうして私がそんなことを存じましょう。いえ私だけでなく死を選んだご当人以外の誰が、本当の理由を知っているなどと申せましょう。

でもそれがなんでございます？　どうしてそれで碧水閣が呪われていることになります？　とんでもございませんよ。巨椋の財産にしか興味のない欲得の亡者どもに、そんなことをいまさらいってもらいますまい。——桜井さん！」

蒼は自分が名を呼ばれたように、びくっとしてしまう。老女の声はそれほどの、刃物のような鋭さを帯びていた。

「いますぐお聞かせ下さいまし。それがあなたのお考えでございますか。あなたもあの人たちのいうことを鵜呑みにして、この碧水閣を不吉な死の館のようにいわれるのですか？」

「僕は——」

口を開きかけて、京介は珍しくためらうようだった。だがそれを振りきるようにかぶりを振ると、

「僕にはまだなにも、申し上げられるほどのことはありません。せめて設計図を拝見して、建物の残りの部分も見せていただいて、真理亜さんと話をさせていただいてからでなくては」

「それはまた、ずいぶんと沢山なご注文でございますね」

老女はあからさまな嘲笑で応じた。

「あなたのような学者にとっては、この建物などいくらでもある素人の作ったゲテモノ、なんの価値もない廃墟でしかないんでございましょう。真理亜様がほんとうに宝物のように守ってこられた設計図も、学者さんにとってはただの資料のひとつでしかなくて、見せろ、よこせと要求すれば出てくるのだと思っておられるのでございましょう。

けれどそれだけけしてさし上げたなら、あなたは私どもになにをして下さるとおっしゃるのでございますか？　碧水閣の取り壊しを止めさせて下さるとでも？　でもそんなことくらい、いまさらなにもお力添えなどいただかなくとも、私どもだけでできますとも！」

京介はなにもいわず、ただ静かに彼女の怒りのことばを聞いていた。そしてそれがようやくとぎれたとき、口を開いた。

「僕になにができるのかと聞かれるのでしたら、まずその前にいってくださらねばなりません。真理亜さんが心から望んでいるのは、なんなのかと」

老女は眼鏡越しに京介を見つめたまま、はっと体を引きかけた。しかしそれきり、凍りついたように止まってしまう。片膝を折った京介が、床に倒れていた杖を拾ってうやうやしく差し出すまで。

だが杖の柄を握り直すと、彼女はまた急に表情を変えた。かん高い作り声と取ってつけたような愛想の良さを取り戻した。杖に載せた上半身をくねくねと揺すって、あらそんな、おほほ、などと気味の悪い笑い声をたてると、

「そうおっしゃられましても、碧水閣を守りたいという以外になにか真理亜様が望んでおられることがおありなのか、さあ私などにはとんとわかりませんねえ。義理ある杉原様のお口利きだというので、お迎えしたというだけではございませんかしら。ではまたどうぞ、真理亜様が退院なさいましたらお出で下さいましな」

## 3

いくら笑い声混じりでも、またお出で下さいとはつまりさっさと帰れという意味だったのだろう。結局お茶どころか四人はそのまま、玄関ホールに置き去りにされてしまった。スカートの裾《すそ》をひるがえした老女は、あれきり戻ってくる気配もない。やはりなんといっても深春が幹助らの自殺のことを口に出したのが、すなわち彼女の逆鱗《げきりん》に触れたことになるらしかった。

「どうせならおまえ、設計図くらい借り出してから怒らせろよ」

教授にまでいわれて深春は顔を赤らめる。

「だってまさかあれっくらいのことで、いきなり怒り出すなんて思わないじゃないすか。自殺ったってもう何十年も前のことなんだし、化け物屋敷だなんて俺、ひとこともいってないのに——」

深春の困惑も無理ないかもしれないが、起こってしまったことはもうしょうがない。

「さて、これからどうする？」

さすがの京介もすぐには決めかねる顔だ。

「でもさ、少なくともこれが下田菊太郎の作品だって可能性は消えたわけだよね」

「いや、必ずしもそうとはいえない」

「どうして？　元々はイタリア人が作って、それにこういう和風の改装をしたのが幹助ってわけでしょ。下田菊太郎が入る隙なんてないじゃない」

「それくらいなら俺にも見当がつくな」

教授がそばから口を入れた。

「幹助は若い頃大工の修業はしていたが、確か正規の教育機関で西欧建築を学んだりはしていないはずだ。部屋の内部を和風に改装するくらいならともかくも、全体に屋根を架けるほどの大工事を、彼ひとりの計画で実行できたとは思えない」

「ああ。それじゃ誰か専門家がそばにいて？」

「そうだ。アドバイザーの存在を仮定する方が、無理はないんじゃねえか」

「それがひとつ——」

ぼそりと京介が応じた。

「もうひとつは、動機です。なぜ幹助はイタリア風のパラッツォとして完成した碧水閣に、和風の改装をほどこさねばならなかったか。その動機に下田がからんでいた可能性もある」

「つまり洋風と和風の折衷じゃない、『併合』を下田が幹助に示唆したってわけだね」

「それにしても何故という疑問は残るが——」

「だけどこの場合はむしろ、幹助と設計者のイタリア人との間に深刻な対立があったんじゃないか？　だからそいつは突然国に帰っちまって、幹助は残された彼の痕跡を消したくてたまらなかった。イタリア式の建物なんて見るのも嫌だったから、上から絵を塗り潰すみたいに屋根を載せたり洋間を日本風に改造したりしたってのはどうだい？」

深春の説に、しかし京介は首を振る。

「アントニオ・フェレッティは碧水閣の他に、オグラ・ホテルの設計も手掛けている。明治三十二年に建てられた新館だ。しかしこれは大正十三年の大改築まで、手を加えられることもなく使用されている。だからそれはなりたたない」

「じゃ、カテリーナ自身が希望したってのはどうだい。屋根を載せたのは彼女の生前だったわけだろう」

「それを否定する材料は、いまのところないが——」

依然としてはっきりしない京介だ。

「でもさ、下田菊太郎がからんでないとしても、この碧水閣ってちょっと気になる感じだよね。こんなの絶対にいままで見たことないし、もしきっちり調査できたら、修論には充分できるんじゃない」

蒼のお気楽なことばに、教授が顔を覗きこんだ。

「そうかい？　さっきおまえときたら、酸素の足らない金魚みたいになってなかったか？」

「あはっ。だってあの二階の部屋見てたら、空間がぎゅうッていってるみたいでさ」

「まあ、あの廊下のレリーフ見てると、そんな気もしてくるよな。ほとんど日本版タイガーバームっていうか」

「——シュヴァルの宮殿だ」

またぼそっと投げ出すように、京介がいう。

「あっ、そうか……」

「なんだっけ、それ――」

蒼と深春が同時にそんなことばを口走ったとき、

「そろそろまいりません？」

耳に快いアルトの声が響いた。星弥が玄関の戸口にこちらを向いて立っている。

「ここまでわざわざ来ていただいておいて本当に申し訳ないのですけれど、病人の方も気になりますので」

「入院先は沼田ですか？」

教授がさりげなく尋ねたが、星弥は微笑みとともに首を振った。

「申し訳ありません。誰にもいうなというのが祖母の意志だものですから」

「杉原さんも心配しておられると思いますよ」

「はい。あの方には私から、早い内に手紙を書くようにいたします」

「真理亜さんに我々のことも、よろしくお伝え下さいますか。できればまた日を改めて、伺いたいと思うのですが」

「承知いたしました」

「あの、埴原さんにもよろしくいって下さい。俺が変なことをいってしまったんで、どうも気を悪くされたようなんです」

深春のことばに星弥は車の方を見返ったが、こともなげにうなずいた。

「あまりお気になさらないで下さいな。年寄りのことで怒りっぽいだけです。わりときつい人ですけど、悪意はありませんから」

「埴原さんから伺ったのですが、碧水閣の設計図が保管されているそうですね。それも拝見したいのですが」

「わかりました。祖母に申し伝えておきます」

星弥のことばは相変わらずなめらかだが、なにひとつ約束はしてくれない。

「皆さん方は、今日はこのまま東京ですの？」

どうする？　と蒼は京介の方を振り返ったが、答えたのは教授だった。

「いや、せっかく休みにここまで来たんですからね。明日はまだ日曜だし、引っ返して湯元か中禅寺湖あたりで泊まることにしますよ」

私道の出口でランクルとチェロキーは左右に別れた。チェロキーは国道一二〇号を西、沼田方向へ。ランクルは東、ふたたび金精峠の方へ。しかし菅沼キャンプ場前のドライブインまで来たとき、教授が深春を止める。ちょっと待っていろといい置いた彼は、見ていると売店の中で電話をかけていたが、すぐそのまま軽いフットワークで戻ってきた。

「ラッキーだ。深春、戻れ」

「ヘッ？」

「丸沼温泉の部屋が取れたぜ」

「あ、それじゃそこから一キロ歩けば碧水閣まで戻れるんだ！」

「せっかくここまで来て、あれっきりじゃしゃくだろう？」

神代教授はしてやったりのニヤニヤ笑いだ。さてはさっき尋ねられて、わざと湯元か中禅寺湖なんていったんだと蒼はようやく気づく。さっきの星弥はどう見ても、自分たちに早く立ち去ってもらいたがっていた。丸沼に泊まればわずか一キロで碧水閣に来られるとは、彼女自身が口にしてしまったことなのだから、教授のことばに内心ほっとしたに違いない。

「だったら最初からなにもいわなければ、わからなかったのにな」

国土地理院の地形図にも、そんな道までは書いてなかったはずだ。

「それならそもそも俺たちを、連れてこなけりゃ良かったってことになるぜ」

深春がいう。それもそうだ。真理亜が入院したとなっては出直すしかないだろうという気になっていたのを、向こうから誘ったのは星弥自身なのだから。それもうっかりしてなのか。しかしこれまでの彼女の言動を見ていれば、そんな行き当たりばったりの無思慮なふるまいをしそうな女性には、およそ思われない。

なんか、変だ——。

「人のやることなんて矛盾だらけさ。それくらい別に驚くにも当たらない」

教授があっさりいって、話はそこまでになった。だがそれは蒼の心に、喉に刺さった魚の小骨のようにいつまでも残っていた。

# 空騒ぎ

## 1

「——やられた」

京介の声は例によってぼそりとしたつぶやきに過ぎなかったが、同じ部屋にいた三人はほとんど同時に振り返っていた。彼は革のショルダーバッグの、開いた口の中を見下ろしている。時刻は午後の五時半。丸沼旅館の眺めのいい和室に通されて、やれやれと腰を下ろしたばかりのところだった。

「なにかなくなったの？」

「例の、アルバム」

蒼はうっと声を呑む。オグラ・ホテルの資料室から、京介が黙って拝借してきた古いアルバムだ。なくなったからといって、大声で騒げるようなものではない。

「いつなくなったの」

「碧水閣の前に車の止まってた間だと思う。それ以外で目を離したことはなかったから」

「深春。車の鍵、かけてなかったの？」

「そりゃ、わざわざあんなところでかけることもないかと思ったからさ」

深春は露骨に怪訝な顔だ。

「ほんとかよ、それ。だけどあそこでなくなったっていったら、星弥さんか埴原の婆さんが取ったってことになるぜ」

「だから、きっとそうなんだよ」

「しかしなんなんだ、その、例のアルバムってのは。俺は知らないぜ」

「俺も知らねえ。だがどうやらその様子だと、あんまり大っぴらにはできない代物らしいな、え？」

教授と両方から問い質されて、仕方なく京介はその経緯を話す。さすがに蒼に対してのように、『ちょっと借りてきただけさ』と澄ましているわけにもいかないようだ。

「おめえらしくもねえ軽率な真似しやがったな」

憮然とした顔で教授は腕を組んだ。

「魔がさしたんですね」

「他人事みてえにいうんじゃねえや」

「ほかになくなってるものってないの？」

「僕の荷物にはね。ただ、ノートを開いたらしい痕がある。栞の位置が違っていた」

そういわれては三人も、自分の手荷物をもう一度確認せずにはいられない。しかし結局開けられたらしい痕跡がはっきりあったのは、京介の荷物だけだった。

「俺らが中を見てる間に、星弥さんが抜いたってわけだな」

「でも埴原さんだって一階へ降りてからはどっかへ行っちゃったじゃない。京介の荷物を覗くくらいの時間は充分あったはずだよ」

深春のことばに蒼は反対しないではいられない。なぜといってあの女性が人の荷物をこそこそ探るなんて、それこそ不似合いだという気がするのだ。

「それは駄目だ。あのときだとしたら、いつ俺らがふらっと外へ出てくるかわからないじゃないか」

「それに埴原さんだとしたら、どれが京介の荷物だったかわからねえはずだぜ」

「すると教授、最初から僕ひとりが目的だったというわけですか」

「なにせ杉原家の保証付き名探偵だからな」

「しかし星弥さんにしても、まさか僕があのアルバムを持ち出したことまで知っていたはずはありませんよ。誰かに、聞いたのでもなければ」

「誰かに？」

鸚鵡《おうむ》返しに蒼は聞いている。

「でもそんなこと、誰に？」

「気がつく可能性があるのはひとりだろう。蒼にその所在を教えた、埴原秋継だ」

それは確かにそうかもしれない。蒼たちが出た後の資料室を、ちょっと覗いて見ればいいだけのことなのだから。でも——

「でもどうして、そんなこと……」

「ただの運搬用に使われたのかもしれないな」

「運搬用？」

「埴原秋継が巨椋星弥に、誰にも知られることなく自分の手を動かすこともなくアルバムを渡したいと思ったとすれば。星弥にしても僕の荷物から自分の手で抜いたとなれば、後で人に聞かれても出所をいうわけにはいかなくなる。無論僕にしてもなにもいうことはできない。秋継は安全だ」

「なんなの、それ。全然わかんないよ！」

蒼は座卓を叩いて声を荒らげた。そんな後ろめたい真似を敢えてしても、星弥にはあのアルバムを手に入れたい理由があったとでもいうのか。

「僕だってわからない。だけどそういう生臭い話には、あんまり関わりたくもない」

京介はつまらなそうにいい捨てる。

しかしどこが生臭いのか、それすらも蒼にはわからないのだ。

「なんだなんだなんだそれはあ。俺には全然話が見えないぞお！」

深春がわめいた。

「ふたりで納得してないで、ちゃんとわかるように説明せい！」

「ぼくだって納得なんかしてないったら。京介がひとりでわかってるんだよ」

「そうだ、おまえが一番悪い！」

しかし深春の追及は、そこであっさり打ち切りになってしまった。廊下から、お夕食をお持ちいたしましたという声が聞こえてきたのだ。深春の脳は胃と直結しているので、飲み食いにかかっているときは取り敢えずほかはすべてお預けになる。

深春の口が満員になっている間、食卓の話題といえばさっき京介が口にした『シュヴァル』のことで、十九世紀の末フランスの片田舎に住んだ郵便配達夫が、たったひとりで三十三年かけて作り上げた『城』と碧水閣が、似ているか似ていないかという話だった。拾った石とコンクリートで延々と自分の夢想をかたちに積み上げたシュヴァルの情熱と、碧水閣の数十メートルの廊下に幹助が作った漆喰レリーフはある意味でとても近いと京介がいい、幹助にはシュヴァルの独創性はないし、室内の装飾に専門家を使っているのもまるで違うと教授がいう。

その間にも健全すぎる食欲を発揮して卓いっぱいの夕飯をたいらげた深春は、一風呂浴びて缶ビールを二本空けたと思えばもう蒲団の上でいびきをかいている。着いたときは今日の内に碧水閣へ通ずる道を歩いてみるのだなどといっていたことも、きれいに忘れてしまったらしい。

もっとも蒼にしてもあまり人のことはいえないので、今夜は夢も見ずにいつの間にか眠ってしまった。眠りを破ったのは、窓の外から聞こえたエンジン音だった。目をこすりながら枕元に置いた腕時計を見ると、まだ十一時二十分。しかし意外なほど部屋の中が明るいのは、月が出ているからだろう。

敷かれた四組の蒲団で、寝ているのは教授だけだった。窓際の板張りとの間の障子に、人影が映って見える。京介は籐の椅子に座って、明かりは消して外の景色を眺めているようだ。そおっと障子を開けると、まぶしいほどの月光がガラス越しに射し入っている。満月が沼の上にかかって、あたりを照らし出しているのだ。

「すごい月だね。ずっと見てたの？」

京介の背に寄って、蒼は小さな声で話しかけた。

「ああ——」

眼鏡を外した京介の横顔が、月の光にほの白く浮かんでいる。

「深春はいないの？」

「ちょっと散歩してくるなんていって、そろそろ三十分になるな。——なにもないとは思うが、見て来るか」

眼鏡を手に立ち上がる京介に、蒼はあわてていった。

「あ、待って。ぼくも行く」


広い玄関脇の下足箱からは、深春のモカシンがなくなっていた。近くをふらつくだけなら、備え付けの下駄が用意されているのに。

「ねえ、まさか深春ひとりで碧水閣に行ったんじゃないかな」

「可能性はあるな」

「彼、道知ってるの？」

「風呂に行った後でフロントに寄って、僕も一緒に聞いた。登りの道は山道でも、大して難しい道ではないらしい」

「行ってみようよ」

「蒼は部屋に戻った方がいい」

「どうして？　そんなこといってる場合じゃないでしょ、ねえ！」

蒼は両手で京介の腕を引っ張った。なぜかはわからないが、急に不吉な予感めいたものが胸の中に広がり始めている。

「京介ずっと起きてたなら、さっき外でバイクの音みたいの聞かなかった？　あれって旅館の前で止まったりしないで、そのまま遠くなっていったよね。でも碧水閣に通ずる以外は、ここの道って行き止まりでしょう？」

あの時間からどこかの病院に行ったら、星弥も埴原たかも戻ってはこないだろう。それに彼女たちなら門の鍵を持っているはずだから、なにもバイクに乗り換えて丸沼経由で行く必要はない。

だとすれば？——

こんな真夜中に何者かが、無人の碧水閣に忍びこもうとしているのだ。他に考えようはない。

「そんなやつと深春がいきなり出くわしたら、なにが起こるかわからないじゃない。止めたって無駄だよ。ぼく行くからね！」

外はガラス越しに見る以上の、物凄いような月夜だった。空気の澄み方が違うのか、目をくらませる人工照明がないためなのか、それにしても月というのはこれほど明るかったろうかと怪しんでしまう。丸沼の水面もあたりを囲む山の稜線もそして旅館の瓦屋根も、水銀のようなぬらぬらとした光を纏《ま》って昼間とはまったく別の存在と化してしまったかのようだ。

(月の光を浴びすぎると気が狂れるなんて大げさだってずっと思ってたけど)

足を急がせながらも、蒼は思わずにはいられない。

(こんな凄い月だったら、それも不思議じゃないかもしれない……)

京介は蒼の隣で、黙々と歩き続けている。その細身の体も月光に隈取られて、奇妙に非現実的な、人間ではない別の生き物のように見える。彼はたぶんバイクの音にも、その意味するものにもとっくに気がついていて、ひとりで出かけようとしていたに違いない。蒼があのとき目を覚まさなければ。

(いつだってそうやってひとりで、どんどん勝手に決めて行っちゃうんだもんな——)

「こっちだ、蒼」

いきなり声をかけられて、蒼はあわてて急ブレーキ。気がついてみれば目の前で、幅一メートルばかりの川が勢いよく沼へ流れこんでいる。

「この流れに沿って真っ直ぐ上がればいいらしい。先に行くから遅れないでついてこいよ」

沼から離れて山襞の中に入っていくにつれて、月の光が届かないところも多くなってきた。京介は用意よく片手にペンライトを点したが、それは目印という程度で、足元を照らしてくれるには足りない。なまじ月明かりに目が慣れているだけに、陰に入ったときはいっそう暗くて、自分の指さえ見えなくなってしまう。重たい闇の手の中に、ぎゅっと握り締められるような感じだ。たぶん昼間歩けばなんということのない山道なのだろうが、夜の山はまったく違うということを、蒼はつくづく感じざるを得なかった。

京介はスポーツなどしているところを見たこともないのに、なぜかこういうときも息を荒くすることもなくかなりのスピードで歩いていく。せめて自分がついてきたことで、京介を遅らせるようなことだけはあってはならないと、蒼は足を励まして登り続ける。

そうしてどれくらいの間歩き続けただろう。

「あ——」

蒼が声を上げたと同時に、京介の足も止まった。

「車の音だ」

国道から聞こえてくるのだろうか。いや、それにしては近い。息を詰めて耳を澄ますふたりの視界を、一瞬ヘッドライトの光芒《こうぼう》がないで通った。遠ざかっていく。あれは国道方向だ。車は私道を通って出ていったのだ。しかもそれは明らかに、バイクではなかった。

「急ごう」

いい捨てて京介は小走りに道を下っていく。もうすぐそこに碧沼の湖畔が見える。そして蒼はふたたび、降り注ぐ満月の光の中にいた。碧沼とそれを囲む森は、翡翠の彫り物のように澄んだ色に染まっていた。碧水閣の苔に覆われた屋根さえも、月の光の下では昼よりも遥かに美しく照り輝いていた。

そして——。

昼見たときは風さえもなく、すべてが時の流れから外れたように止まっていたここで、いま蒼は不思議な景色を目の当たりにしていた。白い綿のようなものが、微かな夜風に乗って舞っているのだ、淡雪の降るように。それも視野いっぱいに。

月光がその白さに反射して、なおさら明るさを増している。石に刻まれたかのように微動だにしない森と水と館の前に、音もなく降り続ける白い綿毛。手を伸ばして捕まえようとすると、逃れるようにふわりと動いて指からすり抜けていってしまう。なにか植物の、花のようなものなのだろうが。

「——蒼！」

京介のいつにない大声で、やっと蒼は我に返った。

「こっちだ、蒼！」

京介の声がしているのは碧水閣の北端、今日昼食をふるまわれた食堂の近くだ。あわてて駆けつけた蒼は、地面に膝をついた京介を見て棒立ちになった。その前に手足を投げ出して倒れている者。仰向いた顔は目を閉じてびくりともしない。深春だった。

## 2

常日頃少なくとも体力は圧倒的にあると思っていた栗山深春だけに、いきなり意識不明の顔を見せられたのは衝撃だった。京介によると蒼は、脈はあるといったのも聞かずに『深春死んじゃったの？』と叫んで取りすがったというのだが、混乱していた蒼は自分でもなにをしたのかよく覚えていない。剝き出しの右の二の腕に、毛の焦げた軽い火傷の痕がある。それをペンライトで照らしてみせて、

「たぶんスタンガンでやられたんだ。一時間もすれば意識が戻るだろう」

そんなことをいう京介を、なんでそんなに冷静なんだ、と泣きながらなじったような覚えもある。幸い京介がいった通り、明るくなる前に深春は目を開いた。

舌がすこしもつれている。だがそのもつれた舌で必死になにをいおうとしているのかと思えば、

「——腹、減った……」

その横っ面に止まった蚊を、蒼が思いっきり力をこめて叩き潰してやったことはいうまでもない。

朝食の飯を四杯平らげるまで、深春はろくに口をきかなかった。質問すればそれでも答えようとはするのだが、口いっぱい食べ物が詰まっていては結局話にならない。四杯目を空にしてやっと箸を置き、蒼がいれてやった焙じ茶を音たてて飲み下すと、はあと息をつく。

「それで？」

「それでっていわれても、どこから話しますかねえ。俺が碧水閣の前についてほんの五分か十分くらいしたかな、バイクの音がしたんですよ。こんな時間に来るなんて普通のライダーじゃないと思って柱の陰に隠れましたらね、そいつが建物見上げながら回りをゆっくり回っていくんだな。なにか探すか、様子でも見てるみたいに、ははあ、空巣かなと思ったんで、エンジンの音が消えたところで、そおっと裏に回ってみた。するとそいつが北の端の、勝手口のところにいるのさ。そら、昨日埴原婆さんが蕎麦茹でてた台所のとこ」

深春が倒れていたのも、そのすぐ近くだった。

「で、後ろから見てるとどうやらそいつは、勝手口の戸を破ろうとしてる。ところがちょっと離れたとこに止めてあったバイクに寄って見ると、その荷台に積んであるのがどう見ても灯油タンクなんだな」

「それじゃあ……」

「空巣よりこりゃ放火だよな。盗みなら出てきたところを捕まえればいいんだろうが、火つけじゃへたすると手遅れだろ？　でさ、俺は後ろからこう渋く声をかけちゃったわけよ。『おまえ、なにしてるんだ？』って」

なにが渋くだ。時代劇でもあるまいに。

「無謀だよお」

蒼はあきれたが、

「そうでもないのさ。相手はどうみても、たっぱも横も俺よりずっと小さいしな。おまけにこっちはやつのバイクのとこに立って、キーを抜いておいたんだ。逃げられちゃつまらないから」

「顔は見えなかったの？」

「メットにゴーグルにマスクさ。体は革ジャンにブーツ。わりと細身の若そうなやつ、てくらいしかわからない」

「声は」

　京介の問いに首を振る。

「それが最後までだんまりさ。振り向いた拍子にあわてて、勝手口のガラスを割りかかってたスパナまで落としてたくらいなのにな。『なにをやってたんだ』『その建物がどういうものか、わかってて火を付けようってんだろうな』『誰かに頼まれたのか』なにをいっても答えない。そのくせ膝が震えてるのが見えるんだ」

　深春は、答えないならバイクのキーを沼に放りこむといったらしい。それが嫌なら免許証をよこせ。すると相手は片手をジャンパーの胸に入れて、革の免許証入れらしいものを引き出した。

「放れっていったんだが、ゆっくり歩いてくるのさ。それでもまだ差し出した手が震えてる。それでつい騙《だま》されちまったんだなあ——」

すぐ前まで歩いてきたそいつは、免許証を差し出しながらたぶんもう片方の手でズボンのポケットに入れていたスタンガンを取り出し、深春の剝き出しの腕に押しつけたのだろう。

「なんかガツン！　と下の方からやられた感じはあったよ。体の右半分がねじくれたような気もしたかな。で、それっきりさ。なんにも覚えてやしねえ。情けないったらよ」

さすがにそのときのことを思い出すとぞっとしないのだろう。深春の笑いも苦笑に近い。

「スタンガンって要するに感電で相手を気絶させる武器だよね。そんなの簡単に手に入るの？」

「日本じゃ一般には売られてないと思うけどな、ピストルだって最近はやくざでもない素人が手に入れられるんだ。抜け道はあるんだろ」

「でも左腕じゃなくて良かったよ。心臓に近かったら万一ってこともあるもの」

「おっ、心配してくれんのか。蒼猫」

「心配したよ。この分はきちんと返してもらうから忘れないでね」

「へいへい、それじゃ出世払いの二十年月賦で」

「つまんねえ冗談はそれっくらいにして、話を元に戻そうや」

睡眠不足気味の神代教授が不機嫌に口を挟む。夜中に目が覚めたら三人とも消えていて、彼はそれきりまんじりともせぬまま朝を迎えたのだそうだ。

「深春はおそらくその放火未遂犯のスタンガンを喰らってひっくり返った。しかしそのとき右手に握っていたバイクのキーは、京介たちがおめえを見つけたときはまだ手の中にあった。しかるにバイクもライダーも消えていた。と、こうだな？」

「電撃喰らったときに痙攣《けいれん》して、くそ握りに握っちまったんでしょうね。で、そいつはなんとかキーを取り戻そうとしたができなかった」

深春はその右手を顔の前に広げて見せた。生えた毛のせいであまりはっきりはしないが、指や甲に掻きむしられたような赤い痕がある。教授は深春が出したバイクのキーを指先でついた。

「別に持ち主を特定できるようなホルダーがついてるわけじゃねえ、キーだけだ。にもかかわらず取り返そうとしたってことは、スペアは持ってなかったと考えられるな」

「それじゃやつはバイクをどこかに隠して、徒歩で逃げたってこってすか？」

「その可能性は無論否定できねえが、京介たちが見たヘッドライト、それと関連づけた方が無理はなさそうだ」

「時間的にいってもそうだと思う」

京介がゆっくりと口を開く。

「深春が旅館を出たのが十一時頃。旅館の前を通過するバイクの音が聞かれたのは二十分過ぎ。僕と蒼が山道を歩き出したのは、十一時半にはなっていなかった。深春は碧水閣までどれくらいで着いた？」

「三十分くらいかな」

「バイクに気がついたのは？」

「うーん。俺があっちに着いてから、五分以上十分以内ってとこだなあ」

「僕らは山道で深春より、もう少し余計にかかっていると思う。つまり十二時五分過ぎくらいに走り去るヘッドライトを見た」

「俺がバイクに気づいてから、ひっくり返るまでが少なく見積もっても十分や十五分。つまり多めに見積もると十一時五十五分くらいで……」

ぶつぶついっていた深春は、急にあれ、と目を見開いた。

「するとおまえらが走り去るのを見た車ってのは、いつ碧水閣に着いたんだ？　俺が倒れてからじゃ、どう考えたって時間が足らないぞ」

「音は聞こえなかったんだね」

「ああ。あれだけ静かな場所だからな、裏手にいたとしたって車が近づいてきて全然気がつかないはずはない」

「じゃ、あの車は深春が来る以前に来てたんだ。どこかにそっと止めていて、深春が倒れたところで、バイクが使えなくなった放火未遂犯を乗せて逃げ出した」

そうでないと時間が合わない。

「初めっから共犯だったってわけか？」

「それは変だろうよ。車が使えるならなにも丸沼経由で行く必要はないし、この熊がいきなり顔を出すなんてえことが予測できたわけがねえ」

と教授。

「——私道の門の鍵」

京介がぽつりという。そうだ、そのことがあった。

「じゃ、つまりこういうことですよね。灯油タンクを積んでバイクで出かけたAの後を車でBが追う。Aは門の鍵を手に入れられないが、Bにはそれができた。そしてBにはAの目的地がわかっていたが、止めることはできなかった。

Bは Aが丸沼方面へ下るのを見送って私道の門を開け、碧水閣の近くに車を止めてAの来るのを待っていた。ところが予想もしないことに深春が現われて、Aは危ない。しかし幸いAが深春を倒したので、深春の意識が戻らない内にBはAを乗せて大急ぎで逃げ出した」

なんて馬鹿な空騒ぎだろうと、自分でいいながら蒼はあきれる。森の精でも現われそうなあの静かな沼のほとりで、それも夜の夜中に、そんなどたばたが繰り広げられていたなんて。

「なんだってAは放火なんかしようとしたんだろ。埴原専務にでも頼まれたのかなあ。BはAを逃がしたけど放火は手伝わなかったんだから、それには反対だったはずだよね。でもそれくらいだったら、どうして来る前に引き止めなかったのかな」

「動機の問題はひとまず置いてもだ、少なくともBは巨椋家内部の、碧水閣の私道の鍵を入手できる程度の地位を占めている人間だ、てえことになるな。なんてえこった、それじゃ俺らがおとつい顔を合せた中にそいつがいる可能性大だぜ」

「Aもですよ」

京介が答える。

「深春に対してひとこともしゃべらなかったのも、少なくとも一度は顔を合わせていて、声でばれる可能性があったからでしょう」

「なんだか知らねえが、妙にきなッ臭えことになってきやがったな」

教授はうんざりしたようにつぶやいた。


丸沼旅館を立ち去る前に一行は、もう一度碧水閣の周辺を調べに戻った。さすがにいまひとつ元気のない深春は宿に残し、蒼がそのカメラを借りて撮影に回った。地面が比較的やわらかいので、足跡やタイヤ跡はかなりクリアに残っている。といってもまさか警察の鑑識のようなことはできず、放火未遂犯の遺留品でもないかと探してみたがそれも見つからない。ただ深春の倒れていた近くからバイクを無理やり引きずったような跡があり、それは一番近い沼の岸で終わっていた。どうやら蒼いうところのAとBは、ふたりがかりでキーのかかったバイクを運んで、水の中に沈めたらしかった。

「そのバイクから調べれば持ち主がわかっちゃうから、置いておくわけにもいかなかったんだなあ」

蒼は未練がましく碧の水面を見つめたが、底の泥の中にでも隠れてしまっているだろう。そう簡単にバイクを探すなどできそうもなかった。

そのほかわかったことは私道の門にからんでいた鎖がひどく雑に、一重の輪になっていたことで、夕方星弥がそこに鍵をかけてから何者かの車が通ったことだけは確かだった。彼女は鎖の長さいっぱいぎりぎりに、三回くらいは巻きつけて錠をかけていたからだ。


宿への帰り道、教授と京介が話している。

「スタンガンてのは、五万ボルトくらいで感電させるんだよな」

「ええ」

「深春の腕、運転させて大丈夫だと思うか？」

「いきなり痙攣が起こったりしない、とはいいきれませんね」

「京介、おめえ免許は持ってたな」

「——一応は」

「だったら代わってやれ。俺もまだ死にたくはねえ」

「先生、京介運転へたですよ」

蒼はあわてて口をはさんだが、教授は肩をすくめる。

「俺は免停でな」

「だって先生、日本に帰ってからまだ二月しか経ってないじゃありませんか」

「仕方あんめェ、俺が決めたわけじゃなし」

「イタリアのアウトストラーダのつもりで走れば、免停にもなりますよ」

京介はすでにあきらめ顔だ。

「だったら電車で帰りましょう。ね、その方が安全だから」

「すまねえ、蒼。金がないんだ」

「え？——」

「あの旅館、カードが使えなかった。支払いすませたら高速代がぎりぎり」

蒼は絶句した。恒河館に行った去年の秋以来、京介の運転する車には二度と乗らないと誓ったのに。

「心配しなくてもいい、蒼。どうせ帰りは渋滞にぶつかる。のろのろ走ってればいつかは着くさ」

京介の憂鬱そうな声を聞きながら、蒼は胸の中で十字を切っていた。

（アーメン！……）

そして四人とランクルは、桜井京介の危なっかしい運転に肝を冷やし続け、これなら俺が運転する方がずっと安全だとわめく深春をなだめながら、それでもどうにか日曜の内に無事東京まで帰りついたのだった。

## 3

日光では比較的天気に恵まれていたが、関東の梅雨明けはまだだいぶ先のことらしい。次の一週間も雨もよいの、はっきりしない天気が続いた。今日は七月三日、月曜日。降ってはいないものの暗い雲に覆われた空の下はどんよりと蒸暑く、なんとなく頭が重い。蒼は大学のカフェテリアの片隅で、桜井京介と向い合っていた。

「あれから巨椋星弥さんとは連絡取った？」

「一応手紙は出した。この間の礼と設計図の件、巨椋真理亜の病状と、面談がいつごろ可能かということ、合せてね」

「返事は？」

蒼の質問に、京介は右手の指をぱっと広げてみせる。一週間程度ではまだ無視されたとはいえないかもしれないが。

「放火未遂の件は、書いたの？」

少し声をひそめて聞くと、彼は首を振った。

「相手の正体がわからない以上、やたらと持ち札は見せない方がいい」

「相手の正体って、AとBが放火犯とそれを消極的にも助けた人間な以上、星弥さんの敵であるには違いないでしょう？　もしかしたらまた同じことが、起こるかもしれないんだよ。警告してあげた方がいいし、深春は体張って放火を防いだんだから感謝してくれると思うけど」

そうすれば調査に対してだって、もっと協力的になってくれるはずだと思ったのだが、京介は前髪の間から透かすように蒼を見返して、

「そうかもしれない。だが僕には彼女という人間がもうひとつわからない」

冷やかな口調でいう。

「例えば僕たちは彼女のあの晩のアリバイを確認していないのだから、AかB、いずれかが巨椋星弥だったという可能性も消すことはできないはずだ」

「そんな——どうして彼女が？　動機がないよ！」

「動機がないといって可能性を否定するには、彼女のデータがなさすぎるっていうんだ。ヘルメットにジャンパーという服装は体つきを隠すにはなにより好都合だし、Aは最後までひとこともしゃべらなかった。女性であったとしても不思議はない」

「でも、そうだ、鍵は？　星弥さんなら門の鍵も勝手口の鍵も当然持っていたはずだよね。

でも深春の見たやつは門の鍵がないから丸沼から回ったんだし、スパナで戸を破ろうとしてたじゃない！」

「自分にかかる疑いをあらかじめそらすため、としたら？」

「京介って――」

蒼はいいかけた口を閉じて、相手の顔をまじまじと見つめた。

「いまさらいうのもなんだけど、すっごく人間ゆがんでない？」

別に腹を立てる様子もなく、彼は口の端を曲げてつまらなそうに笑う。

「そんなところだろうな。探偵ごっこはこれくらいにして、少しは研究らしいことするか。手伝ってくれ、蒼」


その午後神代研究室で蒼がしたのは、下田菊太郎の詳細な年譜を作ることだった。これを碧水閣の歴史と対照すれば、下田があれに関わった可能性が少しでもあるか、そんなことは元々無理か、ということはわかるはずだ。

資料はただひとつ、彼が晩年に私家版として刊行した『思想ト建築』という本。正確にはそのコピーだ。実物は何冊も残っていないらしく、京介はつてを手繰《たぐ》って所有者である研究所まで行き、全体を複写させてもらってきた。

「へえ、これが問題の本なんだね」

蒼は興味津々でコピーの束を手に取る。

「凄い古っぽい表紙。なんだか本ていうより雑誌みたいだね。このアルファベットはなんて書いてあるのかな。あ、あった、『建築界之黒羊』。ほんとに表紙に印刷してある！」

「蒼、仕事して。『履歴と事業』というところに、経歴が書いてあるから」

『オグラ・ホテル百年史』を開いている京介をちらりと見て、蒼は口をとがらせた。

「ぼくこれちゃんと読んでみたいな。駄目？」

「読んでおもしろい本でもないぞ」

「そう？　——ああッ」

また蒼は大声を上げてしまう。最初のページに下田の写真がある。着物を着て口髭を生やした、二重まぶたの大きな目が印象的な壮年の男だ。下品というわけではまったくないが、わりとあくの強い、いい出したらそう簡単には引き下がらないという感じがする。しかし蒼が驚いたのは、その上に紛れもなく平等院鳳凰堂の写真が入っていたからだ。

「ねえ、ねえ京介。この写真のことどこかに説明があるの？」

「いや、ない。ただ後ろからめくると英語の部分がついていて、そこには著者の写真の上にシチリアのギリシャ神殿の写真が入っている」

「ほんと？　じゃあ彼にとって鳳凰堂っていうのは、西洋建築に対してギリシャ建築が持ってるみたいな凄く大きな重要な意味があったってことだよね！」

「――蒼、仕事」

「わかったよ。やるよ。その代わり終わったらこれ、読ませてもらうからね」

京介を怒らせると面倒なので、いう通りにすることにした。A4の方眼紙を横に使って上に元号と西暦年を併記し、下に事項を書き入れる。ワープロ当然の時代になっても、こういう表は取り敢えず手作業で作る方が早い。表には簡単に書きこみながら、その間の文章は無論読んでいく。

慶応二年（一八六六）秋田県角館《かくのだて》に生まれる。

家は武士で、かつ経済的にも豊かだったらしい。中学時代からアメリカ人について英語を学び、秋田中学を中退して東京に出る。

明治十六年（一八八三）十七歳で工部大学校入学。

初め専門は決めていなかったが、英文学教授『ヂクリン氏』に建築学が将来有望だと説かれて心を決める。

この時期の建築学（造家学科）教授は、イギリスからやって来て日本における建築学の基礎を築いたジョサイア・コンドル門下の一期生、辰野金吾だ。

明治十九年（一八八六）父死亡。

学費を得るために英語学校の講師をするようになるが、このころから大学の講義に興味をなくしていったらしい。

明治二十二年（一八八九）卒業一年前に退学。

『教授と相互に悪感情生じ、遂には医す可からざる状態に逢着するに至れり』『故辰野博士と相合はずして遂に学者たる名誉を得能はざるの根幹たる一大理由となれり』しかし彼と辰野金吾との間に、具体的にどんなトラブルがあったかまでは書かれていない。

「ねえ京介。ほんとにこの人、辰野金吾と喧嘩したの？」

「辰野は下田の卒業制作指導の面談をしないまま、ヨーロッパに出張してしまったという話がある。それが学校当局の事務上のミスなのか、辰野の故意のすっぽかしなのかはいまさら調べようもないことだろうけれどね」

「京介も、もう少し神代先生に敬意を払わないと、それやられちゃうかも」

「——あ・お」

「あ、仕事ね。してるよ、ちゃんと！」

同年　いくつかの設計や著作で資金を作り渡米。サンフランシスコで建築家『エー、ペーヂ、ブラオン氏』の事務所に職を得る。

明治二十五年（一八九二）シカゴ市世界大博覧会。ブラオン氏の設計がカリフォルニア州の陳列場に採用となり、下田は現場副監督として赴く。これを機に彼はシカゴの『デー、エッチ、バルナム氏』事務所に移る。

明治二十六年（一八九三）アメリカに帰化。

これは意外だった。帰化の理由を彼は『事業の関係上、米人の絶対的信用を得るの必要より』と書いている。だが国風にこだわって議事堂の上に瓦屋根を載せることに固執し、その精神がファシズムの様式に繋がっていると見られている彼が、随分と割り切ったものではないか。同じく人々の信頼を得るために教会にもかよったというし、合理的な考え方のできる柔軟な人なのだと蒼は思った。

明治二十八年（一八九五）独立事務所開設。

同年　建築師免許四百七十一号取得。

この時期彼は日本からアメリカ建築界を見学に来る日本人に、しきりと力を貸したり紹介の労を取ったりしたらしい。しかしその助力に対し、報いられることはほとんどなかったと執拗に書いている。その時点よりも文章を書いている時点、不遇だったという晩年が透けて見える感じだ。

明治三十一年（一八九八）米西戦争不況のため帰国、東京に事務所を開設して耐火耐震の軽量鉄骨建築を啓蒙しようとするが受け入れられない。

下田の記述を追っていくと、いたるところで辰野金吾の妨害や反対が帰国後の彼の行く手をさえぎっていたことが記されている。大学中退で学歴を持たなかったことも、しばしば障害として働いたようだ。明治四十二年になってようやく帝国大学で鉄筋の講座が始まった、自分は十年も前からそれを説いていたのにということばに、彼の無念さが滲んでいる。

明治三十四年（一九〇一）横浜に建築事務所を開設、外国人専門に手腕を揮う。

明治三十五年（一九〇二）香港上海銀行長崎支店設計。

明治三十七年（一九〇四）スタンダード石油横浜支店指名コンペに、辰野の師であるJ・コンドルを破って当選。

明治三十九年（一九〇六）神戸トア・ホテル設計。

明治四十一年（一九〇八）米国海軍病院設計。

明治四十二年（一九〇九）日露戦争後の不況のため、上海移住。上海外人倶楽部、日本民団小学校、個人邸等を設計。

明治四十四年（一九一一）帝国ホテル支配人からの設計依頼手紙に応じて帰国。


ここまでを書き終えて、蒼はふっと息を吐いた。碧水閣が明治時代に建設されたのが確かならば、下田がそれに関与し得る時期は、彼がアメリカから帰国した一八九八年夏から上海に移る一九〇九年の、足掛け十二年間に限られるわけだ。

「京介。取り敢えず年譜を作るのは、明治時代まででいいんでしょ？」

「ついでだからその先まで書いておいてくれないか。修論には使うだろうから」

「ええー？」

疲れたよ、それじゃ少し休もうよと蒼がいおうとしたとき、ちょうど電話が鳴り出した。

蒼はすばやく手を伸ばす。

「はーい、神代研究室です！」

「もしもし、神代先生はいらっしゃいます？　私、杉原と申しますけれど」

「先生はいま講義中なので、ええと、あと三十分くらいで戻られますが」

答えながら蒼は思う。聞き覚えのある女性の声だ。

「あら、そう。それではね、もしかして桜井さんはいらっしゃるかしら」

「桜井京介ですか？　はい、いますけど。あの、失礼ですが、横浜の杉原静音さんですか？」

「ええ。あら、もしかしてあなた、蒼ちゃん？」

「はい、ぼく蒼です。御無沙汰しています。でも、覚えていて下さってありがとうございます！」

おもわず声が弾《はず》んでしまう。上品な笑い声が受話器から流れてくる。

「まあ、どうして忘れられるものですか。こちらこそ御無沙汰してしまって、でも元気そうだことね」

「ぼくはいつでも元気ですよ。あの、そちらの皆さんはいかがですか？」

「ええ。ほんとうにお蔭様でね、妹の一家もまずまずやっていますよ。今年の夏はまた修善寺の方にもいらしてね」

「はあい」

回りの状況などすっかり忘れてはしゃいでいた蒼の手から、ひょいと受話器が持っていかれる。

「――どうも、桜井です」

蒼はしかしそこですかさず、反対から受話器に耳を押しつけた。子機でもあればいいのだが。

「ああ、桜井さん。この間はどうも御足労様。なんだかごたごたしてしまったみたいで、ごめんなさいね。真理亜さんが入院するなんて、思ってもみなかったものだから」

「とんでもありません。一応碧水閣を見せていただくことはできましたから。ただ、今後のことはちょっとわかりかねる状態なのです。巨椋星弥さんやご一緒に住んでおられた埴原たかさんは、あまり調査にも乗り気ではないようなので」

「ええ、それでね。私真理亜さんとお話したんですよ。といっても電話でですけれど。私にも入院先を教えてくれないんですよ。ほんとうにいい出したら聞かなくて、困ったものなのだけれど」

「すると電話ではお話できたんですね?」

「そうなの。声を聞いた限りでは、とても元気そうでしたよ。それで私桜井さんを信用して、資料でもなんでも渡してあげなさいとことばを尽くしていったんです。あの人は絶対お金で動く人でもないし、変な好奇心やなんかでプライバシーをあばくような人でもない。古い建物をそれは大事にして、その建物を建てた人の思いを汲み取ろうとする人だって」

「それは、どうも」

京介はなんとも面映《おもは》ゆそうな顔になる。

「そうしたらね、わかってくれたようですよ。杉原さんがそこまでおっしゃるならって。だから近い内にお孫の星弥さんが、あなたに会いに見えるのじゃないかしら」

「真理亜さんと直接お会いするのは、やはり無理なようですか」

「そうね。私もお会いしたいわっていったのだけれど、断られてしまった。あれはもしかすると、ここだけの話ですけれどお顔に傷でもつけてしまったのかもしれないわ」

「顔に、ですか――」

京介は当惑している。それはそうだ。だって真理亜さんは九十五歳のお婆さんだもの。いまさら顔なんて気にするんだろうか。そんな蒼たちの表情が見えたとでもいうように、杉原静音の笑い声が聞こえてきた。

「まあ、嫌だ。これだから男の人って。駄目ですよ、いくつになったって女は女なんですからね」

「それは、どうもすみません」

彼女はなおひとしきり笑っていたが、

「あら、いけない。私ったらお電話した肝心の用件を忘れてしまって」

いままでのは用じゃなかったんだろうか。

「あのね、巨椋家の関係者のひとりがそちらをお訪ねすることになっているの。前もってお知らせしましょうといったのだけれどかえって気遅れしそうだというから、その人が着く前くらいに連絡してみようと思ったんです。桜井さん、お話を聞いてあげて下さるかしら」

「関係者のひとりって、どなたですか。いったいその人はなんの話をしに来られるんです?」

いよいよ困惑の態で聞き返す京介に、彼女はいたずらっ子めいた返事を返す。

「名探偵に相談なの」

「杉原さん!」

「お願いね。あなたの研究にも、無関係じゃないかもしれないと思うのよ。ではどうぞよろしく」

「杉原さん、もしもし、杉原さん?――」

「もう切れてるよ、京介」

それでもまだ彼は、手にした受話器を睨み付けている。

「なにをさせるつもりなんだ、あの人は」

「仕方ないんじゃない、名探偵なんだから」

「あ・お——」

「ぼくのこと睨んだってしょーがないもんねー」

蒼がべっと舌を出したとき、ひどくためらいがちなノックの音がした。ふたりは思わず声を飲んで、ドアの方向を振り返る。もう一度。コン、コン……

しかし突然ドアの開く音がしたと思うと、

「こらあ。てめえら、なあにさぼってやがる！」

「あれ、先生だ——」

紛れもない神代教授のわめき声なのだ。蒼は自分の耳を疑った。ノックの音は幻聴かな——。しかしそうではなかった。

「さあどうぞ、狭いところだが取り敢えず」

後からそんな気取った声を出すくらいなら、最初の一声もどうにかすればよいのに、たぶん意識して使い分けているんでもないのだろう。

おそらくは教授のとんでもない怒声に硬直したまま、杉原さんいうところの『巨椋家の関係者』は研究室に入ってきた。白と紺の色合いも目に爽やかな夏のセーラー服を着た、埴原さやかが。

# 血痕の遺書

## 1

「――いやあ驚いた、あなたがこんなに料理が上手だとは思わなかったな。玄人はだしですね」

「ほんとですか？　よかった、喜んでいただけて」

座卓の向こうとこっちで、ニコニコそんなことばをやりとりしているのは塡原さやかと神代教授。かたわらにはしらけた顔でそれを眺めている野郎が三人。ここは文京区西片の神代邸、さやかがW大に現われたその晩のことである。

あの後深春まで押しかけてきて研究室は完全に満員になり、話をするにも椅子が足りないという有様で、結局またここまで来てしまったのだが、さすがに毎度料理をするのも面倒臭い、寿司でも取るかと教授がいうのを聞いて、さやかが立ち上がった。

「お台所、お借りできます？」

許しを得るやさっさと冷蔵庫や棚の中を探り回し、買い置きの材料を案配して、出前が届くころにはほうれんそうのゴマあえの小鉢とだし巻き卵、吸い物の椀ができあがっていた。

「時間があんまりなかったので、ちゃんとお出しが出ているかわかりませんけど」

はにかみながらすすめる蓋を取れば、薄色の澄まし汁の中には茹でた鶉《うずら》の卵と焼き麩《ふ》、結んだ三つ葉が入れられている。あえものも卵焼きも、化学調味料を使わない味はあっさりとして塩加減もほどよい上品な仕上りだった。

「これだけの料理どこで習われたんです？　若い娘さんがするとしたら、もっとしゃれたケーキやなにかだと思ったんだが」

「母が、やはり子供の頃から祖母にしつけられたのだそうです。母の実家は金沢の古い料理旅館だったので、女将《おかみ》が料理をすることはなくとも味と仕事の手順くらい知っていなくては板場《いたば》を指図できないからって。でも、ほんのおそうざいでしょう？」

「いやとんでもない、基礎がしっかり身についているとまるで違うものですね。大したものだ、驚きましたよ」

「そんな。でも、嬉しいです」

教授に手放しで誉められて頬を染めるさやかを見ながら、しかし蒼は思わずにはいられない。

（女って、魔物だあ——）

だいたい初めて蒼たちの前に現われたときのさやかは、権力者である祖父の愛情を存分に浴びてほしいままにふるまう美しい令嬢だった。料理などしそうには絶対に見えなかった。

だが翌日ランクルの中で見せた表情はといえば、ひどくエキセントリックで神経質な、自分の体に流れる狂気の血に怯える少女だった。あんなふうに感情を押さえられなくなること自体、確かに常軌を逸しているかもしれないと思えたものだ。

ところが今日の彼女はといえば、最初教授に肩を抱かれて入ってきたときは、緊張と驚愕に硬直しているとしか思えなかった。体が震えている。そしていきなり手で顔を覆ってしまった。さすがに驚いたらしい教授が、

「埴原さん、どうか——」

いいかけてことばをとぎらせる。さやかは泣いているわけではない、全身を小刻みに震わせて、笑っているのだ。

「先生って……」

「ええッ？」

「お顔と、ことばのギャップが、ソーゼツっっ！」

顔を真っ赤にし、文字どおり腹を抱えて笑っている。蒼たちも釣られて吹き出してしまった。教授のあっけに取られた顔が、あんまりおかしかったので。

さて、ともかくも夕飯は終わった。教授はとってつけたように空咳をすると、向かい側にきちんと正座したさやかに口をきった。

「なにか相談があるということだったね。夜も遅くなってしまうから、さっそく話に入ろうか」

ことばも表情もかなり無理して気取っているようだ。さやかは神妙にうなずく。

「あ、しかしさやか君は、いまどこに泊まっているんだ？　高校は日光市内だったね。今日は月曜だが学校は」

「はい。実はあたし土曜日から家出しているんです」

彼女はけろりとした顔で答えた。

「土日は杉原さんのところに泊めていただきました。でも、荷物はこれだけですから」

と後ろに置いたスポーツバッグを振り返って、

「ちゃんとパジャマも持ってますから、お蒲団貸していただければどこでも結構です」

「ば、ばかいっちゃいかんよ。若い娘さんがかりにも男の独り住居に泊まるなんてのは」

「あら、どうしてですか？　あたし先生を信頼しています」

「そういう問題じゃない。第一お父さんがお嘆きになる」

教授はいつになくあせっている。こうなると蒼たち傍観者はにやにやして見ているだけだ。だがさやかはきっと視線を上げた。

「父は嘆いたりなんかしません。部屋に書き置きはしてきたけど、きっとあたしが家出したことなんて日曜の夜くらいまで気がつかないと思います。杉原さんのとこに電話もなかったし。それにあたしを叱ったりする資格、あの人にはないんです。だってあの人は母が生きているときから、母を裏切っていたんですもの！」

教授はえっと目をしばたかせる。

「――それはつまり埴原さんが、ご夫人の生前浮気をしていたということ？」

さやかは小さくうなずいた。

「驚かれます？　信じていただけません？」

「いや。あまりそういう方には見えなかったから」

「母は死ぬ前にしばらく入院していました。二年前、一九九三年のことです。その年はホテルが創業百年で、新館のオープンも間近で、いろいろあわただしい時期でした。父は社史編《へん》纂《さん》の仕事もしていてとても忙しくて、なかなか病院にも顔を出せないくらいでした。あたしは中三でしたけどまだ病院でわりと元気だった母から、家のことをいろいろ頼まれてやっていました。父は身の回りといえば、それまで全部母まかせだったので――

四月の終わり頃だったと思います。そのときあたしはちょっと具合が悪くて、学校を早退して家で寝ていました。そうしたら昼過ぎに父が帰ってきてシャワーを使っているんです、あたしに気づかずに。着替えてすぐまた出かけてしまったようでした。それで御手洗いに立ったとき、父の脱いだ服が散らかっていたのでかたしたら――」

　さやかはちょっとことばをとぎらせた。

「下着が、違っていました。間違いないんです。前の週に私がすっかりクローゼットの中を買い替えて、古いのは処分していましたから」

「しかし、それならお父さん自身が気づきそうなものだけれど？」

「父は、そんなこと全然考えません。いつも用意してもらったものを着ているだけです。あたしが買ったのがひとつのメーカーのだったことも、わかっていなかったのじゃないでしょうか。それに洗濯物は乾いたものを仕舞うまでいつも家政婦さんがしてくれていたので、学校に行っている限り私が見ることはなかったはずなんです」

　教授はむずかしい顔で腕を組んだ。

「――そういうことがあったのは、一度だけ？」

　さやかはかぶりを振った。

「似たようなことは幾度もありました。あと、ハンカチとかライターとかいった小物やなにかが新しくなっていたり、なくなったり――」

「まあ、確かに、そういうことは娘さんの立場からしたら到底許すべからざる不潔な行為としか思えないのだろうけれど……」

　常套文句でなだめにかかる教授を、しかし彼女はさえぎった。

「待って下さい、神代先生。あたしなにも母の生前から、父がそうやってよその人とおつきあいしていたから許せないというんじゃないんです。それは、とても嫌ですけど、父がその人を連れてきてあたしにお母さんと呼べなんていったら、なんと答えてしまうかわかりませんけど、でももう母はいないのですし、父とその人が愛し合っているなら我慢して、結婚だって許すつもりです。でも」

さやかは座卓の上に載せたふたつの手を、ぐっとこぶしに握り締めた。

「でもそうじゃないんです、父の目的は。あの人は、オグラ・ホテルの社長になりたいんです！」

「社長に？——」

教授は虚を突かれた顔になる。代わって答えたのは桜井京介だった。

「——つまり埴原秋継氏の相手は、巨椋星弥だったというわけですね」

さやかは初めて顔を振り向けて、そこに座っている京介を見つめた。顔が少し青い。

「そうです。やっぱり、おわかりになります？」

「いや。ただ社長派と専務派の間に立たされた秋継氏が、第三の道を選ぼうとするならそれ以外にはないだろうと思ったのです」

それだけでなく京介は、自分を使って行われたらしいあの奇妙なアルバムの運搬のことを考えていたのではないかと蒼は思った。少なくともふたりにそれだけの親密な結びつきがあったなら、彼の荷物からアルバムを抜き取れというような指示にも、星弥は応じたかもしれない。しかしそれは蒼にとっては、あまり気分のいい想像ではなかった。

「だったら桜井さんは、父の選択を肯定されるんですか？」

「肯定？　いや、それは違います」

さやかのきつい声音に、京介は茫洋《ぼうよう》と首を振った。その顔は相変わらずむく犬みたいな、長い前髪の中に隠れている。

「僕は肯定も否定もしません。ただ彼は、久仁彦専務の支配から逃れたいのだろうと思うだけです。強力過ぎる父親の下で生き続けてきた彼が、傀儡《かいらい》として社長の地位につくのではなく、自分自身の選択と働きかけによってそれを手に入れたいと。その意志は、少なくとも理解できます」

「でも、そんな功利的な理由で人と人が結びつくなんて、どこか変です。汚いわ！」

さやかはにわかに声を高くした。

「あたし嫌なんです。あたしの好きだった父、祖父のように経営の能力もないし、男っぽい野心もないし、でも決して感情に流されないでいつも淡々と自分の道を生きていた父と、あたしがずっと憧れていた星弥姉様、きれいで、頭が良くて、誰にも媚びることもなくひとりで生きているあの人と、それがなんの愛もないまま、オグラ・ホテルで権力を手に入れるためにそうやって、こそこそ。

せめて、せめてお父様、星弥姉様を愛しているんだといってくれればよかったのに。そうすればあたし、我慢したかもしれないのに――」

「するとさやか君、秋継氏は自分の口から君にいったんだね。そのことを?」

「ええ、いいました。もちろん母の生前からのことは話しませんでしたし、あたしも敢えて聞きはしませんでしたけれど。

父はいうんです。月彦さんの下ではオグラ・ホテルはどう考えても先の見込みがない。といって専務が画策するように埴原家に社長を渡してしまっては、創業者の遺言を踏みにじる結果になってしまう。自分には絶対にそんなことはできない。だから自分が巨椋の籍に入って、星弥さんを妻にすればすべてがうまくいくんだ。でも、それはオグラ・ホテルと碧水閣を守るためだ。私が愛しているのはおまえと、おまえの死んだママだけだよって。――パパのうそつき!」

さやかはいまにも泣き出しそうな顔で、唇をゆがめて吐き捨てた。

(でもなんていってみても結局彼女は、パパの浮気と再婚が許せないんだよなあ――)

蒼は思う。

(星弥さんを愛してるっていったらいったで、やっぱり怒るに決まってるんだ。星弥さんに憧れているのもほんとうなんだろうけど、パパを奪う憎い相手であるのもほんとうなんだ。そのくせ星弥姉様、なんて呼んでコーヒーを頼んで上げたり、タバコに火を点けて上げたりしてたもんな。やっぱり女の子って、なに考えてるのかわかんないや——）

教授がぽりぽりと頭を掻いている。さすがにいうべきことばが見つからないという顔だ。

「あー。それで、つまり、さやか君。我々は君のためになにがして上げられるのかな。お父さんと話して君の気持ちを伝えるとか、そういうことを？」

はいといわれたらどうするんだろうと蒼は思ったが、幸いさやかは首を振った。

「ご好意はとても嬉しいのですけど、いっていただいても父には伝わらないと思うんです。父はこうと決めると全然ほかの意見が耳に入らなくなってしまう方で、なにをいっても全部自分に都合のいいように考えてしまいます。あたしも、そんな愛のない結婚なんて止めて欲しいといったんですけれど、まあまかせておき、みたいなことばかりで」

「そうすっと、もうプロポーズは済んだわけか」

深春のことばにさやかは顔をかしげて、

「それがはっきりしないんです。父はあたしにもう万事決まりだみたいにいったんですけど、ひとりになって考えてみるとあの星弥姉様が、どんなかたちにせよ父と結婚するなんて、なんだか信じられなくて——」

そうだ、彼の独り合点てことだってあるよな、と蒼は思う。いくら碧水閣を守るためにはその方が有利だとしても、あの星弥が秋継との結婚を承諾《しょうだく》するとは信じられない。彼女ならどんな困難があっても、独りの力で立ち向かうことを選択しそうだ。

「星弥さんに聞いてみればいいのに」

そういった蒼にさやかは、わかってないのね、とでもいいたげな苛立たしい視線を向けた。

「聞けるものならとっくに聞いてるわ。でも姉様は真理亜さんのお世話でめったに日光の家の方には戻らないし、戻れば戻ったでお祖父様、大叔父様、月彦さんや弥陀さんや、いろんな人が追いかけまわす始末ですもの、そんな話どこで口に出せると思って？　うっかりお祖父様たちの耳に入りでもしたら、それこそ大変な騒ぎになるわ。パパだって他の人がいるところでは、星弥姉様と目も合せないようにしているのよ」

「するとさやか君、彼女の気持ちを確かめてほしいというのが君の希望なのかな？　それくらいならしてあげられるかもしれないが、君にとっていい結果が出るかどうかはわからないよ」

単刀直入な教授のことばに、さやかはぱっと頰を赤らめたが、

「正直にいいます。あたし最初は杉原さんに、それをお願いしたくて来たんです。父の顔を見ていたくなくて、夢中で飛び出してきたのもほんとうですけど。そうしたら杉原さんが、桜井さんたちに相談してごらんなさいっておっしゃるんです。なにをしてくれと注文するのではなく、率直に私の気持ちを打ち明けて、どうすれば一番いいかを考えてもらいなさいって」

教授が京介を見た。蒼も深春もそしてさやかも、彼の方を見返っていた。京介は答えない。

「桜井さん。あたし星弥姉様が好きで憧れていたのもほんとうですけれど、それは気持ちの半分で、もう半分は少し恐いみたいに思っていました。姉様は母のような普通の女の人とは違う、ちょっと魔女みたいな人だって思ってました。

でももし姉様も父との結婚を望んでいて、それが一番いいことなら納得します。心から祝福はできなくとも我慢するつもりです。星弥姉様が大切にしている碧水閣はあたしには気味が悪いだけだし、真理亜さんもなんだか恐い。でもそれも我慢します。

けれど父が画策しているみたいに不意打ちでそんなことを発表したら、むしろいま以上に家の中に波風が立って、月彦さんなんかはめちゃくちゃ怒るだろうし、お祖父様だってどんな報復をするかわからないと思うんです。教えて下さい、お願いします。どうしたらあたしたちみんなが幸せになって、嫌な争いもしないですむようになるんでしょう！」

## 2

（彼女の気持ちはわかるけど……）

蒼は思った。

（それってほとんど無理難題だよお。犯人のトリックを見破って殺人事件を解決するのなんかより、百倍も難しいじゃないか。おまけに京介はそんな生臭い問題に関わるのは御免だっていつもいってるんだし──）

もちろん彼はいまのところ、碧水閣の調査から手を退くつもりはないらしい。そして具体的にどういう意味なのかはよくわからないが、巨椋家の内紛の原因は碧水閣に秘められているともいっている。しかし父親の再婚に悩むさやかにどうにかしてくれとすがりつかれても、京介とて万能の神様でもあるまいに、わかりました、どうにかしましょうなどと答えられるわけもないのだ。

だが桜井京介は、またまた蒼の予測を裏切る行動に出た。胸の前に組んでいた腕をゆっくり解くと、上げた右手で顔にかかった前髪を掻き上げる。顔が現われる。形のよい唇と細い鼻筋、その上に載った眼鏡、レンズの中の色の淡い瞳。すっかり見慣れているはずの蒼でさえはっと目を見張る気がする、悪くいえばいささか人間離れしたほどの秀麗な容貌が。

「いくつか質問させて下さい」

さやかはいきなり出現した予想もしない彼の素顔に、当然ながらぽかんと口を開けて見とれるばかり。声も出ない。

「さやかさん？」

「あ、は、はい──」

「ひとつは星弥さんのことです。彼女がイタリア史を研究するきっかけとなったのは、幹助の妻となったカテリーナ・ディ・コティニョーラのルーツを探すためだったというのはほんとうでしょうか」

「ええ、そういう話でした」

「それで、少しでもわかったことはあったのですか」

さやかは首を振った。

「それはあたしも興味があったから、尋ねたことがあります。星弥姉様が帰国したのがママの入院する前の年、九二年の春だったからそのすぐ後くらい。イタリア人のペンフレンドと文通していた頃だったと思います。でも駄目だったんですって。貴族だったと思ったのだけれど、なにもわからなかった。だからもしかしたらなにかさしさわりがあって国を離れたので、変名を使っていたのかもしれないって」

京介は軽く眉根を寄せた。

「あなたから見て星弥さんという人は、どういう人だと思いますか」

「どういう人って――」

「さっきあなたは確か、普通の女の人とは違う、ちょっと魔女みたいな人だといいました」

「魔女みたいなんて、あたしそんなこと」

一瞬否定したいような顔をしたさやかは、だが自分の唇を指で押さえて、

「ええ、いいましたよね、あたし。考えてというのじゃなくて、自然にそんなことばが口から出てしまったみたい」

「それはなにか具体的な経験から感じられたことなのですか」

「——具体的というのとは、違うかもしれませんけど……」

さやかはいい淀むようにちょっとうつむいたが、

「姉様は私が生まれた頃はもう東京の大学に行っていて、だから子供の頃もときどき日光に戻ってこられたときにしか会わなかったんです。

そして日光に戻っても、巨椋の家にいるよりは碧水閣へ泊まられることが多くて。だからあたしお顔や名前は知っていても、ずっとどういう人か知らなかったくらいです。月彦さんの双子の妹だなんて、思ってもみませんでした。それであたしが聞いたら、母が教えてくれたんです。

『星弥さんは百合亜さんが亡くなられたときから、ずっと碧水閣で真理亜さんの手で育てられたのよ。真理亜さんの跡継ぎとして。巨椋家はずっとそうやって、女性から女性へ受け継がれてきたんですからね——』

あたし不思議でした。意味がよくわからなかった。それでもう一度尋ねました。

『真理亜さんの跡継ぎってどういうこと？　次の社長さんは月彦さんがなるんでしょ？』

『社長にはね。でも社長は巨椋家の主人ではないのよ。真理亜さんのお婿さんの正二さんや百合亜さんのお婿さんの雅彦さんがそうでなかったみたいに。あの人たちはね、特別なの。そう、特別なのよ』

　母はそれから急に顔を改めて、誰にも私がこんなことをいったなんて教えては駄目よと、しつこいくらい念を押しました。なんだかとても恐い顔でした」

「あの人たちは特別――それがどういう意味かわかりますか？」

　さやかはかぶりを振った。

「わかりません。母は二度とそんな話はしなかったし、私もずっと忘れていたくらいですもの。でも記憶には残っていたんですね。だからあたし姉様がイタリアから戻って、前よりはよく会えるようになって、なんてすてきな人だろうって憧れる気持ちが強くなっていっても、心のどこかにそんな変な恐さみたいなものが残っていたのかもしれません――」

「その、イタリアのペンフレンドのことですが」

　京介はまたいきなり話を変える。

「それはいつか話しておられた、真理亜さんの様子がいきなりおかしくなられた、というときの？」

「――そうです」

「そのアドレスは覚えていますか？」

「いまは無理ですけど、家に帰ればわかるはずです」

「真理亜さんはあなたの書いた封筒を見つめて、イヤ、イヤとつぶやいていたということでしたね」

「つぶやいたというより口のかたちが、そんなふうに動いて見えたんですけど」

「では後でかまいませんから、あなたがそのとき書いたとおりに封筒を書いて送って下さい。覚えている限り正確に、どんな文字も落とさずに」

「でも、特別なことなんてなにも書いてなかったんですよ。あたしの住所と宛先、それだけで」

だとしたらきっとそのイタリアの住所か名前が、真理亜さんを驚かせるか怯えさせるかしたに違いないのだ。もっともそれがわかったからといって、巨椋家の現在とどう結びついてくるのか。それは京介にしてもまだわかってはいないのかもしれない。

「最後の質問です。あなたはさきほど創業者の遺言といいました。この前車の中で話を伺ったときは、幹助が血の繋がりと事業を保つことにこだわったから、という意味のことをいわれました。その遺言とは具体的にどんなものだったか、あなたはご存知ですか？」

さやかの顔から血の気が引いた。すうっという音さえも、聞こえるようだった。

「知って、います」

ほとんど消え入りそうな小さな声で、彼女はつぶやいた。そしてのろのろと体を巡らすと、バッグを掻き回して中からシステム手帳を取り出す。その間から小さく畳んだ紙が落ちた。しばらく持ち歩いていたらしく、折り山がすれかかっている。

「この前聞かれたときは、いえなかったけれど。幹助が書いた遺言状のコピーです。父が社史を編纂していたときの資料ファイルからもう一度コピーしたんです。考えてみたら父が変わっていったのは、この遺言状を見つけたっていった頃からでした。いえ、もちろん内容は前からわかっていたんですけど、現物を書庫で発見したんだそうです。

父が、母以外の人と関係しているのに気づいたのもその頃ですし、真理亜さんから昔の話を聞くって、碧水閣にかよっていたのもその頃でした。星弥さんにプロポーズすることも、その頃からもう考えていたのかもしれませんね。

だからなんだかあたし、父の変わってしまったようなのと、この遺言状が関係あるような気がして、どこにその秘密があるのか知りたくて、ずっと持ち歩いていました。でも、何度読んでもあたしにはなにもわかりませんでしたけど」

端がいくらか黄ばんだコピー紙が、卓袱台《ちゃぶだい》の上に広げられる。四人は額をつき合せるようにして、その文面を覗きこんだ。


余、巨椋幹助ハ全キ正気ノ内ニ余ノ生命ヲ終止サスルコトヲ決意セシモノナリ。

先年余ハ巨椋ノ家督ヲ余ノ妻カタリナ、ヂ、コチノラノ生ミタル娘真理亜ノ婿正ニニ継ガシメタリ。

ナレド巨椋ノ事業ガ今日ノ隆盛ヲ見タルハヒトヘニカタリナト朋友アントニオ、ヘレチノ助力ニヨルモノナレバ巨椋ノ真ノ戸主ハ真理亜トソノ子孫ニ受ケ継ガルルモノト承知スベシ。

碧水閣及ビソノ周辺ノ土地ハカタリナノ墓トシテ真理亜独リニ帰属ス。

余ハ娘真理亜ガ母ノ墓ヲ余ノ整ヘタルママニ守ルヲ期待スルモノナリ。

余ノ血ヲ受ケ継グ者ラハヨロシク力ヲ合セホテル事業ニ尽力シ真理亜トソノ子ラヲ助ケヨ。

皇紀弐千伍百捌拾肆年八月参日　　　　巨椋幹助コレヲ記ス

和紙に筆で書きつけたらしいかすれた文字だった。しかし字体はしっかりとして、自殺寸前の心の乱れのようなものは少しも感じさせない。

「特に内容的に、変なものではねえよなあ」

教授がつぶやく。そろそろことばの気取りを忘れかけている。

「でも少なくとも碧水閣がオグラ・ホテルの所有物じゃなくて、真理亜さん個人の財産だってことだけははっきりしてますね」

と深春。

「もっともいま現在あの不動産が、どういうかたちで登記されてるのかはわからないけど」

「それにホテルが真理亜さんの子供に受け継がれるべきで、お妾さんの子供はそれを助けるんだってのもはっきり書いてあるよ。『余ノ血ヲ受ケ継グ者ラ』ってそういう意味でしょ？」

「ただ法律的な強制力はねえだろうな。幹助の当時は知らねえがいまは株式会社だろう、つまり事業は社長個人の持ち物じゃねえんだ。例えば取締役会で現在の社長が不適任だってえ結論が出たら、それじゃあ次善の策だ、こちらも創業者幹助の血筋ですって専務が埴原秋継を押し出すのに、不都合だってこたあねえ」

「碧水閣にしても後の処置があぁして話題になってる以上、所有権は会社が持ってるわけなんだろうな。いままでのところは大株主である真理亜さんに、配慮してきたということで」

　そう考えてくると幹助が残したこの遺書は、どうも現在の状況とはあまり関わりがないということになってくるようだ。

「そうすると真理亜さんが亡くなった後の碧水閣がどうなるかは、誰が会社を動かしていくか、そこにかかってるとしかいえないんだね」

　だとしたら、星弥さんが祖母亡き後も碧水閣を現状のままに守ろうと望むなら、そのために埴原秋継と結婚して彼を社長にしようとすることもあり得るかもしれない。専務の意志が通っても、月彦が社長としての権威を確立しても、碧水閣の今後が極めて危ういことに変わりはないのだから。

「ただし真理亜さんの遺産は、孫ふたりに相続されるはずだ。彼女の持ち株が本当に五〇パーセントを占めているなら、それがどちらに渡るかで状況は変わってくると思う」

「そうか。うまく星弥さんを結婚にうんといわせれば埴原秋継は、ただ血筋なんてことじゃなく一挙に社長の座に近づくんじゃないか！」

京介のことばに深春がぴんと指を弾く。娘の目の前で口にするには、いささか不謹慎なせりふだった。

「でも、ふたりが結婚して埴原さんが巨椋の姓で社長になっても、将来はどうするのかな。星弥さんはいまから子供生むのはきついよね」

「彼女はね、もう子供ができないの」

話題から置き去りにされていたさやかが、乾いた声でつぶやくようにいう。

「イタリアで結婚してふたり目の子供ができたときに病気になって、医者が誤診して流産した上に、最初の子供も病気で死んでしまったんですって。それでイタリア人の旦那さんともうまくいかなくなって、別れて日本に帰ってきたの。だからパパはあたしを一緒に巨椋の籍に入れて、後を継がせるとか考えているみたい。

あたし絶対そんなの嫌だって、どうしてもパパが社長になりたくて、そんな政略結婚みたいなことをするっていうならあたしには止められない、でもあたしは巨椋の姓を名乗る気はないし、自殺したカテリーナさんや百合亜さんの跡継ぎになるなんて、そんな気持ちの悪いこと嫌だって、パパと大喧嘩して、それで出てきちゃったの――」

「この、染み。というか指の痕みたいに見えるのはなんですか？」

京介がまた出し抜けにいう。彼が指さしているのはコピーの端近くにある、確かに数本の手の指のように見える黒っぽい痕だ。

「それ、血なんですって」

「ええッ、血？」

「この遺書は幹助が日本刀で首を刺して自殺した、そのすぐそばに置かれていて、わざとしたのかどうかはわからないけど、彼の血にまみれた手の痕がついていたんですって。それが気味悪いから早い内に写しが作られて、元々のは仕舞われたまま忘れられていたのね。ファイルに入ってたコピーには、もっと全体がはっきり写ってたわ。でもあたしは気持ち悪いから、そこはわざと写さないようにしたの」

## *3*

七十年以上も前に死んだ男の血の痕。それを見ているだけで蒼は、ぞっと肌が冷たくなるような気がした。かすれた複写の墨文字はにわかになまなましさを回復し、コピーの黒い染みは血の赤色としか見えない。

死にきれないままの血にまみれた指が、畳の上を這いずる。さっき彼自身の手で置いた遺書にかかる。しかしもはやそのときの静かな決意もなく、ただ死にいたる前の苦痛の中で、闇雲に手がかりをまさぐり、そこに指形を印し、やがて力尽きる――

（それはあの碧水閣の、どの部屋で起こったことなんだろう。華やかすぎる金の壁画に囲まれた部屋だろうか。螺鈿のきらめきに包まれた座敷だろうか。それともぼくたちが見ていない、闇に包まれたどこかの部屋なのだろうか……）

蒼を悪夢めいた妄想の中から呼び起こしたのは、例によって桜井京介の平静そのものの声だった。

「これはお借りしておいていいですか」

「ええ、どうぞ。でもやっぱり、なんにも関係ないですよね。そんな昔の遺書」

「それはまだわかりません。なにか意味があるのかもしれない。少なくとも、秋継氏にとっては」

見れば高ぶりの去った後のどことなく気落ちした表情で、さやかは京介の顔をぼおっと眺めている。その京介が頭の一振りで髪を落としてしまうと、ようやく彼女はほっと息を吐いた。

「あたし知りませんでした、桜井さんがそんなきれいな顔をしていらしたなんて……」

京介は耳のないように、なにもいわない。

「あの、どうしてそんなふうにいつも、隠していらっしゃるんですか。なんだか、もったいないみたい」

蒼はさやかに忠告すべきかどうか迷った。京介の好意を期待するつもりなら、彼に向かってその顔のことを話題にするのだけは絶対に避けなければならない。しかしまさか当人の目の前で、そんなことをしゃべるわけにもいかないし——

しかし蒼より早く口を開いたのは京介自身だった。

「——埴原さん。僕は自分の顔が嫌いなんですよ」

冷やかな、吐き捨てるような口調だった。さやかはわけもわからないまま、口に両手を当てて身を退いている。顔が白い。怯えているようだ。無理もない。これがよく知らない相手だったら、蒼にしても恐いと感じただろう。深春さえ鼻白んだような顔をしている。

「——なにつまらねえことを！」

いきなり教授の手が京介の頭をはたいた。

「いいか、面なんてえものはな、目がふたつ鼻がひとつ口がひとつありゃあそれで立派に用が足りるんだよ。なにをいつまでぐちゃぐちゃいってやがんだ、てめェは。進歩がねえぞ！」

教授の罵声を黙って聞いていた京介が、珍しく、くすっと声をたてて笑う。

「おっしゃる通りですね、進歩がない」

「わかってるんならちったアなんとか——」

さらに教授がわめこうとした途端、廊下で電話が鳴り出す。ここの家の電話はいまどきそうは見ないような、NTTの黒電話なのだ。

「ああもしもし、神代、——そうです。ええ、こちらに来ておられます。はい。えっ？　はい。——わかりました。ちょっとお待ち下さい」

声が途中からやけに固くなったと思うと、教授の緊張した顔が現われた。

「さやか君、君にだ」

「父ですか？——だったら、あたし……」

「かけてきておられるのは巨椋巴江さんだ。群馬の警察から電話があって、埴原秋継さんが死体で発見されたらしい」

そういわれてもさやかは、まだなにが起こったのかよくわからなかったらしい。

「え？——」

大きく見開いた目を教授に向けたまま、ぽかんとその顔を見上げている。

「なん、ですか？……」

気を利かせた深春が代わって電話を取り、話し出す。

「すいません。ちょっと代わりました。それでどこへ行けば。ええ、それは、はい、こちらからちゃんとお送りしますから——」

「――パパが？　――死体って、どういうこと？」

ようやくそのことばが心に届いたのだろうか、さやかはふらふらと立ち上がった。そのまま電話の方に向かって歩き出そうとする。

「うそよ、そんなの。あたし金曜に、あんなひどい喧嘩したばっかりだもの。あのままパパが死んじゃうなんて、そんなはずないもの……」

教授が腕を広げてさやかの前に立つ。二歩、三歩、雲を踏む足取りで前に歩いた少女は、畳の縁に足をもつれさせてその腕の中に崩れ落ちた。

「落ち着いて、さやか君。大丈夫だから」

「いや、あたし帰る。――いますぐパパのところに帰る！」

教授の腕に抱かれたまま、さやかはとうとう大声で泣き出した。それはもはやわがままな美少女でも謎めいた小悪魔でもない、突然に父を失った十六歳の子供に過ぎなかった。

# 醜聞

## *1*

株式会社オグラ・ホテル常務埴原秋継の死は、地元紙のみならず首都圏の新聞にもかなり詳しく報じられた。というのも、当初は明らかな自殺と見られた彼の死が、実は偽装を施された他殺らしいという疑いが、捜査を進めるほどに濃厚になってきたからだった。

死体が発見されたのは群馬県利根郡片品村、丸沼の水中である。七月三日の早朝、沼に小舟を浮かべていた虹鱒釣の釣人が、顔を下にして漂っているのを見つけ通報した。

死体はかなりの損傷をこうむっていた。着ていたスーツや髪に少なからぬ焼け焦げの痕があり、しかも岩場を流されてきたことを思わせる、大小の傷痕が残されていた。胸のポケットには免許証やカードを入れた財布が残されていて、身元はすぐに判明した。さらに国道沿いの空き地に放置された栃木ナンバーの紺のクラウンが発見され、死者の服から発見されたキーと一致した。

そこのシートに封筒に入れた遺書らしきものが発見されるに及んで、地元警察にも一種の安心感が漂った。丸沼には何本かの沢が流れ入っているが、人を押し流せるほど水量のある流れは北の碧沼から来るひとすじしかない。西側には小さな発電ダムがあるが、そこの番人は不審な人物を目撃していない。埴原秋継は碧沼のほとりで我が身に灯油をかけ、火を放って焼身自殺をはかった。しかし苦しさのあまり水中に飛びこみ、そのまま流れに運ばれて丸沼までたどりついたのだろうと考えられたのである。

自ら灯油をかぶって火をつけたうえ水中に身を投ずるとはいかにも矛盾した自殺方法ではあったが、考えられないことではなかった。捜査陣は碧沼のそれも丸沼へ下る急湍《きゅうたん》近くの浅瀬で、浮いている空になったポリタンクを発見することができた。丸沼温泉で働く土地の老人の中には、巨椋家の『異人御殿』で昔相次いだ自殺のいまわしい物語を記憶している者もいて、警察の見方を裏付けるようでもあった。

神代教授の元にいた娘さやかに連絡がついたのは、死体発見当日の夜、まだ自殺という線が極めて濃厚だった時期である。しかし翌朝検死解剖の結果が判明するにつれて、県警の見解は一気に他殺へと転換された。秋継の火傷には生体反応がなかった。死因は後頭部の裂傷であり、ポリタンクの放置されていた近くでは、血痕の付着する手のひら大の石も発見された。

つまり加害者は彼をその石で殴り殺した上に、体に灯油をかけて火をつけ、さらに水中へ投下したものと考えられるにいたったのだ。死亡時刻はおおよそ、七月二日の深夜十二時をはさむ二時間前後と推測された。

死に先立つ秋継の行動は必ずしも明確ではない。彼の住居は巨椋邸からもほど近い日光市鳴沢《なるさわ》にあるのだが、娘のさやかは一日土曜の朝から家を出て横浜の杉原静音宅に身を寄せていた。通いの家政婦も土曜日曜は休みで、秋継の姿は三十日金曜の夜以来巨椋家の人々にも仕事の関係者にも目撃されていないらしい。もともとあまり社交的な人間ではなく、スポーツもやらず、休日は家にこもって読書をするのが趣味といった彼の日常から考えれば、それは特に奇妙なことでもなかった。

当初、死体発見の知らせと同時に自殺らしいという推測を聞かされたとき、関係者たちは捜査員の目には異常と思われるほどに驚きの色を見せなかったという。『ああ、やっぱり……』『とうとう――』そんなことばが胸に浮かぶのが、ありありとわかるほどであったというのだ。

かえって解剖の結果他殺の線が強くなり改めて捜査が開始されたときも、驚き以上に不審や戸惑いを見せる者が多かった。『なにかの間違いではないか』と。巨椋家という日光では知らぬ者もない財産家一族の内部に巣喰う奇妙な傾向に、群馬からきた警察署員はいちいち驚かされることが少なくなかった。

秋継の父親であり、オグラ・ホテルの事実上の最高責任者である埴原久仁彦専務はいう。

「息子は実業家に向く人間ではありませんでした。それは昔からわかっていたことですが、私は彼にいずれ私の後を継がせるつもりでいました。そのことが私の考えた以上に、あれを苦しめていたことも知っています。だからいつかあれは自殺というかたちで私の手から逃げ出すのではないかと、私はずっと恐れていました。

なぜ自殺だというのですか？　ホテルのようなサービス産業にとって、経営陣から自殺者が出る以上のマイナス・イメージもないでしょう。そういうかたちであれは私に、一種の復讐を企てるのではないかと思っていたのです。四十過ぎた息子にそんなかたちで反抗されるとは私自身の不徳のいたすところとしかいいようがありませんが、いまさら生き方を変えられる歳でもありませんのでな。

しかし殺されたとなると、さあ、私には見当もつかない。あれは仕事だろうと個人的なことだろうと、人の恨みを買うような人間ではなかった。ほめているわけではありません。その程度のことしかできなかったというのです。企業のトップに立てば殺されるくらいの覚悟はあって当然、それくらいのことができて当たり前と私は思っております。

我が社の内紛が原因だろうというのですか？　私に敵対する誰かが、跡継ぎであるあれを殺したと？　しかし社内の人間がそんなことをすれば、みすみすオグラ・ホテルの価値を下落させるだけでしょうが。それが誰にせよ、そこまで愚かだとは思いたくないですな。

私の日曜の行動ですか。昼は会長と接待で出ていました。確か夜の九時頃に自宅に戻って、後は翌朝まで家です。左様、私もいまは巨椋の家に住んでおります。家内はせんに逝っておりますが、別に部屋にこもっていたわけではありませんからな、家の者たちに聞いていただければ、夜中に抜け出すような真似はしていないのがわかるでしょう。

運転ですか？　免許は持っていますがこの歳ですからな、もう何年もハンドルには触れておりませんよ」

埴原久仁彦の弟、オグラ・ホテル会長巨椋雅彦はいう。

「日曜はずっと専務と行動を共にしていた。行き先？　時間？　そんなことは秘書に聞いてもらいたい。自宅に戻ったのは、そう、九時頃だ。しばらく居間で専務と、酒を飲みながら話していた。寝室に引き取ったのはさて十時だったか、十一時だったか。ああ、それからどこへも出てはおらん。

埴原常務は、そうだな、立派な男だったよ。しかし実業にはあまり向いていなかったかもしれん。もともと大学で古文献でもいじっているのが、似合いな方ではあったろうな。しかし専務のひとり息子だ。それは仕方なかろう。将来は専務や私に代わって、オグラ・ホテルの中枢になってもらわにゃあならんのだから。

最近の様子？　ふん、確かにあまり元気なようではなかったな。細君を亡くして二年も経ったのだから、そろそろ再婚を考えたらどうだといったこともあったが。まさか自殺するとは思わなかったな。

殺されただ？　そりゃ嘘だろう。いま彼を殺したところで得する者などおらんよ。さあ、先のことはわからんがね。――私の妻が？　碧水閣で自殺しただろうだと？　おい君、それがどうしたというんだ。なんにも関係のないことを、いうのは止めてもらおう。なんだと、平刑事の分際で無礼な口をきくのじゃない！」

巨椋雅彦の息子、オグラ・ホテル社長巨椋月彦はいう。

「他殺だって？　ほんとですか。信じられませんねえ。あんな昼幽霊みたいな男を、いったい誰がわざわざ殺すっていうんです。毒にも薬にもならない、父親の影みたいなもんですよ。社内の者にでも取引先の誰にでも、お聞きになればわかります。ああもっとも、これは専務にはないしょにしますといわないと、安心してしゃべらないかもしれませんがね。ええ、まあそういうことです。

え、あいつが次期社長？　なにをいってるんですかねえ、刑事さん。あんた群馬の人ですか。ああ、それで巨椋家のことをご存知ないんですね。いいですか。オグラ・ホテルというのは、明治の初め以来続いている日本でも有数のクラシック・ホテルなんですよ。それを始めたのが私の曾祖父である巨椋幹助。そしていままで代々の巨椋が、こうして育ててきたんですよ。いまさらそれをどうして血の繋がりも薄い親戚になぞ、譲り渡すものですか。幹助の遺言もちゃんと残っているんです。

なんかの間違いじゃありませんか。やっぱり自殺ですよ、あいつが死んだのは。遺書だってあったんでしょうが。え、自殺の心当たりですか？　ノイローゼですよ、神経衰弱ってやつ。時々変にオカルトがかったようなことまで、口にしてましたよ、最近。宗教にひっかかったようなことは、なかったようですがね。

日曜日になにをしてたかって。さあ、なにをしてましたかね。ああ、ゴルフだ。水上高原プリンスに部屋を取って、友人と回って、夜は酒飲んで早々と寝ましたよ。健康的なもんだ。いや、秘書は連れていってない。ただ代わりに弥陀皓一を連れて行きました。営業部の次長です。なに、ろくに気も利かないやつだが、それでも使い走り代わりですよ。

ええ、足は自分の車です。弥陀は弥陀で自分の車で行かせました。これでも運転は好きなもんでね。白のポルシェです。九三〇。夜の十二時頃は、だから寝たっていったじゃありませんか。山の中ですよ、女なんかいるわけがない。え、それともあんた俺のこと疑ってるの？　本気？　あんまり失礼なこというと、名誉毀損《きそん》で訴えるからね！」

巨椋月彦の妻巴江はいう。

「まあ刑事さん、私ほんとうにびっくりしてしまって。でもまだ信じられませんの。あの、秋継さんが殺されたなんて。

ええ、それはもちろんどっちにしてもお気の毒ですけれどね、でも自殺の方がなんとなく、ねえ、腑に落ちるって申しますんでしょうか。ああやっぱり、みたいな——

え、それは、あの、ここだけの話でございますけれどね、秋継さんという方は私の目から見ましても学者タイプって申しますか、お父様とはまるで違うもの静かな方で、お金を儲けるとか人を押し退けてどうこうとか、そういうことはまったく興味も持てないしどうしていいかもわからない、そういう方だったんでございますよ。

はい。専務さんが秋継さんを社長に、と望んでいらしたことは本当ですわ。それにうちの主人が、当然でございましょう？　反対して波風が立っていたことも本当です。いくら隠し立てしても、お調べになればわかることでございますものね。

けれどだからといって主人が、秋継さんをどうこうするなんてことは絶対にございません。あの人は威勢のいいことをいっても根は小心者でございますもの、人を殺すなんて、それも計画的に殺すなんてことできるわけがありません。妻の私が申しますんですから、これは確かでございます。

もしお調べになるのでしたら、あの方の女性関係を当たられる方がよろしいかと存じます。あれで結構男前でいらっしゃいましたもの、身だしなみもとてもよろしくて、とても十六の娘さんがおありとは見えませんでしたわ。

女性の姿なんてどこからも見えない？　それはもちろんそうでございましょうとも。きっちり隠しておられたんですよ。もしもお父様あたりに知られたら、どんな邪魔が入れられるかわかりませんもの。

でも、これは女の勘ですわ。絶対秋継さんには、深い仲になった人がおありでしたよ。別れ話がこじれるかなにかして、殺されたんですわ。一度石で殴り殺したものを、また火をつけてそのうえ水に突き落とすなんて、いかにも残酷で恨みつらみを晴すって感じじゃございません？

あら、私ったらひとりでずいぶんとよけいなことを……。え、私の日曜日ですか？　昼から名士会の奥様たちとお会いして、食事会がございましたわね。夕方に戻って、後は子供とテレビを見たりしておりましたから。主人は泊まりでゴルフでしたし、義父と専務さんもお接待でしたので、夕飯も子供とふたりです。子供を寝かせるのと前後して、義父たちが戻りましたわ。はい、私は十時頃寝室に引き取りましたけれど。

運転ですか？　それは、一応いたします。でもまさか刑事さん、私が秋継さんをどうかしたろうとでもおっしゃるんですか。そんな、いくらなんでもあんまりな――」

被害者埴原秋継の娘さやかはいう。

「どうして父が殺されたかなんて、あたしにはわかりません。やさしい父でした。――だって、ほかになにをいえばいいんですか？　やさしい、いい父だったとしかあたしにはいえません。

仕事のことは、あたしにはわかりません。でも、父はあまりホテルの経営という仕事は、好きではなかったかもしれないとは思います。本を読んだり調べ物をしたり、そういうことが好きな人でした。ですから社史を作ったときなんかは、とても熱心に、熱心すぎるくらいにやっていました。

　悩んで、いたかもしれませんね。でもあんまりそういうことは、あたしには見せませんでしたから。女の人？　恋人ってことですか？　それをあたしに聞くんですか。わりと無神経なんですね、刑事さん。あたしにはわかりませんでしたけど、絶対なかったともいえません。父はハンサムでしたから、自分でその気がなくても一方的に好きになられることだってあったかもしれないし。

　家出って、別にそう深刻なことでもないんです。ただあたしが進路のことで、大学は短大じゃなくて四年制に行きたいっていったら反対されて、口喧嘩になりました。だから少し頭を冷やそうと思って、親戚同然にしていただいている杉原さんのところへ行ったんです。月曜にいたお宅はW大の文学部の教授の方で、進路の話をしていました。はい、杉原さんのお知り合いの方で。

　それより刑事さん、教えて下さい。父は本当に自殺じゃなくて殺されたんですね。それじゃ最初に見せていただいた遺書みたいな、あれはなんだったんですか？　ええ、署名まで全部ワープロって、それはあたしも変な気はしましたけど。父は、使わないわけではないけれど、どちらかというと機械嫌いで、自宅にワープロは置いていませんでしたから。私の部屋には一台ありますけど、それとは字体が違うみたいです。

そう、偽物なんですね、あの遺書は。誰かが自殺に見せかけて、父を殺したのが本当のことなんですね。ひどい。誰が、そんなこと……」

巨椋月彦の妹星弥からの聞き取りは、当初いささか難航した。彼女が土曜日曜にいた場所を、断固として明かそうとしなかったからである。沼田市内の某病院で祖母巨椋真理亜の病床につきそっていた、しかしその入院先は教えたくない、事件には関わりないのだから教える必要はないはずだというのが彼女の主張だった。

「それにたとえそれをお教えしても、私の日曜深夜のアリバイはないんです。まさか日本の優秀な警察が、それだけで人を疑うとは思いませんけれど」

星弥はまるで他人事のように淡々と、微笑みさえ浮かべて繰り返した。

「私は祖母の病室から夜の十時前に出て、翌朝四時頃に戻りました。深夜勤の看護婦さんはきっと、私がいなかったことに気づいていると思います。どこへって、別にどこへも行ってはいませんわ。ただ気晴らしのドライブです。草津方面に走ったと思いましたけれど。どこか人気のないところで車を止めて、しばらく星を見ていました。ひとりで？　もちろんひとりです。

でも私は埴原秋継さんを殺したりしてはいません。そんな理由がありませんもの。憎くも愛しくも思ってない人を、どうして殺したりなんかできるでしょう。それに刑事さん、もし私が誰かを殺さなければならないとしても、その場所に碧沼のほとりを選ぶなんて絶対にしません。あそこは私にとっても神聖な場所ですもの、それを血で汚すなんて殺人以上の罪悪だと思いますわ」

そういって彼女はにっこり笑ったという。

結局、巨椋家には絶対伝えないという条件で、星弥はその病院の名を教えたが、彼女が告げた以上の事実を見つけることはできなかった。ただひとつ、日曜の夕刻に星弥あての電話が一本かかっていたということのほかは。

さらに月彦のゴルフに同行したという弥陀皓一からも聞きこみがされたが、月彦自身の証言を裏付けるようなことしか聞かれなかった。疲れたといって部屋に引き上げた彼を送っていったのが九時過ぎ。部屋でビールを一杯つきあって、そのまま別れたという。翌朝八時頃にモーニング・コールをかけたときには、すでに起きていたようだった。

土曜日に秋継の声を聞いたという聞きこみがひとつだけあった。営業部の英千秋が仕事の指示を仰ぐために、朝十時頃自宅に電話をしていたのだ。

「どことなくお元気がない感じでしたので、どうかなさいましたか？　とついお尋ねしてしまいました。普段はそんなプライベートなことは話さないのですけれど、どこかお加減でも悪いような気がしたものですから。そうしましたら、娘と喧嘩をしたら家出されてしまった、と苦笑なさるんです。

お探しなくてよろしいのですか、と申しましたらば、横浜の杉原さんのところへ行くと書いてあったから、騒ぎ立てることもない、後で電話でもしてみようとおっしゃっていました。それが最後になるなんて、考えもしませんでしたわ。

え、私は日曜にどこにいたかとおっしゃるんですか？　自宅ですわ。市内のアパートにひとり暮しですから、もちろんアリバイなんてありません。でも私、自分の車は持っていませんのよ」

## 2

「——結局巨椋家の関係者の中で、犯行可能時刻に厳密な意味でアリバイがあるのはさやかちゃんだけってこった。専務や会長が家にいたっていっても、みんな部屋に入ってたならこっそり抜け出さなかった保証はない」

ＦＡＸ用紙の束を指でぴんと弾いて、深春が締めくくった。

「つまり自殺の線は消えたんだね。警察はあれを完全に殺人事件として捜査してるんだ」

「ああ。解剖所見が決定的ってことだろうな。いくら器用な自殺者でも、後頭部を自分で石に打ちつけたあげくに、死んでから体に火をつけて、おまけに水に飛びこむことはできないやな」

誰に頼まれたわけでもないのに彼は、以前遊馬家の事件のとき世話になった静岡の地方新聞記者雨沢のつてをたぐって、今度は群馬、栃木方面の記者から警察情報を流してもらっているらしい。いまも江古田のアパートのダイニングで、大学から戻るなり山になったＦＡＸの中身を大声で読み上げていたところだ。テーブルを囲んでいるのは蒼と京介と三人だが、例によって深春の相手になってやっているのは蒼ひとり、京介は我関せずと自分の資料をめくっている。

「さやかさんはさ、家出してきたほんとの理由、警察にはいってないんだね。どうしてかな」

「さあな。だがアリバイもないとなると、やっぱり巨椋星弥は黒いよなあ」

「そうかなあ。だって深春、あの人には動機がないじゃない」

「そんなこたあないだろう。一応ふたりは男と女の関係にあったわけだぜ。たとえば計画犯罪じゃないとしたら、いくらでもシチュエーションが考えられるだろうよ。星弥の方がやっぱり結婚は嫌だといい出して、相続する財産の内の株は全部月彦に譲るかわりに碧水閣をもらうことにする、とでもいったとしてみろ。社長になりたい秋継の野望はそれで終わりだ。口喧嘩に手が出て、命の危険を覚えた星弥が正当防衛で摑んだ石でボカン！」

「ブーッ！」

蒼は口でブザーを鳴らして不満を表明する。

「却下。それじゃあクラウンのシートにあった偽の遺書が意味不明ですー。あれは絶対、計画殺人じゃなくちゃいけないの」

「いかん、それを忘れてた」

そんなの忘れるなよ、といおうとして蒼は、自分もまた肝心なことを忘れていたことを唐突に思い出してしまう。

「深春、ポリタン――」

「ああ?」

「深春が見たポリタンクだよ。放火未遂のバイクに積んであったっていう、灯油の入った」

「おい。だってあれは沼に沈められたらしいって、おまえらが」

あの朝深春自身は旅館で沈没していたので、明るくなった現場を確認したのは蒼たちだけなのだ。

「あのときはバイクのタイヤ痕が水際までついてたからさ、それと一緒だったろうと思っただけなんだよ。オフロードのバイクならそう簡単には隠せないけど、ポリタンクひとつだったら草の陰にだって、水際の葦の中にだってつっこんでおけないことないでしょ?」

「それを秋継殺しの犯人が、偶然見つけたっていうのか?」

「そうじゃないのかもしれないよ。同じやつなのかもしれない。ううん。偶然見つけたなんてより、その可能性の方がずっと高いじゃない」

自分でいいながら蒼は、なんだか胸が悪くなる気がする。いったいこの犯人はどんな人間なのだろう。怯えたふりをして近づいた深春の腕にスタンガンを押し当てて気絶させ、バイクはあっさり水に沈めながら灯油のタンクは冷静にどこかに隠し、どうやってかおびき出した秋継を石で殴り殺した上に、灯油をかけて火を放ち、さらに水に投げこむ。それは計算し尽くされた残酷さなのか、激情に突き上げられたあげくの狂気なのか。

「——まいったな」

蒼の腿くらいありそうな太い腕を組んだまま、深春がぼそっとつぶやいた。いくらか顔色が青い。

「そんなすげえ殺人鬼にお目にかかったんだとは、いままで考えもしなかったぜ」

「深春、へたしたら気絶させられたまま火つけられてたかもね」

「止めてくれよ。俺なにが嫌だって、火傷で死ぬのが一番嫌なんだ」

そりゃ、好きな人なんていないと思うけど。

「で、どうする」

そういったのはこれまでずっと黙っていた京介だ。とはいっても毎度のこと、目は研究資料に向けたまま、耳は聞くことを聞いていたに違いない。

「捜査に協力するか？」

「そう、だなあ。あれが犯人かもしれないんだし」

「ただそうなるとどこまで話すか、きちんと決めておく必要があるだろう」

「どこまでっていってもよ」

「当然聞かれることになる。——なぜ君はそんな真夜中に碧水閣へ行ったのか」

「そりゃ、昼間充分に見られなかったから」

「なぜ昼間少しでも見せてもらうことができたのか」

「調査のためじゃないか」

「いったい君はどういう関わりで碧水閣の調査に参加することになったんだ」

「杉原さんからおまえに話が来たからだろうが」

「なぜ杉原さんはそんなことを依頼した」

「巨椋家の中が碧水閣を巡ってもめてて……」

京介の畳みかける問いに答えていた深春の、声が段々小さくなってとぎれた。

「そんなことまで俺、聞かれるかなあ。聞かれるか、やっぱり——」

深春の証言に信憑性を求めるとしたら、そういう質問は当然出てくるだろう。だがそうなるとへたをしたら、京介たちと巨椋家と碧水閣の話を洗いざらいしゃべらねばならなくなる。当の巨椋家の人々でさえ、あまり語ってはいないらしい細かな事情といったものまでだ。そしてすでにそれだけの関わりのある神代教授らのもとにいたのだから、さやかの家出もただの進路相談とは思えない、というところまで行ってしまうかもしれない。

「この前さやかさんを送って沼田まで行ったときに、警察とは顔を合わせたんだろう?」

「そうだよ。またあんときの刑事どもが感じ悪くてなあ……」

いきなりぼりぼりっと頭を掻きむしった深春は、

「警察止めた。それよりあいつらに恩売っとこ」

立ち上がって電話のところへ行くと、市外局番をプッシュし始める。さては、と蒼は思い当った。どうやら深春はこの情報を警察ではなく、記者に教えることにしたらしい。ニュースソースは隠しても結局捜査側にもそれは伝わるはずで、ポリタンクの出所や沼に沈んでいるはずのバイクの捜索や、必要な措置を取らせることはできるだろう。

「京介、深春のこと誘導したでしょ」

蒼は声をひそめて彼の耳元にささやいた。

「警察に行かせたくなかったんだ。なぜ?」

京介はちょっと眼鏡を下にずらして、上目遣いに蒼の顔を見上げた。後ろめたいような微笑が口元に浮かんでいる。

「少なくともいまはまだ、警察と話したくないんだ。捜査が碧水閣に深入りしてくるようだと、埴原秋継の殺人事件は解決するかもしれないが、肝心のこっちの仕事が永久にお宮入りしかねないからな」

「肝心の仕事って、つまり碧水閣と下田菊太郎のことでしょう?」

「ほかになにがある？」

いまさらながら蒼はあきれた。

「京介って相変わらず生きた人間より、古い建物の方が大事なんだね。そういうのってやっぱり、ちょっとまずくない？」

「埴原秋継はもう死んでるよ、気の毒だが」

「だって――」

「それにこっちの件にだって、ちゃんと生きてる人がいるじゃないか。巨椋真理亜さんという女性が」

「そりゃあ、そうだけど……」

女性の場合も若いより古い方がいいのかな、といってやろうかと思ったが、軽蔑されそうなので止めた。深春は相手の記者を探して、まだあちこちに電話をかけたり、待たされたり、回されたりしている。その内やっと目当ての人間が摑まったらしい。

「ああもしもし、W大の栗山です。例の巨椋家の件でね、ちょっと重大な目撃証言があるんですよ。ええ、それで――え？　ほんとですか？　で、なにか証拠が？　ああ、そうですか。わかりました。いえ、こっちは別に大したことじゃないんで。それじゃ、ご連絡お待ちしています」

「どうしたの？　なんか新発見？」

電話が切れた途端蒼は尋ねたが、深春は肩を落としてはあ、とため息をつく。

「なんか馬鹿みてえ。あんなむきになってあちこち電話することなかったよ。電話代の請求書が恐い」

「だからどうしたのってば」

「巨椋月彦が重要参考人で事情聴取だと。なんでも社長室の引き出しから、偽の遺書打ったインクリボンが見つかったらしいわ」

「じゃ、あの人が？──」

「だとしたらやっぱり、俺が出くわした放火未遂犯は無関係なんだろうさ」

## 3

埴原秋継の所有するクラウンの内部から見つかった遺書らしきものは、『血の繫がった者同士が醜く争うことに疲れた。妻の元に行きたい。埴原秋継』というだけの極めて短い、全文ワープロ打ちの文書だった。いまの時代、遺書を機械で打つことはそれほどまれではないが、署名までもが手書きでないことはいささか違和感がある、というのが当初からの警察の見方だった。解剖の結果ほぼ他殺と断定されてからは、この遺書が数少ない犯人の遺留品ということになった。

娘のさやかもいっていたことだが、埴原秋継の住居に彼用のワープロはなかった。むしろ被害者は手書きに慣れていて、日記こそつけてはいなかったが巨椋家の代々の人々に関する資料を収集し、覚書のようなものを作っていたことがわかった。社史編纂の仕事は終わっても、彼はそこには盛りこめなかった成果をいずれ、なんらかのかたちで纏めたいと考えていたのかもしれない。細書きのペンを使って書かれたノートの細かな文字は、秋継の神経質な性格を語っているようだった。

遺書を打ったワープロと同型の機械は東武日光駅にほど近いオグラ・ホテルの営業部や、ホテル内の事務所などで十数台一律に使われていた。二年前に現在の建物が竣工したとき、一括購入されたものである。社長室はホテル一階の奥にあったが、そこにも秘書のものと月彦自身が使用しているのと、二台同型機が置かれていた。そして警察は社長室の隅に置かれていた消耗品を入れた小机の引き出しに、無雑作に放りこまれたリボンから、遺書の全文を発見したのである。

それだけでなく巨椋月彦の参考人聴取の以前に、捜査陣は彼に不利な証言を入手していた。水上高原プリンスに宿泊していた月彦が、深夜彼のポルシェを運転してどこかに出かけていたらしいというのだ。酒に酔った友人が誘い出そうと何度か部屋に電話してみたが出なかった。車好きの宿泊客が夜遅くロビーから外の駐車場を眺めると、夕方見たはずの白いポルシェがその場所に見えなかった。というほどの曖昧な証言ではあったが。

さらに家族から社員従業員と聞きこみの範囲を広げていくにつれて、オグラ・ホテルの内紛の実態も少しずつ明らかになっていた。埴原久仁彦の専横によって名ばかりの社長とされた月彦の恨み。会長でありながらひたすら兄久仁彦に追随して、少しも息子を助けてくれぬ父雅彦への彼の怒り。大株主である真理亜の入院からその持ち株と社長の座を巡って、一気に紛糾寸前となった一族内の争い。そしてしばしば周囲の目に、あまりにも非常識に映る月彦の性格。重要参考人とはいうものの、そのときの捜査当局の心証は限りなく黒に近かったのではあるまいか。

しかし当初の見込みを裏切って、月彦は落ちなかった。どう責められてみても彼は自白しなかったのである。そして捜査当局はあれ以上の、決定的な物証も目撃者も上げられぬままでいた。水上プリンスから碧沼にいたる道路上で白いポルシェを見た者はおらず、彼がホテルを抜け出し、あるいは外から戻るところすら目撃されてはおらず、彼の周囲に秋継殺害に結びつくような物も発見できなかった。

遺書に使われた用紙、封筒はオグラ・ホテルのロゴ入りのものだが、これは事務所だけでなくホテル内の客室にも備え付けられたもので、手に入れることはたやすい。指紋も採取できなかった。ワープロも何万台と出回っている普及型のものである。さらに続く捜査の中で、問題のリボンが社長室の机に入ったのも犯行とは関係ないらしいということが判明してしまった。

問題のリボンは控え室から秘書のいる受付、社長室を掃除する係の女性が、控え室の屑《くず》かごの中で見つけたのだという。ほとんど新品なのをもったいないと一度エプロンのポケットに入れた彼女は、気を利かせたつもりで予備のリボンを入れた引き出しの隅にそれをしまっていったのだ。拾われたのが何日の何時頃だったかも、すでに曖昧になってしまっている。控え室はホテルのロビーとドア一枚で接しており、時間を見計らいさえすればだれでも入れる場所でしかない。もはや当局は、巨椋月彦の聴取を打ち切るよりなかった。

これ以外に犯人の遺留品と見られるのは灯油を入れたポリタンクだったが、これまたどこでも売っているオレンジ色の十八リットルタンクでしかない。水中に投げこまれ、ただ葦にひっかかって流されないでいたのだが、なんらかの痕跡があったとしても水に洗われて消えてしまっただろう。足跡やタイヤ痕は特定できるほど鮮明なものはない。

遺留品を求めて沼を浚《さら》うべきだという意見も多かった。しかしそれは技術的な問題から棚上げされざるを得なかった。ひとつには極めて狭い私道を通って碧沼まで入れる機械がなかったからであり、また沼の水底は軟弱な泥の層で、相当な大きさの物でもその泥の中に沈んでしまっては確認不能だろうと予測されたからだ。

日光にあってはそれなりの知名度のある企業の重役が殺害され、その社長が参考人として聴取されたあげくなんの発展も見ぬまま打ち切りになる。それは捜査当局にとって拭い難い汚点であったろうが、サービス産業たるホテルのイメージを傷つけるにも充分なスキャンダルであった。夏の観光シーズンに入ろうとするにもかかわらずオグラ・ホテルと、その傘下に連なる近郊のホテル数軒は軒並のキャンセルに直面させられていた。代わって写真週刊誌の記者といった連中が近辺に出没し、『伝統のクラシック・ホテルの中に渦巻く黒い争い』『固い血族の結束を揺るがす死の行方は』といった見出しの元に読者の猟奇的な興味をかきたてていた。

いまの時点での社長解任はかえって人目を引くとの配慮から棚上げにされていたが、逮捕にはいたらなかったとはいえ完全に疑いが晴されたわけでもなく、月彦の失墜は誰の目にも明らかだった。埴原久仁彦が後継と目していた秋継が死に、月彦が落とされたとなると、次の社長には誰が立つことになるのか。事件後三週間を経て、すでに地元の興味は犯人探し以上にそのことに向かいつつあるようだった。それもまた生前の埴原秋継という男の、影の薄さにも由来することであったろう。

「月彦で失敗して以来、警察がさっぱり情報をこぼさなくなっちまったんだ」

深春がぼやいているのは、神代教授の研究室だ。教授が留守をした去年一年間は、暇があればこの部屋で潰していた。そうして一度身についた楽な習慣はなかなか抜けないもので、教授が戻ってからも深春は、なにかといえばここで蒼にコーヒーをいれさせて時間を潰している。

昨日で東京の梅雨も明け、前期試験の終わった大学は学生の姿もまばらだ。来春は卒業するといってもこの不景気な時代に、在学七年目の深春が就職活動などするだけ無駄なのはいうまでもない。しかも学生という身分で過ごせる最後の夏だ。当人もそう思っていればこそ、いままでにも増して怠惰な生活をしているのだろう。

彼はとうとうこの間、京介のさりげない引き止めも無視して群馬まで、自分の目撃証言を話しにいったのだ。予想に反して警察の対応は至極丁重《しごくていちょう》で、なぜ真夜中にふらふら碧沼まで上がっていったのかといったことを、追及されもしなかったという。

「じゃあ、わざわざあっちまで行ってなにしたの？」

「調書書いて、あと似顔絵な」

「モンタージュじゃなくって？」

「だっておまえ、俺が見たのったらメットにゴーグルに防塵マスクだぜ。モンタージュなんて作れねえよ」

「似顔に描いてもあんまり役に立たなそう」

「そっ。向こうも途中から笑ってやんの」

「そんなんでいいのかなあ——」

「ただなあ、あいつらなんか狙ってるぞ。俺はっきり感じたんだ。俺の情報も全然重視してなかったのは、ある程度ほかの線で固まりつつあったからじゃないのかなあ」

教授の椅子からだらしなく足を投げ出して、

「犯人は秋継とそれなりに面識があったはずだ。どんな理由によってだか、彼を深夜の碧沼なんてところへおびき出すことができたわけだから。秋継がのっぴきならない弱味を抱えていたか、逆に相手を信頼して殺されるなんては考えなかったか、どちらかということだ。犯人は秋継と一緒に来たのか、別々か。別と考える方が普通だろう。さもないと秋継のクラウンは残されていたんだから、現場から立ち去るための足がないことになる。丸沼温泉に泊まっていて徒歩で碧沼に行って、なに喰わぬ顔で戻って寝ていたというのも考えられない話じゃないが、まあ、その晩の泊まり客は警察でチェックしてるこったろう。

だが別々にやってきて沼で初めて顔を合せたとなると、ひとつ矛盾が出る。クラウンのシートにあった偽の遺書だ。車のキーは秋継のポケットにあった。もちろん石でどついてから一度車に行って遺書を置いて、それからまた鍵を戻して火をつけることは可能だろう。だがあの私道は片道二キロはある、徒歩で往復したら一時間じゃ済まない。なんでそこまでしたのか。ぐずぐず行ったり来たりするより、鍵はつけたままかどっかに捨てるか持ち去るかして、逃亡する方が普通じゃないか――」

「遺書に信憑性を持たせるためじゃない？」

「まあ、そういうことになるんだろうな」

蒼のことばにうなずきながらも、深春は不満げな顔だ。

「だけどあの遺書って、秋継が自分で書いたと見せるにしちゃあやけに御粗末じゃないか。署名までワープロだなんてさ。計画的に人ひとり殺そうっていうんだぜ。なにも文章は書かせなくていい、秋継が名前だけ書いた便箋の一枚くらい、どんな口実を作っても入手できるんじゃないかな」

「彼の周辺にいる人間ならね」

「まあそうだけど。おまけに肝心のインクリボンをさ、よりにもよって社長室の前の屑かごに放りこんでいったってのが、またなんとも——」

「それは、偽物だってバレたときに月彦の方に疑いが行くようにでしょ」

「まあそうだろうが、それも雑なんだよ。いい加減なんだ。遺書をワープロで打ってすませるみたいな、バレればバレたでかまわない、月彦を犯人に見せかけられればいいが、駄目ならそれでもかまわない、そんな感じだろ」

「——そうだね」

「それとわざわざ秋継を深夜の碧沼まで連れ出して殺す、それも石で打ち殺して火をつけて水に突き落とすような念入り過ぎる遣り方とか、遺書を車に入れに鍵を持って往復するとかいうのと、そぐわないんだよな。しっくりこないんだ」

そういわれてみればそんな気がしないでもない。

「だから、どうなるわけ?」

「犯人が俺の出会った放火未遂犯と同一だとするとな、ひとつ遺書の件についちゃ推理が成り立たないでもないんだ。犯人は秋継の車に一緒に乗ってきた。降りる前にそっと後部シートの上に、遺書の封筒を残してきた。それならなんの不思議もないだろ？」

「じゃ、どうやって逃げたのさ」

「つまり例のオフロードバイクも、沼に沈められたんじゃなくてどこか樹の陰にでも隠されていたわけさ。そいつはもしかしたら放火しにいったのじゃなくて、秋継殺しの下準備に来たのかもしれない。で、全部終わると彼の車を残してバイクで逃げ出したってわけだ」

「バイクが？　――ちょっと待ってよ」

　蒼は息を詰めるようにして、深春がやられた翌朝のことを記憶から手繰り出す。碧水閣の周辺は確かに樹々に囲まれていたが、それほど濃密な森であったわけではない。そして明るい光の中で、一時間以上かけて探し回ったのだ。小さなポリタンクならともかく、例えばカーキ色の防水シートかなにかかけてあったとしても、バイクほどかさばるものを見落としたはずはないと断言できる。

「それは無理だよ。深春が倒れてからぼくらが車の走り去るのを目撃するまで、大した時間がなかったのは確かなわけじゃない。翌朝見つけられないくらい、遠くへ隠すことはできないよ」

「しかしなあ、後は共犯説でも取るしかないか」

目の玉を寄せるようにして考えこんでいるのに、

「——深春、卒論は？」

彼はカクッとなった。

「おまえ、なにいうんだよ、いきなり」

「いきなりもなにもないじゃない。来年はちゃんと卒業するんでしょ？　就職活動はしても無駄だろうけど、卒論上がらなかったら卒業もできないんだよ。大学最後の夏くらい、ちゃんと勉強したら。ほら、そのへんに散らかしてる週刊誌も全部持ってってよ。ここの研究室にはもうじきお客さんが来るんだから、ぼくはそれまでに掃除しとかなくちゃならないのッ。早く！」

「ちぇッ、わかったよ、わかりましたよ」

深春はぶつぶついいながらそれでも大きな腰を上げ、巨椋家の事件が載った十冊近い週刊誌を一まとめに抱えると、悠然と神代研究室を出ていく。それを見送って蒼はほんとうに大急ぎで掃除を始めた。客が来るというのは嘘ではない。

(ただ、少しだけ省略したけどね)

その客というのは桜井京介を訪ねてくる、巨椋星弥なのだ。杉原静音からの説得の甲斐あってか、改めて碧水閣の資料などを持参してくれるのだという。邪魔臭いから深春は追い出しておけというのが、京介からの指示だった。

エスプレッソのドッピオ、マッキャートで。埴原さやかが星弥のために注文したコーヒーだ。意味はあの後教授から聞いた。イタリアのコーヒーは普通細かく挽いた強煎りの豆に高圧蒸気を吹きこんで絞り出すエスプレッソだが、ドッピオとはダブル、つまり倍量のことで、マッキャートとはそれにほんの少しクリームを入れることだという。大きなマシーンで入れるのとは較べようもないけれど、せめてエスプレッソらしいのを出してみようと、教授に頼んでガスに載せて使う小さなイタリア製のコーヒー沸しを持ってきてもらった。豆もそれ用のを用意した。

巨椋星弥のことを京介は、わからないという。自分のかばんからアルバムを抜き取ったのも、彼女がしたことだと決めているらしい。埴原さやかは星弥と秋継が、母親の存命中から肉体関係を結んでいたといっている。しかしそのどちらも蒼には信じられない。深春の言い種を借りるなら、そぐわない、しっくりこないという感じだ。蒼が初めて出会ったときの星弥の、あの埴原専務など霞《かす》んでしまうような圧倒的なオーラを感じさせた彼女には。

彼女だったらこそこそ荷物を探るようなことはせずに、正面からそれを返して下さいと要求するのではないだろうか。人目を忍んだ不倫なんておよそ似合わないし、それでも奥さんのいる人を好きになってしまったら、違う下着を男に着させて証拠を残すようなうかつな真似はしない気がする。

そこまで考えて、蒼は自分であきれた。

（なんかぼくってすごく、星弥さん贔屓《びいき》なんだな）

初め見たときから惹かれるのは感じていたが、これほどまでだとは自分自身で気づかなかった。

（まあ、それはいいや。とにかく掃除すましちゃわなけりゃ――）

空にしたごみ箱を手に早足で廊下を歩いていた蒼は、しかし向こうの階段から姿を現わした人影を見た途端、思わずその場に立ち止まっていた。

「――こんにちは」

忘れもしないやわらかな、音楽的なアルトの声が耳に届く。

「こちらは暑いのね、とっても。桜井さんはいらっしゃるかしら」

今日も黒一色を身に纏った、巨椋星弥が微笑んでいた。

# 紅い記憶

## 1

いま蒼のすぐ目の前、ほんの二メートル足らずのところに巨椋星弥がいる。こちらに横顔を向けて、桜井京介と話している。最初の夜の記憶に刻まれたままの、硬質な美しさを具えたプロフィールだ。かっちりと彫刻的な鼻の線、顎の線。意志の強さを感じさせる口元と、広い額と深い眼と。

今日の彼女は髪はやはりシノアにして、襟と胸元に刺繡《ししゅう》をした黒い汕頭《スワトウ》のブラウスを着ている。材質は薄手のシルク・オーガンジー。チャイナ・カラーが細い首を包み、磨かれた象《ぞう》牙《げ》みたいな二の腕の白さが目にまぶしい。細身のパンツも靴も黒絹で、日本人に向かっていうのも妙かもしれないが、東洋風の神秘とでも呼びたい雰囲気がある。音楽的な声の響きも、それでいて明快なきっぱりとした口調も、覚えているのと少しも変わらない。

それなのに——

(なぜだろう。どっか、変だ……)

最初に目を合せた瞬間、蒼は内心微かな違和感を覚えている。今日の星弥からは、あの埴原専務を圧倒した強いオーラの光が感じられない。表情や口調は変わらなくともどことなく、心ここにないとでもいった印象がある。ふっと口をつぐめば、魂がどこかへさまよい出してしまいそうな危うさ。埴原秋継の死を巡るオグラ・ホテルのスキャンダルが、彼女をここまで消耗させているのだろうか。

そんな蒼の思いとは関わりもなく、

「どうもわざわざ遠いところをお出でいただいて、ありがとうございます」

「いいえ、こちらこそ。先日は充分なおもてなしもできませんで」

顔を合せた京介と星弥は、まずは至極丁重かつ常識的な挨拶を交わす。しかしそれはどことなく、フェンシングの試合を始める前に対戦者が互いに礼を送る、そんなふうにも感じられた。

「早速ですが、桜井さん。祖母からの伝言をまずお伝えしたいと思います」

「伺いましょう」

「あなたはこの前、たかさんにおっしゃったそうですわね。自分になにができるのかと聞かれるのなら、祖母が心から望んでいることはなんなのか、その前に教えてもらいたい、と」

一度開かれた彼女の口調は、今日も明快でためらいがない。蒼の印象はやはり錯覚でしかなかったのだろうか。

「それを聞いて祖母はこう申しましたわ。父幹助がなにを思って碧水閣をいま見るような姿にしたのか、そしてなぜそれを母の墓だといったのか、なぜ現状を変えることなく保てと自分に遺言したのか、その真意を知りたい。いまとなっては自分の望みはそれだけだ——」

そこまでいって星弥は、ふっと唇に薄い笑みを浮かばせる。大きな瞳が前髪に隠された京介の表情を、見逃すまいというようにきらめく。

「でもこれはほとんど不可能な希望ですわね。幹助はあの遺書以外自分の気持ちを述べた文章など、なにも残さなかったようですし、口伝の類を記憶しているのも当の祖母だけです。かたちとしてあるのはあの建物だけ。それにどんな解釈を与えてみたところで、結局はこじつけのようなものにしかならないでしょう」

「必ずしも、そう決めつけることはないと思います」

京介は例の感情のありかを窺わせない、水のように平静な声で答える。

「石や木や漆喰でできた建築といっても、それを作ったのは人の手であり、かたちを決めたのは人の思いでしょう。建物を建てるために図面を引き、構造を立ち上げていくことと、文章を綴《つづ》るために構想を練り、ことばを選び並べていくのと、作業自体そう大きく違うわけではありません。

書かれた文章を注意深く読解して、ただ表面の意味のみならず筆者が自分自身意識しても いなかった深層の思いを読み取ることも不可能ではないように、碧水閣もまた正しく読み解 くことができるなら、そこには当然作者の思いが見て取れるはずです。あの瓦屋根や廊下の レリーフを読むことで」

「建築を読むなんて、ずいぶん芸術的な表現をなさるんですのね。研究者というよりはまる で詩人のことばのよう。違います?」

星弥の反応は冷笑的だった。しかしそれくらいでたじろぐ京介ではない。

「建築は芸術ですよ。ただし絵画や彫刻とは異なって、ほとんどの場合作者つまり設計者の ほかに、注文主、施主というものが存在します。そしてさらに用途面技術面の制限と予算と いう問題がついて回る。作者のイメージをそのまま実現できる芸術とは、その点で違うのが 建築です。設計者は注文主の要望と、立地、用途、資金などから来る制限をクリアしなが ら、なおかつ自分の構想をかたちにしなければならないわけです」

「それはわかりますわ」

今度は彼女もおだやかに受ける。

「近代以前の芸術は、どれも同じような制約の下にありましたものね」

「おっしゃる通りです。それで、碧水閣の原型を建てたのはアントニオ・フェレッティとい うイタリア人だ、というのは間違いありませんね。明治のオグラ・ホテルを設計したのと、同一人物の」

「私どもではそのように考えておりますけれど」

「あれは幹助の妻カテリーナの住居として造られたわけですね」

「ええ」

「つまりその時点では、彼女の郷愁に見合うようなイタリア風建築が造られたと考えられますね」

「そうでしょうね」

「それを後になって幹助が、いま見られるような和洋折衷建築に改装した」

「そうです」

「だとすればその三人が、碧水閣のかたちを決めるのに関与した人物だということになるでしょう。初期の設計者フェレッティ、施主は幹助乃至《ないし》はカテリーナ、用途はカテリーナの住居。後期の設計者は幹助。用途は変わらず。問題はさほど複雑ではないように思いますが？」

　今度は京介の方が、やや攻撃的ないいかたをしている。そして星弥がいったん視線を外す。

「結構ですわ。桜井さんのお手並みのほどを、楽しみに待たせていただくこととします。祖母の希望が満たされることは、私にとっても大切ですから」

（第一ラウンド終了。ポイントは十対八で京介有利、かな）

蒼はこっそりとつぶやいた。

「保存されていた図面の方は、お持ちいただけましたか」

「ええ。でも残っているのはこれだけです。実際に描かれたものの内の、ほんの一部だろうと思いますけれど」

星弥は下げてきた男持ちのアタッシェケースを開いて、角のかなり傷んだ古めかしい紙ばさみを取り出した。まっさきに広げられたのは机の上がいっぱいになるくらいの、大きな紙に描かれた立面図だ。墨一色の線で碧水閣を真正面から描いている。二層になった列柱と正面の階段、柱の中に並んだ縦長の窓のかたちはいま見るものと変わらない。

しかしそこにはあの、入母屋の瓦屋根は描かれていなかった。銅で葺《ふ》かれたらしいごく傾斜の緩い屋根の縁にはギリシャ風の女性像が立ち並び、アカンサスの葉を彫り上げた繊細なコリント柱頭が、いかにも女性的な印象を与える。中央部に小さく三階が突出しているのが、屋根の上に神殿でも載せたようでいくらか唐突な感じではあったが、意匠に和風の混淆《こんこう》など微塵《みじん》もない、まずは端正なイタリア風のパラッツォだった。

「これが原型というわけですね」

京介の確認に星弥は、図面の端に描かれたアルファベットを指差して答える。『Pal. Acqua Verde per S.CATERINA 1896 A.Ferreti』

「パル、アクア、ヴェルデ?——」

　脇から首を伸ばした蒼が、その流れるような文字を読み取ろうとすると、

「パラッツォ・アクア・ヴェルデ、碧水閣のイタリア語訳だな。そしてカテリーナのために、一八九六年、A・フェレッティ」

「桜井さん、イタリア語がおできになるの?」

　星弥が興味を引かれたように尋ねた。

「いえ、ほんの少しかじっただけです」

　かじったというよりはもう少し多く彼がイタリア語の勉強をしていたのを蒼は知っていたが、星弥は何年も向こうで暮していたのだ。それと較べればできますとは答えにくいのだろうと、なにもいわないことにした。

　京介は白衣のポケットからルーペを出すと、黒インクで書かれたアルファベットを一文字ずつ舐めるようにたどり出す。

「フェレッティは左利きだったようですね」

「さあ、私は存じませんけれど、なぜですの?」

「これだけていねいにレタリングされているのに、数ヵ所手でこすれてしまった痕があります。左手で左から右に書いた場合は、どうしてもそういうことが起こりがちですね。それと、以前ホテルの資料室で彼の写真を見ました。幹助と肩を組んでいた」

「それなら私も見た覚えはありますけれど」

「その彼が左手でコンパスを持っていたので、もしかしたらと考えていたんです」

「よく見ていらっしゃいますこと」

さして感心したふうもなく星弥が相槌《あいづち》を打つ。

「フェレッティの図面は、他にもあるのですか？」

「碧水閣に関しては、これだけのようですけれど」

「ずいぶん何度も開いたり閉じたりされたようですね。それに、転写もされたらしい」

擦り切れた折り皺《しわ》は後ろから細く切った和紙のテープで補修されている。それでもあちこち墨の線が薄くなっていると見えたのは、ただこすれたためではなく細かな針穴が開いているからだ。下の紙にそうやって、輪郭線《りんかくせん》を写したのだろう。

「ええ。こちらがそれを写したものです」

フェレッティの図面に重ねて星弥は、同じくらいの大きさのもう一枚の図面を広げる。同じ二層の柱、そして小さな三階。だがその上には大きな瓦屋根が描き加えられていた。三階は重ねた入母屋ですっぽりと包まれ、さらに左右の端にはそれまでなかった小さな塔が載っている。それだけで立面図の印象はまったく変わってしまい、奇妙に腰高な鳳凰堂のように見えるのだった。

（でも、随分へただ、この絵——）

京介の肩越しに覗きこみながら蒼は思う。原図と較べれば二枚目の図面を描いた手の稚拙《ちせつ》さは覆うべくもない。単にパッラーディオ風の西欧建築に敢えて和風の屋根を載せた不自然さだけでなく、その素人臭い手際がいっそう見苦しさを際立たせている。

「これは巨椋幹助が描いたのですね」

今度も星弥は図面の隅の文字を指差して答えに代える。『碧水閣改築案　図之壱　明治参拾伍年　幹助』図面の稚拙さとは対照的な達筆の墨文字だ。

残りの図面はすべて、幹助が描いたと思われるものだった。なにかの本から抜き描きしたらしい、屋根構造の断面図がある。東照宮あたりからスケッチしてきたような図案化された牡丹の絵がある。そのわきにはそれをさらに直して、柱頭に使うようにした絵がある。二階のコリント柱頭は、いまはこれに取り替えられているのだ。

椅子やソファのデザインがある。ルイ王朝風の曲線的な椅子のスケッチに線を引いて『張リ布ハ錦、木部朱漆金蒔絵』などという書きこみがある。こうしたデザイン画には、ところどころ彩色までほどこされている。

各階の平面がフリーハンドで書かれていて、部屋の装飾に関するアイディアが思いつくまま書きこまれている。『黒漆、青貝螺鈿尽クシ』『桃山屛風写シ、春ハ桜、夏ハ菖蒲、秋ハ紅葉、冬ハ松ニ雪』『一階広間ノ処理、折上格天井花鳥彩色図、寝殿造、仏殿風、イヅレカ良キ』『南蛮図モマタ折衷ノ美ナリ、要研究』……

「巨椋幹助は建築設計に関しては素人だった、と考えていいのでしょうね」

細かなスケッチや図面といったものを次々と広げながら、半ば独り言のように京介がつぶやく。

「まったくの素人ともいえませんわ。父親の木八は横浜の清水の下で長く働いていたベテランの大工だったのですし、彼も途中までは父の下で仕事をしていたということですから」

「それでいながらまったく別の業界に転職したわけですね。そもそも彼が日光でオグラ・ホテルを開業するようになったのは、なぜだったのでしょう」

「桜井さんは『オグラ・ホテル百年史』はお読みになったんですの？」

「読ませていただきましたが、そのあたりの事情はごく簡単にしか書かれていませんでしたね。主として増え続ける外国人旅行者の便を計らうために、といったことしか」

「それでは納得できないということですの」

「できませんね」

ぴしりといい返されて星弥は鼻白んだ顔になる。

「でも、彼がなぜホテル業を始めたかという動機が、碧水閣の問題とそれほど繋がってくるのでしょうか。私にはわかりませんわ」

軽く体を反らせるようにしていい返す星弥に、京介は逆に組んでいた足を解いて身を乗り出す。

「どうか巨椋さん、お手持ちのカードは余さず晒《さら》していただけませんか。碧水閣という建築を読解するためには、幹助、カテリーナ、フェレッティ、この三人の関係を可能な限り正確に把握する必要があると思うのです」

「三人の、関係を——」

星弥はすぐには答えなかった。体は京介の方を向いたまま顔はほとんど真横になるくらいにそむけ、あの白く美しい腕を胸の前に固く組んでいる。まるで自分を守るように、と蒼は思った。やはり今日の彼女は、この前とは違う。

「けれど桜井さん、あなたはその結果を論文になさるんですわね。巨椋家のプライバシーに属するようなことを、私はどこまであなたに話していいものなんでしょう」

「もちろん巨椋家の方々に、差し支えのあるようなことまで書くつもりはありません。僕がいたずらにプライバシーをあばくような人間ではないと、杉原さんが納得させて下さったのだと思いましたが」

「杉原さんが話されたのは祖母とです、私とではありません」

「そして真理亜さんは納得して下さった。だからあなたは今日ここにいらした。違いますか？」

「——違いません」

「これ以上の話を伺うのも、真理亜さんの許可がいるということでしょうか」

人形の首を引きねじるように、星弥の顔が京介に向き直った。頬に淡く血の色が昇り、見開かれた目の中に激しいものが動いている。

「私は、祖母の召使いではありません——」

目の表情に較べて声は静かだったが、それもまた激情を押し殺した上の平板さに違いなかった。

「私は私の意志で祖母を守ろうとしているのです。あなたが私から情報を得ようと望まれるのならば、祖母だけでなく私を納得させて下さらねばなりません。それとも桜井さん、あなたは杉原さんに保証していただく以外に、ご自分を証し立てることはできないとでもおっしゃるのですか？」

今度は京介が沈黙する番だった。ややして、あまり気が進まないように彼は口を開く。

「僕に、どうしろといわれるんです」

「自分の顔も見せないような人は信頼しようがありません。どんなご事情がおありかお尋ねはいたしませんけれど、せめてこうして話している間くらいは、どうにかして下さい」

「それだけでいいんですか」

「取り敢えずは」

京介はため息をつくと、それでも片手で顔にかかっていた髪を額に掻き上げる。むっと不機嫌な表情がその下から現われる。

「結構ですわ」

京介の憮然とした美貌に向かって星弥は怒りの色を消し、にっこりと笑ってみせた。驚く様子もないところから見て、たぶんさやかから予備知識を得ていたのだ。もしかするとここに来て彼が信用できないとごねてみせたのも、いきなり激した表情を現わしたのも、こうして彼に顔を晒させるための作戦だったのかもしれない。心ここにあらずなんてとんだ見当違いだったかも、と蒼は思う。

（第二ラウンド終了、京介ワン・ダウンでポイントは星弥さん、てとこかな……）

## 2

「これからお話することは、祖母から聞いた話と家に伝わっていることと、いくらかは歴史書などで確かめたことが入り交じっています。祖母にしてもやはり聞かされた話なわけですし、どこまで正確かといわれてもわからないことの方が多いのはあらかじめご承知下さい」

そう前置きをして星弥は、巨椋家の歴史を語り出した。幹助の父木八は京は宇治《うじ》の出で、家は代々の宮大工だった。巨椋というのは宇治の近辺にある古い地名で、明治になって庶民も姓を名乗ることになったときに、そちらに残っている親族たちとも諮ってその地名をもらうこととしたのだという。

その木八が現在の清水建設の元となった横浜の棟梁の元で働き、築地ホテル館の建設にも関わったのは、以前神代教授が本から受け売りで話してくれた通りだ。木八に何人の子がいたのかはよくわからない。幹助は末の男子だったらしい。彼は父の下で大工としての修業を積んでいたが、その状況に心から満足していたわけではない。というのも当時すでにイギリスからジョサイア・コンドルを迎えて建築家の本格教育を始めていた東京の工部大学校、後の帝国工科大学への入学を希望して、許さぬ父としじゅう争っていたという逸話が伝えられているからだ。

横浜には江戸の末期から多数の外国人が居住し、短期の旅行者も時代が下るにつれて増加していた。彼らのための西洋館やホテルも多く作られて、異国に憧れる当時の若者たちを刺激した。しかし開国当初はお雇い外国人と、見よう見真似でそれに倣《なら》う棟梁たちによって作られていた西洋建築も、国の教育機関が機能し始めたからには、そこから生まれる専門の建築家の手に移っていくだろうことが予測されていた。

時代がふたたび動いていく。幕府の瓦解《がかい》、封建秩序の消滅から一気に庶民の元に解放されていた活力が、近代的教育の下に秩序化され囲いこまれていく。武士の代わりに知識人、専門家の支配が始まるのだ。教育を受けられない庶民はただ肉体労働の提供者として、その下に使われるよりない。若い幹助は父よりも遥かに敏感に、そうした変化の空気を感じ取っていたに違いない。

「たぶんその種のあせりや、挫折感や、それでも自分だって機会さえあればという自負心が、若い幹助の心には渦巻いていたことでしょう。それを考えれば彼が家業である大工の仕事を捨てて、まったく未知の事業に向かっていったのも、それほど不思議だとはいえないと思いますわ」

「つまり彼は与えられた機会に、全身で飛びこんでいったというわけですね」

「ええ。江戸時代には人が代々の家業を捨てて、まったく別の仕事につくということ自体が許されてはいませんでした。チャンスは偶然に与えられたにしろ、それはやはり明治という新しい時代だから可能な選択だったのですわ」

その機会とは彼がある日横浜の路上で、宿が取れぬまま難儀《なんぎ》していた三人のイタリア人を手助けしたことだった。貴族的な容貌をした銀髪の老人と、人形のように美しい孫娘と、ふたりを守る従兄だという青年。少女は後に幹助の妻となるカテリーナ・ディ・コティニョーラ、青年はオグラ・ホテルと碧水閣を造るアントニオ・フェレッティだった。

カテリーナの祖父である老コティニョーラは、長い船旅に健康を害していた。しかも季節は七月の末、日本は蒸暑い夏が始まったばかりだ。幹助はイタリア人たちに涼しい山地に避暑に行くように勧め、宮大工の繋がりから知人の多い日光を紹介した。それだけでなく不案内な三人を、はるばる送っていくことまでしたという。

「幹助って、すごく親切な人だったんですね」

蒼がいうと星弥も微笑んで、

「そうね。でもひとつには彼が、フェレッティの持っている建築の知識や技術に引きつけられたということもあったのでしょうね」

「あ、そうか。フェレッティは建築家だったんだ。じゃその人、お雇い外国人ってやつですか？」

「そうではないらしいわ。明治政府はもうその頃は、外人技師を雇うのではなく日本人に技術を習わせることに主眼を置くようになっていて、例えば工部大学校でもコンドルに代わって、彼に教えられた辰野金吾が教授になっていた頃だし」

星弥はだんだん京介ではなく、蒼に向かって話すようになっている。

「フェレッティはトリノの建築学校を出たということだったけれど、当時のイタリアは統一王国が形成されてまだ間もなかったから、社会も不安定で若い彼には仕事もなかったのでしょう。日本はだめでも上海かそのあたりに、仕事を求めてきたのかもしれないわ。当時の東アジアは西欧人にとっては、冒険と成功を夢見られるフロンティアだったのよ」

「じゃ、カテリーナとそのお祖父さんは？　前からフェレッティと知り合いだったんでしょうか」

「それはわからないの。貴族らしいとはいっても、コティニョーラという姓自体が偽名ではなかったかと私は思っているわ。でもお金は持っていたらしい。オグラ・ホテルの開業資金の、かなりの部分は彼らの資産だった可能性が高いんです」

老コティニョーラの健康を守るための避暑が、ホテル開業へと繋がっていった具体的な経緯については推測するよりない。だが当時の日光は、同様に日本の夏の不快さを避けて避暑に来る外国人が増える一方、古くからの神域であるとして彼らの存在自体を汚れと見る意識も非常に強かったらしい。後に金谷《かなや》ホテルを開業する金谷善一郎《ぜんいちろう》は、当初親切心から外国人旅行者に自宅の部屋を貸したりしていたが、そのために勤めていた東照宮を破門されたり、門前に人糞を撒かれるような嫌がらせをたびたび受けたという。

そうしたタブー意識も時代が下る内に次第に薄れ、今度は商売のうまみを求めて外人向けホテルの経営をめざす者が増えてくるのだが、パンやバターといったものひとつ取っても横浜から運ぶか自家生産するしかないのだ。なまなかな資金準備では利潤を上げるところまではいかない。

当初のオグラ・ホテルはそうして建てかけたまま資金が足らなくなった未完の建物を買収し、完成させることで始まったらしい。開業は明治二十六年（一八九三年）七月。そして同時に巨椋幹助はカテリーナ・ディ・コティニョーラを妻に迎えた。幹助二十九歳、カテリーナ十七歳。老コティニョーラはすでに亡くなっていたが、アントニオ・フェレッティは建築家としてホテルのために働いていた。年齢は三十を一、二越えたくらいだったかと推定される。

机の上は図面でいっぱいだったので、蒼は自分の膝の片方に開いた『オグラ・ホテル百年史』、もう片方にレポート用紙を広げていた。『百年史』にも年譜はあるのだが、碧水閣についてはなにも書いてないので結局書き直すしかない。

「一八九三（明治二十六年）オグラ・ホテル開業、幹助とカテリーナ結婚。一八九四（明治二十七年）中禅寺湖畔にオグラ・コテージ・イン開業」

書きながら蒼が読み上げる。星弥がその後を続ける。

「一八九六（明治二十九年）碧水閣建造、といっていいかしらね。この図面の年号を信ずるなら」

「その次が一八九九（明治三十二年）オグラ・ホテル新館開業、ですね」

資料室で見た写真を思い出しながら蒼がいう。新しい建物の前で肩を組んで、嬉しそうに笑っていた幹助とフェレッティ。建築を学びたいという夢を奪われた幹助も、新しい事業の成功である程度は心満たされることができたのに違いない。

「その翌年が真理亜誕生よ」

「はい。一九〇〇（明治三十三年）、と」

書いてからふっと思った。結婚してから七年。随分長いこと子供ができなかったんだな。

「アントニオ・フェレッティが帰国したのは、いつのことになるのですか」

それまでずっと黙っていた京介が、口を開いて尋ねた。

「一九〇二年か三年頃、といわれています。ただそれもあまりはっきりとはわからないようなんです。つまり彼は突然に、いなくなってしまったんですわ」

「蒸発しちゃったんだ」

「そう。十年近くも共に仕事をした人たちにも、カテリーナにもなにもいわず文字通り姿を消してしまった。幹助だけが彼を横浜に見送ったのだといいます。けれどなぜそんな急に、と問い質す人に幹助はなにも答えなかった。だからほんとうのところは、誰にもわからないのです」

「そんな行動を取ったほんとうの理由は、ですね」

「それだけでなく他のこともですわ。桜井さん、なにもわからないのです」

　星弥がそういったとき蒼は、全身の神経が皮膚の下でざわっと音立てるのを聞いた気がした。イタリア人アントニオ・フェレッティは帰国した、というよりは消えてしまった。外国人である彼が姿を消したから、帰国したのだとあまり無理なく考えられたのだろう。だが、もし、そうでなかったとしたら?——

　前にそんな話を聞いたことがある。外国から迎えた奥さんが、子供を残して家出してしまった。当然国に帰ったのだろうと誰もが思い、夫もそういっていたのだが、事実は違った。彼女は夫に殺されて、自分のために建てられた洋館の地下に埋められていたのだ。

姿を消したのは妻のカテリーナではない。しかし帰国したと主張しているのは幹助だけだ。彼が嘘をついているのだとしたら。実はフェレッティは殺されて、碧水閣のどこかに埋められているのだとしたら。——でも、動機は？

（あるじゃないか、動機だって！）

男がふたり、女がひとり。しかも男と女は同じイタリア人だ。わけあって国を捨てねばならなかった少女が、遠い異国の地で身を守るために現地の男と結婚せざるを得なくなっても、彼女はほんとうに彼を愛していたかどうか——

「悪趣味な、想像ですね」

京介の声がした。淡々と、なんの感情も表われないあの平静な声音だった。

「男女三人いれば三角関係、色恋がもつれれば刃傷沙汰《にんじょうざた》、確かめられないことは保身のための嘘。事実は結局そんなものだとしても、なにもそこまで先走って妄想を逞しくすることはないと思いますが」

リノリウムの床の上で、椅子の足が乾いた音をたてた。星弥は立ち上がっていた。

顔が白い。血の気をなくした唇が小刻みに震えている。見開かれた双の目の中には、闇を撃つ稲妻めいたものがはためいている。蒼は思わず息を呑んだ。さっき見せた怒りの色などとは較べものにならない、彼女の日頃は押し隠している激しさがそのまま表に吹き出してきたかのような、表情だった。

しかし彼女は今度も、叫ぶことはしなかった。ただ声帯を押し潰したような、しわがれかすれた声で語り出す。初めはゆっくりと、次第に早く叩きつけるように。

「――失礼な方ね、桜井さん。あなたはさっきからそうして澄ました顔をして、碧水閣の意味を読み解くなんていってらっしゃるけれど、いい？　そんなものは少しも必要ないの。答えはとっくにわかっているのよ、祖母にも。

幹助が碧水閣の改造に着手したのは、フェレッティが姿を消した直後からだわ。祖母は母親の手から引き離されて日光で暮し、カテリーナは碧水閣に閉じこもっていた。私が思うのだけれど、むしろ幽閉されていたというのがほんとうでしょうね。ふたりして逃げ出そうとしていたところを見つけられて、フェレッティは殺されカテリーナは、というところ。まだ姦通罪というのが存在した時代の話よ。夫の蓄妾《ちくしょう》は当然でも、夫を裏切った妻は一方的に処罰されて当然だったのだから。

そして祖母が十六のときに、彼女は自殺するの。幹助と祖母が碧水閣を訪れているときに。でもそれも、ほんとうに自殺だったのかどうかはわからない。だって祖母はそのとき階段から落ちて、頭を打ってしばらく入院していたのですって。一時はそのせいで記憶が混乱して、小さな子供みたいになっていたほど。いったい祖母はなにを見たんでしょう。そうして彼女が日光に戻らなかった七年間、幹助はひとりで碧水閣に住んで、延々とあの廊下のレリーフやなにかを造り続けたの。

もうおわかりでしょう、桜井さん。あれは幹助の呪詛《じゅそ》なのだわ。彼が憧れ続けた西洋建築と、その象徴のような少女妻と、友人であったはずの建築家と。すべてに裏切られた彼は自分の憎しみをあんなかたちに変えて、カテリーナのために造られた碧水閣を支配し、汚し、ゆがめていったのだわ——」

# 3

蒼は初めて碧水閣を見たとき、思ったものだった。

飛べない鳥みたいだと。

鳳凰の軽やかな翼だったはずの瓦屋根は、重くのしかかり、垂れ下がって、優雅なパラッツォを地上に繋ぎ止めていた。円柱の柱頭にはアカンサスに代わって、重苦しい牡丹がからみ、廊下の壁は泥臭い彩色レリーフで縛《いまし》めのように埋められていた。専門家の手によってそれなりに美しく装飾されていた部屋の中さえ、なにか息苦しく圧迫されるように感じられたのは、幹助の呪詛の思いゆえだったのだろうか。

しかし星弥の怒りの顔を見上げる京介のそれには、なんの驚きも同意の色も浮かんではいない。血の気の乏しい、半透明のアラバスタを刻んだかのようにも見える秀麗な面は、見慣れているはずの蒼の目にもいっそ非人間的ですらあった。

「おっしゃることはわかります。ですが僕としては、そのような解釈も無論可能ではあろう、といまのところはお答えするよりありませんね」

彼はどことなく沈んだ口調で答える。

「ただそれではなぜ幹助があのような遺書を残して自殺したのか、その理由がわからない。あの文面には少なくとも、憎悪や呪詛は感じられなかった」

確かにあの遺書で彼は、フェレッティをあらためて朋友と呼んでいたし、妻の子に巨椋の家督が伝えられるようにと念を押していた。彼が妻と友人に裏切られ、それほどの憎しみを抱いていたのなら、生前はメンツを考えて口をつぐんでいたとしても遺書の中でこそ、財産はすべて妾の子に残すとでも書けばよさそうなものだ。そうでなくともわざわざふたりの名を上げて、巨椋の事業が栄えたのは彼らの助力のおかげだなどと書く必要はないと思える。

「それとも巨椋さん、幹助の悪意を証し立てるような事実がなにかあるのですか」

星弥はふたたび腰を下ろしていた。微かに汗の粒が浮いた額に片手を当て、軽く両目をつぶっている。少しの間そうしていたがやがて目を開け、手を下ろした。苦笑めいたものを口元に浮かべながら、京介を見返した。

「さっきのお返しをされてしまったようね、桜井さん。わざと私を怒らせて隠していることをしゃべらせたのでしょう。その若さでほんとうに、油断ならない人だこと」

少し疲れたとでもいうように首を振りながら、星弥は続けた。

「でもここまで話してしまって、無駄な隠し立てはもう止めましょうね。おっしゃる通り私が幹助の殺人を推定したのは、つまらない邪推や妄想ではありません。祖母がその現場を見ていたのです。いいえ、カテリーナが死んだときのことではなくそれ以前、ところも同じ碧水閣の三階で、幹助はフェレッティを殺しました。たった二歳のときでしたけれど、その瞬間の恐ろしい記憶はいまも夢に見るくらいだといいます。

彼女が階段を上がってふすまの隙から部屋の中を覗いたら、窓いっぱいに映える落日のぎらぎらした光を背景に三人の男女がいた。倒れたふたりの中に立ちはだかった幹助が、血まみれの刀を手にしたまま、祖母を振り返って恐ろしい顔で叫んだのだそうです。出ていけ、と。窓の外で沼が血を流したような色に染まっていた、幹助の顔も同じ赤に染まって、血を浴びたようだったと。

その鬼のような父の顔がどうしても忘れられないのに、それでも祖母は父親の罪を認めるのが嫌で、もしかしたら桜井さん、あなたがそれを覆してくれるのではないかという望みを抱いているんです。私が最初に不可能な希望だといったのは、そういう意味もあったからですわ」

星弥のことばを聞きながら、京介はじっとなにもない宙に目を据えていた。そのまま、つぶやくように尋ねた。

「それは夢では、ないのですね」

「違います。物証がありますから」

「それは――」

「碧水閣の三階の高楼に、いまも残っているはずです。血の痕がついた金屏風が」

蒼は思い出す。碧水閣を訪れたとき、三階が見たいといった深春に老女は顔色を変えた。

「それじゃもしかして、その後に死んだ人もみんなあの三階で？」

星弥はうなずく。

「ええ、そう。カテリーナもその部屋で死んだの。十六になった祖母が彼女と話していたときに幹助がいきなりやってきて、また出ていけとどなりつけて、それきり。普通の自殺だと信じられなくとも、それなら無理はないでしょう？　そして幹助もそのさらに八年後に同じ部屋で自殺した。罪の意識が高じて似たかたちの死を選んだのだろうと、私にはそうとしか思えない。

桜井さん。これでもあなたはなにか、私の推定をくつがえす推理を立てて下さることができますか。先のない祖母の心を慰めるためだけでも、私だって他の考えが持てればどんなにいいかと思わないではいられませんわ」

# 黒衣のひと

## 1

七月二十五日火曜日、朝。例年にも増して長く感じられた梅雨がようやく明けたと思えば、今度は午前中からうんざりするほど蒸暑い夏空の下を、蒼は汗を飛び散らせながら走っている。ＪＲ鶯谷《うぐいすだに》駅から南に向かって。約束は十時。いまは二分過ぎ。ここまで来ればせいぜい五分の遅刻で済むはずだ。待たせているのが京介や深春なら、なにもこんなに必死で走ったりはしない。

でもあの人は待っていてくれるだろうか。視線を巡らせて蒼の姿がないとわかったら、そのまま踵《きびす》を巡らして立ち去ってしまうのでは。そう思うといくら熱のこもった頭がガンガンいい出しても、なおさら足を急がせずにはいられないのだ。

しかし蒼の心配は杞憂《きゆう》だった。国立博物館のまだあまり人気のない切符売場に、彼女はひとすじの影のように立っていた。今日も身を包むのは黒一色、しかしいつものパンツ姿ではなくノースリーブのワンピースだ。陽射しをさえぎる鍔広《つばびろ》の帽子、丈長の薄いフレアスカートが脚のまわりにふわりと広がって、彼女の回りにだけは涼やかな影が落ちている。蒼の足音に気づいたらしく、白い腕を上げて帽子の鍔を傾けた。

「遅くなってごめんなさい！　あの、——星弥さん」

「私もいま来たところよ、蒼君」

そして巨椋星弥はにっこりと微笑んだ。

昨日、星弥が大学を訪れてきたとき、蒼は帰る彼女を校門のところまで送っていったのだった。別に誰にいわれたからでもない。立ち去っていく彼女の背中がとても淋しそうで、そのまま見ていることができなかったのだ。そこまでお送りしますというと星弥は、黙ってうなずいてくれた。

夏休みに入った大学キャンパスに人影は少ない。肩を並べて歩いたといっても中庭を横切ってスロープを下って、大した距離ではなかった。ずっと黙っていた星弥が、ふと口を開いた。

「あなたのいれてくれたコーヒー、とっても美味しかった」

「ほんとですか？　よかった！」

「ええ。なにかお礼をさせてもらえないかしら」

「お礼なんて、そんな」

思わぬことばに蒼はとまどった。

「あなたは、高校一年くらい？　でも学校はもう夏休みよね」

「歳は十六だけど、いま学校へは行ってないんです」

嘘をつくのは嫌なのでそういった。どうしてと聞かれたらなんと答えようかと思ったが、幸い星弥はそんなことは尋ねなかった。

「明日はなにか予定はあるのかしら」

「ええと、ぼくひとりで上野の国立博物館に行こうと思ってるんです。あの、建物を見に」

「ああ。帝冠様式の研究ってわけなのね」

「研究なんてものじゃないけど、ぼくも最近いろいろ本を読んだから、少し実物も見ておこうかなって。門前の小僧ってやつですよ」

上野の国立博物館本館は鉄骨石造の壁体に瓦屋根を載せた昭和初期の建築で、大抵の建築書には帝冠様式の代表として名を上げられている。これまでは博物館に行っても、建物の方まではあまりちゃんと見ていなかった。

「巨椋さんも建築にはお詳しいんですね」

「そんなことはないけれど、碧水閣みたいな建物を毎日見ているとやっぱり考えてしまうでしょう。どうしてこんなものができたんだろうって。小学校に上がるまでは私、碧水閣で祖母と暮していたの」

「でも月彦さんは？」

「兄は父が育てていたわ。母は、私たちを生んで一ヵ月後に自殺してしまったから」

そうだ。真理亜の娘で月彦と星弥の母である百合亜は、やはり碧水閣で自殺していたのだ。フェレッティの失踪と、カテリーナ、幹助の自殺の原因は彼ら三人の愛憎からと考えられても、百合亜の死の理由はわからない。

ふたりはもう校門のところまで来ていた。いつもなら待ち合わせをする学生たちで賑《にぎ》やかな門の周辺にも人影はなく、足元にたばこの吸いがらを散らして新聞を読んでいる、中年男の姿だけが見えた。

「明日私もご一緒させてもらえないかしら？」

足を止めていきなり星弥がいう。目の位置が蒼よりも五センチくらい高い。

「ずっとでなくていいの、ほんの一時間か二時間。駄目？」

蒼はぽかんと彼女の顔を見上げ、駄目？　と尋ねられて大慌てで顔を振った。

「駄目じゃないです。あの、大歓迎です。巨椋さんなら」

すると星弥は蒼を見て、にっこりと心から嬉しそうに笑ったのだ。牡丹の花がほころぶように。

「ありがとう、約束ね。それから私のこと、名前で呼んでくれる？　私も蒼君って呼ばせてもらうから」

その顔を見て蒼は思った。この人はいままでいつだって、微笑んでみせるときだって、きらめくほど硬いクリスタル・グラスのように見えていたのに、こんなふうにやさしくやわらかく笑うこともできるんだ――

ふたりは門を通って博物館の前庭に入った。楕円形の池と植込みを囲んで、三棟の建物が建っている。正面が上に瓦屋根を載せた横長な本館、左が青銅色のドームを載せた表慶館、右は一番新しい東洋館。

「解説して下さいな、建築研究者のお弟子さん」

蒼はあわてて肩にかけてきたデイパックから、本を引っ張り出す。こんなこともあろうかと、昨夜の内に予習しておいてよかった。

「ええと。正面に建っているのがいわゆる帝冠様式の代表といわれる、造られた当時の名称に従えば、『東京帝室博物館復興本館』です。明治時代にコンドルが造ったインド風の建物が関東大震災で壊れてしまって、それを取り壊した跡地に建てられました。設計はコンペで選ばれたもので、『建築様式ハ内容ト調和ヲ保ツ必要アルヲ以テ日本趣味ヲ基調トスル東洋式トスルコト』という応募規定にそって、他の応募案もほとんど瓦の傾斜屋根をかけたものだったといいます。コンペが実施されたのは昭和五年で、竣工は昭和十二年でした」

星弥は軽く足を開き、腰に手を置いて前を眺めながら蒼の説明を聞いていた。背筋がまっすぐに伸びて肩が張っている。そんなきりっとしたポーズが、やわらかな布地のワンピースに鍔の広い帽子という今日のフェミニンな服装とは少し不調和だ。

「昭和初年の一時期、こんなふうに鉄筋コンクリートの建築に日本風の瓦屋根をかけることが流行しました。この頃に行われたコンペではよく『日本趣味』とか『国粋の気品』とかいったことばが規定の中に現われて、設計者はなぜか常に瓦屋根を載せることでその要求に応えようとしたらしいんです」

「それがいわゆる帝冠様式なわけね」

「そうです。でも帝冠様式っていうのは、まだ学術用語として認知された概念ではないんですけど」

「帝冠様式が日本ファシズムによって推進された、というのは事実なのかしら」

「ええ、それがすごく問題なんですよ。人によっては『根拠なき定説』だっていいきるくらいですし。同じファシズムっていってもナチス・ドイツでは、第三帝国の威厳を表わす新古典主義の建築を盛んに造ってバウハウスのモダンを弾圧したし、イタリアではムッソリーニが古代ローマの威容を回復するために中世の町並みを破壊して古代遺跡を直線道路で結ぶなんてことがあったんですね。

でも日本のファシズムに文化政策はなかった、なんか情けないみたいだけど戦争で手一杯でそこまでの余裕はとてもなかったというのがほんとうだって気もするんですけど」

本の受け売りにしてはえらそうだな、と蒼は内心忸怩《じくじ》たるものがある。だいたい調べ物というのはどうかするとイモヅル式に広がっていくものだが、この件に関してはそろそろお手上げに近い。

元はといえばイタリアのパラッツォに瓦屋根を載せた、碧水閣の背景を把握するだけのつもりだった。最初から折衷を意図したのと違って、碧水閣の場合は後からああいう形に改造されたのが明らかなのだから、成り立ちからしてどれとも違うといえば違う。だがそういうものを造ろうと巨椋幹助が考えた時点で、やはり彼の頭の中には洋と和の折衷というイメージがあったには違いない。

しかしそもそも明治の初めから、和洋折衷という現象は日本の近代建築史に纏わりついているのだった。伝統建築しか知らない大工の棟梁が見よう見真似で造った建物は、望んだわけでもないのに洋とも和ともつかない不思議なしろものになる。東洋の文化に感動したお雇い外国人が、折衷の設計図を引いて日本人からおそらく当人としては不本意なことに総スカンを喰らう。かと思えばパリやシカゴの万博では伝統の様式を全面採用したパビリオンが建設され、外人観光客の多いホテルでは和風を押し出した客室が建てられる。ある場合は排斥した折衷を、ある場合は進んで実行する不思議だ。

そして『国粋の気品』の名の下に求められ、流行した帝冠様式。それより十年以上前に帝国ホテルや国会議事堂に瓦屋根を載せようとした下田菊太郎の試みも、そうした近代建築史の和と洋の相克の中で理解されるべきなのだろう。

さらに忘れてはならないのは、ユーラシア大陸を三年にわたって驢馬《ろば》で放浪した冒険建築家とでも呼びたい伊東忠太《いとうちゅうた》によって唱えられた建築進化主義だ。彼はギリシャが木造建築の構造をもって素材をより耐久性のある石造に代えていったように、日本でも木造建築の構造を生かした独自の耐火建築様式を創造することができると主張した。

伊東は下田の国会議事堂案を大礼服に王朝の冠だと激烈に非難したが、彼自身その進化主義の実践として和風を入れたコンクリート建築を設計している。素人目には両者の差異は、それほどはっきりしたものではない。昭和初期の帝冠様式流行時代に造られた建物の中でもこの国立博物館は、壁体部分にも和風が取り込まれているから進化主義に分類すべきだという意見も現在は出されているほどだ。

だが戦後における帝冠様式の評価となると、今度は戦時下の建築家の戦争責任の問題まで絡んできてしまうらしい。そこまで来られてはちょっとお手上げだな、と蒼は思う。現に生きている人と関わってくるようななまなましい話は、あんまり好みではない。

「おもしろいわね」

蒼の解説を聞きながら、首をゆっくりと左右に巡らして星弥がいった。

「こっちの表慶館は明治に建てられたのでしょう？」

「明治四十一年。様式はネオバロックで、設計者は片山東熊《かたやまとうくま》、だそうです」

「あら、聞いたことのある名前ね。そうだわ。赤坂離宮を造った人じゃない？」

「ええ。辰野金吾とも同期で、ジョサイア・コンドルの教え子第一期生です」

「こっちの東洋館は戦後なのね？」

「一九六八年だから、昭和四十三年ですね」

「明治、戦前、戦後。日本の近代における建築デザインの変遷が、そのまま見本になって残っているようだわ。コンドルのインド風が消えてしまったのは、とても残念だけれど。でもなんでコンドルは、日本の博物館にインド風の建物なんか建てたのかしら」

「ぼくが本で読んだところだと、インドは西洋と東洋の真ん中にある国だから、極東の日本に西洋建築を建てる場合、その間を結ぶインドの様式を採用するのが適当だって考えたんですって」

「あらあら——」

星弥は若い娘のような笑い声を上げた。

「それってなんだかジョークみたいな話ねえ。だけどコンドルって、日本の近代建築の開祖のような人なのでしょう？」

「ええ。でも彼もインド風をやったのは、ほんとに最初の頃だけだったらしいですけど。ここの博物館と、鹿鳴館の一部と」

「鹿鳴館て、あの猿真似舞踏会の鹿鳴館がインド風だったの？　でもあれは日本の西欧化を外国に誇示するためだったのだから、純然たる洋館でなくてはいけなかったのじゃない？」

「ポーチの柱と柱頭がインドっぽかったらしいです。きっと明治政府の方じゃ、まだインド風もイギリス風も区別がつかなかったんでしょうね」

もしもそのへんまで承知の上でやったことなら、コンドルも相当人が悪いが、事実はどうだったのだろう。

「まさかジョークのはずはないわね。でもほんとうにおもしろいわ。コンドルの教えを受けた辰野金吾や片山東熊は、西欧の歴史様式を完璧に修得することに必死だったのに、イギリス人であるコンドルは明治の初めから、やっぱり西洋の模倣でない日本独自なスタイルの可能性を考えずにはいられなかったのね」

またひとしきり明るい笑い声を響かせた星弥は、こちらに顔を振り向けて尋ねる。

「それでどう、蒼君は。あの本館の建物を見て、日本的と感じる？」

「うーん――」

蒼はうなった。さっきから自分でも、それを考えていたのだ。大きな横長の建物の正面には、やはり瓦屋根を載せた車寄せが突き出している。切妻屋根の正面に三角の破風をつけたその部分だけを見れば、寺のお堂のようにも見えなくはない。

だが全体を目の中に収めると、いわゆる日本の建築と較べてあまりにも横に長すぎる感じがしてしまう。細部を見れば屋根の裏側には木組みを模して垂木《たるき》の端が並んでいるとか、その下には手すりが巡らされていて、お寺の窓のようなレリーフがされているとか、さらに忍冬唐草文《にんとうからくさもん》の装飾帯が回っているとか、いろいろと日本風をめざしているのはわかるのだが、視覚的な印象というのはあまりそうした細部では左右されないものらしい。

「どっちかっていうと日本的っていうよりも大陸、中国っぽく感じます。スケールが違うせいかもしれないけど。日本的っていうならむしろこっちだな」

蒼は右手の東洋館を指差した。こちらは本館とは対照的に、屋根の傾斜はほとんど見えない。そのかわり砕石をまぜて粗く仕上げた大柱が、外壁に沿って立ち並んでいる。その柱も円柱や角柱ではない、丸太を面取りしたような独特のかたちだ。それがどことなく日本の、それも古代風のふんいきを醸し出すのだ。

「そうね。日本的といっても、こちらは仏教渡来以前という感じだわ。細かいことをいえば全然違うのに、白木の柱を立てた古墳時代の宮殿みたいな気がする。不思議なものね」

「内部空間もわりといいですよ、これ。外に並んでるのと同じ柱が中にも通っていて、吹き抜けのところだとトップライトが一階まで落ちてくるんです。入ってみませんか?」

「ええ、少し涼みにいきましょうか。あんなに走ってきて暑かったでしょう?」

星弥にいわれて蒼は、暑さのことなどすっかり忘れていた自分に初めて気がついた。

## 2

夏休みといってもまだ十一時にもなっていない東洋館の中は、人影もまばらだった。パキスタンのガンダーラ仏や中国北魏の石仏が、スポット照明にひっそりと浮び上がっている。星弥はそんな展示品のひとつひとつを、とても楽しそうに見て回った。陶の犬の舌をべろりと垂らしている顔がおかしいといって、高校生みたいな声でころころと笑いころげた。石仏の面長な顔が法隆寺の百済《くだら》観音に似ていると、会津八一《あいづやいち》の短歌を節をつけて口ずさんだ。

「ほほえみて、うつつごころにありたたす、くだらぼとけにしくものぞなき。――知らない？」

蒼は首を振る。残念ながら優雅な三十一文字《みそひともじ》にはとんとご縁がない。

「星弥さん、短歌がお好きなんですか？」

「そうじゃなくて奈良が好きだったの。二十《はたち》の頃の二、三年、憑《つ》かれたみたいにひとりでお寺を訪ね歩いて。その頃よく会津八一を持ち歩いていたから、いまでも奈良や仏像のことを考えると条件反射みたいに浮かんでくるのね。おほてらの、まろきはしらのつきかげを、つちにふみつつものをこそおもへ。これは唐招提寺《とうしょうだいじ》。すいえんの、あまつをとめがころもでの、ひまにもすめるあきのそらかな。これは薬師寺東塔。あら、きりがないわね」

ほんとうに今日の星弥は楽しそうだ。これまで蒼が見てきたのとは別人のように、よく笑いよくしゃべる。これが彼女のほんとうの顔なのだろうか。

「でもね、私が一番好きな会津八一の歌はこれなの。法隆寺の秘仏夢殿観音を歌った歌よ」

星弥は一度ことばを切って、顔を上げた。

「あめつちに、われひとりいてたつごとき、このさびしさをきみはほほえむ」

「天地に、我ひとりいて立つ如き、この淋しさを君は微笑む――」

なんだか不思議な歌だ、と蒼は思う。仏像のことを歌った短歌だなんて、前もって聞かなければ思いもしなかったろう。

広大な天と地の間にただひとり立ちながら、絶対の孤独の中で静かに微笑んでいる人。いや、人ではないのかもしれない。仏というのはたぶん人間ではないのだから。それはとても美しいイメージではあったが、同時に心をしんと冷たくしてしまうほど非情にも感じられた。

「いいわね……」

星弥のつぶやく声が聞こえた。

「どんなにいいかしらね、そんなふうにたったひとりで、なんのしがらみもなしに、誰ともかかわらずに立っていられたら――」

思わず足を止めて振り返っている。星弥はどこか遠くへ目をさまよわせたまま、唇にぽんやりとした微笑を浮かべていた。さっきまでの楽しげな表情とも、それ以前に知っていた結晶体のように硬く張りつめた顔とも違う、まるでいまここにはいない人のようなうつろな笑みだ。

「昔はよく思ったの。サハラ砂漠みたいな、どこか見渡す限り誰もいないところに行きたい。そして満天の星と冷えた砂丘の間でいつまでもひとり、石の柱のようにこの世がおしまいになるまで立ち尽くしていたいって――」

「――星弥さん！」

蒼の声に視線が動く。目がようやくこちらを向く。それでも夢の中にいるような、ぼんやりと遠い表情は変わらない。

「どうしてそんなことというの？　ひとりきりなんて淋しいよ、淋しすぎるよ」

「――いいえ、そんなことはないわ」

彼女はゆっくりと首を振った。百済観音めいた淡い微笑を口元から消さないままに。

「だって人間は絶対に、ひとりきりになんてなれないのですもの。いつだって血縁という重い鎖に、繋がれているしかないのですもの」

東洋館から出ると、星弥の気分はまた変わった。さっきまでの明るい、むしろ明るすぎる表情が返ってきた。彼女は蒼を誘って本館の地下にあるミュージアム・ショップに行くと、かなり広い店内にある商品を片っぱしから品定めにかかった。

いつからこういう店ができたのか。少なくとも以前蒼が連れてきてもらったときにはまだなかったはずだ。美術書や収蔵品の絵葉書といった従来からあったものに加えて、アクセサリー類、スカーフ、ノートやしおり、キーホルダー、陶器の皿や箸置き、弁当箱まで、いずれも博物館にある絵画や彫刻、古代遺品をデザインにあしらったものだ。星弥はそのいちいちに歓声を上げたりけちをつけたりしながら、こまごましたものを紙袋にいっぱい買いまくった。思わず蒼が、

「そんなにたくさん買ってどうするんですか？」

と尋ねてしまったほどだ。

「いくつかはさやかにお土産よ。あの子このところ、ずっとふさいでいるから」

いわれて初めて蒼は、あの少女のことを思い出す。昨日から星弥の顔を見ていながら、埴原秋継の事件についてはまったく考えないでいた。もちろん蒼としては星弥が秋継の殺害に関わりがあったなどとは絶対に考えられず、無意識の内に思い出すことを拒否していたのかもしれない。

「さやか、この前神代先生の研究室をお訪ねしたのですってね。蒼君もいたの？」

「――いました」

「いろいろ聞いた？　私のこととか」

ごくさりげない口調だった。なんと答えたらいいのか、蒼はとっさにことばに迷う。しか

し星弥はそれを待たず、勘定を済ませた紙袋を片手に、

「外のベンチで休憩しましょうよ」

　さっさと館外に通ずる階段を昇り出す。本館の前には大きなユリノキが枝を広げていて、下に並べられたベンチの上に涼しい影を落としていた。冷房はなくともその影の中に腰を下ろすと、吹き抜ける風が肌に快い。

「さやかさんのお父さんは、星弥さんと結婚するつもりだったって聞きました」

　思いきっていった蒼に、星弥は少し微笑んで、

「プロポーズを受けたことはほんとうよ。でも返事はまだしていなかったし、承諾するつもりは少しもなかったわ」

「初めから？」

「ええ。ずっと」

　だったらなぜ即座に断らなかったのだろう。それはやはり結婚のことは別にして、彼と何年もつきあってきたからだろうか。星弥がそんな関係を持っていたこと自体蒼には嫌な気がしたが、さやかのことばは思い過しといってしまうにはあまりにも具体的だった。

「私はね、蒼君。さやかから聞いたかもしれないけれど、イタリアで結婚に失敗したの。もう二度と結婚はしないわ。いくら望まれても御免だわ」

「碧水閣を、守るためにでも？」

星弥の白い横顔に、すうっと暗い帷《とばり》が下りたようだった。口元から笑みが消え、目から光が失せた。

「そうね。祖母のために碧水閣を守るのは私の義務、そう思っていることはほんとうよ」

低く星弥はつぶやく。膝の上で握り合わせた手のあたりに、暗い視線をあてたまま。

「でもときどきは思うの。あんな建物なんか、燃えてしまえばいいって」

蒼は冷たい手で、心臓をぎゅっと握り締められた気がした。深春の遭遇した放火未遂犯、それが女性だった可能性もあると京介はいった。星弥自身だったかもしれないと。

だが無論蒼は信じなかった。星弥には動機がない。彼女は碧水閣を守ろうとしているのだ。放火なんかしなければならない、どんな理由もないはずだ。しかし——

「どうして、星弥さん。どうしてそんなこと思うんですか？」

彼女は答えない。蒼の方を見ようともしない。蒼は膝の上に置かれた彼女の手に触れた。とても冷たかった。

「そんなことといったら駄目だよ、星弥さん。そんなのあなたには、似合わないよ！」

「痛いわ、蒼君……」

いわれてはっと我に返る。蒼は星弥の右手を両手で握りしめていた。気がつけばその指が赤くなっている。蒼はあわてて手を放した。

「ご、ごめんなさいッ！」

飛び離れようとした蒼の腕を、今度は星弥の手が止めた。

「私こそごめんなさい。自分の息子みたいな若い人を驚かせてしまって」

「息子だなんて、星弥さん若いのに」

「そんなことないわ、もう三十七ですもの。二十一のときなら、ちゃんと間に合うわ」

星弥は安心させるように、蒼を見て微笑む。それはもう、さっきまでの彼女の顔だ。

「ほんとにおかしなことをいってしまったわね。でもわかってもらえないかしら。自分のほんの三代前の祖先に殺人者がいるなんて、なんともいえず嫌な気分なのよ。碧水閣を見ているとあのゆがんだ外観や重苦しいくらいの装飾が、幹助の異常な頭の中をそのままかたちにしたような気がして。

　それでも私は自分の中の血を消すわけにはいかないけれど、どうして桜井さんはあんなものにそう強い興味を持つのかしら。ひとりの男の狂った頭が生んだ建物に、建築史的な意味があるわけでもないでしょうに」

　そういえば京介は巨椋家の人々に、まだ下田菊太郎のことを話してはいなかったはずだ。別に隠しておかなければならないことでもない。蒼は彼の経歴からをざっと話すことにした。幹助による碧水閣の改造が始まったのが一九〇二年か三年頃なら、下田は東京か横浜で仕事をしていた時期になる。つまり彼との関連を考える、最低の条件は満たされているのだ。

星弥はあまりことばもはさまず、それでも興味深げに蒼の話を聞いていたが、話の切れ目になってぽつりとつぶやいた。

「下田菊太郎って名前、前に聞いた気がするわ」

「本で読んだのじゃなくてですか？」

「ええ、聞いたの。あれは確か、そう、社史を編纂するのでって何度も秋継さんが祖母の話を聞きにこられたとき——」

星弥は眉間に人さし指を当てて、記憶をまさぐるようにことばをとぎらせたが、

「幹助宛の古い書簡や書き損じの紙を入れた箱があって、それを秋継さんが開けて祖母に由来とかいろいろ聞いていたんだわ。そのときに確か、この下田菊太郎という人は誰ですかって。そうしたら」

「真理亜さんは知ってたんですか？」

「幹助の知り合いじゃないか。ホテルの方じゃなくて、子供の頃家に泊まっていったことがある気がする。そんなふうにいっていたみたい」

「凄いや！」

蒼は思わずベンチから立ち上がっている。下田菊太郎と巨椋幹助の接点があったのだ。碧水閣の改造に下田が関わっていたという京介の仮説が、一歩大きく前進したことになる。

「その手紙になにが書いてあったかわかります？」

「そこまでは無理よ。とても覚えていないわ」

「それいまどこにあるんだろう。碧水閣に置いてあるんですか？」

「さあ。その箱の中だとしたら、秋継さんが持っていかれたと思うのよ」

そういえば埴原秋継が、社史の編纂が終わってもそこで使えなかった資料を用いて著作をしようとしていたらしいという話は、深春の記者情報にも入っていた気がする。とすれば、その書簡はいまも彼の書斎あたりに、保管されている可能性が高い。

「あ、でもいまさやかさんはどうしてるのかな。ひとりで家に住んでいるんですか？」

「いいえ、さやかは巨椋家で暮しているわ。本人はあまり嬉しくないようだけど、あの歳の女の子をひとり暮しさせるわけにもいかないでしょう」

そうすると、なんとかさやかをつかまえて家の方を探してもらうしかないかな。肝心の書簡を確認してからじゃないと、いくら星弥さんが下田の名前を記憶していたといっても証拠にはならないから、と蒼は考える。

「夢中ね、蒼君」

いわれて我に返った。

「あ、ごめんなさい。ぼく勝手に考えこんじゃって」

「いいのよ。そんなふうになにもかも忘れるくらい夢中になれるっていいなって、うらやましくなっただけだから」

星弥はまたあのぼんやりとした、影の薄いような微笑を浮かべている。目はこちらを向いているのに、蒼ではなくどこかもっと遠いところを、いまここではないどこかの誰かを見ているようだ。

そんなの嫌だ、と蒼は思った。そんな彼岸の人みたいな目をされるくらいだったら、いっそ昨日彼女が京介に向けたみたいな、怒りの白い炎に満ちたまなざしで睨み付けられる方がまだいい。

「星弥さん。古いアルバムのこと、知っていますか」

「アルバム?……」

「ぼくらがオグラ・ホテルに泊まった日、ホテルの資料室で、正確にいえばそのとなりの肖像画の飾ってあったところで、ぼく埴原秋継さんと会ったんです。そのときは名前も知らなかったけど。

あの人はぼくに、古いレジスターブックの棚にアルバムがあるから見てごらんっていいました。ぼくも京介もちゃんと中を見る時間がなかったのだけれど、そのとき、いけないことだけど京介がそのアルバムをこっそり持ち出していました。それが帰りに、なくなったんです。正確にいえば碧水閣に車を止めている間に、京介の荷物の中から」

星弥は蒼の話を聞きながら、目を閉じていた。

「それで?——」

「京介は、そこにアルバムがあるのを埴原さんから聞いて知っていた人が抜き取ったのだろうっていってます。つまり」

「私がってことね」

星弥はそっと両手の指先で、帽子の花びらのような鍔をもてあそぶ。

「蒼君、あなたもそう思うの？　私が取ったのだろうって？」

蒼は目をそらしたまま首を振った。星弥にきっぱりと否定して欲しかった。しかし聞こえてきたのは、期待を裏切ることばだった。

「少しいいわけさせて。あれは祖母の物だったの。私たちの母が死んで残された祖母が、娘のお墓に石を積むような気持ちで、古い写真を貼り集めたものなのよ。でも奪われてしまった。彼女にはそれを取り返す権利があったわ」

「奪われたって、誰に？」

「たぶん彼女の夫だった正二に。といっても私はまだ生まれて一年にもならない赤ん坊だった頃のことだけれど」

星弥はゆっくりと足を組み替えながら、ことばを続けた。

「私が兄とは離れて碧水閣で、祖母の手で育てられたことは話したでしょう？　正二と、私たちの父親、つまり巨椋雅彦は、何度も私を祖母の手から取り戻そうとして失敗して、腹いせみたいに祖母が大切にしていたアルバムを盗んでいったのね。

それ以来お葬式まで、祖母は夫と顔を合せることもなかったはずだわ。そして私が大人になった頃には、もう誰もアルバムの在りかなんか知らなかった。父にしてもそんなものがあったこと自体、忘れていたようだったわ」

「でも、秋継さんは知っていたんだ」

「古いレジスターブックの中に紛れこんでいたのを、引っ越しのときに偶然見つけ出したといっていたけれど——」

「あの、ぼくたちが泊まった夜に？」

星弥は答えない。しかし蒼の胸には、なんともいえぬ苦いものが湧き出してきている。

埴原秋継は星弥に求婚していた。彼が真理亜の探しているアルバムの所在を彼女に教えたのも、その歓心を買うための一種贈り物的なニュアンスであったに違いない。だが彼は自分の手でそれを持ち出して渡すのではなく、たまたま来合わせた蒼たちを橋渡しに、しかも敢えて星弥自身に盗ませるという道を選んだ。拒絶もしないかわりに好意的な返事を返しもしない彼女に対する屈折した悪意からか、共犯めいた秘密を分け持つことでより深い関係を結ぶ狙いがあったのか。

埴原秋継の血色の悪い、妙に気だるげな顔が目によみがえる。彼は蒼の前で巨椋真理亜を蛇姫にたとえてみせたが、思い返せば彼の熱のないどろりとした目こそ爬虫類のようだった。決して釣り合う相手ではないからこそ、執着も深かったのだろうか。

（気持ちが悪い……！）

蒼はほんとうに、全身に冷たい汗が浮いてくる気がした。不気味なのはどんな妖怪変化魑《ち》魅魍魎《みもうりょう》よりも、人間の心だ。それも一見普通の常識人に見える者が、その奥に隠しているどろどろした思いだ。好きになった者を守りたいと願うのではなく、むしろ汚したい、自分のところまでおとしめたいという欲望。しかし人間が愛と呼ぶ感情の中には、そんな卑しい病的な情動も確かにふくまれているのだ。

「ごめんなさいね、蒼君。あなたとはこんな話、したくなかったのに」

いつの間にか星弥は立ち上がっていた。

「今日はつきあってくれてありがとう。とても楽しかったわ。きっといつまでも忘れない」

「星弥さん、ぼく……」

「これは私の気持ち。受け取って」

彼女はハンドバッグから出した紫の袱紗で包んだものを、蒼の膝に載せる。少し重い。

「それじゃさようなら、お元気でね」

待って、というほどの時間もなかった。くるりと踵を返した星弥の足取りは、ひらめくフレアスカートには不似合いなほど大股ですばやい。蒼がようやく門のところまで来たときは、彼女を乗せたタクシーが走り出すところだった。黒い花めいた帽子の下の、白いカメオのような横顔の映像だけが蒼の目に残された。

見回してみてもタクシーなどすぐに来はしない。また追いかけてみたところで、いうべきことばがあるわけでもない。彼女は結局なんのために、今日蒼とふたりの時間を過ごすことを求めたのだろうか。

(この包みを、渡すため？――)

重いだけでなくなにか金属のような、硬い感触がある。中を見ようとして、蒼は手を止めた。視線を感じたのだ。門柱の脇からいま博物館前の信号に向かって、歩いていく男がいる。しかし彼は確かに、たったいまこちらを見ていたはずだ。

その後ろ姿に記憶があった。どこといって特徴のある背中でもないが、服装を変えても蒼の視覚的記憶力をごまかすことはできない。そして門柱の下には何本も、安たばこの吸いがらが落ちている。

(昨日のやつだ、大学の門のところにいた！)

星弥を見張っていたのだ、あの男は。

## 3

星弥を尾行していたのはおそらく警察だろう。埴原秋継が死に、巨椋月彦が失脚寸前に追いこまれたことで、利益をこうむったのは誰かと問われればそれは星弥だということになる。祖母真理亜の意志を背負って、彼女が社長月彦とも専務埴原久仁彦とも対立していたことは、すでに警察も摑んでいるはずだ。秋継から望まない結婚を迫られていたことも、あるいは承知しているのかもしれない。

だが物証がない。警察としても月彦のときと同じ失敗を繰り返すわけにはいかない。それで決定的ななにかを発見するまで、彼女の後を東京までもつけまわしているのだ。いまや桜井京介や蒼の名前も、群馬県警の関係者リストには載せられているのだろうか。

いつもなら早稲田の京介の部屋か江古田の深春のアパートにころがりこむところだ。しかし京介には星弥と会うことをないしょにしてしまったし、深春に根掘り葉掘り聞かれたあげく探偵小説紛《まが》いの推理をしゃべりまくられるのも気が進まない。

といって誰もいない自分のマンションに、帰る気もしなかった。いまにも警察にドアを叩かれそうで、外廊下を歩く足音が耳について眠ることもできなくなってしまうに決まっている。

幸い神代教授は西片町の家にいた。とはいっても玄関から声をかけても、

「おう、上がれや」

という返事が来るだけで出てもこない。失礼します、と廊下を進むと教授は白絣《しろがすり》の浴衣姿で冷房のない座敷に寝ころがり、朝顔模様のうちわを片手に原書に読み耽っていた。

「冷蔵庫にスイカがあるぜ。喰いたきゃ勝手にやってくれ」

教授がこういうときは自分が食べたいのだ。蒼は半割りのスイカを二切れ切って、ついでに冷えていた麦茶をグラスについで運んでいく。案の定教授は嬉しそうにスイカにかぶりついた。

「おとなしいな」

「はい」

「なんかしゃべりたいか？」

「いまは、いいです」

「わかった。ゆっくりしてけ」

こちらが静かだとなるとなにも余計な詮索《せんさく》をしないのが教授のいいところだった。その晩は結局世間話のようなことだけ話しながら、蒼と教授はふたりだけでそうめんに天ぷらの夕飯を取り、座敷に蒲団を並べて寝た。

電話が鳴ったのは翌朝の七時前だった。教授は目覚める気配もない。半分寝惚《ねぼ》けたまま受話器を取った蒼の耳に、聞こえてきたのは泣きじゃくる埴原さやかの声だった。

「姉様が……姉様が……」

そう繰り返しているのだが、肝心のところがよく聞こえない。

「星弥さんが？　星弥さんがどうかしたの？」

「自首したんですって——警察に——姉様がパパを殺したって——」

「そんな、そんな馬鹿なことってないよ！」

蒼は思わず大声で怒鳴っている。どうして彼女がそんなことを。誰かをかばっているのだろうか。

「馬鹿だなんて、あたしだって、なにがなんだかわからないのよお！」

(今日はつきあってくれてありがとう。とても楽しかったわ)

(きっといつまでも忘れない)

(それじゃさようなら、お元気でね)

彼女の表情が、別れる前のことばがよみがえってくる。膝から力が抜けた。まだなにか叫んでいる電話を握り締めたまま、蒼は廊下に座りこんでいた。

(星弥さん……)

いつ教授が蒼の手から、受話器を取り上げたのかもよくわからない。膝をがくがくさせながら蒲団のところに戻り、昨日脱いだジーンズに手を伸ばす。ポケットに入れたままだった袱紗。彼女がなにか意味ありげに渡していったもの。これをひそかに手渡すために、星弥は蒼と博物館に行ったのかもしれないのだ。きっとなにか、彼女の真意を示してくれるようなものが入っている。

期待に反してそれは手紙ではなかった。折り畳んだ角封筒の中に入っていたのは大小四、五本の古びた鍵だけだった。

# 秘められた扉

## 1

その三日後。蒼、京介、深春の三人は関越道を北上してふたたび碧沼に向かっている。どうしても都合のつかなかった神代教授は涙を呑んだ。車もいつものランクルが借りられず、レンタカーを使った。それでも行かなければということになったのは、巨椋星弥から蒼に手渡された鍵束が碧水閣のものに間違いないと思われたからだった。

京介が念の為碧水閣へ電話をかけると、聞き覚えのある老女の声が出た。真理亜は完全看護の病院にまかせて、そちらに戻っているのだという。

「桜井さんがおいでになったらば、鍵をお渡しした部屋はすべてお見せするようにといっていかれました」

辛うじて平静を繕ってはいるものの、声の端が震えている。

「埴原さん。星弥さんのことですが、どうお考えになられますか」

京介が尋ねるとすぐ涙声になって、

「私にはなんのことだかわかりません。星弥様が秋継を殺すなんてそんな恐ろしいこと、あるわけがございません。なにかの間違いに決まっております。真理亜様はおふたりのご結婚を、それはお心待ちにしておられましたのに……」

スピーカーにした電話の音声を聞いていた蒼は、思わずえっと声を出しそうになる。星弥と結婚するというのは、秋継の一方的な希望だけではなかったのか。

「すると星弥さんも、そうした真理亜さんのご意向は納得しておられたのですね？」

「え？　――ええ、それは……」

聞こえてくる声が、急に慎重になった。

「おふたりが結婚して埴原秋継氏が社長に就任する。それが真理亜さんの希望だったと、考えてよろしいのでしょうか」

「さあ、そこまでのことは私には。けれど星弥様はお祖母様には、ほとんど逆らったことのないお方でございますし――」

「どう考えても巨椋星弥には、おもしろくない状況だよな」

空いた午前の高速を飛ばしながら、ハンドルを握った深春がつぶやく。三人なのでいつものように、助手席は蒼、後ろに京介だ。

「彼女は秋継にプロポーズされてただけじゃなく、真理亜婆さんからもそうしろといわれていた。婆さんはとっくに月彦を見限って、秋継を社長に、といっても実質的には星弥を自分の跡継ぎにするつもりだったんだな。婆さんの力を煙たがっていた埴原専務にしてみれば嬉しい展開じゃあるまいが、替えるタマがあるじゃなし、結局は息子を支持することになるだろう。となれば月彦にはほとんど勝ち目はない。

しかし星弥にその気はなかった。秋継は嫌いだが単独で社長になるならよかったのか、そもそも巨椋の権力争いにからむ気がなかったのか、そこまではわからない。だが彼女は早急に回答を迫られていた。それもイエスかノーかじゃなく、ただイエスの返事を。なぜかといえばそれ以前に婆さんが亡くなったりすると、大量の持ち株を含む遺産の半ばが否応なく月彦の手にも入って、彼をいちじるしく優利にしてしまうからだ。いくら実力に乏しいとはいっても、彼が現在のところ社長であるには変わりないわけだからな。

死期の迫った祖母の希望を断れない。だが秋継と結婚はしたくない。ぎりぎりのジレンマに立たされた星弥は秋継を碧沼に呼び出して、プロポーズを取り下げてくれるように頼むが言い争いになり、彼を殺してしまった——」

「短絡だよ、そんなの！」

探偵紛いの深春の長広舌を、蒼が大声でさえぎった。

「そんな理由で人を殺すとしたら、世の中人殺しだらけじゃない。殺すくらいならどんなに辛くたって、嫌な結婚断った方が増しだよ。それくらいあの人がわからないはずないって！」

「いや。だからそれは殺人というより事故なわけさ。死体に灯油かけて焼いたのも、憎いからじゃなくてなにか残しちゃった自分の痕跡を消すためなんだ。もみあった拍子に口紅がついたとか、そういうのだな。いま自分が殺人犯として逮捕されるようなことがあったら、なおさら祖母を悲しませてしまう、それゆえであったとすれば彼女の性格とも矛盾しないと思うんだがな」

「じゃ、なんでいまになって自首したの？」

「それはやはりだな、罪の意識から逃れ難く……」

「それに深春、また遺書の件忘れてるよ。計画犯罪じゃなかったら、どうしてあんなのが出てくるのさ」

「あ痛——」

なにがあ痛だ、と蒼は思う。深春は事件が発覚した最初にも星弥が黒いと同じようなことをいって、同じように蒼に却下されたのだ。探偵ごっこなんかするには、彼の脳のメモリーは少なすぎる。

「だとすると、やっぱり電話で秋継を呼び出して、前もって用意してあった遺書は一旦キーを奪って車まで入れにいって、インクリボンは後でさりげなく捨てに行けばいいわけで、物理的には不可能ではない、よな」

「物理的にはね」

蒼は冷たくいい捨てる。

「つまり使われていたワープロの機種さえわかる人間なら、誰にでもできたってことさ」

「へいへい。私が浅はかでございました、と」

「それにさ、星弥さんが回答を迫られてたっていうけど、真理亜さんがそんなに月彦に遺産をやりたくないとしたら、遺言状で書いておけばいいんじゃないの？　彼は気に入らないから一銭もやらないって」

「残念でした、そうはいかない」

今度は深春があっさりと首を振った。

「確かに被相続者は、法律的な規定にもとづいた遺言状によって自分の遺産の行方をある程度決定することができる。または生前贈与という手もある。ただし、ある程度だ。

その自由を無制限に認めると、支障を来すケースがいろいろ考えられる。旦那が愛人を作って、それまでいっしょに苦労してきた奥さんに遺産をまったくやらないといったり、子供が親のいうことを聞かないからって遺産やるやらないをおどしに使ったりするのは、やっ

「ぱりまずいだろ?」

「うん。まあ、そういうのはわかるけど」

「だから法律で遺留分というのが決められているわけだ。いちいち細かいことをいうと面倒だから今回のケースに限っていうと、なんの遺言も生前贈与もなかった場合、ふたりの相続人に行く真理亜の遺産は五〇パーセントずつ。これが法定相続分というやつだ。そしてたとえば全遺産が星弥に贈られるかたちになっていた場合でも、月彦は法定相続分の半分、つまりこの場合は最低二五パーセントは相続することができる。これが遺留分というわけだ」

「それじゃさ、どんなに気に入らないっていうか、ひどいやつでもやっぱり相続はさせないわけにいかないの？」

「いや、もちろんそれに関する法律もある。相続人が被相続人や、自分と同位または自分より上位にある相続人を——ええい、面倒だな。

つまり月彦が真理亜や星弥を殺したり殺そうとしたり詐欺に遭せたり虐待したり侮辱したりすれば、彼を相続から外すことができる。その場合は無論遺留分もなくなる。もちろんそれには家庭裁判所に申し立てて、認められる必要があるわけだけど」

「ふうん」

「ただし廃除された相続人の相続分は、その子供が代わって受け取ることができる。責任はあくまで当人だけってことだな」

蒼は感心するよりあきれた。

「深春、詳しいねえ。法学部行ってた方がよかったんじゃないの？」

「こないだ口語六法の相続法を読んだんだ。ミステリのアラ探ししてやろうと思ってな。見直したか」

「なーにいってんだか。まったく深春ときたら、どうして勉強と関係ないことだとそれだけ熱心になれるんだろうねえ」

蒼は背中をシートに押しつけて、両手で膝頭を抱えこむ。

「知識なんてものはね、応用できなけりゃなんにもならないの。そんなの暗記してるくらいなら、お得意の記者ルートで、警察の捜査方針でも嗅ぎ出してよ。星弥さんがどうなっちゃうのかさ」

「じゃ蒼はあくまで、巨椋星弥は白だっていうんだな？」

「もちろんさ！」

「それじゃなんで自首したんだ」

「誰かをかばってるんだよ」

「誰を」

それがわかれば問題はないや、と蒼は思う。星弥が自分を犠牲にしてもかばいたいと思うほどの相手、そんな人間が巨椋の関係者の中にいるだろうか。ひとりひとり名前と顔を思い浮べても、わからない。ということは蒼たちの知らない人物なのか。それとも星弥が完全にそんな思いを、隠していたということなのか。

「他の理由は考えられないのか?」

後部座席から、いきなり京介の声があった。両腕を頭の後ろに組み、シートに長身を折り曲げて寝ころがるなんともだらしないかっこうで、それでも目は開いているらしい。

「自首して出るのにそれ以外の理由はないか、考えてみたらどうだい」

そういわれても彼女が潔白なら、誰か真犯人をかばっているのだとしか考えようがない気がする。

「後は裁判の有罪は覚悟の上で、自首による刑の減免を期待したとか……」

またろくでもないことをいいかける深春の頭をひとつぶん殴っておいて、蒼は首を伸ばした。

「わかんないよ、京介。降参、答え教えて」

しかし後ろから返事は返ってこない。午前十時の京介は、ふたたび眠ってしまったらしかった。

国道端の土産物屋でもう一度確認の電話をいれておいて、碧水閣に向かう。星弥の鍵束には私道の門の鍵もふくまれていたので、勝手に通らせてもらった。

相変わらず狭くて危ない土の道だ。鍵がなくては車は入れることができないが、塀が巡っているわけではないから、人だけなら無理やり門の支柱の脇を回ってでも往き来することはできる。しかし国道を離れれば照明ひとつあるわけではなく、夜ここを歩くのは懐中電燈を持っていても楽ではあるまい。

黒服の老女は両手を杖の頭に載せて、碧水閣の階段前に置いた椅子に腰かけていた。前見たとおりの色つき眼鏡、ぎょっとするような白と赤の化粧。しかしさすがに元気がないようだ。まとめた白髪も鬢がほつれ、車から降りてくる三人を見ても腰を上げる様子もない。

「またお邪魔致します、埴原さん」

京介の挨拶にも、わずかに顎を上下させただけだ。

「さっそくですが、中を拝見させていただいてよろしいでしょうか」

「どうぞご随意に。星弥様がお許しになられたのですから」

かすれた声が紅を塗りこめた、皺だらけの唇からもれる。

「ただしお部屋に上がるときは必ず靴を脱がれて、室内の備品や覆いなぞにはできるだけお触れになりませぬよう」

階段を上り下りするのも辛いのかもしれない。こちらだけで行けと手振りで示すのを幸い、撮影機材を分け持って三人は中に入る。

「こないだはあんまりちゃんと写せなかったから、一階や二階の北半分にも行きたいんだがなあ」

「鍵は一応そろってるようだ。『四季』『螺鈿』と書いた札のついたのがある。なにも書いてないのは、ひとつずつ試すしかないだろうな」

二階の階段上に立って、京介が鍵束を手の上に広げる。碧水閣を長手に貫く廊下の、ここはちょうど中央だ。電気のスイッチを入れても、窓のない廊下はかなり暗い。右も左もまるで洞窟のように見える。その壁には、そして天井までもが例の泥絵具を塗りたくったような俗悪なレリーフで埋められているところは、東照宮というよりは見世物小屋のような有様だった。さっそく廊下に三脚を据えてファインダーを覗きながら、

「暗いなあ――」

深春がぼやく。

「しかしレンズを通して見ると、こりゃまったく和製タイガーバームかお化け屋敷だ。キッチュ・アートのファンが見たら狂喜しそうな眺めだぜ」

「せっかくだからこの前見られなかった方を優先しないか。いつまたたかさんの風向きが変わるかもしれないし」

京介のことばももっともなので、三人は以前来たときは入れてもらえなかった二階の南側に向かう。一番近いところのドアは札のついていなかった鍵のひとつで開き、しかし残念ながらこちらには特に見るべきものはないようだった。

北側では数室に分かたれていたスペースが、壁を取り払われて広い日本座敷になっている。元は仕切り壁があったらしいところはふすまに変えられているのだが、それも敷居《しきい》から取り外されて左右の壁に立てかけられ、しかも一枚ずつ油紙でくるんで紐がかけられている。畳の上にも埃避けのつもりかビニールシートが敷かれ、天井の高いがらんとした空間は、ほとんど工事現場のようだ。

「もしかしたらこのふすまも、キンキラの日本画かなにかかなあ」

そうはいってもきっちり包まれているものを、無闇に開けてしまうわけにはいかない。覆いに触るなといったのはこのことだったのだろう。四部屋分のスペースを通り抜けると、その先は天井から床までシートで覆われて来訪者を拒んでいる。

「これで全部なのかな」

「まさか」

「でも他にはドアも見えないし」

「三階に上がる階段もないね」

「絶対まだなんかあるんだぜ。俺たちに追及されるのが嫌で、たか婆さんついてこなかったんだ。どこにあるのかは知らないが、それがきっと一番肝心な部屋なんだよ」

「はい、深春に質問。肝心な部屋ってなに？」

「そりゃあ、俺たちが想像もできないような部屋さ」

「素晴らしい仮説ですね、センセイ」

「おまえひょっとして、俺のこと馬鹿にしてない？」

「いえいえそんな、滅相もない。尊敬してますよ、体力だけは」

「この、蒼猫ォー」

「きゃー、恐いッ！」

つい調子に乗ってばたばた走り出してしまった。京介が、蒼っと恐い声で呼ぶのは聞こえたが、一度走り出したものをそう簡単には止まれない。おまけに廊下に敷いたカーペットの継ぎ目に足を取られて、倒れかかった手が思わず壁を突く。それでもレリーフに指を立てて壊したりしたらまずいと、思うだけの余裕はあった。わずかな余白に伸ばした手に、瞬間全体重がかかる。

あっと深春の叫ぶ声がしたのと、錆びた蝶番のきしる音が耳に刺さったのと。そして支えたはずの体が回転した。壁が開いたのだ。蒼はそのままたたらを踏んで、壁の内側にころげこんでいた。

立っていた位置が壁から遠かったのが幸い、といえば幸いだった。蒼は床にしたたか膝頭を打ちつけた上、回転してしまりかかる壁に体をはさまれることになったが、そうでなければいきなり真っ暗な内部にほうりこまれ、とじこめられてしまったかもしれない。

「いったあー！」

両肘もすりむいてしまったようだ。おまけに暗い中の床は埃だらけ、口の中がじゃりじゃりだ。ひどいや、なにこれとわめこうとした蒼の口を、身をかがめた京介が後ろからそっと押さえた。

「静かに。たかさんに気づかれるとまずい」

そういえばそうだ。蒼はようやく日頃の理性を取り戻す。

「こいつはまるで忍者屋敷だな。古式ゆかしいどんでん返しだぜ」

確かに深春のいうとおりだった。壁の一部がドアくらいの大きさに切り取られていて、中央に軸が入り、一方に体重をかけると回転して口を開けるようになっているのだ。

「なんだってこんな仕掛けがあるんだよ。イタリア風のパラッツォだったんだろう?」

京介は、周囲の壁と可動部分を軽く叩いてみながら、

「元は壁はなかったようだ。袖廊下の入り口をふさいで、壁と見分けがつかないように漆喰で覆ってしまったらしい」

「それじゃ、もしかしたら壁のレリーフも、この戸を隠すためにつけられたのかもしれないんだね」

ただの白い漆喰の壁では、どれほど精巧にごまかしてみても戸の隙間を完全に隠すことはできなかったはずだ。しかしでこでこと人目を驚かす極彩色のレリーフの中では、少しくらいの切れ目は見逃されてしまうだろう。

「だけど、なんだってそんな面倒なことを」

「あれだ——」

京介の手にした懐中電燈の光が、隠し戸の敷居を舐めて奥へ伸びる。その小さな光の輪の中に浮び上がったのは、胸を突くように急な昇り階段だった。

## 2

照明は、元はあったとしても切れているようだった。三人は一度履いた靴をまた脱いで、その幅も狭い埃に覆われた階段を半分手探りで登っていった。踏み板を覆う埃の膜に足跡はない。前訪れたときあの老女がいった通り、何十年と人が立ち入っていないらしい。しかしこれが碧水閣を外から眺めたとき、中央に載せられている入母屋屋根の三階部分であることだけは間違いない。

先を行く背中に、蒼はいわずにはおれなかった。

「ねえ、京介。つまりこの先にあるのがさ、現場なんだよね。碧水閣で起こった殺人と自殺全部の」

京介は答えない。だが何十年の闇と埃に包まれた階段は暗くて、ひんやりとして、その黴臭さの中に心なしか乾いた血の匂いが混じっているような気がする。

目の前で恋人を殺された、カテリーナの気持ちはどんなだったろう。彼女の死もまた自殺ではなく、幹助の手にかかったのかもしれないと星弥はほのめかしていた。そしてさらに数年後、妻の死んだ部屋で彼もまた自殺をとげ、さらに戦後になって、星弥たちの母親である百合亜が自殺した。

これが夏の怪奇ドラマなら、殺されたフェレッティの怨念が彼の造った建物に取り憑いて関わりのある人間を次々と、という落ちになるのは明白だ。テレビで見ていればばかばかしい限りの陳腐《ちんぷ》な設定だが、その中に実際自分が立っているとなるとまるで気分が違う。

「そーいえば蒼、俺を研究室から追い出した後で巨椋星弥が来たんだってなー」

蒼と似たようなことを考えていたのだろう、深春が後ろから長く伸ばした語尾を不気味に震わせる。

「よーくも人を、邪魔にしてくれたなー。この恨み、はーらーさーでーおーくーべーきーかあー」

思わず振り返ると目の前に下からライトを当てた深春の顔が浮かんでいて、蒼は危なく階段を踏み外しかけた。もちろん落ちるとしたら、後から登ってくる深春の腹の上を外すつもりはなかったが。

ふたりのじゃれ合いをいつものごとく黙殺して、京介はすでに階段を登りきっている。埃で灰色になったふすまが引かれた。現われたのはおよそ八畳ほどの広さの、がらんとして家具もない和室だった。

西側に向かって大きな窓がある。開けば山に囲まれた碧沼の景色が、それこそ一枚の絵のように広がるだろう。いまは埃がびっしりとたかった障子がたてきられている。ほとんど光が入ってこないのを見れば、障子の外には鎧扉か雨戸の類が下ろされていると覚しい。

「ここにも敷物が敷いてあるんだな」

深春が床を照らしてつぶやいた。靴下裸足の足裏に伝わる感触は畳のものだが、二階のようなビニールシートではなく分厚い絨毯がその上を覆っている。膝を折った京介は、懐中電燈を蒼に手渡すと絨毯の端に手をかけた。

「なにすんの、京介」

「深春、向こうの端持ってくれ」

確かにそれで答えにはなっている。なにを思ったか京介は、絨毯をめくり上げようというのだ。上に置かれている家具はなかったから、八畳といっても大した手間ではなかった。蒼がふたり分のライトを両手に持って手元を照らす。

「貼りついてるぜ。汚れでもついてるみたいだ――」

深春がそういったものの正体は、半分に折り上げられた絨毯とその下の畳が見えたときに明らかになった。黄色いライトに照らし出された畳の上の、かなりの面積を占めて広がった黒いしみ。

蒼はふいに全身の毛が、ざわざわと音たてて立ち上がるような気がした。

「これ、血じゃない？──」

「そのようだ」

「絨毯の裏にも写ってる。まだ乾ききらない内に、上からこいつを敷いて隠したんだな……」

なんにも変わらないのは京介だけで、深春もさすがに緊張した声音だ。

「京介。おまえここにこんなものがあるって、予想してたのかよ」

「これほどとは思わなかったけれどね。別に驚くほどのことはないだろう？　自殺があったまま閉じきりになっている部屋なら、その痕跡が残されていたとしても。写真を撮っておいてくれ、深春。絨毯の裏についている痕もできるだけ鮮明に。終わったらもう半分を上げてみよう」

いいおいて彼は今度は、一方の壁にある押入のふすまに手をかける。

「止めようよ、京介。死体でも出てきたらどうするのさ」

半分以上本気でびびっている蒼に、いったい彼の神経はどうなっているのか、京介はくすっと笑いをもらしさえする。

「死体はなにも悪さはしないよ、蒼。生きた人間に較べればよっぽどね」

「京介、これ……」

（そういうことといってるんじゃないんだけどなあ——）

しかし京介にしてみれば、別段冗談をいっているつもりはないのだろう。蒼の見るところ彼は、感情の中枢にいくつか欠落があるのだ。おかげで時々ついていけなくなる。

幸い押入の中は空っぽのようだった。しかし京介はその下の段に、畳んで寝かせてある板のようなものを見つけ出した。床を写し終えた深春の手を借りて、彼はそれを引き出し、開いた。

金箔を張り詰めた四面の屏風だった。懐中電燈の光の輪に、やや鈍った黄金色が浮び上がる。しかし、ここにも——。蒼は声を出したいのをこらえて、それでもぶるっと体を震わせた。星弥の語った幹助によるフェレッティ殺しの、物証がこれだった。

屏風のやや下近くに捺された、かたちの崩れた手形のようなもの、丸く散ったもの。歳月を経てどす黒く変わった、それもまた血痕に違いない。そのうえ屏風の表には、鋭い刃物で一筋に切り裂いたような痕まで残っていた。かつてこの部屋で起こった惨劇の情景を、そのまま写し出すように。

初めここに来たときよりも、血の匂いめいたものがいっそう強くなってきた気がする。どす黒い血痕を見せる畳から、埃が幕となって垂れ下がる障子から、開かれた空っぽの押入から、湿って黴臭い空気が絶えず湧き出して全身にからみついてくるようなのだ。

（やばい……）

蒼は思った。なんだか息が詰まりそうだ。胸がむかむかして、冷たい汗が浮いてくる。このままだとか弱いお姫様みたいに、貧血を起こしてひっくり返るはめにもなりかねない。

「ぼく、先に降りてるよ。いいでしょ?」

蒼は京介の返事も待たずに、持っていたライトを彼の手に押しつけた。

「階段から落ちるなよ」

カメラを構えたまま、深春が呑気な声を投げてよこす。最初の緊張はどこへやら、彼はもう慣れてしまっているようだった。

二階の廊下まで出たものの、気分はあまり良くならなかった。ここでも洞窟の中にいるような閉塞感は変わらない。もともと蒼は暗いところや狭いところが大の苦手だ。高い塔のてっぺんなら喜んで登るが、鍾乳洞《しょうにゅうどう》なんてお金を払っても勘弁して欲しいと思う。

さっさと外に出て新鮮な空気を吸いたかったが、蒼がひとりで出てくればどうしたかと聞かれてしまうだろう。この前も南半分に立ち入らせなかったのは、たぶん隠し扉のことがあったからだ。今日それを許したのはなぜかわからないが、扉の中までもを見せるつもりは彼女にも、そしておそらくは星弥にもなかったはずで、いま入ってこられてはまずい。とすれば少なくとも京介たちが戻ってくるまで、ここらで我慢していなくてはならない。

うらめしくどんでん返しの隠し戸を眺めた蒼は、遅まきながら気がついた。戸の裏側にもレリーフがついている。表になっていたところには一面赤や紫の牡丹の花が群がり、蝶が舞って唐獅子が遊ぶという派手な図柄で、そこがちょうど人ひとり通れるくらいに切り抜かれていたのだが、裏面には等身大の人像があって百八十度回しきるとそれが牡丹に囲まれた立ち姿に収まるのだ。

表わされているのは天女だった。前に見た螺鈿の部屋の床柱に浮き彫りされていたのとほぼ同じように、髪を頭の上に結い上げて体には薄物をまとい、肩から腕にショールのようなものをひらひらさせている。しかしこちらは両足で立って真っ直ぐ前を向いているため、ちょっと仏像っぽくも見える。

いや、違いはそれだけではなかった。天女が胸にかけている瓔珞《ようらく》の中央に盾型をしたペンダントが下がっていて、そこに見えるのは明らかに長い体をくねらせた龍ではないか。ホテルの肖像画に描かれていたカテリーナが、胸につけていたブローチのデザインそのままだ。

（それじゃあこの天女はやっぱり、カテリーナなんだろうか）

カテリーナを天から降りてきて人間の妻になった天女にたとえたのは、ただ蒼の思いつきだけではなく、幹助もそうだったのか。しかしそれにしては、写真や肖像画に残る彼女の面影とこの天女とは、まるで似ていないと蒼は思う。いくら幹助の腕が稚拙でも、たとえば写真を見ながらやればもう少し、カテリーナのきつい顎の線やまぶたのかたちに、似せることはできそうな気がする。

かといって仏像風に造られているのでもない。少なくとも顔だけは誰かに似せようとした痕がある。頰の削げた尖って険のある輪郭、濃い眉と窪んだ目、薄い唇の左端に小さく描かれたほくろ。

目だけ見たら少し星弥と似ている。でも口元は全然違う。頰も顎も星弥よりずっと細くて、ほめていえば繊細だが、いいかたを変えれば薄っぺらな感じがある。

(芸術家っぽくて感受性が鋭いけど、神経質でヒステリーで気分屋で、あんまりおつきあいしたくないタイプってとこかな)

自分の想像がやけになまなましくてひとりで笑い出しそうになった蒼は、だが急に笑いをひっこめた。

(ぼく、このひと知ってる。見たことがある——)

実物で？　写真で？　それとも絵で？　わからない。でも確かに見たことがあるのだ。そのときもいまと同じように思ったはずだ。美人だけどあんまりおつきあいしたくないって。

背後からカツン、という音が聞こえた。蒼は振り返った。階段を登りきったところに黒服の老女が立って、こちらを見ている。物音は彼女の杖の先が、床をつく音だった。

## 3

「それを、ごらんになったのですか——」

「ごめんなさい、埴原さん。ぼくが偶然壁を手で押したら、急にここが開いちゃって」

「それは永遠に封じておかねばならない部屋です。どなたも立ち入ってはならないのです。なにもかも遠く過ぎたことなのでございますから」

老女の顔は仮面のように硬い。だが恐れていたのとは異なって、その声にあからさまな怒りの色はなかった。むしろ重い疲労と、諦念《ていねん》と、底に沈んだ悲しみの気配を蒼は感じた。彼女は足と杖を引きずるようにして近づいてくると、扉に手をかけてそれを閉ざそうとする。

「あ、待って下さい。いま上にいるんです」

ふいに仮面がひび割れるように、彼女の表情が変わった。あきらめに似た静けさの中に、怒気が稲妻のように浮び上がる。

「入っていいなどといつ申し上げました。なにをしているのです、あんなところで」

「なにをって、いろいろ調べてるんですけど。あの、研究のために……」

白粉を塗りたくった顔がゆがんだ。

「嘘つき！」

杖の先で床を打って彼女は叫んだ。

「学者だなんて、研究だなんて、あなたがたは嘘ばかりついて、なにが研究です。あの部屋でなにをしようというんです。もう止めて、止めて下さい。私たちをつつき回すのは！」

体のバランスを崩して床に倒れかかるのを、

「危ない、埴原さん！」

蒼があわてて手を伸ばして支えようとする。しかし彼女はそれさえも杖を振り回して拒んだ。床に腰を落としたまま、なおも大声でわめき続ける。

「もうたくさん。出ていって、さっさと出ていきなさい！」

「――ですが真理亜さんの望みは、巨椋幹助が碧水閣にこめた思いを知りたいというのではなかったのですか」

京介の淡々とした声が背後から聞こえた。彼は壁の切り穴から出て来ようとしていた。後ろにカメラ機材を背負った深春が続いている。

「それを建築史学的な研究と呼ぶことはできないとしても、ただの好奇心からあなたたちが隠そうとしてきたものを探り回しているわけではありません。元々碧水閣にやってきた動機はそうではなかったにせよ、いまの僕はそのためにここにいます。真理亜さんの望みをかなえるために。それはわかっていただけませんか」

老女の顔が京介を仰いでいた。黒い眼鏡で隠された目が、確かに彼を凝視していた。両手で身を守るように抱えた杖が、小刻みに震えていた。杖だけでなく、手が、肩が、顔が、全身が。

「巨椋の、家は――」

紅を塗った唇からかすれた声がもれる。

「人殺しの家ですよ。その血腥《ちなまぐさ》い秘め事が、碧水閣には眠っているのです。星弥、様に聞いたのならば、すべてご存知なはずですわね。巨椋幹助は妻と通じたフェレッティを殺し、妻を殺し、みずからも自殺したのです。そしてその孫娘も——

埴原専務が碧水閣を取り壊したがるのも、それをすべて消してしまいたいからです。この建物を無くしさえすれば、忌まわしい過去も消えてしまうと、そう思っているからなのです。けれど」

「けれど真理亜さんはそうは思っていない。違いますか」

「九十五年も生きた女がなにを本気で望んでいるかなど、誰がわかるものですか」

紅を塗った唇をゆがめて、床に座りこんだまま老女は吐き捨てた。

「家の者に聞いてごらんなさい。本音をいえば妖怪変化、一刻も早く死んでくれ。そう思われているだけですよ。長生きなんてするものじゃない——」

「それでも星弥さんだけは、誰よりお祖母様のことを大切に思っておられたのではありませんか？」

「そう思っていましたよ、私も。でもそれならなぜあの子は、警察なぞへ行ってしまったんです？　まさかほんとうに秋継を、手にかけたとでもいうんですか。あれと結婚するのが、そんなにも嫌だったから？」

ずれかかる眼鏡を両手で押さえて、白粉を塗りこめた老婆の、仮面のような顔が京介を振り仰ぐ。

「いいえ。もしそれがほんとうなら、それは幹助の呪いですよ。巨椋の家に流れる人殺しの血と、その呪詛がかたちになった碧水閣が、あの子を狂わせたのですよ。こんな建物にいつまでも、しがみついてさえいなければ……」

次第に自分でも、なにをいっているのかわからなくなっていくような、錯乱したことばだった。

「お願いです、桜井さん。星弥様を助けて下さい。警察から取り戻して下さい。どうか、どうかお願いです。真理亜様もそれをお望みです——」

京介は膝を折った。老女の前にかがみこんだ。彼女の方がわずかに体を引く。

「埴原さん。いまの僕にはまだこれだけしか申し上げることはできませんが、どうか心を強く持って下さい。人殺しの血とか、呪いをこめた家とか、そんなものはありません。巨椋幹助がたとえどれほど妻を憎んだとしても、真理亜さんや星弥さんがその血を受け継いでいるとしても、殺人の意志は遺伝などしません。

人は望もうと望むまいとそれぞれ別の存在です。たとえ血は繋がっていても、伝わらぬものの方が遥かに多いのです。死んでしまった人たちにどんな愛憎があったにせよ、それを過度に恐れるのは間違っています。過去に不幸な経緯から傷つけ合い、また死を選んだ人がいたとしても、それは過去の事件であるに過ぎません。碧水閣の存在が事件の中でそれなりに大きな意味を持っているのは事実でも、現代の事件はそれとはまた別に考えるしかないのです」

日頃の冷たさにも似合わぬ不思議なやさしさをこめて彼はことばを重ねると、その手をすっと老女にさしのべた。

「お立ちになられた方がいいです。そんなところに座っておられると、冷えるでしょう」

「——せっかくの名演説の後で悪いが、その過去の血腥い秘め事ってやつには、やっぱり気を引かれないわけにゃあいかないな」

突然階段の下から、聞き覚えのない声がした。やけに乾いて明るい声だった。四人は同時に声の方へ振り向いた。

螺旋階段をゆっくりと、登ってくる足音が聞こえる。やがて見えてきたのはパナマ帽、黒いポロシャツ、スリムのジーンズ。ふざけたように深くかぶった帽子の鍔に隠れて、顔は見えない。両手を無精ったらしくジーンズのポケットにつっこんで、肩を揺すりながら近づいてくる。

「どなたです」

京介が静かに問う。男は帽子の下からふん、と鼻で笑うような音をたてたが、

「ただの見物人、てわけにもいかんだろうなあ」

ポケットから出した左手を顔の前に掲げて見せる。その手に握られていたのは、警察手帳だった。

# 嫌な男

## 1

——警察？——

（うそだい。きっとやくざだ、こいつ！）

とっさに蒼が思ったのはそれだった。肩をそびやかしてはすに構えた格好、わざとらしいがに股。まるで絵に描いたみたいなちんぴらだ。

男はこちらに向かってぶらぶらと足を運びながら、手にしたままの黒表紙の手帳の端で帽子の鍔をくいと押し上げる。下から現われた顔はしかし、あまりやくざらしくはなかった。

面長だが顎が張っているせいで、顔全体がやけに大きく見える。鼻も大きければ口も大きい。黒々と濃い眉の下の目も丸っこくて大きくて、鋭いというよりは子供のそれのように表情豊かによく動く。総じて童顔。マンガっぽくさえある。

太ってはいないが太い首や盛り上がった肩、腕の筋肉の逞しさを見れば、柔道あたりでかなり鍛えた体なのだろう。男はその目を京介から蒼へ、背後の深春へ、さらにようやく立ち上がろうとしている老女へと動かしながら、大きな口でにやりと笑ってみせた。嫌な笑い方だと蒼は思う。この男は意識的にそんな挑発的な笑い方をしているのだ。それこそやくざのように。

「警察手帳を、もう一度拝見させて下さい」

京介のことばに、男は初めて足を止めた。右手に持ったそれを、鍔の下から顔の前にかざして見せるのに、

「表紙だけでなく中の、あなたの写真と名前のあるページを見せていただきます」

一旦笑いを収めた顔で、男は感心したというようにへへえ、とつぶやいた。

「いうじゃないか。俺がマッポになって以来、そんな口きいたのはあんたが初めてだぜ」

前歯を剥き出しにしてまたにやりとした男は、無雑作に京介の手へそれを放り投げた。『群馬県警察』の金文字がある表紙。蒼はすばやく京介の手元を覗きこむ。中を見るのは初めてだ。どんなテレビドラマだって警察手帳といえば表紙をちらりとさせるだけで、あれじゃ偽物だって分からないだろうと常々不思議でならなかったのだ。

表紙を開いてすぐのページに、大きな写真が貼られている。警察官の制服を着た上半身正面の写真。確かに目の前に立っている男だ。だが証明書写真の常で、目を見開いてしゃっ

ちょこばったあのなんとも滑稽な顔をしている。嫌な笑い方で隠していた童顔が丸出しだ。

蒼は危なく笑い出しかけた。

姓名・工藤《くどう》迅《じん》、階級・巡査部長、生年月日は昭和四十一年の——。蒼が読み終える前に表紙を閉ざした京介は、それを礼儀正しく相手に返した。

「工藤さん、とおっしゃるのですね。お名前の方の読み方は」

「じん、さ。迅速の迅。納得したかい？」

「写真はあなたのようでしたね。だいぶ印象が違いますが」

「免許証の写真と同じだろう。みんな悪相に写りやがる」

「いいえ、写真の方がまともでしたよ」

（キョースケッ！）

自分が吹き出しかけたのも忘れて、蒼はあわてて彼のシャツを引っ張る。いくら相手がやくざじみているからって、なにも警察に面と向かって喧嘩を売ることはないだろうに。だが当の工藤はといえば、却って面白がっているような表情だ。

「はは。目の前にすだれ垂らさなきゃ外も歩けないようなやつに、顔のことをいわれるとは思わなかったなあ」

「失礼。口が悪いのは師譲りです」

神代教授が聞いたら黙っていないようなせりふで顔の話題を打ち切ると、

「それで？　県警本部の刑事さんが今日はなんの御用です。おひとりで捜査とも思えませんが」

「今日ここで会えたのは幸運な偶然だがね、実は俺はあんたに用があるのさ、桜井京介さんよ」

いきなり彼の名前を口にされて、どきっとなったのは蒼の方だった。

「僕の名を、ご存知でしたか」

「知っているとも。君だけじゃなくいつぞやはわざわざ県警まで貴重な証言に見えていただいた栗山深春氏も、それとそちらのかわいい助手の坊や、蒼君とやらもね」

工藤の目が初めて蒼に向けられている。軽く細めたまぶたの間から注がれる視線が、急に鋭さをはらんだようで蒼は落ち着かない。小さな子供みたいに、京介の背中に隠れてしまいたくなった。

「いっとくが俺が承知しているのは名前だけじゃないぜ、桜井氏。どうやらあんたは学者の卵のくせに、なにかといやあ殺人事件と関わり合いになるという妙な偶然に恵まれているらしいな。去年の十月に県内の温泉ペンションで起こった殺しにもあんたはその坊やと一緒に居合せているし、確かその他にもいろいろと——」

「群馬県警はよほど暇らしいですね」

京介の皮肉を黙殺して、工藤は続ける。

「そうそう。ぐっと古いところじゃあ、あれはまだ昭和の頃だよなあ。東京白金の大邸宅で起きた殺人事件。病院長一家の三人だか四人だかが殺されて、男の子がたったひとり生き残ったとかいう――」

相手がなにをいおうとしているのか半分は予想していたはずなのに、蒼の心臓は大きく跳ねた。思わず息を詰め、両手を握り締める。目は重いもののように床に落ちてしまう。そのとき京介の声がした。

「関係のない話は止めて下さい、工藤さん。僕たちは忙しいんです」

彼の口調は相変わらず平静そのものだ。蒼は止めていた息を吐き出す。京介の手が肩の上にあった。工藤の目からふっと緊張が消えた。口元には挑発的な薄ら笑いが貼りついたままだったが、オーライとでもいうつもりか両手を広げて肩をすくめてみせる。

「忙しいのかい。そいつは悪かったな」

「用があるならさっさと済ませていただきましょうか、こんな場所での立ち話は埴原さんにもご迷惑だ。第一あなたは許しも得ずにここまで入りこんできて、彼女になんの挨拶もしていませんね」

「おおっと、こいつは失礼した。呼び鈴の在りかがわからなかったもんでね。別にお宅をつきまわすつもりはないんですよ、捜索令状があるじゃなし。すいませんな、婆さん。驚かせて」

工藤はふざけているとしか思えないオーバーな身振りで、帽子を取り頭を下げた。現われた髪はスポーツ刈りよりまだ短い。

「それで誠に申し訳ないんだが、この先生方と話すのにどっか部屋を貸してもらえませんか。ここいらにゃあ喫茶店もないようでね、ひとつ頼みますよ、婆さん」

「下の、食堂へどうぞ。お茶をさしあげます」

老女はにこりともせずに、足を引きずって階段を下り出した。

前に昼食をふるまわれた一階北端の食堂で、テーブルに水出しの煎茶の碗を置くと彼女はさっさと引き下がった。工藤の侵入に腹を立てているのは明らかだった。しかし彼の方は、そんなことなぞ屁とも思っていないらしい。大ぶりの湯飲みいっぱいの冷えた茶を音立てて飲み下すと、

「山ん中といっても、この季節は暑いやなあ」

などといいながら手にした帽子ではだけたシャツの胸をあおいでいる。こちらが痺《しび》れを切らすのを、半分楽しんでいるのかもしれない。

「それでご用件というのは？」

京介が尋ねても、

「おっ、急かしてくれるねえ」

大きな口を開いてへらへら笑いながら、

「そっちは殺しついて回りの名探偵さんだ。俺の用事くらい当ててみたらどうだい？」

「あなたの暇潰しにつきあう義理はありませんよ。用がないなら失礼します」

にべもなくいい捨てて腰を上げかけた京介に、ようやく工藤は、

「わかったわかった、じらすようなことをいって悪かったよ。だがあんただって関心はあるんだろう？　巨椋星弥がこれからどうなるかってことはさ」

それはもちろん関心があった。京介はわからないが、少なくとも蒼は。

「彼女が自首したのはまさか知ってるよな。W大学に桜井さん、あんたを訪ねた翌日、そちらの坊やと上野の博物館でデートしたその晩に」

「僕から調書を取りたいというわけですか」

「場合によってはな」

「殺人事件と関わりのある話なんて、なにひとつしていませんよ」

「だったらあんたはこの事件を、どう考えているんだ？」

「答える義務があるとは思えませんね」

「それはこっちで考えることさ」

「ではお断りします。任意捜査の原則では、強制は一切できないはずですね。どうしても必要だというなら、裁判所から召喚状を取って下さい」

かなり高飛車な京介の対応に、しかし工藤は腹を立てる様子もない。

「そういうと思ったよ。だから俺が出張ってきたのさ。というよりもこれは俺の独断専行、上にばれれば俺も懲戒免職ものなんだがね」

「――どういう意味です？」

さすがに不審を覚えたらしい、京介の問い返しだった。

「俺がこれから話すことを絶対に他にもらさないと約束してくれるなら、いまの捜査状況や巨椋星弥の自白の内容を聞かせてやる。代わりにあんたの持ってるデータやなんかを聞かせてくれ。俺は無論それを利用させてもらうことになるが、あんたの名前はどこへも絶対に出さない。この先事情聴取に引っ張り出されることもないようにする。どうだい。そう悪い話じゃあるまい？」

「それほど行き詰っているわけですか」

「まあな――」

そういって工藤はまたにやりと笑った。これまでの挑発的な笑いとは違って、悪戯を見つけられた子供のような、どこか照れ臭げな表情だった。

## 2

巨椋星弥の自首で県警の捜査本部は色めき立った。しかし必ずしも手放しで喜んだわけではない。それなりに世間の注目も集めていた事件だ。犯人を追い詰めて逮捕したのなら捜査側の手柄だが、それ以前に向こうから出頭されてはなんの功績にもならない。増して星弥はある程度捜査線上に容疑者として浮かんでいたわけだから、自首に追いこんだのも身辺に追及が及んだからだとでも、自画自賛の発表で面目を保つよりなかった。

しかもいざ逮捕して本格的に取り調べが始まると、事態は思ったよりたやすいものではないらしいということがわかってきたのだった。

星弥が供述を渋ったわけではない。彼女の口調は終始一貫して明快だった。実際明快過ぎるほどだったという。普通殺人犯というものは、いくら覚悟して自首してきたといっても、いざ自分の犯した罪を語るとなれば心が乱れて、そうなめらかにはしゃべれないものらしいのだが。

『私が墳原秋継を自宅から電話で呼び出し、碧沼のほとりで殺害しました。一切ひとりでしたことです。共犯者、協力者はいません。

七月二日の深夜、時間はたぶん真夜中頃です。彼は私道の門の鍵を持っていないので、外に車を止めて徒歩で沼まで行っていました。私は少し遅れて自分の車でそこまで行き、ヘッドライトで彼の姿を確認しました。

凶器は、近くに落ちていた石です。殺した後で死体を消してしまいたくて灯油をかけましたが、衣服が燃えただけでとても燃え尽きそうになく、嫌な臭いがして気分が悪くなったので足でもって沼に落としてしまいました。私はそのまま自分の車で現場を去り、門の鍵も元通りにかけて沼田の祖母のいる病院に戻りました。

動機ですか？　私は彼とは結婚したくなかったのに、祖母からもそれを強力に勧められて断れず、ならば彼の方で取り下げてもらいたいと考えていました。その晩も再度頼んだのですが秋継はまったく聞き入れようとせず、逆に私を性的に暴行しようとしました。私はこれでは無理やり望まぬ結婚をさせられてしまうと思い、彼に対して強い憎しみと恐怖を覚え、拾った石で彼の頭を打ちました。二、三度、でしょうか。あまり抵抗もなく、すぐにぐったりとなりましたので、手首に触れてみるともう脈がありませんでした。

殺意はありました。その瞬間は必死でしたが、初めからどうにもならなければ彼を殺すしかないと思っていて、そのために偽の遺書も前もって用意してあったのです。彼の札入れの中にスペアキーがあったので、それを使って去り際に遺書を車に入れ、キーは途中窓から捨てました。捨てた場所は国道一二〇号線を沼田方面へ三十分程度走ったところだったと思います。

その晩着ていた服、靴、革手袋はまとめて翌朝袋に入れ、沼田駅のごみ箱に捨てました。同じ日の内に車は車内もふくめて、ガソリンスタンドですっかり清掃しました……』

「とまあ、ざっとこんな自白をしているわけなんだがな」

工藤が話をしめくくる。京介はなにもいわない。蒼には山ほどいいたいことがあったが、工藤の目を正面から見る気がしなかった。

幸い深春が蒼の代わりに、口を開いてくれた。

「しかしそりゃあずいぶんと、矛盾した話じゃないですか？」

「はい、承ります。ご意見をドージョ」

あくまでふざけた工藤の返事だ。

「まず暴行されかけて石で殴り殺したっていうけど、傷は後頭部でしょう？　どう考えたって不自然だ。いったいどういう姿勢をふたりが取っていたら、そんな場所を殴ることができたんです？」

工藤の大きな目がキロッと動いた。すっとぼけた表情はそのままだが、彼もそのことには気づいていたに違いないと蒼は思った。

「殺したばかりの死体を探ってあるかないか不明なスペアキーを探すというのもずいぶん冷静な行動だけど、灯油をかけて燃やしたりしちゃ、いくら遺書を残したって自殺に見えるわけがない。それともまさか巨椋星弥は、彼が焼身自殺したように見せかけるつもりだったんですかね。だったら気絶させるくらいで火をかけそうなもんだ」

深春は胸の悪くなるようなことを平然と口にする。

「おまけに燃やしかけたら嫌な臭いがしたからって、だったらそのまま車で逃げ出せばいいことでしょう。なんのために中途で水に落とすようなことをするのか、証拠隠滅にもならない。矛盾だらけじゃありませんか」

「俺に聞かれても困るんだよな。俺が殺したわけじゃないんだから」

工藤はますますとぼけた顔だ。

「それともうひとつ。秋継にかけた灯油がどこから来たか、彼女は説明しているんですか？」

「それは栗山さんよ、あんたが説明してくれたんじゃなかったっけ？　オフロードバイクに乗った謎の放火未遂犯。そいつが残していったタンク」

「俺は俺の体験したことと、それから推理できることを話しただけですよ。問題は巨椋星弥がなんと供述してるかじゃありませんか」

工藤はすぐには答えなかった。視線をあらぬ方にそらして黙っていたが、その口からやがてふうっというため息のようなものがもれる。

「巨椋星弥は放火のことなんか知らないよ。それどころか灯油タンクがどこから来たのかも、全然説明できなかった。だけじゃなくてどうやって後頭部をぶん殴ったかも、どう見ても自殺には見えない殺し方をしておいて偽遺書を車に入れるような手間をかけたのかも、いえなかったのさ。初めはな」

「初めは?——」

「どこでも利口馬鹿な上役ってのはいてな、被疑者の尋問なんぞろくに経験もないくせに、なんのつもりかしゃしゃり出てきやがって……」

「誘導したわけですか」

口を挟んだのは京介だ。質問ではない。

「自白調書の穴を埋める材料は尋問する側が与えてくれる。十六世紀の魔女裁判以来現代の日本まで、進歩のかけらもない遣り方ですね」

「けッ!」

突然工藤は床に唾を吐くと、椅子にかけたまま蒼たちには見えない何者かに、空気を鳴らしてロー・キックを見舞った。

「おっしゃるとおりだよ。あの馬鹿、止める間もなくへらへらへらへらしゃべくりやがって。だがな、間違えてくれるなよ。あんたがいったような冤罪《えんざい》事件てやつは、取り調べる方が脅迫や減刑を餌に嘘を承知で自白させるんだろう。証拠に見合った自白ができるように、材料はこっちからくれてやる。

『どうやって殴ったんだ?　暴行されそうになって?　だが向い合ったままじゃ後頭部は殴れないよな。もしかすると油断させて後ろを向かせたんじゃないか?　少ししゃがんでいたかもしれないな——』

しかしこいつは違うんだ。しゃべったのは確かにうちの馬鹿上役だが、しゃべらせたのは巨椋星弥の方なんだ。あの女は自首してきただけでなく、自分から確実に有罪になりたがってるんだよ」

「うそだ、そんなの！」

蒼は思わず声を荒らげていた。さっきまでの工藤に対するおじけも忘れている。それは、誰かをかばおうと自首して出た以上は、起訴されて裁判で有罪になるのも覚悟の上なのかもしれない。だが覚悟するのと、自分から殺意や偽装工作を肯定して敢えて有罪を固めようとするのでは訳が違う。実際人を殺してしまった人間だって、いざ尋ねられれば殺すつもりなどなかった、身を守ろうと必死になっている内にそんなことになってしまったと、主張したくなって当然ではないだろうか。

それなのに、なぜ星弥は……。否定の声を上げながら、蒼はよくわからなくなってきている。それとも星弥はほんとうに、埴原秋継を殺したのか。いや、それは違う。絶対に違う。彼女の自白に現われたいくつもの矛盾が、すでにそれを打ち消している。彼女は真相をひとり胸に隠して、すべてを背負って獄に下ろうと決意しているのだ。誰かの、ために。

蒼と上野の博物館に行ったのは、最後の自由の日を楽しむためだったのだろうか。いつになくやわらかな服装に身を包み、他愛ない買物に少女のように興じて。自分はなにも気づけなかった。大学に現われたときから、どこか彼女の表情が力ないものに思われたり、ふと冷静さを失うのに驚いたりもしたのに、その底に星弥が秘めていた決意は少しも感ずることができなかったのだ。

(思い出したら――)

蒼は親指の爪を噛みながら、必死に記憶を探ろうとする。

(あの日のことをみんな思い出したら、なにかヒントが見つかるだろうか。星弥さんがそんなにまでして守りたいと思った誰かのことが――)

「精神鑑定の必要は、考慮されていないのですか」

ふたたび京介が、質問ともつかぬ口調で尋ねる。工藤はいまいましげに顔をしかめていた。

「それを否定してるのが誰あろう、当の巨椋星弥だよ。自分はあくまで正常で、殺人の際も意識は明瞭だったとな。ついでに聞かれる前にいっておくと、巨椋家がよこした弁護士と口をきこうともしないのもあの女だ。接見禁止なんかしてやしないぜ。しかし自分がやった、弁護は一切無用、とそれしかいわないそうだ。妙な話だろうが」

「確かに」

京介の相槌は依然まったく愛想がない。

「すると彼女の起訴は確実ですか」

深春が聞いた。

「被疑者の自白がそれだけ固いなら、検察も安心でしょう」

「そう簡単に行きゃあ俺らも苦労しないけどな」

「名もなき庶民ならともかくも、ですか」

「ああ、そうだよ」

工藤はふてくされたように答えた。

「あれだけ続いた資産家だと、金もコネも腐るほどある。上も慎重になるさ」

「巨椋家ってのはそんなに金持ちなんですか」

「らしいな。所有のホテルは日光、那須、塩原近辺に八ヵ所、他に土地、レストラン、ゴルフ場、いったい資産評価額でいくらになるやら、とんと見当がつかないね」

お金持ちと貧乏人では、警察も態度を変えるものらしい。なんだか嫌な話だ。

「おまけにこっちは巨椋月彦でいっぺん味噌をつけてる。物証も証人もないことじゃあ、今回だっておっつかっつの有様さ。しかも巨椋の方では大金積んであちこちから腕っこきの弁護人をかき集めてるって話だ。このままじゃ公判が維持できるか危ないなんて、弱気な意見も出てくる始末さ。ただ、な」

「ただ？——」

「昨日になってちょっと妙なことが起こったのさ」

ふたたび気を持たせるように、工藤はことばを切った。

「巨椋輝彦が殺されかかった」

「輝彦って——」

「月彦の七歳になるひとり息子さ」

そういえば、その名前だけは前に聞かされた気もするが。

「なんでもそのガキが昨日の夜十時頃にチャリで家に帰ってきたら、通用口に通ずる塀の隙間の幅一メートル足らずの路地に、黒く塗った針金が張ってあったんだそうだ。それもガキがチャリで通るとき、ちょうど首が当たるくらいの高さにな」

「前に東京でそんな事件がありましたね」

深春が受ける。

「暴走族が公園でバイク乗り回すのがうるさいってんで、近くの住民の誰からしいが木の間にロープを張ったら、たまたま族でもなんでもない若いやつが転倒して死んじまった。あれも結局犯人はわからなかったんですよね。——でもバイクとは違ってチャリンコだったら、ころんでも死ぬまではいかないんじゃないですか」

「ところがそのクソ生意気なガキはな、変速ギヤ付きのチャリでいつもその細い通路をぶっ飛ばすのがお得意だったんだと。たまたまその晩は他であばれて膝すりむいて、のろのろ走ってきたから死ぬこたあなかった。それでも見事にすっころんで、塀に頭打って脳震盪。これは殺人未遂だって、夫婦で血相変えて警察に飛びこんできたそうだ」

「ははあ。なるほどね」

さっぱり反応を返さない京介の代わりに、深春が名探偵よろしく腕組みをしてうなずいている。蒼にはしかしその関連がよくわからない。目顔で尋ねるのに、

「さっき話してやったじゃないか。もしも月彦が相続廃除になったら、息子の輝彦が代わって真理亜婆さんの相続人になるんだぜ。しかし前もって輝彦を消しておけば、後は月彦さえはじかれればすべては星弥のものになる。つまり輝彦の死で利益を受けるのは彼女なんだ。七歳の子供をわざわざ殺そうなんて動機は、ほかに考えにくいってわけだろ」

「だって、星弥さんはいま警察に留められているんでしょ？　誰がやったとしても、彼女の可能性だけはないじゃない！」

深春は蒼には答えず工藤へ目をやった。

「つまりあなたはそう考えているんでしょう？　巨椋星弥は自分を輝彦殺しの容疑から外させるために、弁護士との接見さえ拒んで留置場に止まっている。輝彦が死んだ後に不起訴になって出られれば万々歳。そのために共犯者がそれをやったんだって」

「そういう見方も出てはいるよ。不起訴になるのを見越して自首する。警察を絶対のアリバイに使って、その間にもうひとつの殺しをかたづけてもらう。ミステリ紛いの計画じゃあるが、いまのままだとその通りになるかもしれないからな」

## 3

京介は依然としてなにもいわない。

深春は顎鬚をひねりながら、その仮説について考えを巡らす表情だ。

工藤は無言のまま椅子から立つと、外に向かったガラス窓を開き、胸のポケットからたばこを出してくわえる。

蒼は意を決して立ち上がった。さっきあんな嫌なことをいわれた相手を見据えるのは勇気が要ったが、星弥の名誉のためだと思うと手の震えも止まった。

「星弥さんは、そんな人間じゃないよ」

工藤は答えない。窓にもたれたまま、外に向かって煙を吹いている。

「あなたは間違っている。星弥さんは絶対にそんなことはしない」

どんな不愉快な対応をされてもたじろぐものかと身構えていたのだが、こちらに振り向いた工藤の顔には意外にも笑いはなかった。無表情というのとも違う。ただじっと蒼の顔を見つめている。

「だったら坊や、君はどう思うんだ。巨椋星弥はどんな人間だって？」

そんなふうに聞き返されるとは思っていなかったので、なんの心積もりもなかった。

それでもことばは蒼の口から、勝手に出てきていた。

「星弥さんは、もしかしたら人を殺すこともあるかもしれない。衝動的に殺すかもしれないし、すごく冷静に計画を練ってそれを正確に実行してしまえるかもしれない」

「おいおい——」

深春の声がする。こんなことというべきではなかったかもしれないという思いは胸をかすめたが、いまさら後戻りするわけにはいかない。

「でも彼女はそんなときは、絶対自分で手を下すと思う。自分ひとりを安全な場所に置いて他の人間に、それも殺人なんてことをさせるわけがない」

「自分の手を汚さずに人にさせるような、アンフェアはしないってわけか？」

蒼は首を振った。

いま目の中によみがえるのは最後に会った日の星弥。会津八一の歌を口ずさんで、ぼんやりと放心したように宙を眺めていた白い横顔だ。彼女はいった。サハラ砂漠みたいな誰もいないところで、この世がおしまいになるまで立ち尽くしていたいと。

「それだけじゃなくて、星弥さんはいつもひとりきりでいたいんだ。誰のことも頼りたくない。助けられるのも依存されるのも嫌なんだ。もしあなたがいったみたいに共犯者に殺人をさせたりしたら、彼女は一生その人に縛りつけられてしまう。そんなのは星弥さんにとって、牢獄に入れられるのと同じだと思う」

それでもあの日打ち明けてくれていたら、と思わないではいられない。ぼくみたいな子供ではそんな気になれなくて当然かもしれないけど、でも逆に負担に思うこともいらないのに。ぼくが頼りないなら埴原さやかのように、京介にでもどうしたらいいんでしょうと率直に尋ねてくれたなら。

しかしそれはいまさら、考えてもどうにもならぬことだった。それがいえるくらいなら、自首などしたはずもない。誰にもいえないからこそ彼女は、ひとりで罪を被ることを選んだのだろう。

笑い飛ばされるのは半ば覚悟の上だった。だが意外にも、工藤は笑わなかった。

「そうだな——」

妙に沈んだ表情でぽつりとつぶやくと、吸い終えたたばこを靴の踵にこすって消す。そのまま椅子のところまで戻って、投げ出すように座った。片足を椅子の上に抱えこみ、載せた腕の上に顎を置く。

「つまり工藤さんもそう思うんですね」

京介の声に、ゆっくりと頭が動いた。

「巨椋星弥は埴原秋継を殺していない。巨椋輝彦の殺人未遂を命じてもいない。にもかかわらず自首して出、起訴と有罪判決を得ようと自ら努めている」

「——そうだよ、名探偵」

「ではどうしてあなたは、彼女の無実を信じられるのですか。深春の指摘したような、自白の矛盾から？　それとも他になにか」

「それっくらい当ててみな、名探偵」

京介は軽く頭を傾けてみせた。前髪が流れてようやく眼鏡の下の縁が見える。唇が薄く笑っていた。

「秋継の服装、ですか」

ふんと鼻を鳴らしたのが、イエスの返事だったらしい。

「馬鹿上役のやつ、それさえ気がつきもしないのさ。都合の悪いことは全部、夢中だったのでわかりませんでしたで片付くつもりでいやがる。巨椋星弥はヘッドライトで塇原秋継の姿を照らして確認したといってるのにな、着ていたのが何色のスーツかも思い出せないってんだ。こんな理屈に合わない話があるかよ。胸っくそ悪い！」

「思い出せないと彼女がいったとき、工藤さんもその場にいたんですか」

「ああ、あのとき初めて表情が変わったな。それまではなにをいうのも淡々と、こちらがたじろぐぐらい冷静に淀みなく話していたのが、急にことばを呑みこんで、暗い穴でも覗きこんでるみたいな顔になって。だがそれも最初のときだけさ。後はさりげなく、とても暗かったからとかいい出して」

「そんなんで調書になるんですか？」

尋ねた深春に工藤は嚙みつくように答えた。

「だからいったろう？　尋問してたのは俺じゃない。馬鹿上役は最初っからなにをしゃべらせるか決めてるようなやつだ。それに容疑者の方が協力して、穴がありゃあお互いで仲良く知識を出し合って埋めましょう、だからな。話がすいすい進んで当たり前だろうが」

「それで星弥さんはどうなるんですか」

我慢し切れずに蒼が聞いた。

「物証がないっていいましたよね。自白だけじゃ起訴はされないんでしょう？」

「だから勾留期限ぎりぎりまで引っ張って、その間に証拠なり証人なりを探すということになるだろう。だがな、あんまりいいたくない話だが、自白だけでも起訴するときはするぜ。そうでなきゃ冤罪事件なんて生まれるわけがないんだ。まして被疑者が自首してきてるとなりゃあ、それをみすみす不起訴にする馬鹿がいるか、ということに結局なるんだろうよ」

「そんなのひどいや！」

「ひどいんだよ、実際のところ」

だが考えてみれば、不起訴になったところでなにひとつ問題は解決しないのだ。星弥がかばっているのだろう、真犯人を見つけ出すのでもない限り。しかしそれは彼女の意志を、踏みにじることでしかないのか。彼女のためにはなにをするのが一番いいのか、それが摑めない。もどかしさと自分自身の腑甲斐《ふがい》なさで胸がきりきりする。

ふと気がつくと工藤が、蒼と同じような表情をしていた。指の爪を嚙みながらぶつぶつと繰り返している。――畜生め……

「確かに彼女は、魅力的だから」

ひとりごとのように京介がつぶやいた。工藤の顔が上がった。浅黒い頰に血の色が昇っている。彼は椅子から立ったとも見せぬまま、腰をひねって京介の顔めがけ右の回し蹴りを見舞った。

切り裂かれた空気が鳴る。蒼も深春もあっといって腰を浮かしている。動かなかったのは当の京介だ。工藤の右足は左頰の真横に止まり、一呼吸遅れて風圧が前髪をふわりとなびかせた。

「てめえ……」

足を上げた姿勢のまま、工藤がうめく。

「失礼、怒らせるつもりはなかった」

あの整いすぎた顔に軽い微笑を浮かべて、彼は詫びた。

「寸止めしてもらって、お礼をいうべきなんでしょうね」

「――嫌な野郎だな、あんたはよ！」

足を下ろした工藤が吐き捨てる。

「そのままお返ししますよ。僕は警察というものがそもそも嫌いです」

「俺だって好きとはいわないがな、あんたに口出される筋合はないぜ」

吐き捨てて工藤は踵を返した。テーブルに放り出していたパナマ帽を取り上げると、

「邪魔したな」

出ていこうとする背に京介が声をかけた。

「埴原秋継の愛人は見つかったんですか」

足が止まった。嫌そうに振り向いた。

「愛人がどうしたんだ」

「動機から考えれば、そういう女性がいると考えて当然じゃありませんか？　なにも次期社長候補が殺されたからといって、地位財産がらみの線ばかりたどることもないと思うんですが」

「それが名探偵のご指摘ってわけかい」

「いいえ、無責任な素人の意見です」

工藤はなおしばらく、突っ立ったまま京介の顔を睨《ね》め付《つ》けていたが、

「まったく嫌な野郎だ！」

もう一度吐き捨てると、床の埃を蹴立てて出ていく。蒼はすかさず後を追った。もちろん気づいていたのだろう、刑事は玄関のところに足を止めて待っている。

「あの――」

いいかけたことばが喉で詰まった。じっとこちらを見つめている目が、急に意識されてしまったのだ。それは決してさっきのような、冷たく肌身に突き刺さってくる視線ではなかったのだが。

「なにか俺に用かい、坊や」

うながす口調にも嫌な響きはない。

「あの、星弥さんは元気ですか？」

「元気だよ」

うなずいた工藤の声はむしろやさしかった。

「なにか伝えて欲しいことがあるか？」

蒼は首を振る。

「元気なら、それでいいんです」

なんと伝えてもらえばいいのか、わからないし。

「でも、ありがとう。あの人のこと心配してくれて」

工藤はそれには答えずに手にしていた帽子をぽんと頭に放り上げたが、二、三歩玄関を出かけて振り返った。目が頭上を覆って垂れ下がった、瓦屋根の軒を仰いでいる。

「妙な建物だよな、これ……」

工藤は低くいった。

「こわれかけた御輿みたいに、薄汚れて古ぼけてるくせに変に豪華でけばけばしくて。ここで昔何人も、人死にがあったってのはほんとなのかい？」

「昔のことは京介が調べると思います。だから刑事さんは、星弥さんのこと助けてあげて下さい。もしなにかぼくにできることがあったら、なんでもしますから」

「いい子だな、坊や」

工藤の手がぽんと蒼の肩に載せられた。京介のそれと較べると、恐ろしくごつい大きな手だった。

「さっきは悪かったよ、嫌なこと思い出させちまって。——あばよ、またな」

# 証拠

## 1

その翌週、蒼は大学で自分に宛てられた一通の封書を受け取った。教授に頼まれて休み中の郵便物を取りに行ったとき、研究室の受付の女性からいささか意味ありげな笑いと共に手渡されたのだった。

「ねえ、こんなの来てるわよ」

宛名は『東京都　W大学文学部　桜井京介気付　アオ様』、なんともへたくそな上に大きくて乱暴な字だ。たったこれだけで封筒の前面がいっぱいになっている。よく届いたものだとあきれながら裏を返すと、こちらには『J・i・n』とだけ書いてあった。中身もちぎったようなメモ紙にたった一行。宛名同様の簡潔さと字のへたさ加減だ。

『来週早々釈放の見込み。ひとまず安心せよ』

それでも差出人と、その意図するところは充分に伝わる。星弥自身の思いはおいて、ひとまず安心、確かにその通りだ。

（わりといい人なのかな、あの刑事さん――）

「嬉しい手紙だったみたいね」

受付の女性がくすりと笑った。

「でも桜井さんが妬くかもよ、男性からのラブ・レターなんて」


八月六日の夜、埴原さやかから神代教授の元に電話が入った。

「姉様が帰ってこられるそうです、明日」

さやかは妙に生気に乏しい声で告げたという。それはよかったねえという教授の返事にも、消え入りそうな声ではいと答えるだけだ。

「なにか反対証拠でも見つかったのかな？」

「――いいえ。あたしよくは知らないのですけど、なんだかお祖父様がすごい猛烈な運動をなさったとかで、それから匿名の手紙が警察に届いたんですって。真犯人からの――」

「真犯人からの？　それはまた驚いたな！」

「――――」

「もしもし、さやか君。元気がないね。どこか具合でも悪いの？」

「いいえ、でも……」

　とぎれたことばがいつかすすり泣きに変わった。

「お祖父様は星弥姉様を社長にするって、そしてあたしを養女にしてその後に。真理亜さんも賛成しているからって、いくら嫌だっていっても聞いてくれないんです。

　それで月彦さんは、自分を姉様の代わりにパパを殺した犯人にするんだろう、それに邪魔だから輝彦も殺そうとしたんだって騒ぎ出して。昨日はとうとう奥さんが、輝ちゃんを連れて実家に帰ってしまいました。月彦さんはひとりで家出してどこへ行ったかわからないし、あたしは逃げ出したくてもまるで囚人みたいに監視されてるんです。

　あたしもう嫌、こんなの。どうしていいのかわからない――」

　そしていきなり電話は切れてしまったのだという。まるで、誰かに聞かれるのを恐れたように。


　翌八月七日月曜日、巨椋星弥は証拠不十分による不起訴処分で釈放された。東京の新聞にはベタ記事さえ載らなかったので、教授は日光に住む知人から地方新聞の切り抜きを何枚かFAXしてもらった。だがその扱いも、以前の事件報道に較べると遥かに小さかった。

「自首したにもかかわらず釈放、てのはずいぶん異例ですよね。だけどそのあたりのことは、どの記事見ても曖昧に誤魔化してるみたいだ」

例によって教授邸の日本間だ。座卓の上に並べた記事を見比べながら、深春が不平をいう。

「このへんの書き方だと、結局自首じゃなかったっていうみたいだな。でも誤認逮捕なら、県警と検察の度重なる失点でしょう？　なんで追及しないのかな。やっぱり地元は警察には甘いんですかね」

「騒ぎ立てられることを望まねえのはむしろオグラ・ホテルの側だろう。星弥さんを社長にするなら、これ以上の醜聞はまっぴらだろうさ」

「そうかなあ。それくらいならいっそ誤認逮捕だったってことを明確にして、国賠で訴えるくらいした方が世間の目を変えられると思うけど」

「アメリカあたりなら当然そうだろう。だが日本だと黒白はっきりつけるよりなんとなく水に流して、さっさと忘れてもらう方がいいってことになるんじゃねえか」

「そうか。やっぱり自首したのが間違いない事実なら、今度は巨椋星弥の精神状態が問題になってきますもんね」

「どっちにしろホテルは客商売だ、警察とことを構えてプラスになるとも思えないんだろう。まして真犯人は、まだ捕まってないわけだしな」

「さやかちゃんが電話でいってた、真犯人からの手紙ってのはいったいなんなんです？　記事にはどこもそんなこと、書いてないようだけど」

「さあて、俺にはさっぱりだな」

湯飲みの麦茶をごくりと飲み干して、教授は相も変わらずコピーの束をひねくり回している京介に目を向ける。

「おまえ今回は出番なしか？　秋継殺しの犯人くらい、いい加減すらすらっと解いてみせろよ」

「それは警察の仕事ですよ」

京介はぼそりといい返した。

「先週さやかさんには、父親の残した碧水閣の資料をまとめて貸してくれるように手紙で依頼しました。後は真理亜さんとどういうかたちで会わせてもらえるか。彼女と会うことができれば、僕の責任はそれで終わりです」

「会って、どうする」

「彼女からの頼みに答えます。巨椋幹助が碧水閣にこめたものはなんだったか。そして過去に碧水閣で起こった幾人かの死と、幼い真理亜さんが目撃した情景の真相はなんだったのか」

蒼はまばたきして、座卓の向こう側に座った彼の顔を見つめた。

「京介、それがわかるの？　みんな？」

しかし彼は逆に聞き返す。

「蒼。そろそろ思い出せないか、おまえが見たアルバムの中身を」

「アルバム――」

「それさえ明らかになれば、空白はほとんど埋まると思うんだがな」

確かに蒼が持っているもので、少しでも人より優れているといえるのは、その視覚的な記憶力くらいだ。ぼんやり電車の窓から外を見ていても、降りてからもう一度思い出そうとすれば、目を過ぎていった風景をよみがえらせるくらいのことはできる。快調なときならヴィデオを再生するようにして、車窓からちらりと見えたブロック塀の上の猫が、黒トラだったか黒白のブチだったかも思い出せるだろう。

意識的にこれは覚えていようと思えば、さらに精密な記憶も可能だ。たとえば碧水閣の壁画の構図くらいなら、いまでも一面ずつ略図を描くことはできる。おおよそのサイズなら、自分の歩幅を便りに復元も不可能ではない。しかし機械ではないから好調不調の波はあるし、ぼんやりしているだけならまだしも、他のことに注意を奪われていれば全然状況は違ってしまう。ホテルの資料室であのアルバムを見たときは、後者の方だった。

肖像画の下絵に使われた最初の二枚の写真と、埴原秋継が意味ありげにいったことばの方にもっぱら意識が行っていたのだ。後のページはパラパラとめくっただけで、夢に出てきたところをみればどこかで『百合亜』という名前があるのを見たのだろうが、どういうかたちで書かれていたのか、それすら思い出せない。

目にしたものなにもかもを記憶して再生することができたら、生きていくのに必要ないま現在の認識に支障が出るに決まっている。何万桁という数字を瞬時に記憶する人間などというのが、ときどき話に出てくるが、蒼の映像的な記憶はそれより遥かに情報量が多いのだ。だからどこかで安全装置が働いて、不要と認められた記憶は消去されるか、ずっと奥の方へ片付けられてしまうのだろう。

「でもあのアルバムは、いま真理亜さんのところにあるんだと思うよ。直接会えることになったら、見せてもらえばいいじゃない」

「まあな」

「連絡は取れたの？」

「いや、まだだ。あれ以来杉原さんのところにも電話はないらしいし、結局星弥さんを通すしかないんだろうな」

保釈のニュースが伝わった月曜の夜、神代教授から巨椋家には一度電話を入れている。しかし出たのは秘書らしい女性で、かなり長いこと待たされたあげくは結局、誠に申し訳ないがしばらく取り込むと思うので、当方からの連絡を待って下さるようにとの返答だった。だがそれも無理ないとはいえる。星弥も不起訴になったとはいえ、その日から普通に出歩くというわけにもいかないだろうし、あるいは埴原専務あたりの意向で家に留め置かれているのかもしれない。

「真理亜さんの入院先、群馬県警は知ってるはずだよな」

と深春。

「巨椋星弥の事件当夜の足取りなんか、調べていたんだし」

「警察が知ってたってどうなるよ」

工藤刑事なら尋ねれば教えてくれるかもしれないが、それはいまここで口に出さない方がよさそうだ。受付の女性のせりふはとんでもない悪趣味な冗談だが、京介と工藤がお互いを本気で嫌なやつだと思っていることは明らかだったから。

廊下で電話が鳴った。台所に立ちかけていた深春が教授に取り次ぐ。電話は巨椋家からだった。正確には巨椋の意を受けた、営業部の英千秋からの。

「明日の午前中、十時頃にこっちィ来るそうだ。なんでもこの十五日に巨椋家でささやかなパーティを開く、その招待状をご持参遊ばすそうだぜ。俺ら全員分のな」

「へえ、そりゃまたごていねいに」

「ついでに京介がさやか君に頼んだ資料一式、お届けいただけるんだと。——蒼」

「はーい」

「うちの通いの婆さん、明日から早々と盆休みだとよ。すまねえが茶の支度頼まあ」

「わかりました。後でお茶菓子買ってきますから」

「俺、藤むらの水羊羹《みずようかん》が食いたいな」

「熊に当面用はねえぜ」

「ボディガードですよ」

「なにからなにを守るんだよ、阿呆」

「それにあと十時間もしたら明日だし」

「場所っふさぎめ。用もねえのにそれまで俺んちにすっころがってるつもりか?」

「そんじゃ草むしりでもしましょうか」

「いらねえよ。てめえなんぞうっかり働かせると、後が恐ェや」

(いつもこういうのばっかり聞かされてるから、耳が慣れちゃうんだよな……)

確かに京介の口が悪いのは、指導教授譲りかもしれないと蒼は改めて思った。

## 2

しかし結局深春は、英千秋の来訪に居合せることができなかった。翌朝近くのコンビニまでといって出かけたまま、延々三時間以上も戻ってこなかったのだ。朝っぱらから大の男が誘拐されるわけもなし、交通事故ならパトカーや救急車のサイレンくらい聞こえてきそうなものだ。どうしたのかと思っているうちに、約束の朝十時から三十分近くも遅れて英が車でやってきた。そのときすでに深春が出かけて、一時間も経っていた。

今日も彼女はそのグラマラスな肢体をあざやかな緑色の、ウエストをぐっと絞りこんだ丈の短いスーツに包んでいる。ショートカットの髪が一筋も乱れていないのはいいとして、午前中のキャリア・ウーマンにしてはいささか化粧の濃いのが目につく感じだ。庭に面したいつもの座敷に通された英は、薄手のアタッシェケースから一通の封筒を教授に差し出した。かたちは横使いの洋封筒だが紙は上質な和紙を用い、ＯＧＵＲＡ　ＨＯＴＥＬの文字が地紋に漉《す》きこまれている。

「ご招待状でございます。パーティと呼ぶほどもないささやかなものではございますが、どうぞ前に来ていただいたときのように、四名様でおこし下さいと専務が申しておりましたので」

座卓を挟んで英の向かいに座っていたのは神代教授と京介だが、蒼もお茶を運んできてそのまま、ふたりの後ろに座り込んでいた。肩越しに首を伸ばして覗き込むと、招待状の中身は、手漉き和紙に紫の色紙を重ねた地厚の用紙も、神代宗様他ご同行三名様と書かれた墨文字も、ささやかなパーティというにしては立派すぎるほどのものだ。

「おや、会場はオグラ・ホテルではないのですね」

文面に目を走らせていた教授が尋ねる。同封の案内地図には国道一二〇号が横棒で表され、その北側に『丸沼』と書かれた青い円があり、東側の湖畔に赤い星印と『丸沼旅館』の文字が印刷されていた。

「はい。丸沼旅館の主人は元オグラ・ホテルに勤めていた者ですので、私どもとは昔からご縁がございます。そこの別邸は旅館背後の高台に建っておりまして、昭和の初めにさる華族の方が避暑のために建てられたものを、後に買い取って宴会場などに使っておりますとか。いささかご不便とは存じますけれど、なにぶんにもささやかな内輪の催しでございますからお許し下さいまし。もちろん当夜のお泊まりは、用意させていただきます」

さっきから英がささやかなと繰り返しているのは、特に地元日光の人目を引きたくないからという意味なのだろうと蒼は思い当たる。

「その、お尋ねしてもよろしいですか？　パーティのご趣旨といったことを」

よそゆきの口調で尋ねた教授に、英は軽く微笑んでみせる。

「まだここだけの話ではございますが、実質的には新社長のお披露目ということで」

「ほう。するといよいよ巨椋星弥さんが、社長に就任される」

「正式には役員会の承認を得て、この暮れにもということになるかと存じますが」

「特にどこからも異存はないだろう、ということですか」

そういったのは教授の隣に座っていた京介だった。少し後ろに控えていた蒼は、京介がしゃべったとたん英の顔に微かな緊張が走るのを見たように思った。前にホテルで顔を合わせたときは、露骨に馬鹿にしたような目で彼を見たものだったが。しかしそれはほんとうに、一瞬のことだった。

「はい、それはもう。あの方はなるべくして社長になられるのですから」

にこやかな笑みとともにうなずいた彼女の顔には、もはや緊張のかけらも見えない。

「私ども従業員も皆喜んでおります。もちろん専務も会長も」

現社長の月彦なぞ、もはや存在もしていないというようだ。いくら彼が不適格でも、それはあんまりではないだろうか。

「真理亜さんも喜んでおられるのでしょうね」

「それはもちろん、はい」

「まだご退院はできないのですか?」

「さ、申し訳ございません。それは私では」

「僕はできるだけ早く真理亜さんとお話したいのですが、そのことを星弥さんにお伝えいただけませんか」

「承りました。申し伝えますので」

飽くまでていねいでそつがなくしかしなんにも約束しない、まるで役人の答弁のようだ。

「埴原常務を殺した犯人は、結局まだわからないままなわけですな」

教授がいうと、さすがに英の笑みがはっきりとこわばった。

「あれは私どもでは、やはり常務の自殺ではなかったかと考えております。あるいは一種の事故ともいえるかと」

「しかし、となると警察の鑑定は間違っていたということになりませんか」

教授のことばに英はふたたび微笑してみせる。

「ご存知ありませんでしたか？　警察に匿名の手紙が届いたそうなのです。それも常務と長らく関係のあったという女性から」

「いや。しかしそれは新聞報道にも、出てはいませんでしたね」

「ええ、ですが事実なのです。その手紙は警察だけではなく、専務の元にも届いたのですから」

さやかが電話口でもらした、『真犯人からの手紙』とはそのことであるらしかった。名前はいえないが自分はこの数年垣原秋継の愛人だった者だ、と書き出した手紙は、到底現場にいなくてはわからなかっただろうほど子細に当夜の状況を書き記していたのだという。

その匿名の女は秋継のクラウンに同乗して碧沼まで来た。別れてほしいという彼としばらく前から口論が続いていて、その晩も車内からひどい争いになった。秋継は彼女を沼のほとりまで連れていき、それならいっそふたりで死のうといって前もって隠してあったらしい灯油を自らかぶり、彼女にもかけようとした。揉み合いになって気がつくと彼は仰向けに倒れ、しかも手に握っていたライターから引火してあっという間に火だるまになってしまった。彼女はあわてて火を消そうと彼を沼へ押しやったが、意識を失くした秋継の体はそのまま流れていってしまったのだという。

「しかし、すると星弥さんはまったく関係がなかったと？」

「いいえ。全部終わってしまってから、星弥様が来られたということですわ。きっと常務が連絡してあったのでしょう。結局その女はあの方の車で、立ち去ることができたということです」

（それじゃ、星弥さんはその女の人をかばって自首したんだってことになる……）

蒼は心の中でつぶやいた。

（でもどうしてだろう。星弥さんは前からその人を知っていたんだろうか——）

仮に知っていたのだとしても、そしていくら心から同情していたとしても、ただ知り合いのために自分を罪人にするはずはない。

それともなにかその女に弱味を握られて、否応なく罪を被った？　それも星弥の行動にはふさわしくないし、第一そんな卑劣な真似をした女が匿名にしろわざわざ警察へ手紙を出したというのも筋が通らない。

「警察の方では、それを信じたわけですか？」

「存じません。けれど星弥様を釈放したということは、裁判であの方を有罪にできるとは考えなかったのだと思いますが」

「それにしてもなぜ彼女は自首などしたのでしょう。英さんはどうお考えになりますか」

尋ねた京介を、英は険のある視線で見つめ返した。

「私がどう考えるかなど、どうでもいいことですわ。星弥様はオグラ・ホテルの社長におなりになるのですし、社長をお守りしお助けしていくのが私の役目ですから」

「いやあ、なんとも興味深いことになってきましたな」

教授がわざとらしく呑気《のんき》な声を上げ、英は軽く苦笑して、

「さようでございますか。ただ私どもといたしましては、常務が殺人犯の手に倒れたというよりは、いかにも納得のいく話だと思っております」

納得がいくというよりも、都合のいい話だということではないだろうか。文面通り受け取るなら一番責任があるのは死んだ当の秋継で、それを敢えて助けようとしなかった責めは当然匿名の女と、星弥にもかかるわけだが、計画殺人とは罪の点でも遥かに違ってくる。死んでしまった男は、そうして速やかに過去の中に繰り入れられ、片付けられてしまおうとしているのだ。

「申し訳ございませんが、まだ回らねばならないところがございますので、これで」

英は腕時計に目を落としながら腰を浮かす。

「さやかさんからおことづけいただいた資料があったのでしたね？」

「車のトランクに入れてあります。あなた――」

彼女はにわかに蒼に視線を向けた。

「ごめんなさい、手伝っていただけないこと？」

どれほどあるのかと思ったら、大して重くもない段ボール箱ひとつだった。

「これだけでいいんですね？」

確認しながら抱え上げた蒼を、しかし英は目で引き止めた。

「あなた、蒼君よね？」

声をひそめて顔を近づけてくる。濃い化粧の匂いが鼻についた。

「星弥様からあなたに、頼みごとがあるの。聞いてもらえる？」

「なんですか？」

「大したことじゃないわ。ただちょっとしたものを、預って欲しいというの。しばらくの間、誰にも見せないで。それだけよ、お願いできる？」

「他の誰にもですか——」

「そうよ。あの方があなたに頼むっていっているのよ、蒼君」

英千秋の口調には、どことなく星弥の歯切れ良いそれをなぞっているような響きがある。そういえば彼女のやけにくっきりと描いた眉も、強くシャドウを掃いたメイクも、星弥の彫りの深い顔立ちを真似ているようだ。彼女だけを見れば、それなりに魅力的な女性といえるかもしれない。だが蒼にしてみれば、偽者は偽者だ。ましてその口から、蒼君などとは呼ばれたくもない。

「ほんとうに星弥さんの頼みなんですね」

直接彼女の口からいわれたなら、大抵のことなら承知していただろうが。英は、苛立っているのだろう、紅でくっきりといろどった唇の端を引き攣らせるようにして笑う。

「そう、でも無理だというならいいわ。私から星弥様にそういいます」

蒼は仕方なくうなずいた。どんなに遅くともこの十五日には、星弥と会って確かめることはできるわけだから。

「わかりました。とにかく保管しておけばいいんですね」

「ええ。大してかさばるものではないから、その点は心配いらないわ。じゃこれ、地下鉄本郷三丁目駅のロッカーよ。そのままにしておかないで、ちゃんと持ち帰ってね」

英はスーツの内ポケットから出した鍵を、蒼の手の中に押しつけた。

「中身は、なんなんですか？」

「さあ。でもあなたなら見ても、星弥様は駄目だとはいわないと思うわ」

## 3

深春が戻ってきたのは、英千秋が立ち去ってからさらに一時間も過ぎてからだった。かんかんに怒っている。酒を呑んでいるわけもないのに顔は真っ赤で、いまにも耳から火を吹きそうだ。なんと彼はコンビニの前で突然警官の不審尋問を受け、応答を拒否して逆に警察手帳を見せろといったら無理やり派出所まで連れていかれて、いままで延々三時間押問答を繰り返していたのだという。

「ああっ、くそお、思い出してもまだ腹が立つ！」

深春は玄関に入るなり、大声でわめきながら両手のこぶしを天に突き上げた。

「まあったく話にもなんにもならないんだぜ。あれほど理不尽なもんだとは思わなかった。だいたいだなあ、警察手帳は求められたら呈示しなけりゃいけないんだぞ。職務質問も派出所への同行も、すべて任意でなきゃいけないんだぞ。嫌だといったらそれで向こうは、あきらめなけりゃいかんはずだぞ！」

「おまえくらい不審な顔して歩いてりゃあ、尋問したくなるお巡りの気持ちもわかるがな」

教授が蒼のいいそうなつっこみを入れた。

「公務執行妨害で現行犯逮捕されなくて、まだ良かったってとこじゃねえのか？」

「そんな、人権意識の低いことといわんで下さいよ。仮にも私学の雄W大の教授が」

「人権ならな。熊権までは知らねえよ」

蒼にしてみれば深春の災難より遥かに、ポケットの中の鍵の感触が気になって、いつどうやって帰るといおうかとそればかり考えている。京介にしても普段なら皮肉のひとつも口にしたかもしれないが、今日のところは段ボールの中身で頭がいっぱいらしかった。

いきなりあった、などと口走るから下田菊太郎の手紙でも見つけたのかと思えばそうではなく、前にさやかから見せてもらった幹助の遺書のコピーらしい。そのはじについたしみを、ルーペでしきりと覗いている。

箱の中に入れてあったさやかからの手紙は、蒼も見せてもらった。ピーター・ラビットの封筒とおそろいの便箋に、忿懣やるかたないといった文字がぎっしりと並べられている。

『皆さんお元気ですか？　あたしは全然元気じゃありません。電話でも少しいったと思いますけど、家の中はいまメチャクチャです。あたしはもうほんとにとことん、巨椋家もオグラ・ホテルもイヤになりました。どうして小さなころはこんな家が、すてきだなんて思ったのでしょうか。

いままるであたしは囚人です。学校へは車で送り迎えされて、それ以外どこへも行かせてもらえません。星弥姉様も同じようなものです。食事のときだけは食堂で顔を合わせるけど、そのときはお祖父様たちが必ずいっしょだし、ふたりきりで話す時間なんて全然ありません。だから姉様もやっぱし、あんまり元気じゃないみたいです。

姉様には営業の英さんが秘書みたいにくっついてまわって、仕事のこととか教えているみたいです。あの女、姉様が社長になると決まったら、急にべたべたしてるみたい。お化粧やしゃべりかたまで姉様の真似してるの。感じワルイ。

仕方ないからあたしはしばらくおとなしくしていて、高校を卒業したらママの田舎の金沢にでも逃げ出そうかと思っています。おじいちゃんもおばあちゃんもまだ元気なので、いっそあちらの養女にしてもらうか、それが駄目なら働いてもいいです。でもこれ、ないしょですよ。絶対ネ。

そういうわけで、ほんとはあたし自身でパパの集めた資料を届けにいきたかったのだけれど、どうにもならないので英さんに頼みました。ゆっくり中を見ている間もなかったので、書斎のスチール引き出しにあったのをそのまま全部入れました。どこかにもっとなにかあるかもしれないけど、取り敢えず見つかったのはそれだけです。

そしてこの資料は、返してくれなくていいです。家出するとき置いてくのも気になるから、よかったら桜井さんたちの方で保管しておいて下さい。それがなにか研究の役に立ったら、可愛そうなパパのためにもいくらかいいかなって思います。

今度のパーティでは皆さんと会えますね。それだけ楽しみです。でもひとついやなことがあって、あの月彦さんが猟銃を持ち出したまま行方がわからないのです。まさかとは思いますけれど、来るときはくれぐれも気をつけてください。

さやか

P.S.　いつか桜井さんがいってたイタリアのペンフレンドの住所、そのころ使ってた封筒が残っていたのでそのまま同じように書いて同封します。

でもほんとにこんなの、ナンニツカウノ？』

小さくたたまれたエアメイル用の封筒を、京介がていねいに広げる。どこといって変わったところもない、縁に赤と青の斜線を巡らせたおなじみの封筒だ。左上にローマ字で書いたさやかの名前と住所があって、右に大きく相手の名と住所があるレイアウトも定式通りだ。

Sayaka Hanihara
113 Narusawa Nikko-shi
Tochigi-ken
Giappone

VIA AEREA

Gentile Signorina Fabia MARTINI
Viale Mazzini, 60
00156 Roma
ITALIA

「名前はファビア・マルティーニ、住所はローマか」
反権力の憤りもようやく収まったらしい深春が、吹き出た汗を拭きながら、首を伸ばして京介の手元を覗きこんだ。

「あとはさやかちゃんの名前と、住所と。ジャッポーネはジャパンで、このヴィア・アエレアってのはつまりイタリア語でエアメイルってことだろ？」

封筒にもともと印刷してあるAIR MAILの文字の他に、それは赤ボールペンで書きこんである。

「てことはやっぱりこの名前か住所か両方かが、なんか関係あるんだろうなあ。真理亜婆さんを取り乱させるような秘密と」

「——かもな」

気のない口調で相槌を打ちながら、京介の手はせっせと資料の山を掘り返している。

「蒼、ちょっと手伝ってくれるか？——」

「ごめん。ぼく、なんか汗かいちゃったから、一度うちまで帰って着替えてくるよ」

蒼はできるだけさりげない顔で立ち上がった。

「なんだ、風呂くらいここで入ってっていいんだぞ。服は洗濯して、乾く間は俺の浴衣でも着ていりゃあいい」

「教授。なんか俺に対してと、すんごく待遇が違いません？」

「熊と美少年が同じに扱えるかよ」

「差別だあ——」

「アホ、区別といえ」

深春と教授の掛合いを聞きながら、蒼は小走りに家を出た。京介の視線が背中に張りついているような気がするが、振り返ったらよけいやばい。誰にも気づかれないようにといわれた以上、少なくともいまは皆にも秘密にしておく方がいい。

蒼のマンションは向丘、教授の家からは本郷通りを渡って十分もかからない。だからちょっと戻ってくるという口実も使えたわけだが、本郷三丁目駅まで行くとなるとマンションに戻るにはずいぶん遠回りで、合計すれば三十分以上、夏の太陽が照りつける下を自転車でもあればよかったのにと思いながら汗を飛ばして走るはめになった。

コイン・ロッカーの中にあったのは、黒いゴミ袋を畳んでガムテープで止めた長さ三十センチくらいの棒状のものだ。さわると中は固いが、前のような鍵束ではない。しかし見るからに怪しげな感じがして、これがほんとうに星弥のものなのか、また蒼は疑いたくなった。

しめきったマンションの部屋にはむっとする熱気がこもっていて、クーラーを回してもなんとなく黴臭い。もう何年も住居にしてはいるのだが、いつになっても自分の家とは思えない部屋だ。もっとも週の半分は深春のところなぞに泊まっているのだ、無理はないかもしれない。

部屋は余っているのだから越してくればいいと教授には何度もいわれ、この春彼が日本に帰ったときにもまたその話が出はしたのだが、そこまで甘えてしまっていいのか、蒼自身迷いが残るのだ。いくら家族同様にしてはもらっていても。

（それに今度みたいなことがあるとね）

例のものはダイニングのテーブルに置いた。そのまま裸になってシャワーを浴びてエビアンを飲んで、思いきってガムテープに手をかける。見るなといわれれば見はしないが、かまわないならなにを預っているのかくらい知っておいた方がいい。

袋の底に横たわっていたのは、大判の白い布ナプキンに包まれたものだった。地にＯＧＵＲＡのロゴが織り出されているところから見て、ホテルのダイニングで使われているものに違いない。蒼たちが泊まったスィートのテーブルにも、同じものが備えられていた。

布の端をつまんで、巻きつけるようにしてあったナプキンを解く。中から出てきたのは、

（スパナだ――）

鈍い銀色をした三十センチくらいのごついスパナ。しかしその先端はべったりと、赤黒い汚れで覆われている。よく見れば、短い髪の毛もついている。そしてちょうど人の手が摑む場所には、肉眼でもはっきりと見て取ることができた。

先端の汚れと同じ色で捺された、とても鮮明な、指紋が。

# 夜の底の白い花

## *1*

英千秋が神代教授宅を訪れた翌々日、今度は郵便でJRのチケットが送られてきた。上越新幹線で東京から上毛高原駅までの往復乗車券と、行きの指定席券。八月十五日午前十時〇四分到着のあさひ三〇七号グリーン車だ。時間を合わせて駅までお出迎えにあがります、とある。昼を挟んで二時間取引先や同業者も含めての立食パーティがあり、夜は数十人程度の晩餐会だということで、どう考えてもささやかな集まりというには盛大すぎるようだ。盛夏の候でもあり、なにとぞ平服でお出かけ下さいという案内だったが、教授は彼が引率する破目になった三人の青少年に一方的に申し渡した。

「ジーパン、短パン、Tシャツ、タンクトップ、アロハ、サンダルは禁止だ。夜は着古しでもいいから上着着用、ただしちゃんとクリーニングしてくること。わかったな?」

「——面倒ですね」

京介がぼそりとひとこと文句をいい、
深春がこぶしを突き上げるのを、神代教授はフンと鼻で笑って黙らせる。

「そうだ。教授横暴！」

「好きにしろよ、てめえが恥かきたかったらな」

蒼はなにもいわなかった。頭の中はそれどころではなかったのだ。

当日、帰省客や行楽の家族連れにもまれながら上毛高原の駅舎を出ると、出迎えは旗など立てていなくとも一目でそれとわかった。

「よくお出で下さいました」

この真夏の盛りに皺ひとつないダークスーツをぴったりと着こんで、うやうやしく頭を下げた男の背後にはロールスロイス・シルバーシャドウが巨大な車体を見せている。中年ひとり、髭とぼさぼさ前髪の若者ふたり、子供ひとりの四人連れを、いったいどんなＶＩＰなんだろうと振り返っている周囲の視線が痛い。

「これはどうもお世話になります。弥陀晧一さんでいらっしゃいましたね」

「私のような者の名前を覚えておいていただき、誠に恐縮でございます」

教授のことばにまた深々と頭を下げる。以前にもオグラ・ホテルで顔を合わせたあの陰気な男だ。

「まさかあなたがわざわざお出迎えに来て頂けるとは、思いませんでしたよ。弥陀さんは将来オグラ・ホテルの経営にも参加される方でしょうに」

「とんでもございません。さ、どうぞ、こちらへ。先生、皆さん方も。早速ご案内いたしますので」

話しているときも顔の筋肉が、口の他はいっさい動かない。目も動かない。そのせいで生きた人間というよりは仮面でも見ているような、薄気味の悪い気分がしてしまう。口調は今日はすべらかだがそれも生身の声ではなく、あらかじめ用意された決まり文句を口から吐き出しているだけとしか思えない。

車はたちまち駅前の人ごみをぬけてすべるように走り出す。深春がなにか話しかけてきていたが、蒼は生返事をしながら、いまはマンションの引き出しの中にある、ビニール袋にくるまれたもののことばかりを考えていた。

生々しい血の汚れと数本の髪の毛を付着させたスパナ。嫌でも埴原秋継の死を思い出さないわけにはいかない。これまでのところ凶器は現場に残されていた石だといわれているが、ほんとうのところはこのスパナがそれだったのではないか。

現場から持ち去られ、星弥から蒼に保管してくれと手渡された。つまりこの指紋は警察に手紙を送ってきた氏名不詳の秋継の愛人のもので、彼女をかばうために隠されているのだろうか。日光にあったのでは、いつ警察に発見されるかわからないから。

だがそれくらいならなにも、無理に保管しておく必要はない。星弥自身は人目があって難しいとしても英が味方しているのなら、たった一本のスパナくらいどこへ捨ててしまうのも難しいことではあるまい。それを敢えて指紋も血痕もつけたまま隠しておこうというのは、

（取り引き、あるいは将来の保証——）

なんて嫌な考えだろうと蒼は思う。しかしそう考えれば、確かにひとつのストーリィはできるのだ。秋継を殺した女をかばって星弥が自首する。彼女が勾留されている間に、真犯人の女は巨椋輝彦を殺す。それは失敗したが月彦は逆上して出奔し、彼の失墜はほぼ既定の事実となった。女は警察に手紙を書き、星弥は釈放される。

もし女が裏切れば、指紋のついたスパナが物証として持ち出されるはずだった。いや、それはまだ有効性のある取り引き材料かもしれない。この先星弥が絶対のアリバイを保証された状況で、輝彦と、もしかしたら月彦も命を落とすことになっているのかもしれない——

だが蒼は断固として、その仮説を退ける。工藤刑事に向かっていったことばは、決してその場限りのいいわけではなかった。蒼にはどうしても星弥が、そこまで自分の安全を他人にゆだねられるとは思えないのだ。少なくとも、彼女自身が主導権を握っている限りは。

別の可能性もなくはない。例えばこの指紋が星弥のものであるケース、つまり埴原秋継を殺したのはほんとうに彼女であったという場合だ。不起訴になることを見越して決定的な物証だけは隠して自首して出たのであり、匿名の手紙は偽物だとしたら。

しかしそれにも蒼は首を振る。自分にかかる疑惑をあらかじめ排除するためといっても、あまりにもリスクが大きすぎる。不起訴となったのは物証が得られなかったことや匿名の手紙の出現以上に、巨椋家の政治力によるものであったらしい。埴原専務までがグルである可能性はさらに低い以上、彼女が釈放される見込みは非常に乏しかったはずだ。

そしてなにより星弥自身が犯人なら、こんな危険な証拠物件を保管する必然性はいっそうないことになる。

（あともうひとつの可能性は、星弥さんがぼくに頼んだというのが嘘だった場合だ――）

つまり英千秋が将来にわたって星弥の意志を操るために、彼女が殺人犯である証拠を隠し持っていようと意図したとしたら。

英の、星弥の顔立ちをなぞるような化粧、口真似めいたしゃべり方がよみがえる。星弥に一日中つきまとっているという、さやかの手紙の文面も思い出される。新社長に追従するかに見えて実は彼女は、星弥を支配し自分の思うままに操ろうとしているのではないか。

そんな卑劣な計画に加担させられているとしたら、蒼は自分が許せなくなる。それくらいならこんなスパナ、蒼自身の手で始末してしまえばいい。ちょっとばかり気持ちが悪いけど洗剤をつけてたわしで洗ってしまって、後は神田川にでも放りこんでしまえばいいのだ。洗い流しても血液反応は検出できるというが、警察がその行方に気づいていない以上二度と発見される可能性はない。

ほんとうに何回、そうしようとしたかわからない。でも勝手にそんなことをしてしまって、なにか蒼には考えつかない別の可能性があって、取り返しのつかないことになってしまっては困る。

いつもならどうすればいいか、真っ先に京介に尋ねたろう。だがこればかりは駄目だった。星弥に好意的でない彼は、あっさり警察へ持っていけというかもしれない。

せめてこの指紋が星弥のものかそうでないか、それだけでもわかればいいと思ったが、彼女が研究室に来たときのカップはとっくに洗ってしまってあるし、他に彼女の触れたものもない。あの工藤刑事ならあるいは頼めば、星弥の指紋のサンプルを見せてはくれないだろうか。だがなんに使うのだと聞かれないはずはないし、へたをすれば藪蛇《やぶへび》だ。

日光の巨椋家に電話もかけてみたが、星弥はもちろんさやかも電話口には出ず、連絡をくれるようにと伝言したが、いくら待っても電話は来なかった。そうして蒼は宙空に吊るされたような不安な気持ちを誰にいうこともできないまま、今日という日を迎えたのだった。

「――星弥さんは……」

教授の口から出たその名が、蒼を長い物思いから引き剝がした。車はすでに見覚えのある、片品の山中を走っていた。

「間もなく社長に就任されるのですね」

「はい、左様でございます」

弥陀が答える。

「これで私どもも、ようやく安心して働くことができます」

「やはり月彦社長では、頼りなかったということですか？」

「それ以上にあの方には、社長たられます資格がなかったのでございます」

無感動な口調で語られたにしても、いやに強い否定のことばだと蒼は思った。

「オグラ・ホテルは単なる企業ではございません。私のような傍流もふくめて、巨椋幹助という男の血から出た一本の樹を守り育ててきた一族でございます。しかし月彦氏にはいつになっても、巨椋の長たる自覚がお生まれにはなりませんでした。たとえ血は創業者の直系だとしても、それでは私どもは従うことができません」

深春がさすがに声には出さないものの、なんだこいつは、という顔をしてこちらを振り返る。ぱくぱくと動いた口が、かたちづくったことばは『クレイジー』。確かにそうだ。まるで宗教だ。

「星弥さんにはその自覚がおありだ、ということですか？」

頭ではなんと思ったにせよそれを表わすことはなく聞き返した教授に、弥陀は淡々と答えた。

「あの方はもともと真理亜様によって育てられた方でございますから、一度は巨椋を捨ててイタリアで結婚されるようなこともなさいましたが、結局こうして戻ってきて下さいました。英もおそばについておりますし、この先はなんの問題もございますまい」

「そう。あの英さんというのは、実に有能な女性のようですな」

「はい」

蒼はどきっとした。バックミラーの中で、弥陀が初めてにっと笑ったのだ。色のない唇を左右に引いて。だがその笑顔はあまり、気持ちのいいものではなかった。

「そういえば彼女も、巨椋幹助の血を引いているのですね」

「――おっしゃる通りです」

弥陀はそれだけいうと、車のスピードを上げた。

## 2

丸沼の湖畔はすでに人波で埋めつくされていた。もちろん旧盆のことで、温泉や沼での釣を楽しみにきた宿泊客も多いのだろうが、あきらかにそれとは違う華やかに着飾った人々が、パーティの始まりを待って水際や、旅館前の美しく手入れされた日本庭園をそぞろ歩いている。駐車場も車で埋まり、静かな山中の湖が今日だけは河口湖あたりと変わらないほどの人出だ。

最初に旅館の方に案内され、部屋の鍵をもらって荷物を置く。昼の立食パーティは十一時からなので、もうあまり時間がない。温泉に入りたいとぼやく深春やまだ半分寝惚けている京介の尻を教授が蹴飛ばすようにして、ともかくも着替えをさせ外に出た。

以前泊まったときは気がつかなかったが、沼に向かって建った旅館の建物の背後に、京都の金閣寺を小型にしたような三階建ての和風建築があって、それが今日巨椋家の貸切になっている別邸らしい。枝振りを整えた松の植え込みの間を、白い小砂利を敷いた小道がゆるい坂道となって、別邸の建つ高台に通じている。ぞろぞろと移動し始めた人に混じって歩いていると、いきなり声がかかった。

「よおっ、やっぱり来てたな！」

工藤刑事だ。今日は黒いポロシャツの代わりにワイシャツに蝶ネクタイとはしゃれてみせたつもりかもしれないが、頭には相変わらず安っぽいパナマ帽が乗っかっている。初対面の神代教授と一応礼儀正しく挨拶を終えた工藤は、

「今日も非番ですか？」

と聞いた深春に例の大きな目をぎろりとさせると、

「馬鹿いっちゃ困るぜ、勤務中だ。こん中にもある程度の数の刑事は混じってるし、丸沼に下りてくる車は検問もしている」

「どうしてですか。まだ星弥さんを疑って？」

「違うよ、巨椋月彦に対する警戒さ。あいつ昨日の夜に本邸に電話してきて、今日のパーティをめちゃくちゃにしてやるとかいっていたらしい」

「猟銃を持ってるって話でしたよね」

「ああ、それも大口径の散弾銃だ。けっこう腕はいいらしいぜ」

「それにしては警備が少なくありませんか」

京介が脇からぼそりと尋ねた。工藤は大きな口をひん曲げてみせる。

「そりゃあしょうがないだろう？　県警にしてみりゃあ、巨椋星弥不起訴の件で無理やり煮え湯を呑まされたばっかりだ。加害者も被害者もひとつ家族なら、勝手に殺し合いでもなんでもしやがれというのが本音だろうさ。まあ、大っぴらにそうもいえないから、一応の警戒はしてるわけだけどな」

「それにしても、そんな不穏な状況にしたら大した盛会ですね。みんな知らないのかな」

「なあに、知らんことがあるもんかい。半分は好奇心たっぷりの常連や同業者、もう半分は義理を欠いたら後が恐いっていう取り引き先の連中だろう。まあ、狙われそうな巨椋家の連中の近くにはいないようにして、いざとなったら床に這いつくばるんだな。パニック起こして無闇と駆け出したりしないこと。目立つとなにより危ないぜ。武器持って興奮したやつってのは、獣と同じで取り敢えず動くものに反応するからな」

「ご親切なご忠告に感謝、てとこですかね」

教授の軽い皮肉に、

「いやいや。なにせこちとら庶民の皆様の警察ですからな」

にやっとして立ち去ろうとした工藤は、また急に戻ってきた。

「そうだ、もうひとつだけ。巨椋真理亜の容体がいよいよ危ないらしい」

いきなり予想外なことばを聞かされて、蒼たちは一斉にえっ？　となる。

「真理亜さんって、そんなに悪かったんですか？」

「ああ。俺が直接見たわけじゃないが、もうずっと意識不明らしいぜ」

「すると今度は相続でひと騒ぎだな」

「でも、星弥さんが社長になることは、真理亜さんも賛成だってことだったのに」

「まあ、そのへんの事情はいろいろあるんだろうさ。それじゃまたな」

別邸は丸沼旅館の背後の斜面を削るようにして建てられていた。素人目にも銘木を集め数奇をこらした建物とはわかるが、規模はさして大きくない。四方に濡れ縁を巡らせた一階の座敷は障子《しょうじ》もすべて取り払われているものの、日本座敷で立食パーティができないのは当然のことで、客たちが集まるテーブルは別邸を囲む芝生の庭に日除けのテントを張って並べられていた。

晴れた真夏の昼といっても高度は千五百メートル近い山の中のことで、吹いてくる風は肌に快い。高台なので旅館の屋根越しに、丸沼とそれを囲む緑の山を目の前に望むことができる。碧水閣から見る景色と似てはいるが、湖が遥かに大きいだけに囲まれた感じよりは広々とした開放感が強い。

「大変お待たせいたしました。ただいまよりオグラ・ホテルを愛して下さいます皆様をお迎えしての、ささやかな集いを始めさせていただきます。私は本日の司会をさせていただきます、営業部主任の英千秋と申します。盛夏の候、お忙しい中をかくも大勢の皆様にお集まりいただけましたことを、主催者になりかわりましてまずはお礼申し上げます」

歯切れ良い声がスピーカーを通して庭に広がる。彼女は今日は黒のフォーマルスーツで、濡れ縁のかたわらにマイクを握っている。頬には誇らかな笑みを浮かべ、目はきらきらと輝いていた。

「ほお、ありゃあ大した美人だな」

蒼のすぐ近くで中年の男がつぶやく。

「英っていうと」

「そら、あの幹助の妾の血筋ですよ」

そばから別の男がささやいている。

「ほうほう」

「あの娘も、歳は若いがなかなかの遣り手だって話で」

「最初に巨椋家を代表いたしまして、専務取締役埴原久仁彦より御挨拶を申し上げます」

そのときになってようやく蒼は気づいた。陽光のあふれる前庭から見れば影に包まれたように暗い座敷の中に、ひっそりと座っている人のかたちがある。屛風を背にして、どこか段に並べた雛人形のように。そのひとつが膝でにじって濡れ縁まで姿を現わした。紋付き羽織袴姿の、埴原専務だった。

会長を差し置いて専務が最初に挨拶することに、客たちの戸惑いは見られない。ここにいる人々のほとんどは、その程度には巨椋家の内情を承知している客たちであるらしい。しかし蒼は英からマイクを受け取った専務の、型どおりのスピーチなど耳に入れてもいなかった。まぶしい額に手をさしかけて、薄暗い座敷の中に必死に目を凝らす。そこに座っている人影を凝視する。

白いワンピースを着て一番端に座っているのは、埴原さやかに違いない。その隣の輪郭からして丸っこく見えるのは、たぶん巨椋月彦の夫人の巴江だろう。息子の姿はないようだが、彼女は実家から来ざるを得なかったのか。今日銃を片手にこの場に乱入してくるかもしれない、夫のことはどう考えているのだろう。

巴江と巨椋雅彦らしい影の間に、蒼は探していた人の姿を認めた。星弥だ。着物を着ているらしい。顎が胸につくほどに顔を伏せているらしい。ここからはそれだけしかわからない。

「では次に、次代のオグラ・ホテルを担うこととなります巨椋星弥より皆様へ、簡単な御挨拶を申し上げます」

英の声が告げた。スピーチを終えた専務もわずかに場所を脇へずらしただけで、星弥が出てくるのを待っている。さらに雅彦が隣から彼女をうながす。そしてようやく星弥は動き出した。老婆のそれのような、緩慢な動作だった。

そして彼女が日の照る濡れ縁に姿を現わしたとき、蒼は唇を嚙み締めずにはおれなかった。あれがほんとうに巨椋星弥だろうか。内に黄金の炎を宿したクリスタルのように、まばゆく輝いていた彼女が。

裾に華やかな御所柄をあしらった黒の留袖、結い上げた髪にも豪華な飾り櫛をつけ、濃く化粧をしているにもかかわらず、星弥の憔悴《しょうすい》ぶりは痛々しいほどだった。白粉の下の顔には血の気もなく、唇を塗りこめた紅ばかりが浮いている。伯父の手からマイクを握らされた彼女は、目を伏せて客たちを見ようともしないまま頭を下げた。礼をしたというよりは、頭の重さに前へのめったようだった。

「――本日は、オグラ・ホテルのために、よくお集まり下さいました……」

スピーカーを通してさえ、ささやくような微かな声だった。

「どうぞこれからも、皆様のお力でホテルを支えて下さいますよう、心からお願い申し上げます――」

ようやくそれだけいい終えて、星弥はまたがくりと頭を垂れた。専務と英は同時に左右から彼女を振り返ったが、それ以上は無理だと判断したらしい。背後からすべり出た和服の女がふたり、星弥を抱えるようにして奥へ連れていくのと、専務が体でその情景を客の目からさえぎるのと、英が、

「では次に衆議院議員本多昇一先生に、日頃オグラ・ホテルを御愛顧下さいますお客様方を代表していただき、ご祝辞を賜りたく存じます」

高い声を張り上げたのがほとんど同時だった。蒼はなおも座敷の奥へ目をそそいでいたが、星弥の姿を見ることはもうできなかった。

集まった客たちは陽気だった。強い真夏の陽射しの下で生ビールのジョッキを傾けながら、大声ではオグラ・ホテルの盛んさを誉め讃え、声をひそめては遠慮もない辛辣《しんらつ》な噂を交換し合った。

「どう思います、あの女性が社長になるというのは」

「結構なことじゃありませんか。これまでのような内紛をいつまでも続けているよりは」

「確かに現社長もナニだったが、あの常務も——」

「亡くなられて惜しい方ではなかった、と」

「あなた、めったなことを」

「しかし大丈夫なんですか。さっきの様子は」

「どこかお悪いような」

「だいぶ警察できびしくやられたのじゃありませんかね」

「そうそう。民主警察なんていっても結局やつらは」

「でもあの人は自分から自首して出たんだって」

「いやあれはなにかの間違い」

「それともノイローゼみたいなもんで」

「精神鑑定の結果で釈放されたとか」

「しっ、あなた。縁起でもない」

「めったなことをおっしゃるものじゃ」

「だが巨椋家というのは昔から」

「噂ですよ、噂。そんな埒《らち》もない——」


蜂の羽音にも似て周囲を飛び交う会話の断片を追い回し、なにか意味のあることを聞き取ろうとしているうちに時間は尽きた。蒼が気がつくと庭を埋めていた人波は潮の引くようにまばらになり、京介や教授たちの姿も見えない。巨椋家の人々が座っていた座敷も、座布団の上はすでに空っぽだ。

そのとき建物の裏手から、見覚えのある顔が覗いた。指先が小さく招いている。さやかだ。彼女はコットンのワンピースに着替えて、頭には麦わら帽子をかぶっていた。

「ありがと、来てくれて」

にこっと笑ってみせた表情が、どこか痛々しい。

「他の方たちは？」

「うん。ぼんやりしてるうちにはぐれちゃった。もうここにはいないんじゃないかな」

「だったらあたしたちも下へ行きましょうよ」

さやかは先に立って、さっき登ってきたのとは違う裏道っぽい坂を下り出す。

「最初っからいたの？」

「いたよ」

「じゃあ見たでしょ、星弥姉様の顔。どう思った？」

「どうって、驚いたよ。星弥さん、まるで病気みたいなんだもの」

「──病気よ、姉様。お水をもらえない花みたいに、どんどん元気がなくなっていくの。それをお祖父様があぁして無理やり。あれじゃまるで見世物だわ。そう思ったでしょ、あなたも！」

蒼はうなずくしかない。

「でも姉様も変よ、らしくないわ。そんなに社長になりたくないならはっきりいえばいいのに。あたしと違って大人なんだから、昔みたいに家を出ていけばいいのに」

「昔って――」

「だからね、あたしはほんの子供の頃でよく知らないけど、星弥姉様がイタリアに留学しただけでなく、向こうでイタリア人と結婚したときは家中大騒ぎだったんですって。その頃はやっぱり社長は月彦さんじゃなくて姉様だって、みんな思っていたらしいのよ。何年留学したってきっと戻ってくるって。

　でも姉様の決意が固くてどうしようもないから、それじゃってことになって月彦さんが社長になったのが九十一年。そしたら次の年の春には姉様離婚して帰ってきたの。だからそういう意味じゃ、月彦さんも不運ではあるのね」

「君はどう思うの？　オグラ・ホテルの社長には、誰がなるのがいいって」

「それは……」

　さやかはためらうように軽く頭を傾けたが、

「あたしだって星弥姉様が喜んで社長をされるんなら、月彦さんよりはいいと思うわ。パパが生きてたとしても、姉様の方がふさわしいと思うわ。でもなりたくないものを無理やりさせるなんて、なりたい人を止めさせるよりまだ悪いでしょう？　どうしてお祖父様は、そんなことがわからないのかしら」

湖畔に出るとさやかは、蒼をさらに散歩に誘った。顔を知られている人に見られたくないという気持ちはわかったので、つきあうことにした。樹の名前の当てっこをしない？といわれたが、試されるまでもなく蒼には全然わからない。蒼が指さした樹をさやかが当てる。

「あれは？」

「タモノキ、別名トネリコね」

「あれは？」

「マユミ。昔弓を作ったんですって。秋になると赤い実がみのってきれいなのよ」

「あれは？」

「どれ？　いやだ、ナナカマドも知らないの」

笑い出されてしまった。

「そりゃ名前くらい聞いた覚えはあるけどさ。あ、あれはわかるぞ。シラカバだ」

「残念でした。カバはカバでもこれはダケカンバ。幹が真っ白じゃなくて、少し茶色みがかっているでしょ」

君のいったのが違ってたって、こっちにはわからないけどなあと思ったが、それはいわないでおく。

「ねえ、これはどう？」

さやかが足を止めたのは丈の高いわりに幹の細い、樹皮が銀色がかって葉も細くて細かい立ち木だった。

「――わかんないよ」

「ヤナギよ」

「ええっ、うそだ。ヤナギくらいぼくでも知ってるよ。あのだらっとした、幽霊のバックに生えてるやつだもの」

「あれは枝垂れ柳でしょ？　これはタチヤナギっていうの。でもちゃんと同じ仲間よ。六月頃になると実がみのってね、真っ白な綿毛が風にふわふわ舞って、まるで雪が降ってるみたいなの。きれいよ」

「真っ白な綿毛――」

なんだかそういうの、見たことがある気がする。夜で、暗くて、雪みたいなものがふわふわって。あれはいつ、どこでだっけ？

しかしそれ以上考えている暇はなかった。急にさやかが立ち止まって嬉しそうな声を上げたのだ。

「あ、先生――」

「やあ、ここにいたのか。さやか君」

気楽な服装に着替えた教授が、片手をポケットに入れてぶらぶらと歩いてきていた。さやかはスカートの裾をひらめかして走り寄る。

「そんなことないです、先生。あたし、お目にかかりたかったんです。ひとつ、どうしても聞いていただきたいお願いがあって――」

「うん？　なんだね、いきなり」

「先生。あたしのこと、お嫁にもらっていただけないでしょうか？」

「元気そうだね」

3

神代教授があれほど茫然と、途方に暮れた顔をするのを蒼は初めて見た。さやかは冗談でいっているわけでもなさそうだった。といって見上げた目の中に見る見る溜まっていく涙の幾分かが、意識的なものであることも間違いはない。

さすがに答えに窮している教授を置いて、蒼はすみやかに退散する。着替えにいってきますというのは半分口実で、邪魔をするとさやかに恨まれそうだからというのもかなりの部分嘘で、一番の理由はいまの時間なら星弥を見つけられるのではないか、という期待があったからだった。

さっきまでの混雑が嘘のように、別邸と周囲の庭には人影ひとつない。と思ったら玄関の引き戸を開けて、出てきたのは専務と会長だ。ふたりとも難しい顔をして、足早に庭を横切り旅館の方へ下りていく。これでいよいよ見咎《みとが》められる心配は減った。別に悪いことをしようというのじゃなし、ただ星弥さんと少し話したいというだけなんだから。蒼は思いきって別邸の中に足を踏み入れた。

外から見たときよりも広く感じられる内部だった。一階は開け放たれた表座敷の背後に納戸や水屋が並び、玄関の次の間に上への階段がある。二階はやや天井が高く、絨毯を敷いて洋間風のしつらえにした広間が大半を占めている。純白のクロスをかけた大テーブルが中央に据えられているところから見て、夜の晩餐会はこの部屋で行われるのかもしれない。広間に隣接していくつかの小部屋があるようだが、人の気配はしない。星弥はもう別邸にはいないのかもしれない。

だがそのとき、小部屋の戸のひとつが大きな音をたてて開いた。立っていたのは巨椋巴江だった。

「あら、ボーイさん。いいところへ来たわ！」

彼女は蒼を見るなり大声を上げる。黒のズボンにワイシャツを着ていたおかげで、サービス係に間違えられているのだ、ということだけはわかった。巴江とは前にも会っているのだが、あまり人の顔を覚えたりはしない人間らしい。大股にずかずか近寄ってくると、蒼にしてみれば忘れもしないガラス玉をはめた眼鏡のフレームを押し上げながら、彼女はけたたましくまくしたてる。

「あたしどこかに財布を置き忘れてしまったらしいのよ。探してくれない？　ああ、下はもう見たの。上へ行ってちょうだいな。膝が痛くて階段が上がれないのよ、あたし。黒い革のよ、早くして」

ぼくはボーイじゃありませんといったりしたら、よけい面倒なことになりそうな気がした。まあいいか、上までは行ってみようと思っていたんだし。黙って頭を下げて階段を登る。巴江は二階の椅子に腰を据えて、吹き出る汗をハンカチで拭っている。

三階は二階よりひとまわり小さいようだった。ここでも基調は日本座敷だが、床の間に飾られた極彩色の大壺や壁際の朱塗りの長持、掛け鏡といった派手な調度がどことなく中国風のふんいきを醸《かも》し出している。開かれた窓の外は、庭先から眺めるよりいっそう広い空と山と湖。

碧水閣の三階の窓を開けたら、やっぱりこんな景色が見えるだろうか。方角は、確かここでも碧水閣でも西向きだ。晴れていればきっと、目映いほどの落日が眺められる。

しかしその部屋で、三人は自ら命を絶ったのだ。巨椋幹助の妻カテリーナ、幹助自身、そしてふたりの孫百合亜。いやそれだけでなく真理亜自身が目撃したように、最初の死は幹助がイタリア人フェレッティを殺害したことだ。まさしく落日の燃えるような輝きのさ中で。その記憶に引きずられるようにして、少なくともカテリーナと幹助は同じ部屋で死んだのではないだろうか。もしかしたら時刻も同じ、部屋いっぱいに照りつける赤い光の中で。

「――ちょっとボーイさん、見つからないの？　ないならあたし、他を探さなきゃ――」

「はーい、すみません。いま見てます――」

階段の下から聞こえてきた巴江の声にあわてて答えて、なにをしにきたのかなとばかばかしい気もしたがいまさらしかたない。しゃがんでみた蒼の目に、壁につけて置かれた古風な布張り椅子の下に落ちている黒いものが映った。

（なあんだ。こんなとこにあるじゃないか）

しかしそれは財布ではなく免許証入れだった。中を開くと英千秋が正面を向いて、きっときつい目を見張っている。みんなだらしないんだな、と閉じて椅子の上に放り出そうとしたとき、なにかがふわりとその間から舞い落ちた。白い、たんぽぽの綿毛のようなもの。床に落ちたそれを蒼は指先でつまみ上げた。

（これ――）

実物を見た途端、さっきは思い出せなかった記憶が戻ってきた。さやかがいっていたタチヤナギの実。前にこれと同じものを見たことがある。丸沼に泊まった夜京介とふたりで深春を探しに来て、そのときに見た。夜の闇の中に、月の光に照らされて、まるで雪みたいに白く、これがふわふわと舞い落ちていたのを。

きしっと廊下が鳴る。蒼は振り返った。パーティのときのままの黒いツーピースに、ショルダーバッグをかけた英千秋が入ってくる。

「あら、蒼君。それあたしの免許証だわ。探していたの、ありがとう」

伸ばされた彼女の手を、蒼は立ち上がりながら一歩下がって避けた。英は軽く目を見張る。

「どうしたの？」

「これ、わかりますか。ヤナギの実です」

蒼は指でつまんだ白い綿毛を、英の目の前に突き出した。

「ヤナギの実？　知らないわ、そんなの。あたしはいままで見たこともない」

彼女はすばやく否定した。だが否定したことで逆に、直感は裏付けられたと蒼は思う。

「六月二十四日の夜、碧水閣の周囲のタチヤナギは一斉に綿毛を飛ばしていた。まるで雪が降っているみたいでした。覚えていますよね、あなたも」

「さあ、どうかしら――」

「その晩深春はバイクでやってきて碧水閣に放火しようとした人間を、捕まえようとして逆に倒された。でも相手は一度深春の要求に屈するとみせて、免許証を出しかけたんです。そのときにこの軽い綿毛が中に紛れこんだのを、いままで気がつかなかったんですね、あなたは」

「碧水閣に放火ですって？　どうしてあたしがそんなことをするのかしら」

「それはまだよくわからないけど、この前神代先生の家に来たときに、深春がわけのわからない不審尋問に引っ掛かってなかなか帰してもらえなかったのは、あれはあなたの工作なのじゃありませんか。警察に、怪しい男が歩いていると電話するかどうかして。あの晩あなたは顔を隠して、深春にひとこともしゃべりはしなかったというけれど、それでもあんまり近くにいたら気づかれるかもしれない。それが恐かったから」

英は軽く肩をすくめたが、なにもいわなかった。

「それから、奥さんの生前から埴原常務の愛人だった女性というのはあなたなんでしょう。だから碧水閣まで彼のクラウンに乗っていって、偽の遺書を残したのも、あなたで」

「でもいまは巨椋星弥新社長の忠実な部下で共犯、警察に匿名の手紙を送ったのもあたし。そういえば満足かしら。蒼君？」

英が一歩、大股に前に出た。蒼は思わず後ろに下がる。すぐそこに隣室への引き戸があるのだ。だがそれは外から開かれた。入ってきたのは弥陀晧一だった。いまの話が聞こえていないわけはないのに、例の青白い無表情にはなんの変化もない。

（こいつも、共犯？——）

うかつだったという思いが、嵐のように蒼の頭をかすめる。バイクの放火犯を後から追ってきて車で連れ去った人間がいたはずだし、秋継が殺された夜には弥陀は月彦のゴルフに伴われていた。月彦がはやばやと部屋に引き取ってその夜のアリバイがなかったこと、彼の白いポルシェが駐車場から一時消えていたこと。弥陀ならば簡単にその工作はできた。

「――ちょっとボーイさあん、いつまで探してるのよお――」

蒼は階段に向かって走りながら、大声を上げて巴江を呼ぼうとした。しかし一瞬早く弥陀の腕が背後から伸び、開いた口に蓋をしていた。腕ごと胸が巻き締められ、足は宙に浮いている。

「こちらにはなにも落ちてはおりませんよ、巴江様」

落ち着いた声で答えながら、英が階段を下りていく。

「あら、あなた上にいたの？　あたし、ちっとも気がつかなくて」

「ええ、御芳名帳の整理をしておりましたの。あ、そうそう。巴江様、さきほど専務が探しておられましたよ。月彦様のことで、県警からなにか連絡があったとか」

「主人が？　まあ、そんな。それじゃあたくしちょっと失礼しますわ――」

どたどたと階段を踏み鳴らして、巴江は出ていってしまう。玄関を閉ざす音がして英は三階に戻ってきた。

「さあ、お利口な蒼君。これでもう建物の中にも回りにも誰もいないわ。あなたが大声で叫んでも、気がついてくれる人はね。――手をゆるめなさいな、皓一。顔に手の痕が残ったりしない方がいいのよ」

口を覆っていた手が外され、足が下につけられる。しかし弥陀の手は、蒼の両肩を万力のように摑んで離さない。

「どうするつもりなんだ、千秋。殺すのか、こんな子供を？」

　蒼は首をひねって彼の顔を見上げた。これまで見た覚えのない、気弱な途方に暮れた表情が浮かんでいる。仮面のような無表情の下に隠してきた、それが彼の素顔かもしれない。

「しかたないでしょう？　子供だろうとなんだろうと、気がつかれてしまった以上はね」

「だって、こんなにたくさん人間がいるのに、どうやって——」

「始末は夜になってからよ。それまではどこかに寝ていてもらいましょう。あんまり傷をつけずに沼で溺れさせれば、死体が見つかっても過失と見分けがつかないだろうから」

「そう、うまくいくかなあ……」

　ぼそぼそと情けない表情で弥陀はつぶやく。

「だいたい千秋はかっとなると、なにをやり出すかわからないんだ。いつかだっていきなり碧水閣に火をつけてやるなんていって飛び出して、あれで俺がいなかったら——」

「うるさいわね、皓一は。いまごろなにをいい出すのよ。うまくいくかじゃなくてやるのよ、やらなけりゃならないのよッ！」

　肩にかかった弥陀の手が、いくらかゆるんでいる。いざとなったら窓から飛び降りたっていい。騒ぎを起こせばすぐ気づかれる程度の場所に、人はいるはずなんだから。蒼は首を回して、弥陀の右手に思いっきり嚙みついた。わっと声を上げてひるむのを振り払って走る。だがその足に英が投げたバッグの紐が絡み、うつぶせに倒れてしまう。

「この餓鬼!」

弥陀の手に襟首を摑まれて引き起こされ、次の瞬間パンチがみぞおちに食い込んだ。膝が崩れる。息ができない。

「傷をつけたら駄目だっていってるのに」

頭の上で英の声がした。

「さもないと死体がすっかり腐るまで、見つからない方法を取らなけりゃならなくなるわ。それじゃ嫌でしょう、あなただって。せめてきれいな死体で、皆のところに戻りたいわよねえ」

彼女の手が床につっ伏した蒼の顎にかかり、ぐいと上に引き上げた。いつの間にかその手に、黒いラバーの手袋をはめている。

「ねえ、蒼君。最後にひとつだけ教えておいて。あたしがあなたに預けたもの、巨椋星弥の指紋をつけたスパナ、あれはいまどこにあるの？」

「——あんなものとっくに、きれいに洗って神田川に捨てちゃったよ」

みぞおちの痛みをこらえて、蒼は英の顔を睨み付ける。

「もうおまえはあれで、星弥さんを脅迫することなんか、できないんだ。ざまあみろ——」

「そう、それならいいのよ……」

口をすぼめるようにして、英はにっと笑った。

「手間がはぶけたわ、ありがとうね。それじゃどうぞ、安心して夜までお寝んねしててちょうだい」

目の前に青い火花が散り、次の瞬間それは全身を貫く灼熱の刃になった。体が弓なりに反り返る。叫んだとしてもそれは、蒼自身の耳には届かなかった。

# 落日の情景

## *1*

それは夢だろうか——。

たぶん夢だ、ただの——。

あまりにも無力すぎる状況に置かれ、このままではあと数時間の内に間違いなく死ななければならないと知らされた心が、せめてその最後の瞬間までは狂わずに、絶望しきらずにいられるようにと、遮二無二すがりつく幻だ。いまこの瞬間にも親しい人たちが、自分を必死で探してくれている、という夢。だから希望を捨てずに待ってさえいれば、きっと助けが来る、という夢。

(蒼を知らないか?)

京介――

(どこ行っちまったんだろう、あいつ)

深春――

(もうこんな時間だ)

神代先生――

(坊やがいないって?)

工藤刑事――

(蒼は……)

(蒼は――)

――ぼくはここだよ、みんな。ここにいるんだよ!

叫ぼうとしても声は出ない、指一本動かない。自分がいまどこにいるのかもわからない。それともぼくはもう、殺されてしまったんだろうか。殺されて、暗い深い穴の中に埋められて、このまま誰にも知られずに腐っていくしかないのだろうか。

違う、違う、そんなことはない。ぼくはまだ生きている。意識だってはっきりとしすぎるくらいはっきりしている。体が動かないのは全身を布で包まれて、その上から手足もいっしょにミイラみたいに、ぐるぐる巻きにされているからだ。

声が出せないのは口の中に、ハンカチかなにか詰めこまれているからだ。その上にガムテープらしいのが巻かれていて、口を動かそうとすると引き攣れてぴりぴりする。そして目を開けているのになにも見えないのは、箱の中みたいなところに入れられているからだ。狭くて暗い、ちょうどお棺くらいの――

そのことに気づいた瞬間、ひっと小さく蒼の喉が鳴った。心臓が氷の塊みたいに冷たくなり、その冷気はたちまち全身に伝わっていく。とじ込められた箱の中は暑く、空気は淀んでむせかえるようなのに、蒼の体は小刻みに震えている。

暗くて狭い箱の中、そこに身動きひとつできずにとじ込められている自分。どんな悪夢より忌まわしい、現実。息遣いが荒くなってくる。ドクドク、ドクドク、ドクドク、耳の血管がうるさいほど音をたてて、いくらもがいても縛《いまし》めはゆるまない。

(落ち着かなくちゃ――)

蒼は必死で自分にいい聞かせる。いくらあのとき近くに誰もいなかったにしても、人ひとり運び出そうとしたら人目に触れないわけにはいかない。だからどこにとじ込められているにしても、ここはまだ丸沼旅館の近くなのだ。警察だっているのに誰にも気づかれないように、それも自然死に見えるように殺すなんてできるはずがない。我慢していればきっと、京介たちが探し出してくれる。

(大丈夫だ、落ち着くんだ、ゆっくり息して――)

しかし蒼の体は理性の声を裏切る。喉の奥からは絶えずしゃくり上げるような痙攣が昇ってき、全身の皮膚からは冷たい汗が吹き出す。駄目だ。息ができない。胸が潰れそうだ。我慢なんてできっこない。こんなところにあと何時間も置かれていたら、頭が変になってしまう。だってぼくはなによりも、暗くて狭いところが苦手なんだから。

どこに届くことがなくともせめて大声で叫べたら、全身であがくことができたら少しは気が紛れるかもしれないのに、悲鳴を上げたくともふさがれた口からは喘ぎの声すら出ない。手足をつっ張って暴れたくとも、体はミイラのように包みこまれている。発散できない恐怖は蒼の全身を巡り、筋肉を石に変え、脊髄《せきずい》を昇って震える脳を鷲摑《わしづか》みにする。

（——戻ってくる……）

ふいに蒼は感じ、その恐ろしい予感にいっそう喉を詰まらせる。閉ざされていた扉を押し開けて、よみがえってくるのは昔。疾《と》うに忘れて、葬ったはずの悪夢。そして、狂気——

（コワイ……）

意識が引き裂かれ、ゆがんでいく。いまの自分の奥から、もうひとりの幼い蒼が戻ってくる。

（コワイヨ、ヤメテ、ユルシテ……）

いくら泣いても、呼んでも、誰も助けてはくれなかった。あれはいくつのときのこと。

（タスケテ、ダシテ、ココハコワイヨ——）

それともいまもまだなのだろうか。あれから何年も時が経って、そんなこと忘れて暮しているると思ったのは間違いで、ほんとうはまだあそこにいるのか、あの牢獄の中に――

（タスケテ、ボク、キットイイコニナルカラ――）

一瞬目の中に白い映像が浮かんだ。その顔が肩越しに振り返って、蒼を見下ろしていた。しかしそれをはっきりと捕える以前に、蒼は固く目をつぶってしまった。あでやかな微笑を浮かべたその美しい顔が、あまりにも恐ろしかったので……

その世界には時間がなかった。いや、なにひとつ存在しなかった。ただひとつ名前もない、生きてもいない、石ころだけがころがっていた。

なにも見ない。感じない。見たものは忘れてしまおう。目を閉ざし、耳を閉ざし、すべての感覚と感情を閉ざして石ころになってしまえば。

もうなにも恐くなんかない。ぼくはもうぼくじゃない。ただの石ころだから。誰もぼくを傷つけたり怖がらせたりすることなんか、できないんだ――。

外へ通ずる扉なんてあるはずがなかった。しかしそのないはずの扉を、開けた手があった。力まかせにこじ開けるのではなく、なにかの魔法のように静かに、優雅に。彼は名前を呼んだ、名前などあるはずもない石ころに向かって。――蒼、と。そのときからそれがぼくのほんとうの名となり、名乗るべき唯一の名となった。

そうだ。ぼくは自分の力であそこから出られたわけじゃない。助けてもらったんだ、彼に。だからいまになってもまだ、同じものが恐い。とっくに消えてしまったはずの、あの顔が恐い。

（目を開けろ——）

蒼は自分に命ずる。自分の中で震えている幼い自分に。

（目を開けて見るんだ、ぼく自身の目で——）

心臓が鳴った。恐怖が黒い吐き気となって喉を突き上げる。開けるな、開けるな、じっとしていろと声がささやく。なにもするな、おとなしくしていろ。蒼はからみつく声を振り捨て、目を開けた。

そこにあったのはしかし、もはや顔ではなかった。一冊の本。色褪せた小豆色の表紙に見覚えがある。表紙が開くのと同時に、——カタン、と古びた幻灯機を動かすような音がして、セピア色の映像が広がる。カテリーナと幹助、固く唇を引き締めて指を脇差の柄にからめた白人女性と、なにかに耐えるように無表情な和服の男。

またカタンと音がして映像が変わる。怒ったようにレンズを見つめる七、八歳くらいの少女。巨椋真理亜。せっかくの可愛らしい顔立ちを、頭の後ろに引きつめた髪型と、枠の太い武骨な眼鏡が台無しにしている。自分でもそれがわかっているのか、下唇を突き出して不満げな顔だ。

カタン、新しい映像が現われた。切り取ってロケットの中にでも入れていたのかと思われる、小さな丸い写真だ。おぼろに霞《かす》むセピア色の中で、屈託なげに笑っている男。いかにもラテン系らしい濃い眉、大きな鼻と口。それはホテルの資料室で見たアントニオ・フェレッティの顔だ。

カタン、映像は巡る。椅子に座って並んだふたりの男女。成長した真理亜とその婿弥陀正二。それも資料室のパネルで見た覚えのある顔だ。その脇に立つ紋付きの老人は幹助。頭は禿げ上がっても生まじめな無表情は変わらない。

カタン、新しい写真。人形のように整った顔立ちの赤子。その脇に初めて文字が現われる。『百合亜誕生。大正十三年七月二日』

(ここに名前があった、百合亜の——)

しかしその先のアルバムは、すべてが百合亜という少女の成長に捧げられている。レエスの幼児服を着たしかめ面の幼女、『百合亜三歳』。どこかの制服らしいワンピース姿の少女、『百合亜六歳』。矢絣の振り袖に袴《はかま》をはいた女学生姿の娘、『百合亜十五歳』。早回しのフィルムを見るように、赤子から幼児、子供、そして少女へ、娘へ、花開くように美しく成長していくその記録だ。

やがては星弥と月彦の母となる百合亜。くっきりとした眉や目のかたちは、そのまま星弥を思わせる。しかし唇や顔の輪郭は星弥より遥かに繊細で、いかにも癇《かん》の強そうな、神経質そうなところが透けて見える。それでも春の盛りで、無邪気に笑うその顔は美しい。

そしてさらに一枚の写真。それは結婚式の写真だ。白無垢に包まれ、綿帽子をかぶった百合亜の隣にいるのは、黒い学生服の若者。彼の顔は緊張して硬いが、つつましやかに目を伏せた花嫁の、小さなほくろのある口元に浮かぶ幸せな笑みは隠しようもない。『巨椋百合亜十九歳、埴原和彦二十三歳、昭和十九年一月十日祝言、和彦の学徒出陣に先立ち』。

そして次のページが来る。写真はなく、ただ文字のみの。『十一月五日、訃報来る』。

もはや残されたページは何枚もない。しかしそれはすべて写真はなく、ただ文字のみが記されたページだ。

『昭和二十二年、巨椋百合亜、埴原雅彦結婚』

『昭和三十二年十一月二十日、百合亜双子出産』

『昭和三十三年一月二日、百合亜自死』

最後のページに一枚の写真が貼られている。目を閉じて仰向けに横たわった女の顔。それは死化粧をほどこされて、棺の中に横たわった百合亜の顔だ。無邪気に笑っていた少女、つつましやかに微笑んでいた花嫁の、いまは固くやつれた無残な死顔。薄く長いレースのショールが髪を包み、首を巻き、顎のところまでを覆っている。天女の羽衣のように。彼女もまた飛ぶことのできなかった天女だった。隠し扉の裏面にあった像の、顔は百合亜に似せられていたのだ。

写真の下に一行の乱れた文字。それを見てようやく蒼は、わかった気がした。どうしてこのアルバムの記憶があれほどにも、いままでよみがえらなかったのか。恐かったからだ。蒼自身の胸にしまいこんだはずの過去の記憶と、そのまま繋がってくるように思えたからだ。かつて、母親に殺されようとした自分自身と。

京介は疾うにそのことを、知っていたのかもしれない。知りながら、蒼自身が思い出すことを待っていたのかもしれない。

そこにはこう書いてあった。

『母を許しておくれ、百合亜。おまえを殺したのは私』——

## 2

声がした。

「ひとりにしておいてといったでしょう。いつまで私を見張っていれば気が済むの？」

別の声が答えた。

「いつまでもですわ、星弥様。生きている限り私たちは離れられないんですよ、かたちと影のように」

「かたちと影？　それなら影は私の方ね」

疲労にかすれた声に自嘲が滲《にじ》む。答える声はそれとは逆に、からみつく蛇のようなすべらかさと毒を帯びる。

「とんでもございません。影は私ですわ、生まれながらに。私どもはずっと昔から巨椋の影だったのですよ、ご存知でしょうに」

「そんなこと知らない、知りたくもないわ」

「そうご心配なさらないで。輝彦は真理亜様がお亡くなりになる前に、きっときれいに始末してさしあげますから」

「止めて——」

「兄上の方は大丈夫今日中にかたがつきますわ。それにしてもなんて愚かな方。これだけ警察が出ているのも知らずに、猟銃を片手にいまごろどこにひそんでいるものやら」

「それもあなたがしむけたんでしょう——」

「さあ?……」

笑い声、いかにも心地よげな。

「かもしれませんわね。でもご主人様はそんなことまで、いちいち気になさるものではありませんわ。汚れ仕事はどうぞおまかせ下さいまし」

「もう止めて、英さん。なにが欲しいの。社長の地位? そんなものあげるわ。私は欲しくなんかない。望んだこともないわ、一度だって」

「そうですわね、星弥様。あなたにとっては巨椋家の主人の座なんて、その程度のものでしかなかったのですわね。あたしが生まれたときから、いいえ、生まれる前から望んでいた夢を、あなたはそうやって平気で足蹴にできるのですものね——」

押し殺した声に力がこもる。

「あなたはお姫様、生まれたときからすべてを約束されて、その約束されたものを惜しげもなく放り出すお姫様。ああどんなにかあたしは、あなたに憧れたことかしら。血は同じなのに、巨椋幹助の血はあたしの体にも流れているのに、いいえもしかしたらこちらこそが、ほんとうに彼の子孫なのかもしれないのに——

巨椋に対する思いは、秋継も同じようだった。自分でも説明のつかない執着に彼は辛うじて耐えていたわ。父親の敷いた道を歩くことへの反発と、自分の無力さに引き裂かれながら。だからあたしは彼を愛したのよ。自分のものにしたのよ。あたしの野心と彼の知識、それがひとつになれば巨椋を手に入れることも夢ではない。そう思った。

だのに彼は結局、あたしを捨ててあなたと結婚しようとした。裏切るに事欠いて、あなたと。あなたが少しも自分を愛していないとわかっていて、支配するよりも足元に跪《ひざまず》いて、姫君の情けにすがろうとしたのだわ」

「もう止めて、聞きたくない——」

弱々しいつぶやきに、短く笑いがかぶさる。

「だから、あなたはまだ知らないでしょう。あたしはいっそ碧水閣を焼き払ってやろうかと思ったのよ。秋継が変わっていったのは社史の編纂のためだって、碧水閣にせっせと通い出した頃からだった。まるで真理亜様が乗り移ったみたいに、碧水閣を守るためにはどうすればいいか、そんなことばかりいうようになって。それならいっそあんなもの、燃えてしまえばいいと思った。

でも考えてみればその頃あなたはもう日本に戻っていて、真理亜様のところにしげしげ出入りしていたのよね。秋継の目当てはなんのことはない、あなただったんだわ。それでも変な邪魔が入ったりしなければ、あたしは碧水閣を焼くだけで気が済んで、秋継を殺したりしないですんだかもしれないわねえ」

答える声はない。

「ねえ、星弥様。聞かせてよ。あの夜私が電話でいった時間より三十分も遅れてきたのは、秋継なんかどうなってもいいと思ったからでしょう？　あなたが着く前にあたしが彼を殺していれば、いいやっかいばらいができると踏んでいたんでしょう？　あのとき車できたあなたに、あたしはうつぶせに倒れている秋継を見せた。なのにあなたは信じないふりをしたわね。あたしが死体の背中に灯油をかけて火をつけて見せたら、初めてあわてたように飛び出してきたわ。あれも計算していたんだとしたら、大変なものだわね」

「違う……」

「違いやしないわ。手を下したのはあたしでも、その原因を作ったのはあなた。あなたさえ戻ってこなければ秋継が裏切ることもなかったはず。だからあたしとあなたは共犯なの。あたしがそういったらあなたも認めたじゃない。だからあたしが素手でスパナを拾えといったとき、素直に拾ったのでしょう？」

「それは違うわ——」

振り絞るような声。

「私は脅迫されてあなたに従ったのではないわ。確かに秋継さんの死に誰より責任があるのは私、私が早く態度をはっきりさせていればこんなことにはならなかった。そう思ったから、その罪は私ひとりで被るべきだと思ったから。だからよ」

しかしふたたびそれを笑いがさえぎる。

「きれいなことをいうのね。結局あなたは巨椋のしがらみから逃げたかっただけなのよ、星弥様。そのためにあたしや秋継を利用しただけなのよ。社長になるのが嫌なあまりに、あなたがやってもいない殺人をひっかぶるとはまさか思わなかったけど、残念ね、もう逃がしやしないわ。指紋をつけたスパナは始末できたし、いくらあなたが騒いでもこれ以上警察が相手にすることもないでしょう。それともどうしても社長が嫌なら、いっそ狂ったふりをして、病院にでも入る？」

笑う。耳に突き刺さるかん高い笑い声が、あたりに響き渡る。

「駄目よ。どうしたってあなたには、あたしという影を隠すかたちでいてもらうわ。たとえほんとに気が狂おうとね。そしてあなたを通して、巨椋をあたしの思うままに動かしてやる。それでこそ日蔭の身を強いられた、英佐絵の子孫にふさわしいというものよ」

いつか目が開いていた。その目の端に射す赤い光を意識していた。そうしてそのままぼんやりと、外から聞こえてくる女ふたりの会話を耳に入れていた。ひとりは英千秋、蒼を殺すために捕えた女。そしてもうひとりは蒼が探していたひと。

(星弥さん……)

箱の中の空気が濁っているためか、頭は霧がかかったようにぼんやりと動かない。それでもなんとか動かない体を折り曲げて、微かに赤い光をもらしている小さな穴の方へ顔を近づけようとする。その穴は、鍵穴だ。

「なに、その音——」

星弥の声が聞こえた。

「そこの朱塗りの長持の中よ。なにか音がしているわ、ほら」

「音ですって？　いいえ、あたしには聞こえませんけれど」

朱塗りの長持。覚えている。別邸の三階の部屋にそれはあった。つまり蒼は英らに捕えられた、あの同じ部屋にいまもいるのだ。そして星弥も。

いくら体を起こそうとしても、長持の高さはそれほどない。脚もいくらか曲るくらい。布に包まれた足先を上げて、蒼は思いきり横板を蹴る。分厚いためかあまり音はしないが、それでもいくらかは聞こえたはずだ。息を弾ませる蒼の耳に、争うような物音が聞こえてくる。

「なんなの、いったい。あなたは知っているのね。生き物みたいだわ。でも、そんなところにとじ込めるなんて——」

「ごらんにならない方がいいですよ、星弥様。どっちにしても助けてあげるわけにはいかないんですからね」

「なんですって——」

「静かになさいな。暴れるとよけい苦しいわよ。それとも夜になるまで、もう一度気絶していた方がいいかしら？」

英の声。蒼はかまわず全身で箱にぶつかる。封じられた口から可能な限りの声を上げる。星弥のはっと息を呑む音がした。

「蒼君？　——蒼君なの？」

頭の上で蓋が揺れた。

「鍵を渡しなさい、英」

「命令されるんですの、星弥様？」

「ええ、命令します。この中にいるのはあの子なのね？」

「そうですわ。あたしのしたことに気づかれてしまったもので、他にどうしようもなかったんです」

「殺す気なの？」

「一生とじ込めておくわけにもいきませんしね」

「そんなこと許しません。もしこの子を殺すか傷つけるかしたら私は警察にすべてをいいます。そしてあなたを逮捕させます」

「それをいまなさるくらいなら、もっと早くにしていてもよかったでしょうに」

「死んでしまったものならあきらめるしかないわ。でもまだ生きている子を、どうして殺すことができるの。早くして！」

「違うわね、星弥様。あなたは結局どうしようもないエゴイストなのよ。自分が堕した子供の代わりをかわいがることはしても、かわいそうな秋継のことなんかその程度にしか考えていなかったのよ。命令ですって？　いいでしょう。けれどそうしてあたしを従わせた以上、二度とあなたの役割から下りることも、逆らうことも許さない。一生社長という名の奴隷になるのよ、あなたは。それは承知なのでしょうね」

沈黙に笑いが返ったのは、星弥がうなずいたからなのか。

「高い買物だこと、あれほど自分ひとりの自由にこだわっていたあなたがね」

いきなり耳元で金属音が響き、それから頭上を覆っていた黒いものが開いた。汗にまみれた顔の上に、冷たい空気と部屋を満たす夕映えの赤い光が振りかかる。目の中に半泣きの星弥の顔が迫ってきた。抱き起こされた額に落ちる熱いしずくを、なにかとても不思議なもののように蒼は感ずる。

（星弥さん、泣いてるの？……）

「大丈夫、蒼君。どこも痛くない？　御免なさいね、私のせいでこんな目に遭わせてしまって。苦しいでしょう、いま外してあげるから待っててね――」

汗に濡れそぼった頭をまるで壊れ物のように胸に抱えて、星弥の手は小刻みに震えている。口の回りに巻かれたガムテープを、恐る恐る剝がしている。かまわないから一息に引っ剝がしてくれればいいのにと、蒼は思う。星弥のいつにない取り乱し方がかわいそうで、ぼくはなんともないよと早くいってあげたい。

やっとテープが取れて、中につっこまれていたハンカチを吐き出して、蒼が声を出そうとしたそのときだった。廊下のドアがキイと鳴った。英が弾かれたように振り返る。黒いズボンに蝶ネクタイをつけた白シャツ、ボーイ姿の男だ。しかし普通ボーイは、ゴルフ・バッグを背に担いだりはしていない。

男は後ろ手にかんぬきをかけると、帽子でも脱ぐように頭を覆っていた長髪のかつらを引き外し、捨てた。ゴルフ・バッグの中からは、猟銃の鋼《はがね》の銃身が姿を現わす。

「やっと見つけたぜ、魔女ども。俺からの祝いだ。受け取ってもらおうか」

巨椋月彦はゆっくりと、銃口を星弥に向けた。窓から射し入る西日の輝きが、金属に反射してぎらりとひかった。

## 3

「いけませんわ、社長。そんなことをなさっては。奥様と輝彦様がどれほど悲しまれますことか」

英千秋は少なくとも勇敢ではあった。落ち着き払った口調でいいながら、彼の方へ足を運ぼうとする。しかし月彦はすばやくその彼女に銃を向け直す。

「動くな、貴様も同罪だ。俺がなにも知らないと思うのか？」

英は足を止め、両手を広げてみせた。

「まあ、社長。私がなにをいたしましたでしょう」

唇の間から喰いしばった前歯を剝いて、彼は笑おうとしたようだが、出たのは狂犬めいた低いうなり声だけだった。

「なにをしたかだと、この売女《ばいた》め——」

英の胸に銃を向けたまま、月彦はすり足で前に出る。

「常務を殺した晩、弥陀に指図して俺に一服盛らせたのはおまえだろう。なんでああも早く眠くなったのか不思議で、ずっと考えていたんだ。おまえはとっくの昔に幼なじみのあいつを抱きこんで、星弥を俺の代わりに社長にするために工作していやがったんだ」

「それは違う、兄さん——」

しかし星弥のことばは銃口で封じられる。

「なにが違うだ。まったく嫌な女だよ、おまえは。子供のときからおまえだけが婆さんにちやほやされて、俺だって同じ家の子なのにおまけかなにかのように扱われて、それを平気で捨てるようにしてイタリアなんぞへ行っちまったのに、どうしてまたおめおめ帰ってきたんだ。それも俺がようやく社長になったってときに。

おまえさえ帰ってこなければ俺は、社長でいられたんだ。いくら親父どもが文句をいおうと、常務の野郎を押し出してこようと、勝てたはずなんだ。おまえさえいなければ！」

「でも私は社長になんてなりたくなかったの。ほんとうよ、兄さん——」

「嘘をつけ。それならなんで常務を殺した。俺に罪をかぶせて消すためだろうが。その証拠におまえはその女に命令して、いろいろな小細工をしてるじゃないか。偽の遺書を打ったインクリボンを社長室に入れさせたり、おまえが警察に留置されている間に輝彦を殺そうとさせたり。よくも息子にまで手を出そうとしやがったな。俺はそれで金輪際《こんりんざい》、おまえらを許すまいと決めたんだ。いいか、殺してやる。その顔に散弾をぶちこんでな！」

「待ってよ、月彦さん！」

喉を振り絞って蒼は叫んだ。

「そうじゃないんだ。星弥さんがやらせたんじゃないんだよ！」

必死で身を乗り出した。といってもその体はミイラみたいにぐるぐる巻きにされたままで、もがいて少しずつゆるんではきていたが、ろくに歩くこともできない。それでも、

(時間をかせぐんだ――)

部屋の中は射しこむ西日で染めたように赤い。だから時刻はもう五時を回っているはずだ。星弥の姿が見えなければ、きっと誰かが不審に思って探しているだろう。そうでなくともこの二階で晩餐会が開かれるのなら、そろそろ準備のための人が出入りし始める頃だ。もしかしたらあのドアの外にはもう、警備の警官たちが集まっているかもしれない。

「ねえ英さん、ほんとうのことをいってよ。あなたはあなたで星弥さんを利用しようとしただけだって。もうあなたの計画は御破算《ごはさん》になっちゃったんだから、これ以上嘘つかなくてもいいでしょう？」

さっき星弥としていたような話をゆっくりすれば、かなりの時間稼ぎになる。月彦にしてもある程度意外なことなら、やはり興味を引かれて耳を傾けるはずだ。あなたにだって不利なことじゃないんだよ、英さん。さもないとあなただって撃たれてしまうよ。蒼は言外の意味をこめてその顔を見つめる。

しかし彼女には、やはり蒼の思いは伝わらなかった。緊張のためか目の下が青ずんでいる。唇の色が血の気を失い、別の生き物のように引き攣れる。そして英は顎を反らし、あざけるようにいった。

「ええ、そうね。嘘はつかないわ。お説のとおりよ、社長。あたしはずっと前から、星弥様が社長になるべきだと思っていたの。だから幼なじみの弥陀を利用してあなたにも工作させたし、秋継とも寝たのよ、星弥様のために手懐《てなず》けようとしてね。ついでにいっておくとあなたが、今日ここまで来られたのもこちらの計略なの。警備の手薄なルートとボーイの服装まで届けてあげたのは、なんのためだと思うの？」

「畜生、あれもおまえが？――」

月彦の丸い顔が見る見る赤くなり、またすぐ青くなっていった。

「はめやがったのか、畜生め――」

「怒るなら星弥様に怒ってね、全部彼女の指示なんだから」

銃口が揺れる月彦の心理を映して、英と星弥の間を行き来する。星弥はもはや疲れ果てたように、長持の端に腰を落として動かない。逆に英はじりじりと、星弥から身を遠ざけようとしている。

目の隅でなにかが動いた気がして、蒼は一瞬息を止める。窓を背にした星弥、蒼、英。向かい側のドアを背負った月彦。蒼から見て左手の壁にかかった鏡が、窓の右端を映している。外から窓枠にかけられた左手。そしてゆっくりと覗いた頭。

（工藤さんだ――）

一瞬現われた目が、またすぐ沈む。今度は顔といっしょに、右手で握った拳銃の先が見えた。月彦はまだ気づいていない。でも見られたら万事休すだ。

「そうか。やはりおまえの命令か、星弥。おまえがなにもかも悪いんだな」

口につばをためたような声で繰り返す月彦に、星弥はうなずいた。糸の切れた人形みたいに。

「――そう思ってもいいわ、兄さん。私が撃たれてあげたら、満足してくれる？」

「満足だと？」

月彦は星弥の胸をまっすぐに狙ったまま、じわりと一足前に出る。

「おまえはいつもそうやって、自分だけは俺なんかと違う、俺とは別の次元に立っているような顔をしているんだな。そう思ってもいいだと？　自分が犠牲になるといえば、俺が恐れ入って引き下がるとでも思ったのか。いいだろう、殺してやる。だがおまえは一番最後だ。真っ先におまえの忠実な手下からぶち殺してやるさ！」

銃口が動いた。英はかん高い悲鳴を上げた。次の瞬間蒼は彼女に肩を摑まれ、銃の方へ放り出された。月彦の手にした銃が自分の動きに連れて回転するのを、蒼はひどく鮮明に見た。撃たれる、と思った。

音の異なる銃声が二発。——

宙にしぶく血の色もふたつ。——

床に倒れた蒼の上に、折り重なるようにして倒れてくる星弥。黒い翼みたいにひるがえる着物の袖。その胸を染める赤。そして肩を押さえ、銃を落として膝を折る月彦。壁際をこするようにして動いている英。窓から躍りこんでくる工藤。同時に押し開かれる廊下側のドア。殺到する警官の制服。

銃声で麻痺した耳に工藤の声がする。

「怪我はないか、坊や」

「ぼくは平気。でも、星弥さんが」

「安心しろ。死なせやしない」

答えた自分の声も、自分のではないみたいだ。もう担架が運びこまれている。星弥の体がその上に横たえられている。透き通るほど青い顔。目は閉ざされたままだ。

「星弥さん——」

涙がこぼれて、頭が混乱して、なにもわからない、なにも考えられない。いつ体に巻きついていたテープが外され、いつからそばに京介や深春、神代教授が来て自分を覗きこんでいたのかも。

「無事で良かった、無事で良かった」

そんなことをいいながら、先生や深春が頭をなでている。しかし蒼は泣き続けることしかできない。ちっとも無事じゃないんだ。星弥さんはぼくをかばって撃たれたんだもの。ぼくはあんなにあの人が好きだったのに、生きるか死ぬかのときに守ってあげることができなかったんだもの。

ぼくは子供だ。ほんとうに無力な子供でしかない。それがこんなに悔しいことだなんて、いままで知らなかった。

なんともないといったのに、蒼も担架に乗せられている。どこかわからないところに連れていかれそうで、蒼はもがいて起き上がろうとする。その手を京介の細い指が握った。蒼は見上げた。命綱にすがるように。目が出合った。いつもと少しも変わらない、色の淡い、静かで涼しげな彼の目だった。

京介はなにもいわない。慰めや、良かったなどということばは。ただその目を見上げていると、蒼は不思議に安心する。あの長持の中にとじ込められてから蒼の心に起こったことを、彼が全部を知っているような気がする。錯覚かもしれない。それでもいまはいい、と思う。

「心配しなくていい、後で迎えにいくよ」

すばやく膝をかがめて、蒼の耳元に京介はささやいた。同時に握っていた手が抜かれたが、蒼は逆らわないことにした。京介が約束してくれたのだから、信じようと思ったのだ。

担架が部屋を出ていく。あの赤々とした落日の光が、ようやく薄れていこうとしている。去り際に首を伸ばした蒼は、混乱をきわめる人ごみの中に見覚えのある顔を見つけた。思えば今日姿を見せなかったのが、むしろ意外な顔だ。

(埴原たかさん、どうして?——)

目は相変わらず濃いサングラスで隠されていたが、石のように強ばった顔、薄く開いた口に見える驚愕の表情は隠しようもない。老女はただ茫然と、夕陽に照らされた部屋を見つめていた。まるでそこに信じられないものを見た、とでもいうように。

# 翡翠の瞳

## 1

その深夜。

一台の乗用車が国道一二〇号を東に向かっている。ハンドルを握っているのは栗山深春、助手席には神代教授、後部には桜井京介と蒼。いつものメンバーではある。

約束通り京介は蒼を迎えにきた。病院の近くでレンタカーを借りて、退院手続きをするには不都合な時間だったので、取り敢えず断りはしないでそのまま身柄だけもらってきた。つまりは脱走してきたという次第。もっとも蒼自身にしてみれば怪我もなにもないので、これ以上薬臭いベッドに留め置かれる義理はないことになる。

病院で着せられた大きすぎるパジャマは、持ってきてもらった自分の服に着替えたが、靴の予備まではなかった。仕方なく靴下裸足に病院のスリッパを引っ掛けている。

「星弥さんは命に別状ないそうだ」

車が走り出して、真っ先に京介がいったのはそれだった。

「月彦が工藤刑事に肩を撃たれた方が早かったんで、銃口がそれて弾の大半は壁に当たったらしい。肺に傷がついたから軽傷とはいえないが、もう手術も済んだそうだよ」

「良かった――」

蒼はため息といっしょにことばを吐き出す。それが一番聞きたかった。だけど看護婦や医者はなにも教えてくれないし、京介の顔を見てもこちらから尋ねるのが恐かったのだ。

「京介。後ろの車、つけてきてるんじゃないか？」

バックミラーに目を走らせた深春がつぶやく。

「ああ、たぶんね」

京介は不思議でもないといった顔だ。

「きっとパナマ帽のいかれた刑事がついてきてるんだと思うよ。わざわざ招待する気もないけど、来たいというなら別にかまいやしないさ」

「そういえばこの車、どこに向かっているの？」

京介は返事の代わりに、ポケットから出した紙片を蒼の手に載せた。細くたたんで結んであったらしい、折り皺の入った紙だ。窓をかすめた街灯の明かりが、そこに書かれた文字を一瞬浮び上がらせた。

『今夜十二時碧水閣にてお待ちいたします　Maria』

「なに、これ――」

蒼は目を丸くして京介を見た。

「だって真理亜さんは病院で意識不明なんでしょ？　あれはうそ？　病院が誤魔化してたの？」

「もうじきわかるさ、それも。いよいよ大詰めだからね」

京介は軽い微笑とともに答えた。

「門の鍵はどうする？　工藤のために開けておいてやるかい？」

「そこまで親切にすることはないさ。どうしても来たいなら車を置いて歩くなり、丸沼からまわるなりするだろう」

京介のせりふはいささか冷たいとは思ったが、異議は唱えないことにした。警察が関わるべき領分は確かにこの夕で終わったはずで、ただの野次馬なら邪魔しないでもらいたいと京介が考えても無理はない。

未舗装の私道をのろのろと慎重な運転で抜けた車は、ようやく碧沼を巡る道に出た。ここから右手に、昼間なら翡翠色の水面を越えて碧水閣が見えるはずだと顔を伸ばしたとき、蒼の口から、そしておそらく他の全員の口からも驚きの声がもれていた。

「ああッ――」

「なんであんな……」

「すげェ――」

碧水閣。

碧の水の館。

月のない夜の空の下、黒い森に包まれて、まるで魔法の城のようにそれは浮び上がっている。ゆらゆらと奇怪な蜃気楼《しんきろう》のように揺れながら、闇の中に立ち並ぶロッジアの円柱、階段、窓。燐《りん》のように青ざめた光が、館をすっぽりとくるみこんでいる。

目をこらせばそれは決して、超自然の光などではない。無数に立て並べられた蠟燭《ろうそく》の炎が放つ明かりなのだ。ロッジアの床に、二階の手すりの上に、正面階段の両端に。蠟燭は淡い青色をつけたガラスのコップ型の火屋《ほや》に入れられていて、それであんなふうに青く、この世のものではないように見えるのだ。光はさらに窓のガラスに反射し、沼の水面に映り、人工の照明ひとつない森を背にしてたぶん実際以上の明るさを目に見せているのだ。

そうとはわかってみても、夢幻のような驚異の印象は少しも衰えない。車で近づいていくにつれても、いっそう不可思議な妖精の世界に入りこんでしまうように、現実だと信じていた足元の地面までがその光とともにゆらめき出すように思われてくる。

「長生きは、するもんだなあ——」

教授が気の抜けたみたいにつぶやいたときも、誰も笑いはしなかった。

「こんな奇体なものが見られるとは、夢にも思わなかったぜ……」

(飛べない鳥)

蒼は思う。地上に繋がれて逃れられないまま、我と我が身に火を放って、遠い天上のふるさとに合図を送ろうとしている鳥みたいだ。しかしどれほど多くの火をともそうとも、それが天に届くことはないのだ。鳥の頭上には重い瓦屋根が押しかぶさり、その身を捕えて放しはしないのだから。

出迎える者はないまま、扉は開かれていた。そしてやってきた四人を導くように、玄関から階段へ、小さな蠟燭の列が床の上で燃えていた。その他に明かりはない。

真っ先に車から降り、開いた扉の前に立った桜井京介は、同行者たちを振り返った。

「ひとつお願いがあります。これから先なにが目の前に現われても、僕がなにをいっても、どうか不用意に大声を上げたり口をはさんだりすることは絶対に慎んで下さい。もし疑問のことがあれば、後日答えます。いいですね」

彼のことばにはいつにない威圧感がある。全員黙ってうなずくよりない。

「行きましょうか」

京介は先頭に立って、点々と連なる火の他は闇に閉ざされた螺旋《らせん》階段を登り出す。

蒼たちも黙ってそれに続いた。いまからなにと出会うことになるにせよ、それが一世紀以上にわたるこの館の秘密であることだけは疑いようがなかった。

二階の廊下に、燈火の列はいっそう多かった。百目と呼ばれる太い蠟燭が鉄の燭台《しょくだい》に刺されて、壁を埋めつくしたレリーフを照らすように並べられていた。どこからか吹きこんでくる隙間風が炎をゆらめかせ、極彩色に彩られた花鳥や仏像のような浮き彫りの群れに陰影を躍らせている。

だが彼らを迎え入れた者が用意した通路に、迷う必要はなかった。扉が開いている。内部に明かりはない。しかし扉の脇には小テーブルが置かれて、火のついていない蠟燭が四本と持ち手のある燭台が載せてあった。

それもすべてあらかじめわかっていたというように、京介が手際良く四本の蠟燭に火を移し、燭台に立てて後の者に配る。行く手は塗りこめたような闇。

「行きましょう」

ふたたび京介がいう。

「でもその前に、靴は脱いだ方がよさそうです」

そこは二度目に碧水閣を訪れたときに入った、なにも見るもののない空っぽの部屋のはずだ。畳の上には確か埃避けのシートが敷かれていた。だがいま燭台をかざして見ると、確かにシートは取り払われている。あのとき空間を満たしていた黴臭さや埃の匂いは消えて、青畳の香さえ漂っている。ことばを忘れたように四人は裸足になり、彼に従って部屋の内に足を踏み入れた。

蠟燭の光は持った自分の手元、足元くらいしか照らしてはくれない。大股に進む京介の背中さえ、どうかすると行く手の闇に溶けてしまいそうになる。だがその彼の歩く先で、なにかがひかった。なにか、黄金色の壁のようなものが。

それはふすまだった。背景に金箔を張りつめた、光琳風のふすま絵が目の前に立ちふさがっている。大和絵の画法で描かれた緑の山、山の上には王冠のようなかたちの城壁に囲まれた都市。

「南蛮屛風《なんばんびょうぶ》みたいな画風だな」

教授がつぶやいた。

「しかしこの景色はまるでイタリアだぜ——」

「開けますよ」

いいながら京介がふすまの引き手に手をかける。それはなめらかに音もなく引かれ、次の間の闇を現わした。

繰り返しだった。進んでいくと目の前に闇を排して、蠟燭の炎を映してきらめく金色の障《しょう》屛画《へいが》が現われる。緑の山の次に描かれていたのは群青《ぐんじょう》に彩られた青海波《せいがいは》と、そこに浮かんだ一隻の船。その次には港と町と人の群れ。その次は、

「——これ、日光だね」

山に向かって延びる参道、朱塗りの社と川にかかった橋、そして遠景には中禅寺湖と華厳《けごん》の滝らしいものも描かれている。それならこの前にあった港町は横浜で、次々と出現する障屏画はカテリーナの旅路を表わしているのだと蒼は思った。

次の絵は、画面いっぱいに描かれた碧水閣だった。それも幹助によって改装される以前のイタリア風のパラッツォだ。大和絵の平面的な画法は西洋建築を描き出すのに向いているとはいえなかったが、細部の描写は執拗といえるほど丹念だった。コリント柱頭のアカンサスの浮き彫り、軒の上に並んだ女性像の衣の襞。遠近法も無視して、見える限りの装飾が描き止められている。元絵に使われたのはおそらくフェレッティ自身が描いた図面だ。

ふと蒼が気がつくと、京介は引き手に手をかけたままためらうように動きを止めていた。

「京介、どうかした？」

蒼がそばに寄って尋ねたとき、ふすまの向こうから声が聞こえた。

「——どうぞ、お入り下さいまし」

女の声。聞き覚えのある声。それでも明らかに、これまで聞いていたのとは違う声だ。

「失礼します」

そしてふすまが引かれた。暗さに慣れた目にはまばゆいほど明るい座敷。火をともした何十という燭台に照らされ、その光をさらに屏風とふすまに張られた金箔が反射し、まるで部屋全体が黄金色に染まっているかのような広座敷の中央に、白地に金で鳳凰の縫い取りをした裲襠《うちかけ》を纏って端座《たんざ》している女。髪から顔は花嫁のチュールのような白く薄いレエスの布で覆われている。

「よく、おいで下さいました」

細く高い声でいいながら女は前に手をついて深く叩頭《こうとう》すると、ゆっくりと顔を起こした。レエスの下からまぶたを閉ざした顔が現われる。蒼は声を上げそうになった。

知らない顔ではない。それはすでに幾度も出会った、埴原たかではないか。能の痩女《やせおんな》の面のように固く小さな顔を淡く彩る化粧。あの滑稽なほど厚く塗りたくった白粉や紅や色つきの眼鏡はないが、そのために印象はまったく違って見えはするが。

「巨椋真理亜さんでいらっしゃいますね」

「はい——」

彼女は閉ざしていたまぶたを開く。その目は、あざやかな碧色をしていた。

## 2

「でも、京介。それじゃ工藤刑事がいったあれはなんだったの？　病院に意識不明で入院しているっていうのは」

「それが埴原たかさんなんだ。初めから倒れたのは真理亜さんではなく、たかさんだったんだよ。そうですね？」

ゆっくりと顔をうなずかせながら、

「——桜井、京介さん」

改めてその名を口にし、味わうように、翡翠色の目をした老女は繰り返した。

「あなたは少しも驚かれないのですね。やはり初めから私のことを、気づいておられたのですか」

「初めから。そう、いってもいいかもしれません。最初に碧水閣を訪れたときから、その後にも、暗示めいたものは多すぎるほどに与えられていたのです」

京介も静かにうなずく。

「もちろん私は埴原たかさんともあなたともお目にかかったことはなく、暗示はいくつ拾い集めようと十分条件を満たすことにはなりません。けれどよもやあなたはそんな種明かしで、時間を使うことをお望みではありませんね」

「ええ、でも——」

老女は小さな手を口元に当てて、少女のようにくすりと笑いをもらした。

「私もけっこう上手にお芝居していたつもりだから、どうして見破られたのか少しばかり気にはなるんですよ。だってあなた方のようなお若い方には、七十も九十もどうせ同じような年寄りとしか見えないでしょう？」

「お上手でしたよ。ただ初めてこちらをお訪ねしたあのとき、星弥さんはあなたの意志に従って動いているとしか思えなかった。最初は早々に帰らせようとしていたらしい我々を、急に引き止めて食事をふるまって下さったり、またその後で急に追い立てたり。星弥さん自身が決めたことなら、ああはされなかったと思いました。かといって埴原専務に対してもまったく折れる様子のなかった彼女が、たかさんに唯々諾々と従うとも思えない。あの人を従わせることができるのは、たぶん真理亜さんだけだろうと、そう考えただけのことです」

「星弥は――」

老女はその名を聞いて、にわかに顔を強ばらせた。

「あの子はほんとうに助かったのですか？」

「お確かめにはならなかったのですか」

「病院に電話で尋ねはしたのですが、信じていいのかどうか不安で」

「大丈夫です。手術も終わって命に別状はないそうです」

「そう、良かった」

乾いた声でつぶやくと、彼女は金糸のきらめく裲襠の裾をさばきながら立ち上がる。

「どうぞ、こちらへ。お席を差し上げましょう」

同じ金色の壁に包まれた座敷の一角に、分厚い絨毯を敷いて黒漆金蒔絵の椅子と卓子《たくし》が置かれている。四人はそこに導かれたが、京介と真理亜以外の者がおまけでしかないことは痛いほどに感じられた。向かい側に彼女が腰を下ろすのを待ちかねていたように、京介は口を開く。

「真理亜さん、僕はあなたの願いをかなえるためにここに来ました。二歳のあなたが見た光景の意味を解くために。けれどあなたは今日、すでにその答えをご自分で手に入れられたのではありませんか？」

「私が？　いいえ、そんな」

薄化粧した小さな老女の顔の、表情はなかなかに読み取り難い。

「しかしあなたは見たはずです。丸沼の夕日に赤く染められた部屋を。それはあなたの記憶の情景と、似てはいませんでしたか」

「似て、いました。でも違いました」

「どこが違いましたか」

「窓の外の空も赤くて、部屋の中も赤くて、そこに人が入り乱れて、でも……」

一度とぎらせたことばを、力まかせに唇から押し出すかのように真理亜は続けた。

「でも、顔が見えませんでした――」

「見えないはずです。落ちかかった陽が窓いっぱいに射せば、人は逆光で真っ黒な影としか見えないはずですから」

京介の声はあくまで静かだ。老女はふいにぶるっとその顔を震わせる。

「そんなはずはありません。私の記憶には全部あるんです。鮮明すぎるほどに。父幹助は刀を持って、倒れているもうひとりに切りかかっていたのです。母はそれを止めようとしていたのでしょう。三人がもつれて、切られた血まみれの右手が屏風を押して、その手のかたちがくっきりと金箔のおもてに印されていました。刀の刃から飛んだ血しぶきが、萩《はぎ》の花びらのように散ったのさえ覚えています」

しかし京介は彼女のことばなど聞こえていないように、冷静な口調で続ける。

「他にも矛盾はあります。あなたはその恐ろしい顔の背景に、赤く染まった沼が見えたと記憶しているのではありませんか。けれど二歳のあなたは階段に立って、ふすまの隙から中を覗いていたはずです。その角度では、沼の水面は見えません」

紅を塗った小さな唇が開いた。見開かれた碧の目の中に、燭台の炎が映って揺れている。しかし彼女が見ているのは、その遥か遠い日の記憶だろう。

「だったら私が覚えているのは、すべて夢か幻だとでもいうのですか？　いいえ、違います。桜井さん、あなたもごらんになったのではありませんか。あの三階の高楼にはいまも、血痕と刀傷のある屏風が残されています。私が覚えていることが夢でも幻でもない、あれが証拠です」

「畳の上にも血の痕がありました」

「あれは母と、父が自殺した痕です」

「母上が亡くなられた後、そのときの血をとどめた畳は替えられなかったのですね」

「そうです。もちろんふたたびあの部屋で父が死ぬまでは、誰も知らないことでしたが」

「そして父上が亡くなられた後は、まだその痕が乾かぬうちに敷物が敷かれたと見えました。裏にしみが写っているところと、いないところがありましたから」

京介は胸のポケットから、数枚の写真を取り出して卓の上に置く。あのとき深春が撮影したものらしい。しかし真理亜は、そちらに目を向けようともしない。

「存じません。私はそれ以来二度とあそこには入っておりませんもの」

「ここに幹助が自殺したときに残した遺書があります。コピーですが、彼の血の手型が残っています」

京介がふたたびポケットから取り出したその紙に、真理亜はさすがに顔を振り向ける。

「それなら知っていますわ。本物は巨椋の金庫にでもあるのでしょうが」

「僕は遺書の手型と、屏風に印された手型を照合してみました。真理亜さん、それは同じものでした。二歳のあなたが見た光景は、幹助による殺人の場面ではありませんでした。切りつけられ、倒れながら血染めの手型を屏風に印したのは幹助だったのです」

京介は遺書のコピーを、手型がよく見えるように卓上にひろげ、さらに屏風に残された手の痕の拡大写真を脇に置く。真理亜の大きく見開かれた目がそれを見つめ、手が伸びかけた。しかし指先が触れる寸前、熱いものを恐れるように彼女は手を退いていた。

「それならいったいあれは誰なんです。刀を握って私をどなりつけた男は。私の思い違いだとおっしゃるのですか。でもそれならなぜ私は、階段から落ちるほど驚かなくてはならなかったのです」

「それはあなたが被害者だと信じていた、アントニオ・フェレッティだったのです」

沈黙が落ちた。蠟燭の芯が燃えていく、微かな音さえ聞こえるほどの静寂。

「うそです――」

ようやく小さな声が、老女の唇からもれた。

「そんなはずはありません。だって私は覚えていますもの。座敷の真ん中に立っていた男は、右手に刀を握っていました。でも桜井さん、あなたはこの前図面を見ながら星弥におっしゃったそうですわね。フェレッティは左利きだったと」

「そうです。彼は刀を握って立っていた。しかしそれは幹助を殺すためにではありません。彼は幹助に切りかかったカテリーナとの間に割って入り、利き手で彼女を押しやりながらその手から落とした刀を拾い上げたところだったのです。彼が左利きだとわかったからこそ、ぼくはそういうことができるのです」

「母が、刀を――」

真理亜は骨の浮いた手で唇を押さえた。その指が小刻みに震えていた。

「アルバムの最初のページでカテリーナさんが手にしていたのは、その刀だったのではありませんか」

「そうかも、しれません」

真理亜はふいに寒気を覚えたように、ぶるっと体を震わせた。

「母は日本刀が好きでしたから。いつも御守りのように身近に置いていました。まるでなにかから、身を守ろうとするように。でも――」

碧の目は燭台の炎を映して大きく見開かれ、遠い日の記憶を探り見ているかのようだった。

「では、私に向かって怒鳴ったのも父ではなくあのイタリア人だったとおっしゃるんですの？　そんな恐ろしい場面にいきなり顔を出した子供に驚いて、それとも私に父母の争うところを見せまいとして――」

「そういうことになります」

ほーっと長いため息が彼女の唇を洩れた。白髪の頭をゆっくりと左右に振った。

「では桜井さん、やはりあなたのお説は間違いですわ。アントニオ・フェレッティは、日本語がろくにできなかったはずですもの。彼のことを私自身はろくに覚えてもいませんけれど、母や父の口からそれは幾度も聞きましたもの」

だが京介の顔は少しも変わらなかった。

「ですから真理亜さん、そのときあなたが聞いたことばは日本語ではなかったのです。彼はイタリア語で叫んだのです。意味はわからなくとも、大声だけであなたを驚かせるには充分だったでしょう。それともすでに母上から、こんな簡単なことばくらいは聞き覚えていたでしょうか。彼はあなたに向かって、こう叫んだのではないですか。ヴィーア！　と」

真理亜は体を後ろに引きながら、短く息を吸った。まるで真正面からつぶてが飛んできて額を打った、とでもいうように。

「さやかさんが覚えていました。あなたがエアメイルの封筒を見て、急に表情を変えたと。でもそれはあなたにも、理由のわからない驚きだったかもしれませんね。なぜイタリア語の航空便という意味の、VIA AEREA、そのヴィアが心を掻き乱すのか」

「ヴィーア……」

小さな唇がそのことばを繰り返す。唇のかたちだけを見れば、それはイヤ、といっているように見える。

「ヴィア！　とそれだけで使えば、出ていけという意味になりますわ——」

両手の指が今度は震えながら、両のこめかみを押さえた。目を閉じて、ひどい頭痛をこらえているように眉をしかめながら。

「でもなんで、そんなことになってしまったのでしょう。私は見もしない父の顔を見、見えないはずの沼の面を見、聞いてもいない父の怒鳴り声を聞いたのだとあなたはいう。二歳の幼児の記憶などというのは、これほど当てにならないものなのでしょうか。私はなんの根拠もないまぼろしに、この歳までだまされてきたというのでしょうか……」

「母上が亡くなられたときのことは、記憶しておられますか」

京介がふたたび尋ねる。老女は目を開き、若い娘のように小首をかしげた。

「もちろん覚えておりますよ、あれは私が十六のときのことですもの。ただ私は葬式には出られなかった。確か東京で入院していて、母の死んだことも少し後で知らされたのです。自殺といわれても、父が殺したのに違いないと思いました。だからそれから七年も、一度も日光には戻らなかったのです」

「どうして入院されたのですか」

「母のところへ駆けつけようとして、階段を踏み外したのです。それで頭を打って」

「どうして父上が殺したと思ったのですか？」

「それは父が、そう——、私と母が話しているところにひどく怒った父が入ってきて、その顔が」

「とても恐ろしかった——」

「ええ……」

「夕日を浴びて真っ赤に見えた——」

「ええ……」

「沼も赤く燃えていた——」

「ええ、そうです。だから私は二歳のときのことを思い出して、また父が、と」

「それはしかし逆だったのではないでしょうか」

京介はひどくあたりまえのことのように、すらりとことばを放った。

「二歳のときもあなたは夕日に照らされた光景を見、驚いて階段から落ちている。十六歳のときの記憶と二歳のときの記憶が混乱したあなたの中でひとつになってしまい、因果関係を逆転させてしまったのではないでしょうか。部屋の中にいて間近に父上の顔を見たのなら、その怒った顔の恐さも赤く染まった沼も、同時に無理なく見ることができたはずですから」


ふたたび沈黙が、蠟燭の炎のみに照らされた金色の室内を覆った。老女は目を見開いたまま動かない。その向かいに座った京介も、また。どこからか吹きこんでくる隙間風が炎を揺らし、老女の白い髪に、京介の鼻筋に赤い火影を躍らせる。

「ああ——」

細く、小さく、老女は唇から声をもらす。

「では少なくとも父は、フェレッティを殺してはいないとあなたはおっしゃるんですのね。彼はでは殺されてどこかに埋められているのではなく、自分の意志で日本を去ったと、私は信じていいのですわね……」

「僕はそう思います。カテリーナは従兄を愛していたのでしょうが、彼には少なくとも彼女を女性として愛する心はなかった。あなたが生まれたために、友人である幹助をこれ以上苦しませたり、周囲の誤解を招いたりしないために、彼は日本を去る決意をしたのではないでしょうか。だがそのことがカテリーナを悲しませ、怒らせ、あなたが見たようにその怒りを幹助に向かって叩きつけさせることになったのですね」

「そして十数年が過ぎても、母の苦痛は薄れはしなかったのですわ。いまあなたのお話を聞いているうちに、はっきりと思い出してしまいました。自殺する前に母は私にいったのです。おまえの父親は幹助ではないと。父が恐いほど怒ったのも、無理はありませんでした。母はいいました。おまえのその目が証拠だと」

「ええ。アントニオ・フェレッティは緑色の目をしていたのですね。カテリーナが碧沼をocchio verde、緑の目と呼んだように」

「私はこの目のせいでずっと、子供のときから色のついた眼鏡をかけさせられていました。それでも身の回りを世話してくれる女などに見られてしまうことはどうしようもなくて、私が幹助の子ではないという噂はずっと語られていたようです。英千秋が自分こそ本物の幹助の子孫だなどと思うようになったのも、妾の佐絵がそうしたことを周囲にいい残していたからでしょう」

「だからこそフェレッティは、従妹を残してここを去らねばならなかったのです。逆にあなたが間違いなく自分の娘だったら、立ち去ろうとは思わなかったのではないでしょうか」

「そうかもしれませんわね」

　ふっと、真理亜の唇に笑みが浮かぶ。

「けれどかわいそうな母には、彼の真意は伝わらなかった。そのかわりのように母は、父を憎むしかなかった。父幹助がその母を、いつか憎むようになっても無理はなかったかもしれませんわね」

「いいえ、僕はそうは思いません。幹助は死の瞬間まで、妻を愛していたと思います。そして、僕はこの碧水閣こそが、彼の妻に対する愛の証ではなかったかと考えるのです」

## 3

　ほほ、と声をたてて老女は笑った。

「それは桜井さん、少し無理がすぎるのではありませんの」

「そうでしょうか」

「ええ、あたしはやはり思いますわ。父はフェレッティを信じていたとしても、やはり恨めしい思いも消し難く持っていたのではないか。彼がいなくなっても彼が建てたイタリア風のパラッツォは残っている。これがある限り母の心から従兄への愛は消えないだろうと。だからこそ彼はその上に瓦屋根をかけ、内装を変え、少しでも面目を変えてしまおうと意地のような努力を続けたのではないでしょうか」

「僕は建築家ではありませんが、建築を研究している者です。少しの間その話をさせていただけませんか」

真理亜は最初驚いたように軽く目を見張ったが、やがておっとりと首をうなずかせた。

「どうぞ。あなたにはその権利がおありです」

「僕はずいぶん以前から、日本の近代建築史に呪いのようにまつわりつく和洋折衷という現象に、興味を引かれてきました」

京介はそんなふうに語り出した。黄金のふすま絵に囲まれ、蠟燭のみで照明された部屋。耳を傾けるのは、白いレエスを被《かず》く緑の眼の老女。しかし彼の口調は、大学のゼミ室で語っているときと少しも変わらない。

「日本は欧米に植民地化されることも、流血の革命を演ずることもないまま、ある意味では極めてスムースに近代世界の文明に自らを同化させていきました。けれどそれは決して、なんの矛盾も困難さもなくではなかったのです。

封建社会の桎梏《しっこく》が消えた後の庶民にとって、西欧文明は自由と平等の象徴でもありました。つまりは輝かしい憧れの対象でした。大工の棟梁が横浜の居留地に外国人が建てた洋風建築を見て、そのデザインを意味も分からず真似してみるような時代でした。

意図したわけでもなく、実現されたのは折衷の意匠でした。アーチの曲線は寺の花頭窓に類似し、ギリシャ風のはずの柱には龍や牡丹がからみました。

それはひとつには、原理を学ぶことができないまま、すべてを装飾意匠として表面的に模倣した結果でした。それだけでなく、またあまりにも新奇にすぎる意匠を、ある程度はなじみのものに近づけて受け入れやすくしたいという、自然な欲望からでした。人々はそれを見て新しい時代を感じたのでした。

しかし明治初期の、ある意味では無秩序な時期が過ぎると、かつては庶民の手で作られた見様見真似の洋風が偽物に過ぎない、という認識が生まれてきたのも無理ないことではありました。本物の西欧を学び取ろうとする時期がきます。折衷様式は紛いものとして嫌われます。

しかし自分に関わりなく誰でも、正規の機関で学問を受けた者が正しい本物の知識を使うことができるという時代は、それに乗ることのできなかった者は本物とは認められないという、封建時代とは別の意味ではあっても階級の支配する時代でもありました。建築であれば帝国大学の建築科に学んだ者以外は排除される、そういう時期が来ていたのです。

それでも西欧風の新奇なデザインに和風の味付けをほどこして、いわば洋食に醬油《しょうゆ》をかけて味わいたいという庶民の欲求は消えることはなく、商店の装飾といった場所には絶えず存在していました。決して歴史の表舞台では論じられることも認められることもない、庶民の欲望に捧げられた悪趣味な存在として。西欧文明との表立った相克に悩まされることもない人々は、なんの恥らいもためらいもなく、無邪気に彼らの感情を表現したのでした。それが好きだから、おもしろいから、珍しくしかし目に快いからと。

では巨椋幹助にとって西欧文明とは、さらに和と洋の折衷乃至は併合とは、どんな意味を持っていたのでしょうか。

横浜という明治の最先端が展開される土地に住んで、本格的な西欧建築を学びたいという欲求を持ちながらそれを許されなかった幹助にとって、突然彼の前に現われたカテリーナたちは憧れの具現、夢の化身と思われたことでしょう。老コティニョーラは彼に資金を与え、フェレッティは知識を披瀝し、そして美しいカテリーナこそが西欧の文明と美の象徴だったのです。

そのような愛し方をされることが、ひとりの女に幸せとはいえなかったとしても、明治の日本人幹助にとって他の方法などあるわけはなかった。それを日本人の白人コンプレックス、愚劣で植民地的な美意識のゆがみと笑うことはたやすいことでしょう。しかし現代にいたっても、僕たちはそんな意識と大してへだたってはいない。

だからこそ彼はカテリーナを、常に許すことができたのではないでしょうか。妻の身勝手やつれなさや心の裏切りを充分に承知していながら、それでも愛したのではないでしょうか。天女を妻としてしまった漁師が、いつか天に帰ってしまうかもしれないその女を恐れ、崇《あが》めながら、それでも愛さずにはいられなかったように。

フェレッティが帰国したとき、彼は妻がその後を追うのではないかと恐れたはずです。一時は幽閉するようなことさえしたかもしれません。少なくとも目を離すまいとしたでしょう。彼が碧水閣に瓦屋根を載せることを考え出したのは、このときだったと思います。天女から羽衣を奪うように、妻という鳥が異境の故国に飛び去ることがないようにと。

幹助はカテリーナを愛した。自分を憎んで殺そうとまでした妻をそれでも愛した。しかし彼女は彼にたったひとりの娘を与えてくれただけだった。そして彼女はその娘に、おまえはあの男の娘ではないといい残して自殺してしまった。娘はそれを信じたのか信じないのか、ともかく自分のもとから逃げ出してしまった。彼に残されたのは妻の体臭をとどめた館、この碧水閣だけです。

その後彼がひたすら碧水閣に和風の意匠を与えるために腐心し続けたのはだから、憧れながら手に入れることがかなわなかった西欧の美と、自分の血である和風の美をひとつにすること、それによって新しい美を生み出すこと。それだけをひたすら求めていたからではないでしょうか。

カテリーナと幹助のもうひとりの子供、洋と和の合体によって止揚された新しい存在を生み出す。それに成功すれば彼を憎み続けて死んだ、つまりは飛び去った妻も彼を愛していたと思うこともできるから。だからこそ彼は妻の失われたこの碧水閣を、ふたりのあり得たかも知れぬ愛の証とするべく働き続け、それをふたりの墓として子孫にいたるまで保ち続けて欲しいと望んだのではありませんか。

そして彼はおそらくは、それを仕遂げたと信じて死んだ。あなたから碧水閣を持ち伝えてくれるための子供が生まれるのを見届けて。妻の血が流れた畳の上に、自分の血を流して死んだのではないでしょうか。

巨椋幹助が碧水閣で成し遂げたことを、明治以降様々の位相で行われてきた和洋折衷の試みのひとつと位置づけることは可能です。しかしそれはなによりも、ひとりの男が不可能な愛に向かって積み上げた偉大な記念碑であったと僕は思います」

日頃の京介の寡黙さを承知している蒼たちには、あっけに取られるほど長い、雄弁なスピーチが終わった。その後の沈黙に、

「——ああ……」

ふたたび真理亜は嘆息した。これまで何十年、いまは細く痩せしなびた身の内に秘め続けていた想いが、息の音とともに吐き出されていく、そんなふうにも思えるほど、深い吐息だった。

「そう、だったの。ええ、でも、そうだとしても——」

独り言めいたつぶやきが、ふと途切れ、老女はふたたびはっきりとした視線を京介に向けた。冷ややかにことばを吐き出した。

「ねえ、桜井さん。あなたがいって下さったことばを、疑うわけではありません。けれど、いくらこの碧水閣が父の母に対する愛のしるしだったとしても、それを守るために私は、自分が生んだ娘を死なせたのですよ。この建物を守るために、自分の娘を道具のように使って殺したのですよ」

「百合亜さんは自殺されたと伺いましたが」

「自殺でも、そうなるように仕向けたのは私です。あの子は私を憎んで憎んで、私のために子供を生んだ自分の体さえ憎んで死にました。意識してのことではないと思いますが、カテリーナと幹助の血を残したあの三階の部屋で首を吊って。

私がいっそ父を憎みきれていれば、そしてあんな遺言など黙殺してしまえばよかったのです。けれど私は父の手が血で汚れていることを疑いながら、震災直後の東京へ私を探しにきてくれた情愛を信じたい気持ちもありました。この目を見ても疑うことなく、私を跡継ぎにしてくれたことへの感謝もありました。冷たい娘だったという後ろめたさもありました。だからせめて父の遺言は守ってあげよう、この碧水閣だけは私の手でと固く思ってしまったのです。

跡継ぎを得なければ巨椋の血は絶えてしまう、碧水閣を守る者がいなくなる。ただその一心で百合亜を強いて雅彦と娶《めあわ》せて、それでも夫を拒み続けるあの子に私は、薬を盛ったのです。眠らせたまま雅彦に、犯させたのですよ。百合亜は戦争で亡くした最初の夫を、埴原和彦だけを思い続けていたというのに――」

真理亜の碧の目から涙がこぼれていた。

血を吐くように、そして双の目から滴《したた》る涙さえ血の色をしているかと思われるほどに、真理亜の声は聞き入る者の耳に突き刺さってくる。

この人はそうして娘に死なれて以来、何十回何百回と自分を責め続けてきたんだと蒼は思う。娘の生前の写真を貼り集めたアルバムに口には出せない懺悔《ざんげ》のことばを書きしるし、幹助が作ったレリーフの天女に娘の面影を与え。

「私は鬼のような女なんです。いくらこれが父の思いをこめた愛の形見だったとしても、そのために娘を犠牲にするなんてまともなことではなかった。そしていまも、また。

もしも星弥が死ぬようなことがあれば、私は狂うよりなかったでしょう。碧水閣に火を放って、己れを呪いながら、泣き叫びながら、死んでいくよりなかったでしょう。星弥だけでなく埴原秋継も、英千秋も、月彦も、私のせいで殺されたり罪を犯したといえなくはありません。秋継に星弥と結婚するようにとそそのかしたのも、やはり私のしたことですから……」

京介はなにもいうなといった。口をはさんだりするなと。しかし蒼はそれ以上、顔を卓に伏せて少女のように泣きじゃくる真理亜を、見ていることができなかった。だって京介は彼女に、もうなにもいってはあげない。幹助がフェレッティを殺していなかったといわれて、彼がカテリーナを愛していたのだと聞かされて、いっときは救われたような顔をした老女は、決して忘れることも癒されることもない記憶の重さにふたたびうちひしがれている。

「泣かないで、真理亜さん」

ことばは止めようもなく蒼の口から出ていた。

「もう泣かないでよ。星弥さんは死ななかったもの。退院したらきっとまた、あなたのところに戻ってくるよ」

真理亜はゆっくりと顔を上げた。目の縁が腫《は》れて赤い。彼女はなにか不思議なものを見るように、蒼の顔を見つめた。

「あなたは、だれ？……」

「ぼくは——」

蒼はいい淀んだ。だが一度口を切ってしまった以上、止めるわけにはいかなかった。

「ぼくはなんでもない、なにもできないただの子供だけれど、星弥さんがあんな怪我をしたのはぼくをかばったからなんだ。だから少なくともあの人のことで、真理亜さんが自分を責めることはないと思う。それはぼくのせいなんだもの」

「星弥が、あなたを助けたの？……」

「そう。星弥さんがいなかったら、きっとぼくはここにはいない。そして真理亜さんがあのことをしなかったら、星弥さんは生まれてこなかったでしょう？　どんないいと思ってしたことだって、悪い結果を生んでしまうことはあるんだ。だからもう泣かないで。きっと百合亜さんだって、あなたのこと許してくれるよ」

「そうかしら、ほんとうに……」

蒼はうなずいた。もちろん自分にそんなことを受け合う、資格があるとは思わない。だが少なくともいまこの瞬間は真理亜のために、自分はうなずいてあげなくてはならないのだ。

ほおっと長い吐息《といき》が、老女の唇を洩れた。閉じたまぶたの間から、またひとすじ涙が頬を伝っている。悲しいほどに小さく痩せた、乾いた花びらのような手をそっと胸の前に組み合わせ、祈りを捧げるかのように真理亜は頭を垂れる。

燃え尽きた蠟燭《ろうそく》が一本また一本と、またたいては消えていく。しかし部屋の中は真っ暗にはならない。閉ざされた鎧扉の隙間から、朝のほのあかりが細い帯のように射してきている。その光に半顔を照されて、真理亜はつぶやいた。長い祈りの最後のことばだった。

「——感謝します……」

# 終わり、そして始まり

「蒼、なにを見てるんだ?」

後ろから神代教授の声がした。例によってW大の研究室だ。蒼はそのとき中庭に向かった窓を大きく開けて、体を半分乗り出すようにしていた。

振り返らなくてもいま教授が、どんな顔をしているかはわかる。机に向かったまま、なにをするでもなく、手持ち無沙汰な表情で片肘をついているのだ。

「——なにも。ただ、夏が終わるなあって」

やたらと暑くて長い今年の夏だった。大学の夏休みはまだ終わっていない。しかし月が九月に変わった途端、それまでの容赦ない蒸暑さは嘘のように遠退いてしまった。今日もよく晴れているのに、人影まばらなキャンパスには乾いた風が吹き抜けて、振り仰げば空の色さえ違っている。

「京介の修論、進んでるのか?」

「そうみたいですよ。ぼくはもう御用済みですって」

彼はこのところもっぱら下宿の部屋にこもって、論文に取り組んでいる。結局埴原秋継が残した資料から見つかった下田菊太郎の名前がある手紙というのは、明治四十三年の年賀状、それも彼が書いたのではなくオグラ・ホテルから出して宛て所不明で返送されたものだった。宛名は横浜になっていたが、そのときすでに下田は建築事務所を畳んで上海へ渡っていたのだろう。

ただそんなものがある以上、下田が巨椋幹助と接触を持っていた可能性は否定はできない。あるいはこれまで考えていたように下田が幹助に瓦屋根を載せることを示唆したのではなく、その逆なのではないか、碧水閣を目撃したことが彼の後の帝冠併合式の発想の原点ではなかったかと京介は考えているらしい。

下田菊太郎はアメリカに帰化し、アメリカ人の女性と結婚した。だが不思議なことに彼は例の『思想ト建築』の中では、帰化のことは書いても結婚の事実にはひとことも触れていない。しかし著書の後半、アメリカでの業績に多くの字数を費やすなど外国人に読まれることを意識したと思われる英文部分には、『accompanied by my wife（妻をともなって）』アメリカから帰国したというだけではあるが、その人の存在が明らかにされている。それだけではなく写真館で撮影されたらしい夫人とふたりの写真と、さらに夫人に結婚前に送ったらしいラブ・レターの写真までが挿入されている。

この奇妙な隠蔽《いんぺい》と誇示。アメリカ人の妻が彼の人生で、どんな役割を果たしたのかはわからない。だが下田菊太郎という男の内で、西欧文化への不可能な愛はあるいは巨椋幹助と相似した軌跡を描き、碧水閣と似通った帝冠併合式へと結実していったのではないか——しかし証拠がない以上、それを論文に書くわけにはいかない。残念ながら現実はミステリみたいに、すべての謎がすっきりと解かれて終わるわけにはいかないのだ。

「昨日星弥さんの見舞に行ったんだろ？　彼女、どうだった？」

教授が尋ねる。

「思ったより全然元気そうでしたよ。真理亜さんと話したんだそうです。京介にお礼をいってくれっていわれました」

「京介だけか？」

からかうようにいわれて、蒼は赤くなった。

「ぼくにも。でもぼくなんかなにもしてないですよね。ただいっしょけんめい慰めただけで」

星弥はいったのだ。

(お祖母様ね、やっとこれで死んでいった人たちと和解できた気がするっていわれたわ。何十年背負い続けてきた重荷を、肩から外してもらったみたいだって。桜井さんと蒼君のおかげね)

蒼は聞いた。——星弥さんは？

（私も、いまなら父や伯父とも仲直りできる気がする。社長を引き受けることは、たぶんないでしょうけれど）

もったいないな。星弥さんならいい経営者になれると思うけどな。しかし彼女は首を振った。

（あんまり先のことはわからないけれど、退院できたらお祖母様のところへ行くわ。死ぬかもしれないと思ったら、やっぱり育ててくれたあの人のことが思い出されたの。それと碧沼の景色が。結局はあれが私のふるさとなのね）

しかし星弥は少し顔を暗くして、でも、とつぶやいた。

（私はほんとうは、そんないい孫ではないの。小さな子供が表立っては逆らえないからこっそり意地悪やないしょごとをするみたいに、お祖母様にも隠しごとをしたりしていたの）

その一部分はもう蒼にもわかっていた。といっても自分で気がつけたわけではなく、教授と京介に教えてもらったのだが。

カテリーナがつけていた紋章のようなブローチ、あのうねる龍はイタリアでは有名なものだった。ルネッサンス時代に出てくるミラノのスフォルツァ家の紋。そしてコティニョーラというのも、スフォルツァ家の発祥の地といわれる中部イタリアの地名なのだそうだ。だからカテリーナのほんとうの姓はスフォルツァだった可能性が高い。それくらいのことをイタリア史をやっていた星弥さんが知らないはずはなく、なのになにもわからないといい続けていたのは調べなかったからか、わざと口をつぐんでいたかのどちらかなのだ。京介はそのせいで、ずっと初めから星弥さんの本心を疑っていたのだという。

（また来てくれる？）

帰り際、星弥はいった。——来ていいの？

（もちろんよ。それに桜井さんとも、またお目にかかりたいわ）

それからふっと遠い目になって、彼女はいった。

（ねえ、蒼君。いつかあなたと行った国立博物館で、私がいった会津八一の短歌、覚えてる？）

もちろん忘れるわけはなかった。

——あめつちに、われひとりいてたつごとき、このさびしさをきみはほほえむ——

（桜井さんってどういう人なのかは全然わからないけれど、きっと私よりはずっと、あの歌にふさわしいようなひとね——）

病院から帰ろうとしたら、花束を抱えた工藤刑事と玄関で出くわした。八月十六日の朝、私道の門の前に止めた軽自動車の中で寝ていた彼を起こしもせずに行ってしまったのはあまり薄情だと、しつこく文句をいわれた。

そのあげくに将来警察官にならないかなどといい出されたので、蒼は星弥さんが待ってるよ、といって向こうが顔を赤らめた隙に逃げ出した。

「来年にゃ京介も卒業するんだな。深春も」

いつの間にか蒼の隣に立って、教授が独り言みたいにつぶやいている。なんだかつまらなそうだな、と蒼は思う。

「ねえ、先生。ぼくもね、来年の春から学校に戻ろうかなって思うんです」

「どうしたんだ、蒼。そんな急に」

教授は驚いたように目をしばたく。

「だって決めたの、いまだから」

そう、いま決めた。でもあのときからずっと、考えていたことだった。

「それにしても、なにもおまえまで一時にいなくなるこたァないだろうに——」

「先生、淋しい？」

「ば、馬鹿者！」

怒鳴りながら教授は少し赤くなる。

「でもあと何年かしたら、今度はぼくがW大に来るし」

「フン、合格できたらな」

「それともそんなに淋しいなら、料理上手のさやかさんお嫁にもらっちゃったら？　せっかくプロポーズもされたんだし」

「あ・お—！」

そのとき本棚の間から、京介と深春の顔が並んで現われた。

「お元気そうで」

「なにを騒いでるんですか、いったい？」

「あっ、ふたりともグッドタイミング。あのね、いま先生はね——」

「こらっ、蒼、よけいなことしゃべるんじゃない！」

＊

狭い研究室の中で毎度お馴染みの大騒ぎを演じながら、そのときふと思った。いつかぼくも歳を取って、五十歳か六十歳、それくらいになって、こんな日があったことを懐かしく思い出すのだろうか。京介、深春、教授、そしてぼく。年齢も性格も全然違う四人が、仲のよい家族みたいにいいたいことをいいあって過ごした日のことを。きっとそうだ。たぶんこの先何十年生きても、こんなすてきな関係を他に持つことはないと思う。

ずっとこのままでいられたらいいのにと、思わないわけじゃない。でもぼくはもう気づいてしまった。自分が結局は京介たちにぬくぬくと守られた、ひとりではなにもできない子供でしかないこと。

だから決めた。もう一度学校へ行こう。

そして自分が守られるのじゃなく、今度こそ好きになった人を守ることができる人間になろう。いくら自分が子供だと自覚できたからって、一足飛びに大人になることはできない。まだるっこしくてもそうやって一歩ずつ、歩いていくしかないんだろうと思う。

でも少なくともぼくはもう、自分の過去を怖がらない。だから、ぼくと京介たちの新しい冒険が始まるのはずいぶん先だとしても、その前に昔の話を聞いてもらうことはあるかもしれない。

一九九五年九月×日　蒼

# ノベルス版あとがき

建築探偵シリーズも三作目となった。初登場から一年四ヵ月。大したペースではないが、非力な作者にはようやくここまでの思いが強い。

第一作『未明の家』はいうなれば建築探偵の入門編だった。こうした話題にどこまで、読者がついてきてくれるかというテストケースでもあった。第二作『玄《くろ》い女神』では建築探偵の「建築」という要素が薄いのではないかというご意見をいくつかいただいたが、それは作者にとってはある程度意識してのことであった。その代わり今回はこれでもかというほど「建築」している。シリーズ物には毎度おなじみの……といったパターン化がつきものであり、それこそが魅力の原点であることはこれまた百も承知である。どうやら私は読者の期待を裏切るのがとても好きらしい。

出てくる建築にモデルはあるのかという質問もよくいただく。実在する建築からヒントをもらうことはあっても、モデルといえるほどのものはない。ただし今回作中に取り上げた下田菊太郎という建築家は実在の人物であり、虚構の建築物にからむ部分以外はすべて事実を記している。彼の波瀾に満ちた人生も、彼がライト以前に帝国ホテルを設計し、国会議事堂の設計の不備を鳴らして止まなかったことも事実である。この百年余で未曾有の近代化を遂げた日本の歴史には、正史の表に名を残す人々の陰に、彼のように悲運の内に埋もれていった幾多の存在があるものと、いまさらのように思わずにはいられない。

しかし作中にも登場させた私家版の著書『思想ト建築』を見ることなくして、近代建築史の中ではほとんど忘れ去られていた彼を知ることはできなかった。貴重な資料の閲覧をお許し下さった東京大学生産技術研究所藤森研究室の藤森照信助教授に、この場を借りて心からお礼申し上げる。そもそも私の近代建築に対する関心は藤森助教授の著書に接するところから始まったのであり、「建築探偵」というネーミング自体をお借りしたことでもあり、私にとって氏は重ねがさねの恩人ということになった。

さらにお礼のことばを続ける。早稲田大学理工学部池亀彩氏、江戸東京博物館米山勇氏、我が人生のサポーター半沢清次氏、講談社文芸図書第三出版部宇山日出臣氏、秋元直樹氏。皆さんほんとうにありがとう。これからもよろしく。そして最後になったが誰よりも、私の本を読んで下さっている方、読もうとされている方。

何度でもいいます、ありがとう。みんな大好きだよ。

さて次回の建築探偵は桜井京介十九歳の事件を語る『灰色の砦』の予定。あなたの期待を首尾よく裏切ることができるか、乞うご期待！

# 文庫版あとがき

建築探偵の最初の三作、『未明の家』『玄い女神』『翡翠の城』には、ひとつの共通点があります。それはなんだかわかりますか？　そう質問すると、いままでは一〇〇％、わからないという答えが返ってきた。

実をいって、そう真面目に考え込むようなことではない。それは、三作とも舞台が関東近郊の温泉地であること、だ。『未明の家』は静岡県の伊豆半島。『玄い女神』は群馬県の霧積。森村誠一の『人間の証明』にゆかりの、といえば映画の主題歌を思い出す人もいるだろう。そして本作は栃木県日光市と群馬県丸沼だ。

別に私が取材にかこつけて湯治に行くために温泉地を舞台にしたわけではない。明治以降の近代建築をモチーフにする本シリーズでは、基本的に架空の建築物を登場させているが、それでもモデルとする建築を選び、それがあるにふさわしい土地を選んでいる。温泉とは日本古来の観光地であり、観光とは非日常。つまりそこにこそ、明治維新以降もっとも早く、異界のシンボルとして洋風建築が花咲いたのだ。

作中で桜井京介が近代日本の和洋折衷建築についてしゃべっているが、建築様式の折衷が起こったのは日本だけではない。ベトナムにはフランス植民地時代に建てられた越洋折衷があり、中国には清朝の中洋折衷があり、トルコではオスマン帝国末期に土洋折衷建築が盛んに造られた。その他、例を上げ始めればきりがない。そこには異なる文化同士の出会いがあり、葛藤があり、愛憎のドラマがある。

私が日本の近代建築に惹かれるのはなによりも、西欧文明と葛藤した日本人のドラマに引きつけられるからだ。すでに明治は遠く、我々には初めて異国の文物に触れた先人たちの、胸のときめきなどおぼろに想像するしかないが、いまに残されたその時代の建築を見ることで、より鮮明に彼らの思いを実感できる。口を開けば生身の人間に興味はないといい続ける桜井京介だが、建築史というのはむしろとても人間的な学問ではないかと、素人建築愛好者の私は常々考えている。

『翡翠の城』で描いた明治初期から営業を始めたクラシック・ホテルは、いうまでもなく日光の金谷ホテルや、箱根の富士屋ホテルを下敷きにした。ただオグラ・ホテルとはちがって、どちらも古い建築を大切に使い続けている。ホテルにおける和洋折衷意匠は外国人観光客の意を迎えるための装飾であり、明治初期の擬洋風的折衷とはまた違った意味合いを持っているのだが、それはいずれまた別の物語を導くモチーフとなるだろう。

いまにして思えば、『翡翠の城』は建築探偵シリーズのひとつの転換点となった。そんな気がしている。

とはいえなにがどのように転換したかということは、読者に確認していただくしかない。なにせ私という書き手は、素手で地面にトンネルを掘っているようなもので、いま自分がどこにいるのか、そんなことは皆目分からないものなのだから。

篠田真由美

## 主要参考文献


思想ト建築　下田菊太郎　私家版
日本ホテル館物語　長谷川堯　プレジデント社
近代和風建築　村松貞次郎他　鹿島出版会
文明開化の光と闇　林青梧　相模書房
建築探偵雨天決行　藤森照信　朝日新聞社
ライトと日本　谷川正己　鹿島出版会
東京　都市の明治　初田亨　筑摩書房
箱根富士屋ホテル物語　山口由美　トラベルジャーナル
戦時下日本の建築家　井上章一　朝日新聞社

# 解　説――にならないかもしれないけど許してね

倉知　淳

**[注意！　この文章は本編の結末部分に言及しています。本編未読の方は決して読まないでください。]**

という注意書きを書いたからには、これを読んでいるのは本書を読了した人だけだと思う。従って云うべき事柄はひとつしかない。

ね、面白かったでしょ。

以上

という原稿を送ったら、叱られてしまいました。講談社文庫出版部の人に。

「ふざけるのはやめてください」

とのことです。別にふざけてなんかいないのに。

「ふざけてるでしょう。どこが『本編の結末部分に言及しています』なんですか。全然言及なんかしてないじゃないですか。いい加減にしなさい」

んなこと云ったって言及してるじゃん。ちゃんと「面白かった」って云ってるもん。結末まで読んで面白かったって云ってるんだから、言及してることになるじゃん。

「子供か、あんたは。そういう三流ミステリの探偵役みたいな詭弁が通用すると思ってるんですか。解説のページなんだから、きちんと解説らしいことを書きなさい」

と、また叱られてしまいました。

でもねえ、面白いものは「面白かった」だけでいいと思うんだけどなあ。せっかく素敵な小説なのに、こんなどうでもいい文章が本の最後に載ってたら興醒めなんじゃないかしらん。けど、あんまり叱られるのは悲しいから、気を取り直してちょっと書いてみることにします。

解説らしいことって云えば、こんな感じかな。

えーと、本書『翡翠の城』は、篠田真由美さんの人気シリーズ「建築探偵桜井京介の事件簿」の第3作目に当ります。このシリーズはこれまでに8冊発表されていて、ラインナップは次の通り。

『未明の家』（京介はスペイン風と思しき屋敷の鑑定依頼を受ける。そこに隠されたサファイアの謎が絡んで――）

『玄い女神』（十年前にインドの安宿で死んだ男の事件に、当時高校生の京介が巻き込まれる――回想形式）

『翡翠の城』（本書）

『灰色の砦』（京介と深春が出合った下宿屋での事件。ラストで初めて見せる京介の涙――。二人とも十九歳！　おお、若い！）

『原罪の庭』（ついに明らかになる蒼の悲劇的な生い立ち）

『美貌の帳』（伝説の女優が三島由紀夫の一幕劇「卒塔婆小町」を復活させる。ちょっと「ガラスの仮面」チックなのは何故）

『桜闇』（初の短編集。たくさんのお話が楽しめて、とってもお得）

『仮面の島』（海外編。ヴェネツィアにてメンバー勢揃い。シリーズの人気の高さに海外取材費が出たと考えるのは勘繰りすぎだ）

1作目と2作目は、すでに文庫化されていまして、今回こうして3作目が順番通りに文庫になったわけであります。「建築探偵」のタイトルが冠せられているように、本シリーズで探偵役を務めるのは若き建築研究家桜井京介氏です。近代建築が専門のこの探偵は、建築物の調査や鑑定のために各地に赴き、そこで様々な事件に遭遇する——とか何とか、その辺のことは第1作『未明の家』の解説で笠井潔さんがもう書いていますね。それにシリーズの成り立ちや特徴、ミステリ史的な意義などについても笠井解説に詳しく書いてある。だから、ここで同じようなことをぐだぐだ説明しても意味はない。

そもそもシリーズ作品を3作目から読む人って、あんまりいないでしょう。ということは、これを読んでいるのは大抵『未明の家』や『玄い女神』の解説ページにも目を通している方だってことになりますよね。そうなると余計に、基本的なことや判りきったことをぐずぐず説明しても邪魔くさいだけってことになる。

だけど、「解説らしいことを書きなさい」って云われて叱られちゃったんだよな。うーん、こいつは困った。何を書きゃいいのさ。本格ミステリ界で一、二を争う論客である笠井潔さんが、もう解説してるんだぞ。それ以上のことなんて書けるわけないでしょ。だいたい、なんで僕ごときに、この人気シリーズの解説という恐れ多くも畏くも恐悦至極な仕事が回ってくるんだ。1作目と2作目の解説が少し固めだったから、3作目は目先を変えてちょっと柔らかくしようっていう意図なのか？　いや、柔らかくしすぎだってば。僕なんかにやらすなよ、こんなもったいないこと。人選ミスだぞ。しっかりしろよ、講談社。

などと、文句を云ってる場合じゃないですね。

あ、ここでついでにちょっと自己紹介しておきます。多分、大多数の読者の皆さんが「誰だよ、こいつ」と思ってるでしょうから、念のため——。えーと、僕は倉知と申しまして、篠田さんの後輩でミステリみたいなものをちょろっと書いたりなんかしている者でありますす。篠田先輩みたいに売れてるわけでも人気があるわけでもない、駆け出しの若輩者です。以後、お見知りおきを——。そんな若輩者がどうしてこんなところで駄文を書き連ねているかというと、それは僕にも判りません。解説は不得手なのにも拘わらず、ただこのシリーズのファンだってだけの理由で、こうしてしゃしゃり出てきた次第。でも、難しいことなんか書けないんです、僕は。ややこしいことはよく判りません。やっぱり、どう考えても人選ミスだな、こりゃ。

だけどまあ、このシリーズは人気があるんだから、僕みたいなのがごちゃごちゃ云わなくてもみんな読むよね、きっと。だから、これ以上無駄口叩くのはやめときます。

ノベルス版で読んでいる読者の方は、新作を楽しみに待ちましょう。僕も皆さんと一緒に首を長くして待っています。

文庫から読み始めた方は、次の『灰色の砦』をお楽しみに。とっても感動的なお話ですよ。

そして、まだどれも読んでいない皆さんは是非、最初から読んでくださいね。面白いシリーズだからきっと損はしません。できれば発表順に読んだほうが、より楽しめると思います。

というわけで、以上です。思った通り、解説にはならなかったなあ。

という泣き言を書いて送ったら、やっぱり叱られてしまいました。講談社文庫出版部の人に。よく怒る人だなあ。

「あんた、このシリーズのファンだって云ったでしょう。それがどうしてこんないい加減な原稿送ってくるんですか」

ファンだからって、解説がうまく書けるとは限りません。

「内容についてほとんど書いてないじゃないですか。『翡翠の城』の内容を」

はあ、それは確かに。

「もういいから、とにかく『翡翠の城』のことを書きなさい。難しいことを書こうなんて考えなくていいから、余計なことは書かなくていいから、読書感想文程度でいいから、小学5年生のレベルで構わないから、あんたの頭の低次元に合わせていいから」

と、小学生のように諭されてしまいました。自分の人選ミスを棚に上げて。

「おい」

あ、ごめんなさいごめんなさい、書きます書きます。

というわけで、懲りずにまた書いております。でも、しつこいようだけど、こういう面白い小説に下手な解説なんて要らないと思うんだけどなあ——などと愚痴を云うとまた叱られるから、もうしません。

で、『翡翠の城』を読み返してみて、どうして面白いのかな、と考えてみました。文字通りの愚考ですけど、ちょっと頭を捻ってみたわけです。

結論としては「小説としての物語性の楽しさ」と「本格ミステリとしての美しさ」を兼ね備えているからではなかろうか——と、そんなふうに思ったりしたわけです。

あ、そうそう、「物語性の楽しさ」と云えば、小説家の中には、放っておいてもお話を作り出しちゃうタイプの人っていますよね。

「登場人物が勝手に動いて話が成立しちゃうから、私はそれを書き留めているだけですね」という作家、とか、「いついかなる時でも頭の中で物語が膨らんでいて、どこを削るか苦労するんですよ」という作家——そういうタイプがいるでしょう。実にもう、なんと云うか、羨ましい限りではありますが、どうやら篠田さんもその手の人らしく、旺盛な執筆量がそれを裏付けていますし、ノベルス版『美貌の帳』のあとがきで「嬉しいことに建築探偵でも、それ以外でも、書きたいことは泉のように湧いてくる。さあ、今度は何を書こう」と、ご本人が明言していることからも、これは確かなことですね。

で、本書『翡翠の城』でも、その「面白い物語をどんどん作ってしまう」という、才能豊かな作家にのみ与えられた能力を、たっぷりと発揮してくれているのです。例えば、冒頭に掲げられた「家系図」に見るように、錯綜した人間関係と、明治期から続く古いホテル創業者一族の血の呪縛。不死の蛇姫に模せられる、老いてなお実権と強烈な影響力を持つ女当主。彼女に反駁し、野心を満たそうと右往左往する人々の思惑。創業者が建物という形で残した呪い。そこに、放火未遂事件や殺人事件が絡み、ストーリーはぐいぐいと加速する——。いやあ、凄い凄い、面白い面白い。「小説としての物語性の楽しさ」がいっぱいに詰まっています。僕達読者は、ただ、その豊穣な物語性の楽しさを、ゆったりと味わえばいいだけなのです。

本書のみならず、ついでにシリーズ全体を通して見るならば、「少年の成長物語」という壮大なサーガが立ち上がってきます。蒼くんの悲劇的な過去については『原罪の庭』で語られているのですが、どうやら桜井京介自身にも、人には云いたくない悲惨な身の上話があるようで、「シリーズの続きが早く読みたいよお」という僕のような読者の興味をひき続けているわけです。

そんな具合に「物語の広さと深さ」を持つ篠田さんの作品は、いつでも「物語性の楽しさ」を堪能させてくれます。

そして、篠田作品のもうひとつの核である「本格ミステリとしての美しさ」についてですが、さて、どこがどういうふうに「美しい」のでしょう。もちろん論証場面（例えば本書で、京介達が放火未遂犯人の正体について理詰めで考察するシーンや、ラストの解決編のシーン）なども、いかにも「本格」っぽくてカッコいいのだけど、ここは敢えて「逆転する瞬間」の鮮やかさに目を向けてみましょう。

逆転する瞬間——つまり、これまで見えていた構図が一転して新たな絵柄が見えてくる瞬間——本格ミステリだと、その鮮やかさが勝負の分かれ目になったりすることって、よくありますよね。一発大ネタの物理トリックなんかを使ったミステリの場合には、特にそれが顕著で、ほら、島田荘司さんの『占星術殺人事件』のアレとか、読者が「うわっ、そうだったのかあ」とびっくり仰天する瞬間。それが、綺麗に決まれば決まるほど、本格ミステリとして「美しい」のではないかなと、僕は思うのであります。

で、本書でも、その「美しく着地が決まる逆転の瞬間のカタルシス」が楽しめる、ということなのですね。もっとも、本書で扱っているのは物理トリックではなく、あくまでも「そういう意味合いで美しい」瞬間なのですが。

**［注意！　ここからは結末部分に触れます。いや、本当に。今度はギャグじゃないです。冗談ではなく、本気でネタバレです。未読の方は次の太字の部分まで飛ばしてください。絶対に読んじゃダメだよ。］**

京介がその鋭い観察眼で、老女の入れ替わりを見破る場面でも、僕は「あ、そういえば確かにそうだ、うわあ、気がつかなかったあ」と唸ったのですが、「逆転の一瞬」はその次にありました。

館に塗り込められた「呪い」が、実は一転「愛」だったと、京介の口から明かされるくだり——これがもう、本当に見事な「美しく着地が決まる逆転の瞬間のカタルシス」であり、読者の皆さんも深い感銘を覚えたことでしょう。ああ、とっても美しい。

余談になりますが、綾辻行人さんの「館シリーズ」にも、館にかけられた呪いが実は愛ゆえのものだったという作品があって（未読の方に配慮して、どの作品かは云わない）、本格ミステリとしての美しさを求めると着地点が似る、という好例と云えるでしょうね。

その「逆転の一瞬」の美しさを発動する原動力が、「人の心」にあるということも、先に述べた「小説としての深さ」にリンクしていて、篠田作品の面白さを相乗効果的に高めている——そう云えると思うのです。

**［ネタバレ終了。もう戻ってきていいですよ。］**

とまあ、かように、本書では「物語性」と「本格ミステリの美しさ」を、一度に楽しめる——というのが、僕の愚考の結果なのでありました。

えーと、なんだか漠然とした話になっちゃったので、少し具体的なことも述べてみようかと思います。本書で、京介の台詞にこういうのがありましたよね。「石や木や漆喰でできた建築といっても、それを作ったのは人の手であり、かたちを決めたのは人の思いでしょう。（中略）書かれた文章を注意深く読解して、ただ表面の意味のみならず筆者が自分自身意識してもいなかった深層の思いを読み取ることも不可能ではないように、碧水閣もまた正しく読み取ることができるなら、そこには当然作者の思いが見て取れるはずです。（後略）」という台詞。これは、京介が「建物から人の思いを読み取る」ことこそ自分の仕事である、と明言している台詞なわけですね。つまり、建築探偵としてのスタンスを、自ら表明しているのであります。それがたまたま殺人事件などの現実の事件をも解決する契機になっていくのですが、京介自身は、建物にしか（それもちょっと古い物にしか）興味がなくて、殺人事件や人間のいざこざには、ほとんど関心を払いません。名探偵としては、いささか珍しい部類に入る人物造形と云ってもいいかもしれません。

しかし、建物も、やはり人の作った物でしかないわけで（それがたとえ故人だとしても）、「人の思い」を解き明かすからには、他人に無関心でクールな京介といえども、「人間」に目を向けざるを得なくなるのです。この辺の二面性も、キャラクター造形に深みを与え、このシリーズの根強い人気を支えているのかもしれません。

あ、そうそう、人気って云えば、キャラ萌え的な読み方ってのもありますね。「京介さん、カッコいい」とか「蒼くん、カワイイ」とか、そういう読み方でシリーズを楽しむ読み方——。もちろん、それもアリでしょう。これだけうまくキャラクター造形してあるのですから、超絶的な二枚目でクールな京介や、不安定ながら一途で健気な蒼くんに、女性読者がハマるのも頷けることでしょう。で、僕の個人的な意見を云わせてもらえば、栗山深春が注目《め》なのであります。いや、別にマッチョ好きとかいうんではなくて、〝主人公の相棒で気は優しくて力持ち〟タイプのポジションっていいなあって話なんですけど。こういうポジションのキャラクターって、脇役好きのマニア心をくすぐりますよね。

そう云えば本書で、ホテル創業者一族の内紛の話を聞かされて、「創業者の血、ねえ。どうもやけに古風な響きに聞こえるんだなあ。なんだか現代の話とは思えない。どっかの古い王朝の話みたいなんだ。（後略）」と深春が述懐する場面がありますが、この健全さが、とても頼もしいと思うのです。エキセントリックな登場人物が多いなか、ともすれば現実離れしそうな物語を、その単純明快な一般常識でもって、現実と地続きのレベルに支えてくれる――深春のキャラクターは、そういう要石みたいな役割を担っているといえるかもしれません。こういうバランスの取れたキャラクター配置も、篠田さんの計算の上に成り立っているわけですから、「篠田先輩ってば、小説うますぎっす」という、不甲斐ない後輩の僕の感想も、皆さんに共感していただけるものと思います。

どうでもいいけど、いつの間にか予定枚数を大幅に超越しているぞ。でも、内容はともかく、これで枚数だけは格好がついたことになったかもしれないな。やっぱり、あんまり解説らしくならなかった気がするけど、これだけ書けばもう叱られることはないでしょう。

あ、そうだ、〆切りぎりぎりに送っちゃえばいいんだ。そうすれば、時間の余裕がなくなって怒られる暇なんかないはずだもんね。そうだそうだ、そうしよう。まあ、我ながら姑息な手段だけど――。

さあ、これでもう怒られる心配はなくなりましたから、このあたりで終わろうと思います。

皆さんと一緒に、次回の桜井京介の活躍を心待ちにしながら――。

※本作品は、一九九五年十一月、講談社ノベルスとして刊行されました。
文庫化にあたり、一部改筆いたしました。

|著者|篠田真由美　1953年東京都生まれ。早稲田大学第二文学部卒、専攻は東洋文化。1991年に『琥珀の城の殺人』が第２回鮎川哲也賞の最終候補作となり、作家デビュー（講談社文庫所収）。1994年に建築探偵・桜井京介シリーズ第一作『未明の家』を発表。以来、傑作を連発し絶大な人気を博している。シリーズは他に『玄い女神』『灰色の砦』『原罪の庭』『美貌の帳』『桜闇』『仮面の島』があり、2000年秋には最新作『月蝕の窓』を発売予定。番外編として蒼を主人公にした『センティメンタル・ブルー』も発表している。

翡翠《ひすい》の城《しろ》　建築探偵桜井京介《けんちくたんていさくらいきょうすけ》の事件簿《じけんぼ》

篠田真由美《しのだまゆみ》



2001年７月15日第１刷発行
2003年２月14日第４刷発行

発行者——野間佐和子

発行所——株式会社　講談社

東京都文京区音羽2-12-21　〒112-8001

電話　出版部　(03)　5395-3510
　　　販売部　(03)　5395-5817
　　　業務部　(03)　5395-3615

Printed in Japan

落丁本・乱丁本は購入書店名を明記のうえ、小社書籍業務部あてにお送りください。送料は小社負担にてお取替えします。なお、この本の内容についてのお問い合わせは文庫出版部あてにお願いいたします。

ISBN4-06-273198-3

講談社文庫

定価はカバーに
表示してあります

デザイン—菊地信義

製版——株式会社廣済堂

印刷——株式会社廣済堂

製本——加藤製本株式会社

# 講談社文庫刊行の辞

二十一世紀の到来を目睫に望みながら、われわれはいま、人類史上かつて例を見ない巨大な転換期をむかえようとしている。

世界も、日本も、激動の予兆に対する期待とおののきを内に蔵して、未知の時代に歩み入ろうとしている。このときにあたり、創業の人野間清治の「ナショナル・エデュケイター」への志を現代に甦らせようと意図して、われわれはここに古今の文芸作品はいうまでもなく、ひろく人文・社会・自然の諸科学から東西の名著を網羅する、新しい綜合文庫の発刊を決意した。

激動の転換期はまた断絶の時代である。われわれは戦後二十五年間の出版文化のありかたへの深い反省をこめて、この断絶の時代にあえて人間的な持続を求めようとする。いたずらに浮薄な商業主義のあだ花を追い求めることなく、長期にわたって良書に生命をあたえようとつとめるところにしか、今後の出版文化の真の繁栄はあり得ないと信じるからである。

同時にわれわれはこの綜合文庫の刊行を通じて、人文・社会・自然の諸科学が、結局人間の学にほかならないことを立証しようと願っている。かつて知識とは、「汝自身を知る」ことにつきていた。現代社会の瑣末な情報の氾濫のなかから、力強い知識の源泉を掘り起し、技術文明のただなかに、生きた人間の姿を復活させること。それこそわれわれの切なる希求である。

われわれは権威に盲従せず、俗流に媚びることなく、渾然一体となって日本の「草の根」をかたちづくる若く新しい世代の人々に、心をこめてこの新しい綜合文庫をおくり届けたい。それは知識の泉であるとともに感受性のふるさとであり、もっとも有機的に組織され、社会に開かれた万人のための大学をめざしている。大方の支援と協力を衷心より切望してやまない。

一九七一年七月

野間省一

# 講談社文庫　目録

篠田真由美　玄（くろ）い女神〈建築探偵桜井京介の事件簿〉
篠田真由美　翡翠の城〈建築探偵桜井京介の事件簿〉
篠田真由美　灰色の砦〈建築探偵桜井京介の事件簿〉
ショー・コスギ　頭はいらない！英会話〈ボクの英語武者修行〉
ショー・コスギ　努力はいらない！英会話〈ハリウッド・シネマ英語道場〉
重金敦之　メニューの余白
新宮正春／米田厚彦　プロ野球を創った名選手・異色選手400人
清水修 編著／OL被害者の会協力　アホバカOL生態図鑑
重松清　定年ゴジラ
重松清　半パン・デイズ
新堂冬樹　血塗られた神話
新堂冬樹　闇の貴族
柴田よしき　フォー・ディア・ライフ
新野剛志　八月のマルクス
島村麻里　地球の笑い方
殊能将之　ハサミ男
杉本苑子　孤愁の岸(上)(下)
杉本苑子　引越し大名の笑い
杉本苑子　汚名

杉本苑子　女人古寺巡礼
杉本苑子　利休破調の悲劇
杉本苑子　江戸を生きる
杉本苑子　歌舞伎のダンディズム
杉本苑子　「更科日記」を旅しよう〈古典を歩く5〉
杉本苑子　風の群像〈小説・足利尊氏〉(上)(下)
杉本苑子　私家版かげろふ日記
鈴木健二　気くばりのすすめ
杉田望　自動車密約
杉浦日向子　東京イワシ頭
杉浦日向子　入浴の女王
杉浦日向子　呑々草子
杉洋子　粧刀 チャンドウ
杉洋子　海潮音
鈴木輝一郎　ご立派すぎて
鈴木輝一郎　美男忠臣蔵
須田慎一郎　長銀破綻〈エリート銀行の光と影〉
砂守勝巳　沖縄シャウト
鈴木龍志　愛をうけとって

末永直海　浮かれ桜
瀬戸内晴美　かの子撩乱
瀬戸内晴美（寂聴）　かの子撩乱その後
瀬戸内晴美　京まんだら(上)(下)
瀬戸内晴美　彼女の夫たち(上)(下)
瀬戸内晴美　蜜と毒
瀬戸内寂聴　寂庵説法
瀬戸内晴美　再会
瀬戸内寂聴　新寂庵説法 愛なくば
瀬戸内晴美　家族物語(上)(下)
瀬戸内寂聴　生きるよろこび〈寂聴随想〉
瀬戸内寂聴　寂聴天台寺好日
瀬戸内寂聴　人が好き［私の履歴書］
瀬戸内寂聴　渇く
瀬戸内寂聴　愛死
瀬戸内寂聴　白道(上)(下)
瀬戸内寂聴　「源氏物語」を旅しよう〈古典を歩く4〉
瀬戸内寂聴　いのち発見
瀬戸内寂聴　無常を生きる〈寂聴随想〉

2002年12月15日現在